· 说春秋道战国系列历史小说 ·

镜花水月·游士孔子

复旦大学　吴礼权　著

暨南大学出版社
JINAN UNIVERSITY PRESS

中国 · 广州

图书在版编目（CIP）数据

镜花水月：游士孔子／吴礼权著. —广州：暨南大学出版社，2014.4
（说春秋道战国系列历史小说）
ISBN 978 - 7 - 5668 - 0562 - 1

Ⅰ.①镜… Ⅱ.①吴… Ⅲ.①长篇历史小说—中国—当代
Ⅳ.①I247.5

中国版本图书馆 CIP 数据核字（2013）第 089883 号

出版发行：暨南大学出版社

地　　址：	中国广州暨南大学
电　　话：	总编室（8620）85221601
	营销部（8620）85225284　85228291　85228292（邮购）
传　　真：	（8620）85221583（办公室）　85223774（营销部）
邮　　编：	510630
网　　址：	http：//www.jnupress.com　http：//press.jnu.edu.cn
排　　版：	弓设计
印　　刷：	佛山市浩文彩色印刷有限公司
开　　本：	787mm×960mm　1/16
印　　张：	24
字　　数：	380 千
版　　次：	2014 年 4 月第 1 版
印　　次：	2014 年 4 月第 1 次
定　　价：	48.00 元

（暨大版图书如有印装质量问题，请与出版社总编室联系调换）

名家推介

吴礼权教授为大陆年轻一辈学者中的俊秀之士，30 多岁就以突出的学术成就破格拔擢为复旦大学百年史上最年轻的文科教授。吴教授不仅以修辞学与中国古典小说研究的突出成就享誉国内外学术界，而且在文学创作方面也崭露锋芒。所著《远水孤云：说客苏秦》、《冷月飘风：策士张仪》两部长篇历史小说，2011 年和 2012 年分别以正、简二体在海峡两岸同步发行，引起广大的回响。

吴教授的历史小说在创作理念与写作风格上，与台湾著名的历史小说家高阳先生近似。吴教授的古文根柢极好，史学基础扎实，对历史地理颇多涉猎。因此，创作的历史小说极有可观。他在史料处理上，能以史学家的眼光予以观照；在生活细节与风物描写等方面，又能充分发挥了文学家的想象力；至于书写的语言，则善用他作为修辞学家铺采摛文、妙笔生花的特长。如果要对吴教授的历史小说特点予以概括，那就是八个字："实的更实，虚的更虚"，与古典历史小说巨著《三国演义》最为神似。

吴教授的这部《镜花水月：游士孔子》，同样体现了上述的特点，既有厚重的历史感，又富有文学趣味，让人一览之下，欲罢不能。吴教授生动鲜活地再现了一个真实的孔子：那是一位有远见的政治家，也是一个不切实际的幻想家；是一位因材施教的好老师，也是一个不太称职的丈夫与父亲；是一位很有影响力的教育家，却始终是一个落魄潦倒的书生。在吴教授的引领下，我们深刻地认识到孔子的人格、见解、修养、怀抱、理想，甚至缺憾。他平凡处，让我们备觉亲切；他智慧处，给我们无限启示。

写历史小说能臻至这种境界，写孔子能写出这种味道，应该说是这部历史小说最成功的地方。

——台湾大学中文系教授，原台湾大学中文系主任 何寄澎

复旦大学吴礼权教授的长篇历史小说《镜花水月：游士孔子》，实际上是一部用小说笔法写成的孔子传。它是一部很好读而又很耐

读的书。好读，是因为它人物形象鲜活，语言流畅，读起来很有吸引力；耐读，是因为它内容丰富，知识性强，思想内涵深厚，且能深入浅出。

吴教授的这部小说以史料为依据，思接千古，视通百代，以编年纪事的基本架构和灵活巧妙的穿插倒叙，以无数精彩的对话和戏剧化场面，带领我们重回两千多年前的历史现场，让我们仿佛置身于春秋时代特定的历史情境之中，陪同孔子度过他不平凡的一生，从他十五志于学，三十而立，四十不惑，到五十知天命，六十耳顺，直至他七十而从心所欲不逾矩和最后逝世。小说最可贵之处在于洗尽了历代统治者为把孔子装扮成圣人而涂抹在他身上的种种油彩，也荡涤了那些攻击谩骂孔子的不实之词，从而还给我们一个真实的、充满人情味而又极具人气的孔子。

在吴礼权教授笔下，孔子是一个有远大抱负的政治家，也是一个杰出的外交家，更是一个伟大的教育家，但这些远不是孔子形象的全部。吴教授所塑造的孔子既有着常人所不可及的地方，也有着与常人一样的喜怒哀乐和人性共同的弱点。正如作者在小说"卷首语"中所说，真实的孔子，其实就是我们日常生活中即之可温的邻家老伯。得意时，他会喜形于色，甚至手舞足蹈；失意时，他会垂头丧气，甚至大发牢骚；悲伤时，他会痛哭流涕，甚至呼天抢地；生气时，他也会破口大骂，显得毫无涵养。他有着崇高的理想，有着多方面的杰出才能，但他并不是登高一呼应者云集的英雄，相反经常处境尴尬，甚至狼狈到被人笑为凄惶无依的丧家狗。他一贯重视伦理亲情，可是作为丈夫和父亲却实在不称职。为了实现政治理想，他成年累月周游列国，东奔西跑，哪里还顾得上关爱妻子，教育儿孙！其实他心里不是没有他们，当他听到老妻在家寂寞死去，儿子也先他而亡，他和那些普通老头儿一样，痛不欲生，伤心得几次昏死过去。还有，他最讲究师道尊严，可是对学生却极为开明平等，没有几个学生真的怕他；他固然志存高远，高倡克己复礼，一心为天下大同的宏伟理想献身，可是他也很会生活，对饮食相当考究，宣布割不正不食，肉不新鲜不吃，没有好酱不吃！真实的孔子就是这样一个多面体的、活生生的、充满了矛盾的性情中人。

总之，读《镜花水月：游士孔子》，会让你懂得，孔子原来并不是以往历史教科书中可望而不可即的所谓圣人，更不是不食人间烟火的神人，而是一个有着丰富感情，经历过无数挫折，一生很不得意的游士。他一辈子都在为理想奋斗，在现实中搏击和求索，是一个生活在理想与现实的矛盾之中、无比痛苦却又无法解脱的书生。

吴礼权教授写过不止一部历史小说和小说史著作，既有创作理论，实践经验也很丰富。在这部小说中，他刻意将书卷语与口头语、文言词与白话词恰到好处地揉和融会，使叙事语言显得优雅，人物对话显得活泼，以让读者能够真正体会到"文学是语言的艺术"之真谛。还采用"对话叙事"手法，使人物声口毕现，描述灵动如画。他力克历史小说往往冗长沉闷的弊病，有意要让读这本书的人像是在听一位老人亲切地"讲古"，或者像是在看一群朋友煮酒烹茶闲话古今。他希望读者不必正襟危坐，不必以聆听教诲的态度来读这部小说，而是放松心情，就像读一首诗、一阕词、一则小令那样放松，那样随意，以便收获一种愉快的阅读体验。

我很欣赏吴礼权教授的创作理念。我要补充的是，由于作者是位语言学家，精熟儒家经典和历史故籍，并且旁涉野史杂传笔记小说，所以他的这部书在史学考订和文学描写上都达到很高水平。读者不但能够从轻松阅读中获得艺术享受，而且可以得到不少知识，特别是历史和文化知识。如果你的阅历够深，又善于思考，那么书中对人性多方面的深刻揭示，对政治智慧、外交辞令、教育方法等等的描写，都将给你一些启示，使你深感开卷有益之乐。倘若犹不满足，或因读小说而对据以敷演的史料产生兴趣，那么，根据吴教授在书后提供的参考书目录，作扩大深入的阅读和探究，当更受益匪浅。

——上海大学终身教授，原中国社会科学院文学研究所副所长董乃斌

孔子可谓是中国最出名的一个人，不仅中国男女老幼时常念叨着他，就是外国人嘴里也时常冒出个"孔夫子"。正因为孔子太有名，想写这样一个有名的人物，特别是以长篇历史小说的形式呈现他的形象，对很多人都是一种诱惑，却又是一种很大的挑战。就对史实的了解来说，研究历史的学者最有资格写孔子，但他们有一个难以回避的困难，就是不能用文学形象直观生动地呈现出孔子的音容笑貌；就形象塑造的技巧来说，专业作家最有资格写孔子，但他们对历史缺乏研究，即使有研究，也功力不够，心有余而力不足，所以不能写出历史的孔子；至于文学理论家与语言学家，虽然在创

作理论与语言理论方面有优势，但未必有实践能力，就像美食家懂得美味，但未必能亲自下厨，所以他们也不可能写出理想的孔子形象。

《镜花水月：游士孔子》的作者，乃复旦大学中文系教授，是著名的修辞学家，也是中国古典文学专家，而且有过历史小说创作的成功经验，著有长篇历史小说《远水孤云：说客苏秦》、《冷月飘风：策士张仪》，由台湾商务印书馆与大陆云南人民出版社同步以繁简两种版本在海峡两岸同步发行，在读书界与文学界早有影响。这部长篇历史小说，则是吴礼权教授的第三部长篇历史小说。读这部长篇历史小说，如果要问它给我们最深刻的印象是什么，约略说来，主要有三点：一是它让孔子走下了神坛，走进了我们普通大众之中；二是它还原了历史，呈现出一个真实的、鲜活的孔子形象，让人有一种即之可温的亲切感；三是它让《史记·孔子世家》中的孔子摘下了圣人的冠冕，让《孔子家语》中的孔子扯去了历史的面纱，让《论语》中与弟子坐而论道而又形象模糊的孔子清晰地浮现在我们眼前。

作者以小说家的丰富想象力与修辞学家的语言功力，通过一个个生动的故事情节与匠心独运的细节描写，让孔子生活的历史情境一一再现，让孔子这个历史人物踏着历史节拍，穿越时空，走过两千多年的历史征程，款款地向着我们走来，一直走到我们的心灵深处，让我们如沐春风，深刻难忘。

——北京师范大学教授，中国东方文学研究会会长　王向远

卷 首 语

孔子是圣人，这在中国是妇孺皆知的。不过，这只是孔子身后人们对他的崇敬而已。至于"至圣"、"至圣先师"、"大成至圣先师"、"文圣"、"太师"、"文宣王"、"文宣帝"、"大成至圣文宣王"、"大成至圣文宣先师"等头衔，那都是虚的，是历朝统治者为了维护自己的统治，借助孔子的思想以钳制人们思想的政治权术，是为了榨取孔子的剩余价值而已。

其实，拂去这些让人眼花缭乱的外加光环，还原历史，孔子并非是让人不可接近的非凡人，而只是一个让人即之可温的邻家老伯而已：

得意之时，他会喜形于色，手舞足蹈，像个得意忘形的小人。

失意之时，他会垂头丧气，自暴自弃，说要"乘桴浮于海"。

悲伤之时，他会毫不掩饰，悲天跄地，哭得稀里哗啦，冉耕与颜回死时，他就是这样。

生气之时，他会破口骂人，毫无涵养，宰予听课不专心，被骂"朽木不可雕也，粪土之墙不可圬也"。

他讲亲情伦理，却是一个不称职的丈夫，为了自己那不着边际的理想，周游列国，东奔西走，从不关心自己的妻子，那个从宋国远嫁而来叫亓官氏的弱女子，甚至弥留之际也不能见上他一面。

他讲父慈子孝，却从未对儿孙尽到关爱与教育的责任，儿子孔鲤先他而死。孙子孔伋尚在襁褓，他便远离鲁国而去了他国。

他讲师道尊严，却没几个学生怕他，子路经常跟他顶嘴，宰予对他不以为然。

他讲"克己复礼"，恢复周公礼法、"天下大同"的宏伟理想，却也不忘美食，而且饮食还挺讲究，割不正不食，肉不新鲜不吃，没有好酱不吃。

……

当然，孔子也有不同于常人处，与我们的邻家老伯不同：

他博古通今，好学不倦，堪称万世师表。为了了解古礼，他专程远赴周都向老子、苌弘请教；为了提高琴艺，专程登门拜鲁国乐师师襄为师；为了了解上古官制，雪夜请教到访鲁国的郯子；为了了解古代葬礼，带领弟子奔波千百里，去观吴公子季札葬子。

他勤奋敬业，务实进取，堪称实干家。他做乘田吏与委吏时，使鲁国马肥牛壮，人口增加；做中都宰时，一年期满，便让满目疮痍、盗贼遍地的中都面貌焕然一新，民风大变，"四方诸侯则之"。

他娴于辞令，老成持重，堪称杰出的外交家。齐鲁"夹谷会盟"，他为鲁国相礼，与强邻齐国外交博弈，有理有节，迫使齐景公对他言听计从，完美地达成了鲁国的外交目标。

他心狠手辣，果断坚决，具备政治家"厚黑"的资质。他担任鲁国大司寇后的第一件事，便是诛杀坚持改革、反对复古的政敌少正卯，毫不手软，即使受到弟子们的质疑，也决无后悔之意。

他诲人不倦，有教无类，是中国古代最杰出的教育家。他的弟子不仅遍及鲁国各地，而且齐、卫、宋等诸侯国都有。三千弟子，七十二贤，是他普及教育、开启民智、培养人才的硕果，也是他对中国文化传承的卓越贡献。

他坚持理想，执着坚定，身处动荡变革之乱世，明知不可为而为之。周游列国，四处碰壁，急急如漏网之鱼，惶惶如丧家之犬，几次身处绝境，仍从容淡定，坦然自若，为理想而献身的勇气让人敬佩。

孔子是两千多年前的人物，是一个远去的历史影像。从《论语》中，后人看不出完整的孔子形象；由《史记·孔子世家》，我们也不能看清孔子的音容笑貌；看《孔子家语》，人们也不能还原出一个清晰的孔子形象。正因为如此，对于孔子的认识，历来人们都是见仁见智的，孔子在不同人的心中，形象都是不同的。

但是，不论怎么不同，有一点应该是相同的：孔子是人不是神，他有与普通人一样的喜怒哀乐，他身上可能有平凡人所没有的特质，但绝对具备平凡人所共有的人性弱点。他有我们现代人所缺少的某种气质，但绝对是生活于我们之中的肉身凡胎，不是可望而不可即的神祇，更不是不食人间烟火的神仙。

孔子是个理想主义者，但因为身处中国历史上巨大的社会变动时期，他抱守的理想不切实际，这就注定了他只能是一个失败者。他的理想只是镜中之月，水中之花，可远观而不可近亵，可向往而不可实现。

孔子是个失败者，也是中国历史上最大的成功者，因为任何时代的任何帝王将相、任何风云人物都不及他在中国历史上的影响力。

孔子的理想虽然永远只是理想，永远没有实现的可能，却像一盏万古不灭的明灯，给人以希望，给人以力量，让人们觉得这个世界还有希望，还有为之努力奋斗的动力。

吴礼权
2013 年 2 月 14 日夜于上海

目 录

主要人物表

孔　子　　名丘，字仲尼，鲁国人。儒家学派创始人，著名教育
　　　　　家。在鲁昭公时曾为委吏与乘田吏，并开始兴办私学，
　　　　　招收弟子。鲁昭公被季平子驱逐出境，孔丘追随鲁昭公
　　　　　往齐国避难，力图说服齐景公与齐相晏子帮助鲁昭公复
　　　　　国，未果。鲁定公时从齐国回到鲁国，先做中都宰，不
　　　　　久升为小司空，再由小司空升为大司寇，兼摄鲁相之
　　　　　职。不久，因齐国女乐风波而辞职，前往卫国。在卫国
　　　　　不仅未得卫灵公重用，还遭人谗言陷害，遂转往陈国，
　　　　　路出匡地，被匡人误以为是阳虎，受困多时，解困后返
　　　　　回卫国。在回卫国途中，经过蒲城时，被卫国大夫公叔
　　　　　发派兵包围。回到卫国国都帝丘后，仍然没有得到卫灵
　　　　　公重用。转往宋国，未见到宋国国君，又被宋国司马桓
　　　　　魋伐树谋害。逃出宋国后，再次返回卫国。后来，卫国
　　　　　暴发动乱，孔丘带领弟子前往楚国叶邑拜访叶公，之后
　　　　　又见楚昭王。楚昭王欲封以书社地七百里，可惜未能兑
　　　　　现就在与吴国战争的前线病死了。新君楚惠王即位后，
　　　　　孔丘离开了楚国，重新回到卫国，教育弟子。鲁哀公
　　　　　时，回到鲁国，继续招收弟子进行讲学，晚年好《易》，
　　　　　年七十三而死。

叔梁纥　　孔丘之父，宋国贵族后裔，鲁国将军。先后在鲁襄公十
　　　　　年、十九年的偪阳之战和齐鲁防邑之战中立下奇功。年
　　　　　七十娶少女颜征在而生孔丘。

颜征在　　孔丘之母，叔梁纥第三妻。

亓官氏　　孔丘之妻。宋国宗室女子，由宋平公挑选，鲁国仲孙大
　　　　　夫保媒嫁与孔丘。

孔　鲤　　字伯鱼，孔丘之子。

孔　伋　　孔鲤之子，孔丘之孙。

孟　皮　　孔丘同父异母之兄，有残疾。

邹曼父　孔丘承嗣之兄。

孔　蔑　孔丘侄子。

仲　由　字子路，鲁人。孔丘早期弟子，有勇力才艺，以政事著名。后在卫国任职，曾任蒲邑宰，因卷入卫国内部权力斗争而被乱刀砍死。

颜　回　字子渊，鲁人。孔丘弟子，是孔丘大弟子颜由之子，七岁拜孔丘为师。以德行著名，孔子称其仁。

颜　由　字季路，鲁人。孔丘早期弟子，比孔丘小六岁，颜回之父。

端木赐　字子贡，卫人。以口才著名，有杰出的外交与经商才能。

冉　求　字子有，鲁人。孔丘弟子，冉雍的晚辈，同属仲弓宗族。做过季孙氏家臣，有军事才能，率师击败齐国的入侵，立有大功。有才艺，以政事著名。

冉　雍　字仲弓，鲁人，孔丘早期弟子。生于不肖之父，与孔丘第一批所收弟子冉耕为同一宗族，以德行著名。

冉　耕　字伯牛，鲁人，孔丘早期弟子。奴隶出身，以德行著名，得恶疾而死。

曾　点　字子皙，鲁南武城人。孔丘早期弟子，曾参之父。因性格豪放不羁而被人称之为"鲁国狂人"。

曾　参　字子舆，鲁南武城人。孔丘晚期弟子，少孔丘四十六岁，曾点之子。志存孝道，故孔丘因之以作《孝经》。

秦　商　字丕慈，鲁人。孔丘早期弟子，比孔丘小四岁。

闵　损　字子骞，鲁人。孔丘弟子，以德行著名。孔子称其孝。

宰　予　字子我，鲁人。孔丘弟子，以口才著名。

言　偃　字子游，鲁人。孔丘弟子，以文学著名。

卜　商　字子夏，卫人，孔丘弟子。孔丘卒后，教于西河之上，魏文侯师事之，而咨以国政。卫人以为圣。

颛孙师　字子张，陈人。孔丘晚期弟子。少孔丘四十八岁。美男子，善于待人接物。

澹台灭明　字子羽，鲁国武城人。孔丘晚期弟子，少孔丘三十九岁。有君子之姿。为人公正无私，重然诺，仕鲁为大夫。

高　柴　字子羔，齐人。高氏之别族，孔丘弟子。其貌不扬，为人笃孝。曾为武城宰，后在卫国任职。

有　若　字子有，鲁人。少孔丘三十六岁，孔丘晚期弟子，为人博闻强记。在吴国入侵鲁国的战争中，随鲁国大夫微虎率领的三百死士夜袭吴王驻扎的泗水大营，大胜。

公西赤 字子华，鲁人。孔丘晚期弟子，少孔丘四十二岁。束带立朝，娴于宾主之仪。

公冶长 字子长，鲁人。孔丘弟子。懂鸟语，因此而吃官司坐过牢。孔丘认为他品德高尚，将女儿嫁之。

南宫韬 字子容，鲁人。孔丘弟子。孟懿子之弟，又称南宫敬叔。以智自持，世清不废，世浊不浼，孔丘以兄长之女嫁之。

商　瞿 字子木，鲁人。孔丘弟子，少孔丘二十九岁，好《易》。

漆雕开 字子若，鲁人。孔丘弟子，少孔丘十一岁。习《尚书》，不爱做官。

公良儒 字子正，陈人。孔丘弟子。贤而有勇，家境富裕。孔丘周游列国，以家车五乘随行。

司马黎耕 字子牛，宋人，孔丘弟子。宋司马桓魋之弟。为人性躁，好言语，见其兄长行恶，常忧之，与之不睦。

巫马施 字子期，陈人。孔丘弟子，少孔丘三十岁。

冉　儒 字子鲁，鲁人。孔丘晚期弟子，少孔丘五十岁。

公孙宠 字子石，卫人。孔丘晚期弟子，少孔丘五十三岁。

叔仲会 字子期，鲁人。孔丘晚期弟子，少孔丘五十岁。

子服景伯 孔丘弟子。曾为鲁君与吴王会盟之相礼，为吴王向鲁国索要百牢之礼而据理力争。有外交才能。

樊　迟 孔丘弟子，参与冉求指挥的击败齐师入侵的护国战争。

老　子 即老聃，楚人，姓李名耳，道家创始人，著有《老子》（即《道德经》）传世。曾做过东周守藏室之官。孔丘曾向他问学。

苌　弘 字叔，又称苌叔。东周内史大夫。孔丘至周室参访时曾向其问乐。

宾牟贾 周都洛邑书生，曾与孔丘谈论《武》乐。

师　襄 鲁国乐官，以击磬而著名，孔丘曾跟他请教过琴艺。

楚　狂 原姓陆，名通，字接舆。本是一个读书人，在楚国也是一个名士。因看不惯官场黑暗，又对楚国社会不满，于是就把头发剪掉，假装发疯，从此不再做官，隐居山里，躬耕自食。因为行为古怪，所以人们给他取了一个外号,叫"楚狂"。

长　沮　楚国隐士,孔丘到楚国去见叶公时曾向其问路。

桀　溺　楚国隐士,孔丘到楚国去见叶公时曾向其问路。

高　庭　齐国之士,曾专程向孔丘请教学问。

荣声期　郧之野人。

丘吾子　少时好学,周游天下,后事齐君为臣。在父母双亡、朋友尽散后,幡然醒悟,投水自尽。

南　子　卫灵公夫人,美艳而放荡。孔丘曾与之相见,子路曾为此怀疑孔丘的人品。

季　姬　齐悼公宠姬,季康子之妹,嫁前与其叔父季鲂通奸乱伦。

阳　虎　即阳货,季武子家臣,亦是季府总管,号为宰臣。因长得一副凶神恶煞的样子,人称阳虎。面貌与孔丘极为相似。叛乱失败后,逃到齐国,被齐国囚禁。用计脱狱后,率领残兵败将逃往晋国。

公山不狃　季孙氏的另一个家臣,盘踞在季孙氏的封地费邑,将费邑变成了自己的独立王国,曾召孔丘到费。后公山不狃见叛乱失败,逃奔到了齐国,后转往吴国。

叔孙辄　叔孙氏之庶子,曾与季氏家臣公山不狃一起叛鲁,失败后亡奔吴国。

侯　犯　叔孙氏家臣,据城叛主。

南　蒯　季孙氏家臣,据城叛主。

子鉏商　叔孙氏的车士,猎获麒麟。孔丘见麒麟死而预感将亡。

季鲂侯　季康子之叔,与季康子之妹乱伦后,将其嫁与齐悼公。

佛　肸　赵简子家臣、中牟邑宰,曾奉赵简子之命前往鲁国召请孔丘。

简　子　匡人,孔丘道出匡地时,将孔丘误认为是阳虎,以兵围之。

沈犹氏　曲阜贩羊的不法商人。

公慎氏　曲阜市民,其妻不守妇道,放荡不羁,与人通奸有年,却视而不见,充耳不闻。

有慎氏　曲阜富商,生活的奢华程度超过鲁国之君。

季武子　鲁昭公时鲁国执政。

季平子　即季孙意如,季武子之孙,鲁国执政,将鲁昭公驱逐出境。

季桓子	即季孙斯，季平子之子，鲁国执政。
季康子	即季孙肥，季桓子之子，鲁国执政。
孟僖子	鲁昭公时鲁国三大权臣之一，孟懿子（仲孙何忌）、南宫韬（南宫敬叔）之父。
孟懿子	鲁国孟孙氏第九代宗主，名何忌，世称仲孙何忌。南宫敬叔之兄。孔丘早期弟子。
孟孺子	孟懿子长子，在齐师入侵鲁国时率孟氏家兵为右军参战，配合冉求指挥的以季氏家兵为主力的鲁国左军击败齐师。
郈昭伯	鲁昭公时权贵，因与季平子斗鸡而结仇，后联合臧昭伯、鲁昭公共同攻打季氏，结果失败。
仲孙大夫	鲁国大夫，曾为孔丘保媒，娶宋女亓官氏。
叔孙昭子	鲁国大夫，曾向郯子问学。
公之鱼	鲁国之臣，反对鲁定公迎回孔丘。
少正卯	鲁国大夫，主张政治革新，也兴办私学，被称为鲁国的"闻人"。因与孔丘政见相左，孔丘当上鲁国大司寇后将其杀害。
微 虎	鲁国大夫，在吴国入侵鲁国的战争中，率领三百死士夜袭吴王驻扎的泗水大营，取得大胜。
兹无还	鲁国大夫。
公宾庚	鲁将，与公甲叔子一起在夷地与吴国之师展开了殊死战斗。
公甲叔子	鲁将，与公宾庚一起在夷地与吴国之师展开了殊死战斗。
析朱鉏	鲁将，与吴军作战战死。
沈诸梁	楚国贤大夫，人称叶公，孔丘曾专门赴负函城见他。
子 西	楚国令尹，楚昭王庶长兄。
晏 婴	齐国之相，著名政治家、外交家。
高昭子	齐国权臣，与晏子有矛盾，孔丘曾为了借力于他以实现让齐国帮助鲁昭公复国的目的而做过他的家臣。
田 常	齐国大夫。
梁丘据	齐国大夫。
公孙侨	名侨，字子产，又字子美。郑穆公之孙，郑简公时被封为郑卿，为郑国执政。
范宣子	晋国执政。

魏献子　　晋国执政。晋国名将魏绛之孙，亦是晋国步阵战术的发明者。

赵简子　　晋国正卿赵鞅，晋国执政。

智文子　　即荀跞，晋国执政。

范　鞅　　晋大夫。

荀　寅　　又称中行寅，晋国中行氏第五代家主，曾与赵简子连手，出兵占领了汝滨，令晋国民众鼓石为铁，铸为刑鼎，将范宣子昔日所用"夷搜之法"铸刻其上。

窦犫鸣犊　晋国大夫，有才有德，曾与舜华助赵简子稳定了晋国政局，后遭赵简子杀害。

舜　华　　晋国大夫，有才德，曾与窦犫鸣犊助赵简子稳定了晋国政局，后遭赵简子杀害。

季　札　　吴国公子。姓姬，名札，乃吴王寿梦少子。因封于延陵，故称延陵季子。后又封于州来，所以亦称延州来季子或季子。

桓　魋　　乃齐桓公之后，宋国司马，孔丘弟子司马黎耕之兄。孔丘到宋国时，曾企图加害于孔丘。

蒯　瞶　　卫灵公之子，卫太子。其母南子行为不检，羞而欲弑之，事败而逃往晋国，并参与晋国内部赵氏与范氏、中行氏之间的权力斗争。

史　鱼　　卫灵公之大臣，为人正直，深得孔丘推重。死后不葬，陈尸谏君。

蘧伯玉　　即蘧瑗，卫国大夫，卫灵公朝贤臣，深得孔丘敬重。史鱼曾多次向卫灵公举荐蘧伯玉。

公叔发　　卫国大夫，为人清廉而宁静，屡谏灵公而不听，乃铤而走险，举兵叛于蒲。

弥子瑕　　卫国的美男子，卫灵公佞臣，与南子有私情。

公子朝　　卫灵公男宠，与南子有不伦之情。

颜浊邹　　卫灵公之臣，子路的妻兄。孔丘在卫时寄居其家。

文　子　　即弥牟，卫国将军。

文　种　　越王勾践之臣。

伯　嚭　　吴王夫差时太宰。

伍子胥　　楚人，因父仇而奔吴，吴王夫差之臣。

周景王　　姬贵，公元前544—前520年在位。

周敬王　姬匄，周景王之子，公元前 519—前 476 年在位。

鲁昭公　鲁襄公之子，公元前 541—前 510 年在位。

鲁定公　鲁昭公之子，公元前 509—前 495 年在位。

鲁哀公　鲁定公之子，公元前 494—前 468 年在位。

齐景公　齐国之君，公元前 547—前 490 年在位。

齐悼公　即公子阳生，公元前 488—前 485 年在位。

楚昭王　名珍，楚平王幼子，公元前 515—前 489 年在位。

楚惠王　名章，楚昭王之子，公元前 488—前 432 年在位。

卫灵公　卫国之君，公元前 534—前 493 年在位。

卫出公　卫灵公之孙，太子蒯聩之子，公元前 492—前 481 年、前 476—前 456 年在位。

勾　践　越国之王，公元前 496—前 465 年在位。

夫　差　吴国之王，公元前 495—前 473 年在位。

邾隐公　邾国国君，即位之初曾派使者向孔丘问冠礼。

郯　子　乃少昊氏后裔，郯国国君，鲁昭公十七年（前 525）曾第二次朝鲁，孔子曾向他问学。

第一章　少年心事当拿云

1．葬母

"提起衣襟，左手向上，然后，放下衣襟，右手上抬。再做一遍。"

周景王十年，鲁昭公七年（前535）。七月初五，骄阳似火。日中时分，鲁国太庙左面广场的一棵大槐树下，一个峨冠博带、身材魁梧的年轻人，正在指导着三个约有八九岁左右的童子在行揖让进退之礼。虽然汗水早就湿透了他的长袍大裳，但他依然一丝不苟，一脸严肃，一个动作一个动作地给孩童们作示范，并不时对他们不规范的动作予以纠正。

"仲尼，你怎么还有心思在这教孩子习礼呢？家里出事了。"

孔丘正看着三个孩子有板有眼的举手投足而感到欣慰时，突然冷不丁地听到有人在背后说了这么一句。猛然转过身来，发现竟是哥哥孟皮正拖着先天残疾的瘸腿一颠一颠、急急地走来，一边走一边抬袖挥汗，好像非常紧急的样子。

"伯尼，你说什么呢？"

"仲尼，你娘走了。"

"我娘走了？到哪去了？我早上出来时，她还在家里，没说要到哪里去呀？她要到我外公家，也会事先跟我说呀。"孔丘困惑地说道。

"我说的不是这个意思，我是说你娘死了！"孟皮吼道，他已顾不得语气轻重了。

"什么？我娘死了？怎么可能呢？"孔丘突然睁大眼睛，吃惊地望着孟皮。

"死了约一个时辰了。"孟皮哭着说道。

"啊？"孔丘一声惊叫，随即一头栽倒在地。

孟皮与三个孩子见此，立即上前扶起孔丘。孟皮舒开孔丘系得紧紧的袍衫，在孔丘胸口一阵乱拍，三个孩子也一起帮助拍背摇臂。好大一会儿，孔丘终于醒转过来。

醒转过来的孔丘，看看孟皮，看看三个吃惊的孩子，突然从地上爬起来，舒开的袍带顾不得系上，就像发了疯似的向家里狂奔而去。

跌跌撞撞地跑回家里，看见母亲直挺挺地倒在灶台前，孔丘一下子扑在他娘的身上，放声大哭。

哭了好长一段时间，孟皮也一瘸一瘸地赶到了。左邻右舍听到孔丘撕心裂肺的哭声，纷纷赶了过来。大家七手八脚，好不容易才将孔丘从他娘身上拉起来，扶到一边坐下。

"孩子，你娘在这辈子不容易，没过一天好日子，活得累啊！现在走了，也未尝不是一种解脱。既然已经走了，哭也没有什么用，还是想想办法，怎么把你娘好好地给葬了。"一个白发苍苍的老婆婆不无悲伤地说道。

"婆婆说得对，这大热天，不能等，得赶紧收殓，入土为安呐！"一个老伯一边拍打着泣不成声的孔丘，一边冷静地说道。

"可是，家里拿什么来收殓呢？"孟皮沉寂了一会儿，不禁忧虑地说道。

听了孟皮的话，大家不约而同地望了望家徒四壁的孔家，不禁摇头叹气。

过了好一会儿，还是老伯头脑清醒，说道：

"孔丘，大家都是左邻右舍，看着你长大，知道你是孝顺的孩子。但是，你家就是这种情况，也没有别的办法了。我看就这样吧，你先去房里找一些你娘平时换洗的衣服，让阿婆们给你娘净净身子，再换身衣服。然后，你再去找一张好点的席子来。"

孔丘点点头，挥袖擦了擦眼泪，到娘房里找衣服去了。孟皮也跟了进去，一起帮着找。

与此同时，老伯又吩咐众邻居帮助卸下门板，找来两条凳子，将门板架在上面。

过了好大一会儿，孔丘与孟皮才找了一套还算完整的旧衣服，交给年长的阿婆，然后又去找席子了。

年长阿婆接衣在手，前后翻了翻，看了看，摇摇头。然后，顺手在灶台上拿了一块破布，在水缸里舀了一瓢水，倒在一只瓦罐里，搓了搓，支开男人们，就地给颜征在清洗身子。然后，在众女邻的帮助下，给她换了衣服，并顺手给她拢了拢散在脸上的头发。

就在这时，在老伯的指导下，孔丘与孟皮将找来的一张席子平铺在刚才众邻架好的门板上。

"众乡邻，请帮忙，将孔丘他娘抬到席子上，帮忙裹好。"

随着老伯的一声令下，几个青壮的男邻居迅疾将颜征在抬到门板的席子上放好。然后，又在老伯的指导下裹好。这样，就算是陈棺停柩了。

孔丘一见娘被席子裹起，知道这就等于盖棺入殓了，不能揭开再看娘一眼了。于是，不禁悲从中来，放声恸哭起来。

老伯摸摸孔丘的头，又拍了拍他的后背，轻声地说道：

"孩子，哭吧。但是，哭完之后，要准备尽快让你娘入土为安，不能拖，天气这么热。"

说完，老伯出去了，其他邻居也跟着出去了。

一时间，屋里只剩下了痛哭失声的孔丘与陪在一旁饮泣的孟皮。

又哭了好大一会儿，天渐渐黑了，孔丘的眼睛也哭得模糊了。黑暗中，孟皮摸索着点亮了灶台上那盏奄奄一息的油灯。微弱昏黄的灯光下，兄弟二人相对无语。

看看草席中被裹着的娘，孔丘不禁又哭了起来，但早已哭不出声音来了。就这样，哭哭停停，不知不觉间，就到夜半三更时分。孟皮靠墙坐在地上睡着了，孔丘伏在娘停尸的门板上也睡着了，进入了梦乡。

"三娘，仲尼跟人打起来了。"

那是七年前的一个中午，颜征在正在家中生火烧饭，突然孟皮拖着一条瘸腿急急忙忙地进来报告道。

"丘儿为什么跟人打起来了？他不曾与人争吵过一句，怎么会跟人打起架来了呢？皮儿，你是否看错了人？"

"三娘，俺没看错，您出去看看，不就知道了吗？在屋后大榆树下，仲尼正一个打仨呢。"

颜征在一听，知道这是真的了。灶膛里的火都来不及熄灭，就匆匆赶了出去。转到屋后一看，果然在大榆树下，孔丘正跟三个比他大几岁的孩子打成一团。

"丘儿，你在干啥？怎么跟人打架呢？姥爷怎么教你的？你读书习礼，就是为了打架吗？"

听到身后有人这样吼叫着，原来扭打成一团的四个人都快快地停了手。那三个孩子回头一看，见是孔丘他娘，立即拔腿一溜烟地跑开了。而孔丘一见是娘，则耷拉着脑袋，垂手而立，一言不发。

"丘儿，你为啥跟人打架？"

孔丘看看娘，又看看跟来的孟皮，没有回答。

颜征在看儿子欲言又止的样子，猜想他有什么不得已的苦衷。又想到，儿子是个死要面子的人，虽然孟皮是他的哥哥，当着哥哥的面，教训他恐怕也有伤他的自尊心。遂连忙说道：

"别杵在那儿了，快跟娘回去说清楚。"

回到家，颜征在立即关上门，说道：

"现在可以说了吧，为什么跟人家打架？"

没想到，儿子仍然不回答自己的问题，而是突然放声大哭起来，这倒让颜征在为之愕然。遂连忙放缓语气，抚了一下儿子的头，温柔地说道：

"丘儿，这里就你跟娘两个人，你有什么委屈可以跟娘说。但是，你一定要实话实说，为什么要跟人打架？"

"他们骂我是杂种！"

颜征在一听，不禁为之一惊，瞪大眼睛说道：

"他们果真这样骂你？"

"娘，俺没说谎，他们几个人都是这样骂俺的。"

顿了顿，颜征在稳定了一下情绪，平和地问道：

"丘儿，你知道什么叫'杂种'吗？"

"不知道，反正是骂人的话，不是什么好话。"

"不知道，是吧？那娘告诉你。丘儿，你见过马，见过驴，见过骡吗？"

"见过。"

"那么，你知道骡是怎么来的？"

"不知道。"

"那么，丘儿，娘告诉你，骡就是杂种，它是马与驴所生。"

"哦，原来是这样。"小孔丘瞪大了眼睛，一副恍然大悟的样子。

颜征在继续说道：

"马与驴不是一个种类，所以它们生下来的孩子叫杂种。你爹娘都是人吧，是一个种类吧，你是爹娘所生，你怎么是杂种呢？他们这样骂人，是他们无知，没文化，没教养。跟这种孩子多接触有好处吗？除了骂人、打架，他们还能干什么？丘儿，娘告诉你，你爹和你娘都是上等出身的人。你爹是宋国贵族的后裔，身体里流着的是高贵的血液；娘家也是世代诗书人家，你姥爷是鲁国屈指可数的博学之人。俺们孔、颜两家都是高门大姓，'杂种'与俺们何干？"

"如果他们只骂俺，俺还能忍住，不会动手的。他们还骂爹娘，骂得俺实在气愤，所以就动手了。"

"他们骂爹娘什么？"颜征在追问道。

小孔丘嗫嚅了半天，却始终不开口。颜征在急了，几乎是吼叫了：

"丘儿，他们到底骂爹娘什么了，你说啊！"

小孔丘看娘发急了，低着头，用轻得不能再轻的声音说道：

"他们说俺爹老不正经，70多岁的人了，还跟一个十几岁的少女'野合'，在尼山脚下的麦地里打滚，生出俺这个头顶长个坑，可以盛水的杂种。"

颜征在一听，顿时语塞，一时愣在了那里，半天说不出话来。

小孔丘见此，连忙问道：

"娘，难道他们说的是真的吗？"

颜征在一听，突然醒悟，觉得非要跟儿子说清楚不可，否则不仅造成误会，还会给他幼小的心灵留下阴影。整理了一下思绪，颜征在装出镇定自若的样子，先淡然一笑，然后不紧不慢地说道：

"丘儿，这种没教养的孩子说的话，你也信吗？娘跟你讲吧，你爹娶你娘时，确实年近七十，娘也确实年仅十几。但是，你爹之所以在年近七十的高龄还要娶你娘，那是为了延续你孔家的香火，让孔家这支高贵的族裔不要断了后。你大娘跟你爹一连生了九个女儿，却没有生出一个儿子。所以，后来你爹又在大娘的鼓励下娶了二娘，生下孟皮。可是，孟皮先天残疾，不是正常人。你爹认为孟皮不能延续孔家族脉，所以最后在大娘的鼓励下才向俺爹提亲，娶了你娘，生下了你这个聪明的小子。虽然你在三岁时你爹就离世了，但你爹因为有了你，去得安心，走得宁静。"

"那么，爹娘压根儿就没有什么'野合'或是麦地里打滚的事喽？"

"傻孩子，当然没有喽。你想想看，你爹是宋国的贵族后裔，是鲁国体面的将军，娘是书香人家的好闺女，怎么可能干麦地里打滚这种事呢？这种事，只有没教养的下等人才干得出来。"

"那么，他们为什么说俺是爹娘'野合'生下的怪胎呢？"

这一下，颜征在又被这个聪明的儿子问住了。想了想，她笑了笑，慢条斯理地说道：

"傻孩子，你懂什么叫'野合'吗？'野合'不是在麦地里打滚的意思，而是指你爹娘结婚的年龄不合宜。按照古礼，男子娶妻年龄为二十，女子嫁人年龄为十五。你爹娶你娘时年近七旬，这不符合古礼，所以人家说这是'野合'，就是不正常的意思。但你爹也是事出无奈，是为了延续孔家香火才高龄娶妻啊！"

"哦，原来如此！"小孔丘终于恍然大悟了。

"丘儿，娘为什么让你读书学习，就是要你做一个有文化、有教养的人，一个懂礼的人啊！你看，那些野孩子，因为没文化，所以就乱说话，害得人际关系紧张，这多不好啊！如果他们也有文化，他们就说不出这种粗俗无知的话了，那丘儿也就不必生气而跟他们动手打架了。你看，因为他们的无知粗俗，害得我们的小君子孔丘跟人打架。要是丘儿以后有出息了，将来青史上写一笔，'孔丘少时与人打架'，那多不值啊！"

心里疙瘩解开了，小孔丘终于露出了灿烂的笑容。

突然一阵凉风吹过，原来靠墙坐在地上睡着的孟皮惊醒过来，听见孔丘笑出声来，以为他悲伤过度而发疯了。于是，连忙借着灶台上那盏奄奄一息的油灯微弱的光线，起身推了推伏在他娘停尸板上的孔丘。

孔丘朦胧中睁开眼，看到孟皮，这才意识到刚才做了一个梦。也许是因为一天没吃没喝，又哭了一天，实在太累，没清醒一会儿，孔丘又伏到他娘停尸板上，手抚着裹他娘的草席再次又进入了梦乡。

"娘，给。"一进门，孔丘就从袍袖里摸出一个小袋，恭恭敬敬地递给母亲。

没想到母亲颜征在头也没抬，继续缝着衣裳，更没有伸手去接儿子递过来的钱袋。

"娘，您怎么了？"

"你眼里还有俺这个娘啊？你现在有出息了！"

"娘，您这是说的什么话？丘儿永远都是您的儿子，怎么有出息，也都是娘教育出来的啊！"

"那么，娘教育你去干下贱的事了吗？"

"娘，俺做过什么下贱的事？"

"你以前背着娘不读书，跑去给人赶马车，还自鸣得意，跟人夸耀自己驭车的技术高明，还说'富而可求也，虽执鞭之士吾亦为之'。现在好了，越来越有出息了，竟然给人家当起了吹鼓手，丧曲吹得万人空巷，好不得意哦！"

"娘，您说什么？俺不明白。"

"丘儿，你今年几岁了？"

"十五。"

"那娘问你，你都十五岁了，堂堂一个男子汉，身上流着宋国贵族高贵的血，受着鲁国当代耆宿颜氏的教育，怎么为了几个钱而低下高贵的头，给人当起了丧葬吹鼓手呢？丘儿，你知道今天娘看到你在稠人广众之中吹着丧乐，不以为耻，反以为荣的样子，娘是怎样的心情？娘当场想找块石头撞死的心都有。丘儿，你能体会到娘心里滴血的感受吗？你想想，如果你爹与孔家列祖列宗地下有知，知道他们引以为荣的孔丘不求上进，干着这样的贱业竟然还自鸣得意，那他们是怎么想呢？"

"娘，别说了，丘儿知错了。丘儿只是心疼娘辛苦，想为娘减轻点负担，尽自己所能，挣点钱贴补家用，免得娘深更半夜还为人家缝补浆洗。既然娘认为丘儿做得不对，那么丘儿今后再也不会为人驾车、吹丧曲了，丘儿会一心向学，学好本领，做一个高贵的人，将来报效国家，光宗耀祖，青史留名。以此，上告慰孔氏列祖列宗，下报答娘的养育之恩。"

"好，娘等着哦！"

颜征在笑了，孔丘也释怀了。

"仲尼，快醒醒，还在做梦呢！天都亮了。"孟皮一觉醒来，发现孔丘还伏在他娘停尸板上睡觉，遂连忙起身推了推他。

孔丘揉了揉惺忪的睡眼，惊讶地望了望孟皮，然后又看着裹在草席中的娘，想到刚才梦中娘的微笑，不禁悲从中来，又放声大哭起来。

"仲尼，别哭了，哭也不能把你娘哭活过来，还是想想办法，怎样安排你娘的葬礼吧。昨天老伯已经说过，天气这么热，不能耽搁的。"

孔丘一听，终于冷静下来。现实的问题摆在面前，不能回避。目前最急迫的是让娘快点入土为安，才算是对得起娘。

于是，兄弟二人商量了一阵，就分头求告左邻右舍的乡亲们，请他们帮忙料理丧事。

第二天一大早，在曲阜城内许多热心人的帮助下，颜征在的丧葬事宜一切都按照古礼准备妥当。可是，出殡的时辰到了，孔丘却仍然打听不到父亲到底葬在何处。因为父亲去世时，他才三岁。长大后，问母亲，她也不甚了了。因为母亲不是正室，父亲发丧时，没有资格参加，所以她只听人说丈夫葬在防山，具体位置则一无所知。

"孩子，都这个时候了，你还打听你父亲的墓地，来不及了啊！"邻居老伯劝慰道。

"是啊，孩子，我们都不知道你爹当初葬在何处。再说，当时也没树碑，现在一时怎么找呀？"一个老婆婆也劝说孔丘放弃合葬父母的想法。

"伯伯，婶婶，大家说的都不错。可是，夫妇生同枕，死同穴，乃是古礼。为人之子，父母生前不能孝养，死后不能合葬，如何还算得了是人呢？"

大家见孔丘这样说，既同情又无奈，只得摇头叹息，爱莫能助。

僵持了很长时间，在长辈们的劝说下，孔丘只得同意按时出殡。

当长长的出殡队伍在哀乐声中逶迤着走到五父衢时，走在队伍前头，身穿麻布丧服，脚蹬菲草之鞋，手拿哭丧棒的孔丘突然停了下来，回转身来让抬棺的乡邻停下了灵柩。

一时间，浩大的送丧队伍与行走的路人都被堵在了五父衢，车不得过，人不得行。孔丘当街跪倒在地，放声大哭，以头叩地，连连哀求左右行人道：

"各位高邻，众位乡亲，有知道鲁将叔梁纥防山之墓的，乞请垂示，以实现孔丘为父母合葬这个小小的心愿。"

说完，孔丘又连连向周围及过路之人叩头，直叩得满头是血。大家都看得心有不忍，但又爱莫能助。多少次，孔丘为此而昏死过去。

苍天不负苦心人，日中时分，曾被孔丘之父叔梁纥过继为承祧嗣子的同宗兄弟邹曼父闻讯与其母赶来奔丧。曼父娘扶棺哭过一阵后，听说孔丘停棺不行的原因，立即拉起孔丘，说道：

"丘儿，快起来，婶娘知道你爹防山之墓的具体位置，俺给带路。"

于是，大家终于松了一口气，浩浩荡荡的送丧队伍又开始移动了。最终，颜征在得以与丈夫叔梁纥合葬在了防山。

2. 伤心飨士宴

周景王十年、鲁昭公七年（前535）九月十八，一大早，鲁国执政季武子府前便开始热闹起来，因为一年一度的飨士宴就在这天如期登场了。

季府的十八名家臣分两排站立，每排各九名，两两相对，从府前台阶下一直站到街道边缘。所有迎宾家臣都衣冠整齐，垂手而立，目不斜视，作毕恭毕敬之状。

来自鲁国全境的老少各色士子，有的步行逶迤而来，有的坐着高大的马车呼啸而至，有的独自一人踽踽而至，有的结伴说笑而来。

"欢迎，欢迎，请！"

每当有人到来，十八位迎宾的年轻家臣都这样齐声有礼地问候。

当士子们穿过十八位迎宾家臣构成的迎宾通道，鱼贯而入时，在季氏冢宰府开阔的庭院里，沿着进入正厅的通道两旁，早已迎候在此的两支乐队钟、鼓、磬、埙、笙、竽等乐器一起奏响。两个妙龄少女轻舒素手，拨动筝弦，启朱唇，曼声唱起时尚的迎宾曲《鹿鸣》：

　　呦呦鹿鸣，食野之苹。我有嘉宾，鼓瑟吹笙。吹笙鼓簧，承筐是将。人之好我，示我周行。
　　呦呦鹿鸣，食野之蒿。我有嘉宾，德音孔昭。视民不恌，君子是则是效。我有旨酒，嘉宾式燕以敖。
　　呦呦鹿鸣，食野之芩。我有嘉宾，鼓瑟鼓琴。鼓瑟鼓琴，和乐且湛。我有旨酒，以燕乐嘉宾之心。

所有走过的嘉宾，一边欣赏，一边说笑着抬步升阶登堂。

时近正午时分，从远道赶来的最后一批士子也陆续到达。

"欢迎，欢迎，请！"

就在迎宾家臣躬身施礼相迎之时，从季府走出一个身高八尺、魁梧壮硕的汉子。远看颇有一种气宇轩昂的威仪，但近观则让人觉得其一举一动中都透着一种趾高气扬的味道。

"宰臣好！"

当大汉临近时，所有迎宾家臣几乎异口同声地高声问候道。

这大汉不是别人，乃是季武子家臣，亦是季府总管，所以家臣们都称之为"宰臣"。他姓阳名货，因为长得一副凶神恶煞的样子，犹如一只张牙舞爪、时刻都想吃人的老虎，故人赠外号"阳虎"。

阳虎一边点头回应家臣们的问候，一边站在季府大门口最高一级台阶上，居高临下地眺望着三三两两、零星而至的远道之士渐渐走近。

看着最后一批参加飨士宴的士子进了季府，阳虎又在门口站了一会儿，向远处望了望，见再也没有别的士子朝季府这边赶过来，便大手一挥，对众位迎宾家臣吩咐道：

"午时已到，准备撤退，关门入府。"

话音未落，突然见一个年轻人正朝季府飞奔过来。众迎宾家臣没有犹豫，立即分两排站回原位，准备迎接。

待这位年轻人走近，大家这才看清，这人年约十七八岁，身高约在八尺开外，阔额方脸，浓眉大眼，面貌酷似阳虎，但看起来不像阳虎那样咄咄逼人，而是一脸的和气。只见他足蹬双层厚底丝履，身穿青领士子长衫，头戴殷朝流行的章甫帽。众迎宾家臣见这位年轻人虽然着装如此不合时宜，古里古怪，但都认为这肯定是一个读书的士子。于是，大家毕恭毕敬地站直了身子，然后躬身施礼，齐声说道：

"欢迎，欢迎，请！"

年轻人对他们点点头，就准备迈步入府。但是，站在门前台阶上的阳虎突然伸出一臂，拦住他，说：

"慢着，你是谁？"

"我是孔丘。"

"孔丘？孔丘何许人也？"

孔丘一听，非常气愤，明明以前见过，还夸奖过自己学问大，怎么今天就装着不认识了呢？于是，立即明确地回答道：

"孔丘乃鲁国之士也。"

"鲁国之士？我记得今天冢宰宴客名单中没有孔丘这个人啊。"

孔丘先是感到诧异，为之一惊，但转瞬就镇定下来，不卑不亢地反问道：

"既然今天是冢宰的飨士宴，怎么可能没有孔丘之名呢？"

"是啊，是飨士宴！但宴请的是士啊，你是士吗？"

孔丘一听，更加愤怒了，于是，语气中也带有了埋怨之情，反问道：

"阳管家果真不认识孔丘？"

"当然不认识。在下不知曲阜还有孔丘，更不知孔丘亦为士林中人。"

孔丘见这个奴才如此装疯卖傻，故意刁难自己，遂气不打一处来，一种与生俱来的血统优越感，使他顾不得谦恭，以不无骄傲的口吻说道：

"孔丘不仅是士林中人，而且先世还是宋国贵族。"

"哦，阳货真是孤陋寡闻了，说来听听。"

"说了谅你也不懂。"

"你是嫌俺老粗？"

"孔丘倒是没有这个意思。"

"好，那就说说你家的贵族史吧，也好让阳货长长见识。"

"孔丘乃宋国后裔。先祖微子启，是殷朝帝乙的长子，纣王同父异母之兄，亦是封疆千里的诸侯，在殷朝的朝廷中官至王卿士。"

"微子启？没听说过。"阳虎以为孔丘在胡诌历史，跟自己吹牛。

孔丘心知其意，决定说得更详细点，让这个无知的家奴长长见识，遂继续说道：

"微，乃诸侯国名，属公、侯、伯、子、男五级爵位的第四级子爵。当初周武王伐殷纣王，灭殷，封纣王之子武庚于朝歌，为诸侯，以奉殷商之祀。武王死后，武庚勾结周之管叔、蔡叔与霍叔谋反。周公旦摄政，辅佐周成王出兵东征，历二年而平定叛乱，擒武庚与管蔡霍三人。周公遂命纣王同父异母之兄微子接替武庚为诸侯，并作《微子之命》以申明法令，立其国于宋。原殷民亦随之迁徙到新建之宋，遂有宋国。而微子本人则到周朝中央政府任职，被周天子封以'贤'号。微子有弟，曰仲思，名衍，亦名泄。仲思承袭微子之爵，故国号微仲。仲思生稽，是为宋公稽。其子孙袭国，爵位虽屡有变迁，但级别皆不过其祖，故仍以旧爵相称。因此，微子及其弟虽为宋公，但仍沿用微之名号。真正称公，始于仲思之子稽。"

阳虎见孔丘如此咬文嚼字地掉书袋，遂不耐烦地说道：

"宋国称公，与你们孔家何干？"

孔丘一听，非常生气，遂正色说道：

"如何没有关系？阳管家请听好！宋公稽生丁公申，丁公申又生愍公共与襄公。而襄公则生弗父何与厉公鲂祀。厉公鲂祀以下，则世袭为宋国卿。弗父何生宋父周，宋父周又生世子胜。世子胜生正考甫，正考甫则生孔父嘉。五世嫡亲血统结束，再分出诸侯的同族。这样，就有了后来一支以孔为氏。"

阳虎见孔丘说得凿凿有据，虽然仍然撇着嘴，但内心则不得不开始承认其有高贵的身世与血统。

孔丘察其心防已经崩溃，遂一鼓作气说道：

"孔父这一名号，历史上有一种说法，认为是周天子所赐。因此，孔父这一支的子孙从此就以孔父或孔来命名其宗族。孔父生子，名曰木金父。木金父生睪夷，睪夷生防叔。防叔因华氏之祸而逃亡于鲁。防叔生伯夏，伯夏生叔梁纥。叔梁纥，即孔丘之父也。如果阳管家对宋国历史不了解，那么鲁国的历史，特别是叔梁纥为鲁将，为鲁国立下不世之功，应该是清楚的吧？"

阳虎见孔丘还跟自己摆谱，不仅炫耀自己高贵的出身，而且还夸口其父叔梁纥的功劳，心里更是反感。于是，故意装糊涂说道：

"阳货不闻叔梁纥对鲁国有什么功劳。"

"鲁襄公十年（前563）四月，晋悼公欲与南方大国楚国抗衡，以图霸业，乃召鲁襄公、宋公、卫侯、曹伯、薛伯、杞伯、郯子、滕子、小邾子、齐世子光等十三国诸侯会盟。晋国之荀偃、士匄以偪阳国亲楚为由，请求用兵于偪阳，以此打通伐楚之通道。当以晋军为首的联军向偪阳城进攻时，却遭到了偪阳国军队顽强的抵抗。攻城很多天，联军都未得手，反而损失惨重。一天，鲁国孟氏家臣秦堇父押送粮草辎重至偪阳城下。偪阳人为了补充困城的补养，遂打开城楼上的悬门，意欲出城夺取鲁国的这批粮草辎重。鲁将秦堇父和狄虎弥见城门悬起，以为有机可乘，立即率军杀入城内。可是，鲁军刚入城至半，突然城上悬门落下。偪阳人意欲将鲁军切割成城外与城内两部，分而歼之。就在这千钧一发之时，我父叔梁纥跃马飞奔过去，双臂发力，硬是死死撑住了下滑的悬门，鲁军入城之兵得以安全撤出，从而避免了鲁师全军覆灭的厄运。"

"阳货怎么没有听说有这样的事呢？"

孔丘见阳虎这样说，更是为其父抱不平了，遂又说道：

"也许是因为年代久远的缘故，那时阳管家还没生出来吧，不知者不为怪。那孔丘就给阳管家说一件近事吧。鲁襄公十九年（前554）齐鲁防邑之战，十万齐军包围了我防邑城，增援的鲁军为其势所威慑，观望而不敢救，守将臧纥绝望地准备引剑自刎。就在此时，我父叔梁纥率鲁国三百死士拼死杀入城中，救出臧纥，并率兵与齐兵展开了殊死搏斗，最终打退齐师。如果不是我父叔梁纥，鲁国今日何有防邑之城？"

孔丘说完，感到无限自豪，阳虎却面无表情，丝毫没有一丝感动，只是冷冰冰地说了一句：

"防邑之战虽有其事，但恐怕亦非叔梁纥一人之功吧。"

孔丘一听，顿时怒不可遏，遂不无嘲讽地说道：

"阳管家既对宋国历史不了解，对鲁国历史也不了解，那么，凭什么说孔丘不是士呢？"

阳虎听出孔丘话中的嘲讽与轻蔑之意，遂立即翻脸，恶言相向：

"你说的大英雄叔梁纥的故事，俺阳货通通没听说过。俺倒是听说一个叔梁纥老不正经的故事，他年近七十，还见色起意，在尼山脚下的田里与一个十几岁的少女野合，然后生下一个怪物。这个怪物头顶有一个坑，下雨天能盛水。他整天跟人讲什么周公之礼，穿着稀奇古怪的衣服，戴着不三不四的帽子，到处招摇撞骗，自称是有学问的士。"

孔丘一听，顿时气得发抖，道：

"阳虎，你，你……"

"你，你，你什么？哈哈，哈哈！小子们关门。"

随着阳虎一声令下，季府朱红的大门便重重地关上了。

3. 初出茅庐

飨士宴的风波，伤透了孔丘的心，强烈地刺激了他的自尊心。

从此，他更加刻苦读书，发奋一定要成为天下第一博学的士，让阳虎这个狗眼看人低的奴才看看，也让季武子这个尸位素餐的执政看看。可是，没过三个月，季武子就于这年的十一月突然死亡，永远看不到孔丘被世人尊崇为圣人的那一天了。

周景王十一年，鲁昭公八年（前534）八月二十七，行过冠礼的孔丘，不仅在学业上更有长进，而且身体发育也已成熟，身高达九尺六寸，被世人称为"长人"。

"男大当婚，女大当嫁"，乃是天经地义的事。堂堂一表、凛凛一躯的孔丘，虽然没了爹娘，缺少"父母之命"，但"媒妁之言"还是有的。自从行过成人礼后，曲阜城里的许多媒婆就没少上孔家的门。但是，一说到具体人选及其门第身世，往往都不合孔丘心意，所以最终都被他一一婉言拒绝。

周景王十二年，鲁昭公九年（前533）六月十八，虽天气大热，让人坐立不安，但孔丘仍与平常一样坐在房里专心读着竹简。

"仲尼，仲尼，你在哪儿呢？"孟皮拖着一条瘸腿一颠一颠地闯了进来。

孔丘被孟皮突如其来的叫喊打断了思路，忙循声望去，看见孟皮正靠在门框上喘气呢，遂问道：

"伯尼，有什么事吗？"

"仲孙大夫的车马正往俺家过来了。"

"仲孙大夫与俺孔家从无交往，他不会屈尊来俺家吧。你是自作多情了。"说着，孔丘又拿起竹简读了起来。

"仲尼，俺没骗你，确实是往这里来的。"孟皮急了。

"伯尼，那仲孙大夫所来为何呢？"

"是为你提亲。"

"你咋知道是为俺提亲来的呢？"

"他家仆人已经到俺家门口了，提早通知俺的。"

"哦，有这等事？"孔丘这才知道不是孟皮在诳他。

"快出门迎接仲孙大夫吧。"孟皮催促道。

孔丘只得放下竹简，起身往门外走去。

来到门口一看，仲孙大夫的马车正好停下。孔丘一见，连忙上前，躬身施礼。宾主略作寒暄，便一同进屋。

分宾主坐定后，孔丘开口道：

"承蒙仲孙大夫厚爱，屈尊纡贵，莅临寒舍，孔丘实在感动莫名!"

"言重了。仲尼博学多艺，名扬天下。这次老夫应楚王之召，参加诸侯各国在陈国的盟会。其间，有宋国大夫向老夫问起宋室流徙到鲁国的一支的近况，提到了令尊大人英雄盖世的事迹，还特别赞誉了仲尼博古通今的才学，赞赏之情溢于言表。老夫感到非常欣慰，鲁国有仲尼之贤才，何其有幸! 交谈中，宋大夫提出一个建议，希望鲁宋应该继承历来联姻友好的传统。仲尼本是宋室后裔，如果能够与宋女联姻，那样就可以亲上加亲了，对于宋鲁睦邻友好关系的发展更加有益。老夫回国以后，立即向国君报告了，国君非常赞成这桩两国联姻的美事。国君要老夫负责此事，务必要玉成其事。至于嫁娶一应开支，均由鲁宋二国公帑负担。所以，仲尼就不必操心了，只等着迎娶夫人吧。"

说完，仲孙大夫非常爽朗地大笑了几声。

孔丘一听，世上竟然还有这等好事，愣了半天，犹如是在梦中。最后，还是站在一旁的孟皮催促道：

"仲尼，还不赶快感谢国君与仲孙大夫啊?"

孔丘一听孟皮的话，这才清醒过来，连忙弯身伏地，跪拜仲孙大夫的知遇之恩，感谢鲁君齐天洪恩。

三个月后，在鲁国国君的关心下，在仲孙大夫的亲自操持下，孔丘迎娶了宋国贵族之女亓官氏。

刚迎娶了亓官氏不久，孔丘又有好事临头。鲁昭公九年（前533）十月，仲孙大夫传令，鲁昭公任孔丘以委吏之职。虽仅是一个微不足道的小官，职责是管理国家仓库，但好歹也是国家公务人员，算是有了一官半职。这让生活一向没有着落的书生孔丘感到非常满足，因此，对于所管理的仓库事务非常尽职尽责。为了改变以往仓库管理工作中的混乱局面，孔丘建立了登记与会计制度，入库与出库的财物由谁经手，何年何月何日以什么理由出入库，都一一载明于简册。为此，鲁昭公还专门表彰过仲孙大夫，认为他是为国举贤的好榜样。

就在孔丘将仓库管理工作做得有声有色，深受朝廷上下好评之时，周景王十三年，也就是鲁昭公十年（前532）的九月，他又有喜事临门，结婚不到一年，亓官氏就给他生了一个大胖小子。鲁昭公听说后，特意派人给孔家送了一条鲤鱼。为此，孔丘夫妇感到非常荣幸，特意为儿子取名鲤，字伯鱼，以示对鲁国国君赐鲤的敬意。

鉴于孔丘出色的工作，周景王十四年，也就是鲁昭公十一年（前531）的三月，鲁昭公颁令，改任孔丘为乘田吏，职责是为国家管理牛羊畜牧。这一职务，相比于负责仓库管理的委吏，责任更大，难度也更高。而这正是鲁昭公要改任他为这一职务的原因所在，因为他要进一步考察孔丘的行政才能究竟有多大潜力。

孔丘果然不负鲁君期许，上任后虚心向饲养牲畜的前辈学习讨教，并研究牛、羊、马发情与配种的规律。结果，不到一年，不仅所饲养的牛、羊、马均膘肥体壮，而且数量也大为增加。这一下，可乐坏了鲁昭公，连忙召孔丘来见，问他饲养牲畜的经验。孔丘有问必答，应对得体。说到最后，鲁昭公突然由牛、羊、马的繁殖说到了鲁国人丁不旺的事，问孔丘道：

"鲁国虽然不大，但若论土地面积，只有这点人口，实在是太少了。楚人老聃所说的'小国寡民'，就天下诸侯所占地盘而言，鲁国国土面积不算小，'小国'还与鲁国不沾边，但'寡民'则是实实在在了。如此，不仅大片土地得不到垦殖，经济不能发展，而且一旦与敌国交起战来，恐怕连兵员都成问题。所以，寡人对此颇为担忧。"

孔丘一听鲁昭公这样说，不禁莞尔一笑，道：

"国君对于人口问题倒是不必担忧，增加人口与繁殖牲畜一样，要注意总结经验，按规律办事就可以了。"

鲁昭公一听，连忙追问道：

"那么，如何使鲁国迅速增加人口呢？"

"请问国君，按礼，男女婚配有什么规定？"

鲁昭公毫不犹豫地回答道：

"男子三十而有室，女子二十而有夫。"

"国君，您想想看，男子三十才结婚，女子二十才成家，这是不是影响生育，影响人口增长的障碍啊？"

"当然。不过，周公之礼这样规定，我们也不能改变啊！"

"其实，周公之礼的规定本身没有错，而是错在世人理解上出了偏差。'男子三十而有室，女子二十而有夫'，说的是男女婚配的最迟上限，要人们不要逾越这个最迟的限度。男子十六而精通，女子十四则就有生育能力。生育规律如此，为什么要死守'男子三十而有室，女子二十而有夫'的教条呢？如果男女都能遵循生育规律，在适龄阶段就婚配，那么人口不就自然增加了吗？"

鲁昭公一听，顿时恍然大悟，欣喜地说道：

"善哉！仲尼之言也！"

于是，立即着手颁令，纠正人们婚配观念上的偏差。不出一年，鲁国的人口就明显增加了。

4. 雪夜访郯子

经过委吏与乘田吏的历练，孔丘不仅行政能力得到了提高，充分展示了其先天即已具备的行政管理才干，而且在行政管理工作中接触到许多书简上所没有的问题。在求解答案的过程中，他与社会各界人士都有了广泛的接触，并时常不耻下问，获益甚多。

周景王二十年，鲁昭公十七年（前525）十二月十五，郯国国君郯子第二次朝鲁。鲁昭公举行盛大的招待宴会，以示尊崇。

郯子的盛名，孔丘早就闻知。他不仅是爱民如子的仁君，更是闻名天下的大孝子。早在开始接受启蒙教育的时候，孔丘就听外祖父说起有关郯子的种种故事。

郯子，乃少昊氏（少昊，己姓，名挚，字青阳，建都穷桑，故号为穷桑氏，亦称金天氏）之后裔，本是一个普通的农家子弟。自郯子三岁开始，他的父母就对他严格管教，注意从小培养他的人格。因此，长大成人的郯子，在乡邻们的眼里不仅是一个特别能吃苦耐劳的庄稼汉子，也是一个懂礼貌、乐善好施、孝敬父母的好青年，同时还是一个好学不倦、知识渊博的夫子。每当田间劳作稍闲，或一天农事结束，他就抓紧点滴时间捧着书简苦读。因此，方圆百里的人们都知道他是一个上知天文、下知地理的博学才人。可是，在三十岁时，郯子的父母突然都双目失明了。孝顺的郯子，为此遍访周围百里的郎中，翻遍了周围所有的山岭为父母寻草药。吃了三年的药，屋后的药渣都快堆成了一座小山，但父母的双目仍然不能复明。后来，在好心人的指引人，找到了一位名医，得到一个药方。这个药方虽号称是祖传秘方，但医者却不讳言，由于药引需用野鹿鲜乳，所以这个药方的有效性就从来没有被检验过。尽管如此，郯子还是满怀希望地拿着药方，回家后先是翻山越岭找全各味草药，然后安顿好双亲的生活，就背着行囊往有野鹿出没的开阔山地出发了。开始几天，他一直不能接近鹿群，后来请教附近猎人，买了一张鹿皮披在身上，又浑身浸透野鹿粪便气味，经过多次努力，最终慢慢接近了鹿群，侥幸挤到了一只正在哺乳的野鹿的鲜乳。然后，翻山越岭，以最快的速度回到家里，熬好药，配上野鹿鲜乳，给父母双亲喝下。三天后，父母双目神奇般地复明了。从此，郯子的孝名传遍了方圆百里。甚至几百里外的邻国，都不断有人来跟他学习，既学文化，也学为人处世的道理。后来，郯子生活的村庄随着越聚越多的人口而变成了一个市镇。十年之后，慢慢向外扩展延伸，竟然变成了一个不大不小的城邦。大家推举郯子为首领，开始了建邦聚民的立业征程。又过了十年，周天子闻知郯子其人其事，乃封郯子所居方圆百里为一个城邦，号为郯国。郯子成了第一任国君，因是子爵，人们便亲切地称其为郯子。

郯子虽是贤君，但他总觉得鲁国才是现今天下周礼存续的正宗所在。所以，他两次朝鲁，目的就是表达对周公的尊崇之意。这次朝鲁，鲁国朝廷上下不仅更加了解了郯子的贤能，还进一步领略了他的博学。在鲁昭公招待宴会上，鲁国大夫叔仲昭子问起远古帝王少昊氏以鸟名官的事，郯子如数家珍，娓娓道来，让鲁国君臣敬佩不已。

孔丘听说此事后，欣喜若狂，因为他一直想了解远古时代的官制问题。可是，典籍上找不到，问宿耆前辈也没人知道。这下好了，终于找到人了。

欣喜了一阵后，孔丘突然清醒过来，自己目前还无资格参加鲁昭公举行的国宴，因此就不可能有机会接近郯子，并向他当面请教。

正当孔丘闷在家里为此烦恼之时，孟皮与邹曼父来了。看见孔丘正在发呆，若有所思，孟皮遂连忙问道：

"仲尼，你在想什么呢？俺们进来都不睬俺们。"

"没想什么。"孔丘心不在焉地回答道。

"仲尼，别瞒俺们了，你有什么心思，或有什么喜怒哀乐，都是刻在脸上的。"

"是啊，仲尼，你有什么心思或有什么难处，就说给俺哥俩听听吧。虽然俺们帮不了你什么，但开解开解你，总比你一个人闷在心里要好吧。"曼父也帮腔道。

孔丘见此，这才慢慢道出了心思：

"俺听说，郯国的国君郯子知道俺想知道的事情，俺想当面请教他。可是，俺们国君招待他的国宴俺无缘参加，这样俺想见郯子就不得其门而入。"

孟皮一听，哈哈一乐，道：

"我说仲尼啊，俺看你真是脑子一根筋！虽然国君的招待宴会你不能参加，但没有不散的筵席啊！等到国宴散了，你在郯子回国宾馆的路上或国宾馆门口等他，难道他能拒绝你这样好学不倦的鲁国之士吗？"

"是啊，伯尼说得对。"曼父附和道。

孔丘点点头。

"那么，还不收拾一下，准备准备？既然要见别国国君，总要穿得整齐点吧。"

"伯尼，这个不用你说了，仲尼在这方面肯定比你我要懂得多。"曼父道。

兄弟三人先商量了一下拜访郯子的细节，然后又说了一些闲话，孟皮与曼父就告辞出去了。

走到大门口，只见午后的天空突然阴沉起来，凄厉的北风呼啸着吹过屋顶，吹过树木，吹得老树枯枝欲断，吹得嫩枝瑟瑟颤抖，吹得行路之人情不自禁地缩起脖子躬起腰。

"哎呀，不好！看样子，这是要下雪了。"曼父看了看天，似乎很有经验地说道。

兄弟俩正这样站在门口说着，犹豫不决之间，雪就真的纷纷扬扬地飘下来了。没过一会儿，雪越下越大，直下得四野茫茫，不辨东西。

"不好了，仲尼，下雪了。"愣了一会儿，孟皮突然拖着那条瘸腿连忙奔进屋内。

孔丘此时正在房内翻箱倒柜，想找件像样点的衣裳。听到孟皮突如其来的叫喊，便停下了翻找，抬头吃惊地看了看孟皮。

"仲尼，下雪了。"孟皮又重复了一遍。

"下雪了？刚才天气不是好好的吗？"孔丘吃惊地问道。

"你看看外面就知道了。"

孔丘立即停止翻箱倒柜，连忙奔到窗口向外一看，果然下得满世界是雪。站在窗口，孔丘不禁傻了半天。

"仲尼，今天还要去拜访郯国国君吗？"曼父在门口站了一会儿，也重回屋里道。

听到曼父这样问了一句，孔丘仿佛如梦初醒，愣了一下，然后毫不犹豫地回答道：

"当然去。这样好的机会上哪里再找？不要说是下雪，就是下刀矛剑戟，俺今天也要去。"

"那好，你继续收拾衣裳，俺哥俩给你准备蓑衣、斗笠吧。"孟皮说道。

"还是伯尼想得周到。不然，这么大的风雪，恐怕没见着郯子，自己早就冻死在路上了。"

说着，哥仨就各自忙活开了。等到收拾穿戴停当，天色也不早了。

"仲尼，你知道国君的晚宴什么时候结束吗？"望着外面飘飞的大雪，孟皮突然问道。

"不知道。"孔丘摇摇头。

"天下这么大的雪，宴会结束，郯子还要回到国宾馆，俺国国君总不会让晚宴拖得太久吧。"曼父想当然地说道。

孔丘虽然知道曼父的话有些想当然，但心内暗忖，觉得也有些道理。遂不自觉地点了点头。

孟皮见此，连忙补充道：

"不管散早散晚，俺们还是早点出发，在路上等着。俺们可以等他，但他不会等俺们。"

"伯尼，你也想跟去呀？"曼父连忙问道。

"两位哥哥都不必去了，一来天气这么冷，犯不着大家一起受冻；二来俺拜访郯子是为了讨教学问，二位哥哥一起去，恐怕多有不便。"

孟皮与曼父听孔丘这样一说，心知其意，遂连忙说道：

"仲尼说得对，那俺们就不陪了。只是你要穿得暖和点，这风雪之中等人可不是闹着玩的。"

"知道了，谢谢二位哥哥关心！"

说着，曼父与孟皮就帮助孔丘穿衣结带，披蓑衣，戴斗笠。一阵忙乱后，孔丘在二人目送下出门，然后消失在漫天风雪之中。

却说孔丘出门之后不久，先是往鲁国国君的宫殿方向急赶。但走不到一顿饭工夫，却突然停下了。因为刚才他一边走一边想，觉得等在鲁国国君宫殿门口，在礼仪上未必合适；同时，也怕郯子不知从哪个宫门出来，说不定自己所等非其所，反而错过了机会。倒不如以不变应万变，在郯子下榻的国宾馆门口等着。无论郯子回来早晚，都不会错过相见的机会，因为鲁国国君总不至于因为风雪而留郯子住在自己的宫殿吧，这于礼仪不合。

这样想着，孔丘就突然返身，转向国宾馆方向而去。虽然风雪很大，但曲阜城并不大，走不多会儿，就到了国宾馆。

国宾馆的守卫们早就听说孔丘学无常师，博古通今，今天如此大的风雪他还来求见郯国国君，好学不倦的精神真是让他们深为感动。于是，他们破例请孔丘进国宾馆门前值守的小屋躲风避雪。但是，孔丘为了表达对郯子的敬重之意，婉言谢绝了守卫们的好意，一直坚持立于风雪之中，翘首而等郯子归来。

等了将近两个时辰，终于在风雪交加的黄昏，在暮色苍茫之中，远远看到两辆马车一前一后地朝国宾馆这边慢慢移动过来。

孔丘一见，连忙移动在风雪之中站得麻木、冻得麻木的双腿，情不自禁地迎了上去。没走几步，第一辆马车就到了眼前，并停了下来。接着，从车上走出一个人。孔丘睁大眼睛一看，不禁心中一喜，原来是前些年给自己保媒的仲孙大夫。于是，孔丘连忙迎了上去，先是躬身施礼，然后叫了一声：

"仲孙大夫！"

仲孙大夫一惊，不知何人。因为孔丘穿着蓑衣、戴着斗笠，又是风雪弥漫，实在看不出是谁，遂问道：

"你是何人？怎么待在国宾馆门前？"

"仲孙大夫，我是孔丘。我听说郯国国君博学，有一些难以求解的问题想求教，所以就在此等，盼着国宴散后能有机会当面请教郯国国君。"

仲孙大夫一听，这才恍然大悟，遂连忙说道：

"既然是仲尼，又是在这风雪交加的夜晚来求教郯国国君，不仅老夫深受感动，恐怕郯国国君也会感动的。那老夫就帮你引见一下吧。"

说着，仲孙大夫就迎向第二辆已然停下的马车，对着马车上将要下来的郯子轻声说了几句，郯子不住地点头。

这样，孔丘告别了仲孙大夫后，就随郯子进了国宾馆。

一进国宾馆，分宾主坐定后，孔丘就迫不及待地问起了远古帝王的官制问题：

"听说国君的先祖少昊氏时以鸟名官，确有此事吗？丘只是听说，但未查到文献根据，所以至今困惑不解。今闻国君辱临鲁国，丘以为乃是上天所赐良机，故不揣固陋，冒昧打扰请教，希望国君不吝赐教，则丘幸矣！"

"仲尼好学不倦，名满天下。老夫僻居荒野之地，孤陋寡闻，岂敢在你面前谈论学问，只能就老夫所闻，上达尊听而已。"

"国君不必过谦，丘是真心求教。"

郯子见孔丘确实是真诚向学，遂也不再客套，就刚才孔丘所提问题回答道：

"你刚才所问少昊氏以鸟名官之事，确是历史事实。我祖少昊氏初立国时，有凤凰飞临宫前。我祖以为凤乃吉鸟，遂拜鸟为师，并以各种鸟名来命名百官之职。"

孔丘点点头，对郯子的话深信不疑。

郯子见此，遂又接着说道：

"其实，上古帝王，仰观象于天，俯观法于地，以自然物象命名职官，乃是常规。黄帝时，以云记事，也以云命名百官；炎帝时，以火记事，亦以火命名百官；共工氏以水记事，也以水命名百官；太昊氏以龙记事，亦以龙命名百官。我祖少昊氏以鸟名官，正是这一传统的继承。当时，我祖将历正官称之为凤鸟氏，乃是因为凤为神鸟，是吉祥之兆。人们认为，凤凰出现就会天下太平。也就是认为凤是知道天时的，所以就将主管历数以正天时的官职称之为凤鸟氏。"

孔丘听到此，终于恍然大悟。顿了顿，又问道：

"少昊氏还以什么别的鸟命名过别的官职吗？"

"当然有。比方说，以玄鸟氏命名职掌春分、秋分的官员，以伯劳鸟命名职掌夏至、冬至的官员，以青鸟氏命名职掌立春、立夏的官员，以丹鸟氏命名职掌立秋、立冬的官员，这四种官职都是凤鸟氏的属官，由凤鸟氏领导。"

"以凤鸟氏命名历正官员，是因为凤乃吉祥之鸟。那么，其他由鸟命名的官职是否也各有其依据与特定含义呢？"孔丘问道。

"当然有。比方说，以玄鸟氏命名职掌春分、秋分的官员，是因为玄鸟（即燕子）有一种生活习性，它们总在春分时飞来，秋分时飞离；以伯劳鸟命名职掌夏至、冬至的官员，乃因伯劳鸟（即伯赵）夏至时始啼，冬至时止啼；以青鸟氏命名职掌立春、立夏的官员，是因为青鸟（即鸧鴳）在立春时开始啼叫，在立夏时停止啼叫；以丹鸟氏命名职掌立秋、立冬的官员，乃因丹鸟（即雉）在立秋时来，在立冬时去。"

听到这里，孔丘又提出问题道：

"听说远古时代，还以祝鸠命名司徒之职，确有其事吗？为什么要用祝鸠而不是别的鸟来命名呢？"

郯子一听，非常高兴，连忙说道：

"仲尼确实是知识渊博！就老夫所知，上古时代之所以要以祝鸠命名司徒的官职，乃因祝鸠是一种非常孝顺的鸟，以它的名字命名职掌教育的司职官位，有教化万民的含义。"

"哦！"孔丘恍然大悟。

随后，郯子又讲了从颛顼之后为什么管理百姓的官职只以百姓之事命名，而不像远古时代那样以龙、鸟等自然之物命名的原因。娓娓道来，有理有据，听得孔丘如醉如痴，真正明白了什么叫天外有天，什么叫博古通今。

5. 闻乐见文王

自从问学于郯子之后，孔丘更加谦虚了，并逢人便讲："我闻之：'天子失官，学在四夷。'从郯子问学，孔丘始信此言不虚也！"又说："不登高山，不知天之高也；不临深渊，不知地之厚也；不从圣人而学，不知学问之大也。"

周景王二十二年，鲁昭公十九年（前523）八月二十七，虽然处暑已过，但天气仍然很热。中午，孔丘从乘田吏值守的官署回到家里。一踏进家门，就见妻子亓官氏正在忙里忙外，食案上已经摆满了好几道美味佳肴。

孔丘刚要开口问妻子，六岁的孔鲤闻声已从里屋跑了出来，他早就熟悉了父亲的脚步声。

"爹，爹，抱抱！"孔鲤一边说着，一边就扑进了孔丘的怀中。

"鲤儿，都六岁了，还要爹抱，羞不羞？"亓官氏虽然这样说着，脸上却洋溢着笑意。

孔鲤知道爹娘的心思，并不理会娘，勾着爹的脖子，扯着爹的胡须，开心地笑着问爹道：

"爹，您知道娘今天为什么要做这么多好吃的呀？"

"不知道。是不是因为鲤儿今天特别乖呀？"

"爹猜错了，刮鼻子！"说着，孔鲤用他胖胖的小手在孔丘鼻子上刮了一下。

孔丘与亓官氏都开心地笑了。

孔鲤见此，连忙说道：

"爹真是一个糊涂蛋，今天是爹的生日呀！爹，你今年几岁了呀？"

"傻儿子，爹还几岁？爹都快三十岁了，还一事无成呢。"

"爹，怎么一事无成？爹天天出去玩，不干事呀？"

"好了，鲤儿，下来吧。今天是爹二十七岁生日，快跟爹在案前坐好，咱们吃饭喽！"

于是，一家三口，跪坐于席上，围着小食案一起吃起饭来。小孔鲤今天特别高兴，吃饭时也说个不停，就像一只多嘴饶舌的小鸟。

"鲤儿，吃饭不要说话，当心噎着。爹早就跟你说过，'食不语，寝不言'，不记得了吗？"

孔鲤听娘这样一说，顿时不吱声了，开始低头专心地吃饭。

吃完饭，正当亓官氏跪直身子，准备收拾碗箸时，孔丘突然拉住妻子的衣袖，说道：

"且慢，俺正想跟你商量个事儿。"

"什么事呀？"亓官氏还没来得及答话，小孔鲤却接口问道。

"鲤儿，没礼貌！大人说话，小孩子不要插话哦！到里屋玩儿去吧。"

小孔鲤"哦"了一声，从席上爬起，就奔里屋去了。

"夫君，什么事呀？"亓官氏认真地问道。

"俺已经托仲孙大夫向国君请了一个月的假，想到临城跟师襄先生学琴。"

"夫君的琴弹得好，这曲阜城谁人不知？怎么要到临城去学琴呢？"

"夫人，你有所不知。俺的琴艺在一般人或外行看来，那已经算不错。但是，内行人一听，就知道没到火候。如果以登堂入室来比方，俺的琴艺顶多只算是登堂，离入室的境界还远着呢？"

"夫君刚才说要跟师襄先生学琴，妾不明白。"

亓官氏是宋国的大家闺秀，并不是没有文化的家庭妇女，难道她真的连师襄其人也不知道？孔丘不禁疑惑不解，遂认真地望着亓官氏，问道：

"夫人怎么不明白?"

"师襄为鲁国乐官,虽有名声,但是以击磬而著名,并没听说他的琴弹得好呀!"

孔丘一听这话,终于明白了,连忙回答道:

"夫人有所不知,其实师襄先生的琴也弹得不错,而且对琴很有研究,能够闻琴而知音。"

"哦? 妾真是孤陋寡闻了。"

"如果夫人没有意见,那么俺明天就准备动身,去拜师襄先生为师,好好提高一下琴艺。家里的事,可就要辛苦夫人了。"说着,孔丘就跪直了身子,从席上爬起,又到官署理事了。

第二天一大早,孔丘就告别了妻儿,驱车出了曲阜城,往临城去拜访师襄了。

辗转颠簸了好多天,孔丘才在一个山环水绕的小山村与师襄见了面。互通姓名,互道仰慕之情之后,二人便分宾主在席上坐定。

"仲尼好学深思,学无不精,老夫早有耳闻。不想,今日远道辱临寒舍,实在让老夫始料不及,也是受宠若惊呀!"师襄因为是主人,遂首先开了口,客气了一番。

孔丘一听,连忙跪直了身子,作起身致敬之状,道:

"先生击磬弹琴,艺精无人能出其右。孔丘虽有好学之名,然所学皆不能精。于琴一艺,更是浅尝辄止,至今亦未入门。因此,不揣固陋,冒昧打扰,专程来拜先生为师,希望能够提高一下琴艺。不奢望能入室一窥堂奥,只希望能够登先生之堂而一开眼界。"

"拜师的话,实在不敢当! 老夫只是马齿徒增而已,学问并不见长,更不敢与仲尼相比。如果说击磬,尚有点体会,若说到琴艺,就实在很惭愧了,这世界上比老夫技高一筹者恐怕比比皆是。仲尼若是要跟老夫学琴,恐怕是要失望的。"

"先生不必过谦! 孔丘是诚心而来,跟您拜师学艺的。"

"仲尼诚意,老夫当然不怀疑,只是拜师之事实在不敢当! 如果仲尼不嫌弃,老夫愿意尽己所知,一起切磋提高。"

"孔丘的琴艺水平如何敢跟先生切磋?有关琴的基本常识,孔丘还有一大堆问题要向先生请教呢? 比方说,琴到底始于何时? 琴分五弦与七弦,其从何而来等,孔丘都不甚了。因此,望先生不吝而教孔丘!"

"琴作于伏羲。伏羲之琴,形长七尺二寸,一弦。神农之琴,以纯丝为弦，刻桐木而成。五帝时，琴的形长由原来的七尺二寸改为八尺六寸。到虞舜时，琴弦又发生了变化，由原始的一弦而改为五弦。再后来，周武王又改五弦为七弦，形长则改为三尺六寸五分。今日之琴，正是沿袭周武王之琴制也。"

师襄刚说到此，孔丘立即接口问道：

"《书》曰：'舜弹五弦之琴'，说的就是琴分五弦的开始吧。那么，舜帝为什么要改伏羲、神农一弦而为五弦呢？这里有没有什么特别的含义呢？"

"虞舜作五弦之琴，其意在澄澈人心，禁邪止淫。因此，他改伏羲一弦之琴而为五弦之琴，意在以五弦而配金、木、水、火、土等五行。以大弦象征国君，以小弦寓意臣子。五弦依次与宫、商、角、徵、羽等五音相匹配。"

"五弦有寓意，那么武王改五弦为七弦，有什么道理吗？"孔丘又迫不及待地问道。

"琴有七弦，定于武王，却有一个过程。周文王时，其子伯邑考英年早逝，文王非常悲伤。为了悼念伯邑考，乃于琴上增加了一根弦。而到了周武王伐纣之时，武王为了鼓舞士气，又于六弦之外续增一弦，始成七弦之琴。正因为如此，七弦琴又有一个别名：文武七弦琴。"

"那么，琴的形体为什么屡有变化，由最初的伏羲之琴长七尺二寸，一变为五帝之琴的八尺六寸，最终成了今天的三尺六寸五分呢？"

师襄一听孔丘的疑问，先是呵呵一笑，然后从容说道：

"越是时代久远，人们的身体就越高大，肢体也越长。后世之人，愈进化智力愈发达，但身体则愈不及古人。因为后世之人在身高与肢长方面都远不及古人，因此适应人体特点，琴在形体上也就有了变化，形制也就越来越短小。"

孔丘情不自禁地连连点头，一副茅塞顿开的样子。顿了顿，又问道：

"今日之琴定制于三尺六寸五分，有没有什么必然的道理呢？"

"当然有。琴长三尺六寸五分，乃是象征一年三百六十五天。"

"那么，琴面形状为何是圆的，而琴底则是方的呢？"

"这也有寓意。琴面是圆的，象征的是天；琴底是方的，乃地之象。"

孔丘点点头，表示明白。接着，又问道：

"为什么古今之琴，一律都用桐木制作呢？"

"桐乃阳木，通天地万物之灵。立秋之日，其叶必落，故有'一叶而知秋'之说。除了知秋，桐还知闰年、平年。平年，桐生十二叶；闰年则生十三叶。"

"制琴之桐，是否以我鲁国峄山所产最好？"

"不能这样说，天下制琴之桐很多，只是鲁国峄山之桐比较有名而已。"

接着，孔丘又就琴的制作方法、琴的沿革传承、名琴传说，以及弹琴的指法等，一一请教了师襄。师襄见孔丘态度真诚，好学深思的精神着实令人感动，遂对其所提的所有问题都一一解答。二人一问一答，从日中直谈到黄昏，还意犹未尽。于是，师襄决定留孔丘在家中住下，以便随时切磋。而孔丘则正有此意，所以也就不推辞客套，坦然住了下来。

谈了两天后，孔丘觉得光有理论还不行，此次专程来拜师求教，也并非就理论上的困惑来请教，还要在实践上真正提高自己的琴艺。于是，第三天，孔丘就向师襄提出了请求：

"先生，两天来，孔丘向先生问学，对于琴的知识已有了较全面的了解，真有一日胜读十年书的感觉。可是，孔丘的琴艺始终得不到提高，恐怕还是因为缺少名师指点的缘故。今承蒙先生不弃，不吝悉心教导，还望先生亲自教导孔丘练习几首古代名曲，让孔丘能从中领悟到先贤所作名曲的精髓与内涵。"

"教导不敢！但是，尽老夫所能，将几首由前贤相传的古曲弹奏给仲尼听听，还是可以的。"

说完，师襄搬出一张古琴，架好后，轻拂长袖，闭目深思了一会儿，便叮叮咚咚地弹奏了起来。

孔丘立即凝神屏息，闭目倾听，无论是散音，还是泛音，一个也不敢错过。遇到按音时，孔丘则睁大眼睛，目不转睛地注视着师襄左手的吟、猱、绰、注、撞、进复、退复、起等动作，以及右手托、擘、抹、挑、勾、剔、打、摘、轮、拨剌、撮、滚拂等技法。

一曲结束后，孔丘又请求师襄再演奏一遍。师襄允请，遂又再演奏了一次。

第三遍，则由孔丘演奏，但效果明显比师襄差了很多。这让孔丘自己也感到沮丧，遂自卑而不是自谦地说道：

"孔丘的琴艺与先生相比，真乃天壤之别矣！"

"仲尼，不必灰心。此曲比较生僻，一般人都很难演奏好。你只听了两遍，就能够完整地记下来，并复奏出来，已是非常难得了。只要假以时日，多予练习，相信仲尼演奏得一定比老夫要好。"

说完，师襄又重新坐回琴前，第三次给孔丘做演奏示范。

这一次，因为有了前一次自己演奏的实践，在对比中对第一遍第二遍没有掌握到的细节有了深刻的印象，所以孔丘第二次演奏的效果明显提高了不少。

师襄遂热情地予以鼓励道：

"仲尼真是聪颖过人，过耳成诵也！"

"先生过奖了，还是有很多丢漏之处，请先生明以教我。"

师襄遂又一一指出孔丘第二次演奏中的问题，并让他再次演奏。一连演奏了五次，师襄说：

"曲目的内容基本都已掌握了，但是神韵还是相差甚多，需要反复练习，用心体会。"

说完，师襄就退出琴房，由孔丘自己一人静心练习，不再打扰，也不再予以指点。

练习了三天，师襄站在屋外听了几次，觉得已经差不多了。第五天，师襄走进琴房，高兴地对孔丘说：

"仲尼，此曲练习得差不多了。可以更换一个曲目再练吧。"

"先生，请让孔丘再练习几天吧！孔丘觉得在节奏的把握上还存在问题，不是太到位。"

师襄点点头，欣慰地笑了。然后，径自走出了琴房。

又过了五天，师襄再站在琴房外听，觉得孔丘这次在节奏的把握上已经好多了，基本上已达到了自己的水平。于是，再次走进琴房，对孔丘说道：

"这次节奏的把握差不多了，是到了更换曲目再练习的时候了。"

没想到，孔丘却回答道：

"先生，虽然孔丘这次已基本掌握了曲子的节奏，但是曲子所表达的思想感情，孔丘还是没有通过琴弦表现出来，需要更多的时间练习。"

"仲尼，你能认识到这一点，已到了学琴的一个新境界了。好，那就继续练习吧，直到能与曲作者达成思想和情感的共鸣，那就达到目标了。"

说完，师襄又退出了琴房。

又过了十天，师襄再站在琴房外听时，简直惊呆了。孔丘的演奏早已超过了自己，将曲目的神韵与独特的意境全部表现出来。时而嘈嘈切切，犹如万马奔腾；时而叮叮咚咚，恰似滴水穿石；时而空灵，时而浑厚；时而欢快，时而低回。欢快时，如百鸟齐鸣，莺歌燕舞；低回时，如白杨悲风，如泣如诉。仔细倾听，从琴弦上流出的声音，让人仿佛可以听到大海的涛声，可以感受高山的巍峨，可以见到平原的辽阔，可以看见怒发冲冠的武士，可以发现娇柔妩媚的少女……

师襄站在琴房外好久好久，听得如痴如醉，忘了时间，忘了一切。最后，琴声戛然而止，师襄才从沉醉中清醒过来，快步走进了琴房，高声说道：

"仲尼，你终于成功了！老夫望尘莫及也！"

没想到孔丘却说：

"先生，孔丘觉得虽已得曲目之神韵，但还不能由曲及人，想象出作曲者是何许人也？就让孔丘再练习几天吧。"

又过了七天，师襄最后一次站在琴房外侧耳倾听时，琴弦间流淌出的声音仿佛有一种如临其境、如见其人的感觉。师襄再也忍不住了，没等琴声结束，就迫不及待地推门而入，兴冲冲地说道：

"仲尼，这次感受到作曲者的形象了吧。"

"先生，这次孔丘弹奏间仿佛有一个高大的汉子站在我的面前，他面色黝黑，身材魁梧，目光如电。视其为人，仿佛有包罗天下的气度，高瞻远瞩的目光，君临天下的威仪，这个人除了周文王，还能是谁？"

"仲尼真乃圣人也！此曲即是周文王所传《文王操》。"

第二章　三十而立

1. 杏坛聚徒

告别师襄，回到曲阜城，孔丘更加自信了。而今，他不仅精通作为士与贵族必须掌握的礼、乐、射、御、书、数等"六艺"，对《诗》、《书》等古代文献典籍也非常熟悉并有所研究。通过向郯子、师襄问学，对于世人少有了解的失传之学，如远古时代的职官制度、文王之乐、周公之礼等都有所洞晓。

也正是因为通过这几次问学，他逐渐认识到，要想"克己复礼"，恢复周公礼法，使纷乱的世界重归昔日的宁静，使天下清平，百姓安乐，仅靠自己一个人奔走呼告是没有用的。只有大量培养人才，使自己的政治理念为更多人了解认同，并让了解认同的人走上执政之路，将其理念付诸实践，自己的理想才能真正实现。

那么，如何使更多的人认同自己的政治理念，并成为执政者来实施自己的政治理念呢？思来想去，孔丘还是觉得只有一个途径：兴办教育，培养学生，储备人才。

周景王二十三年，鲁昭公二十年（前522）八月二十七，是孔丘三十岁的生日。与往年一样，这天中午，孔丘从乘田吏值守的官署回到家里，又见妻子亓官氏烧了满满一食案的菜肴。一家三口高高兴兴地吃过午饭后，孔丘并没有起身到官署上班的意思。亓官氏不解地问道：

"夫君今天不要去官署上班了吗？"

孔丘顿了顿，然后才慢慢说道：

"我正要跟你商量一件事，我想辞了乘田吏之职，开办学校。"

"夫君，你发疯了？乘田吏虽然官小职低，但也是一份稳定的工作，可以保证俺一家老小温饱呀！再说了，开办学校，那是多大的一件事呀？需要场所，需要相关设施，这需要多少钱啊？俺们如何能筹集到那么多经费呢？"

"夫人,这件事俺已经想了很久,之所以一直下不了决心跟夫人开口,就是因为经费问题。如果不是因为经费没有着落,俺早就辞了这个碌碌无为的乘田吏了。"

"夫君,俺不懂,您辞了乘田吏而兴办学校,又是图个啥呢?"

"这个世界越发不像样子了,周室式微,诸侯做大。天子管不住诸侯,父亲管不住儿子,丈夫不像丈夫,妻子不像妻子。如此国不国,君不君,臣不臣,父不父,子不子的,礼法何存,规矩何在?"

"现实本就如此,夫君还想如何?"

"正因为现实如此,俺才立志要改变这一切。"

"那么,如何能改变呢?"

"俺想开办学校,培养学生,目的就是为国家储备人才,逐步改变这种状况。"

"夫君是个有远大志向的人,也是个非常博学的人,夫君之所为,当然都是有道理的。只是为妻要告诉夫君的是,现实就是现实,'学在官府'是大家都知道的常识。夫君要兴办私学,这在鲁国没有先例。因此,除了经费难以解决外,要国君同意恐怕也不容易吧。"

"这两个问题,俺都想到了。仲孙大夫对俺一向爱护有加,俺想先跟他商量一下,请求得到国君的支持。"

亓官氏听了,没有再说什么,只是默默地点了点头。

想到做到,是孔丘一向的作风。与妻子亓官氏商量过以后,第二天孔丘便找仲孙大夫商量去了。

"仲孙大夫,孔丘承蒙您关照爱护,才有今天。而今,孔丘有一件事在心里想了很久,不能定夺,所以特请教您。"

"仲尼,你的情况老夫清楚,所以跟老夫就不必客气了,有话直说吧。"

听仲孙大夫这样说,孔丘遂下定了决心,但心中仍不免有些忐忑地说:

"孔丘想兴办私学,教化年轻人,为国家培养人才,希望为鲁国的振兴,为天下的安定做点事情。"

"好哇!只是自古以来都是'学在官府',你办私学,优势何在?"

"仲孙大夫也知道,官学虽是正统,但大多数官学都是官僚气十足，教学方法僵化，所以并不能培养出什么治国平天下的优秀人才。而官学里的学子都是达官贵人的子弟，养尊处优惯了，在官学里更是不愿意学习。您也知道官学的现状，而今官学里有几个好好学习的学子？"

仲孙大夫没吱声，沉默了一会儿，重重地点了点头。

孔丘见此，遂趁热打铁地说道：

"贵族子弟有学习机会而不好好学习，而贫寒子弟渴望学习文化却不得其门而入。为了提升全民的文化素养与道德水平，难道不应该加强教育吗？"

"当然，当然。"仲孙大夫连连称是。

"贫寒子弟不能入官学，这是不可改变的现状。那么，为了让更多想学习文化的贫寒子弟有一个学习向善的机会，现在唯一的办法也只有兴办私学，有教无类。"

"有教无类？"

"是啊，仲孙大夫，难道学文化、受教育只是贵族阶层的特权，而普通大众不能有份吗？"

"从理论上说，当然受教育的权力是人人应有的。但是，兴办私学，在鲁国没有先例。再说了，即使国君同意，教育经费、教育场地、教育设施等，如何解决？仲尼，你个人有办法解决这一大堆的问题吗？"

"仲孙大夫考虑得非常周到，确实如此。孔丘也已想过，只要国君同意，教育经费、教育场地、教育设施等问题都不成问题。"

"不成问题？仲尼，你乃一介书生，难道现在有了什么特别的生财之道，发了大财吗？"

"那倒没有。孔丘以为，既然筚路蓝缕办私学，那么只能一切因陋就简。俺可以自任教师，天当房，地当席，只要不刮风下雨，随处都可成为课堂。让学子们在生活实践中学习、思考，在交流讨论中求知益智。凡有志于文化学习者，不论富贵贫贱，一视同仁，哪怕他带一块肉作为敬师之礼，孔丘也不嫌弃，一定好好教他，让他学习成才的。"

"那好，老夫去跟国君汇报，希望国君支持你。如果能够办好私学，对于官学也是一种促进，对于培养鲁国人才，促进鲁国安定和谐，振兴鲁国国力，相信都是有益的。"

"非常感激仲孙大夫的支持与理解！"

过了三天，消息传来，鲁昭公不仅相当爽快地同意了孔丘兴办私学的想法，还指示仲孙大夫在可能的情况下予以经费上的支持。

孔丘获悉后，高兴得像个孩子，再也顾不得士之优雅的行步之态，飞奔着回到了家中，还没进门，就上气不接下气地向妻子亓官氏说道：

"夫人，国君已经同意俺兴办私学了，还指示仲孙大夫给予经费上的支持。"

亓官氏一听，心里的石头落地了。她虽心底里不赞成丈夫辞去乘田吏的官职去办什么私学，但是看着丈夫办学获批后的兴奋模样，只得报以欣喜的笑脸予以祝贺与鼓励。

还没等妻子开口说话，孔丘旋踵即欲离去。亓官氏一见连忙问道：

"夫君，怎么还没进门，就又要离开呢？"

"夫人，俺到官署把乘田吏的事务交接一下，明天就正式辞职办学。"

"怎么那么急？"

亓官氏话音未落，孔丘已经飞快地转身离开了。

果然，第二天孔丘就开始了办学的准备工作。一大早，当闻讯赶来的乡邻约二十多人聚集到孔府门前时，孔丘立即招呼大家帮忙：

"各位乡亲高邻，国君已经批准孔丘兴办私学。有愿跟孔丘学习的子弟，不论贵贱，不论老少，都可自由入学。只是目前孔丘没有办学条件，所以只能因陋就简，准备以舍下后园空地为教学场地，筑坛授徒，还望大家鼎力相助。"

大家一听孔丘要筑坛授徒，不论老少，不分贵贱都能接受教育，觉得是开天辟地以来未曾有过的新鲜事。年轻人一蹦三尺高，立即转身回家拿镐头、木锨等家伙，准备筑坛。不一会儿，一帮年轻人就拿来工具，蜂拥而全孔府后园干开了。有的除草，有的平地，有的挖土，有的运土，有的垒土。至于土坛选在园中何处为宜，经过大家热烈的讨论，最后选在了园子正中央的两棵高大而有年头的银杏树之间。这样，便于孔丘坐坛授徒时可以有个遮阳挡风的地方。后来，这个讲坛便被称为杏坛。

杏坛筑就以后，孔丘指导几个年轻人用木锨将坛上松土拍实。接着，又让人找来一张旧席子，放在坛上。最后，脱履坐上草席，端坐而等众人行拜师之礼。

可是，孔丘坐在坛上等了约一顿饭的工夫，只见坛下老少推推挤挤，交头接耳，谈笑风生，可就是没有一个人到坛前来行拜师礼。孔丘开始坐不住了，又申明了一下"有教无类"的办学宗旨，鼓励大家接受教育。

一番语重心长的勉励话，终于打动了坛下的年轻人。孔丘话音刚落，突然从人群中挤出一个人来，抢步奔到坛前，双膝跪地，郑重其事地向坛上的孔丘行了一个拜师之礼。待他起身抬头时，孔丘这才看清，原来是隔巷而居、比自己只小六岁的颜由（字季路）。孔丘非常感动，连忙欠身还礼。

颜由退回人群后，又有一个年轻人上前，拜倒在坛前。大家一看，原来是鲁国南境武城人曾点（字皙），因性格豪放不羁而被人称之为"鲁国狂人"。

见年长的颜由与狂士曾点都已拜孔丘为师，秦商（字丕慈）犹豫了一会儿，也上前跪拜于坛前，向孔丘行起拜师之礼。秦商之所以会犹豫一会儿，乃是因为他也是鲁人，只小孔丘四岁，平时当孔丘是好友。

颜由、曾点、秦商等三人行完拜师之礼后，好长时间都不再有人响应。孔丘承嗣之兄邹曼父、同父异母之兄孟皮看了，心中不免着急。于是，为了鼓动大家积极拜师学习，也相继跪倒在坛前向孔丘行起拜师之礼。

大家一见，气氛立即活跃起来。既然孔丘自家兄弟也拜起师来，年龄与孔丘相仿的年轻人也打消了拜师的顾虑。至于比孔丘年纪小的，大到二十八九，小到八九岁的，更是深受鼓舞。于是，大家都纷纷有样学样，鱼贯而至坛前向孔丘行拜师之礼。

就这样，开坛第一天，孔丘就收了二十几位八岁到三十岁左右的弟子。虽然不多，但孔丘已经心满意足。

第二天，孔丘就登坛给新收的第一批学生正式授业。他授业没有课本，除了识字教育之外，常常联系社会现实生活，就学生所提出的各种各样的问题予以深入浅出的解答。其间虽也有借题发挥的情形，如说到社会现实的阴暗面时不禁大发牢骚，说到乱臣贼子的倒行逆施时更是义愤填膺；但更多时候，则是就具体问题进行鞭辟入里的剖析，让学生感到受益匪浅。

随着"有教无类"的平民教育新理念在民众中口耳相闻，孔丘筑坛授徒的名声也日益得到广泛传播。影响所及，仅仅一个月就聚起鲁国各地前来求学的一百多名学子。这些人既有出身于贵族家庭的，如鲁国贵族孟懿子（鲁国孟孙氏第九代宗主，名何忌，世称仲孙何忌）、南宫敬叔（孟懿子之弟，又称南宫韬、南宫括，字子容）等，也有出身贫民甚至是奴隶身份的，如秦商、冉耕（字伯牛）等。除此，鲁国之外的邻国年轻人也有慕名前往曲阜的。

到鲁昭公二十年（前522）十月中旬，不到两个月时间，聚在孔丘杏坛前向他问道求学的弟子就已近二百人。孔丘的人气骤然大增，在鲁国的影响也日益扩大，鲁昭公而今也对他另眼相看了。

2. 见齐景公

其实，随着杏坛聚徒规模的日益扩大，随着"有教无类"教育理念的深入人心，孔丘的影响与名声早已越过了国界，甚至连东邻大国的齐景公与名相晏婴也对之刮目相看。

周景王二十三年，鲁昭公二十年（前522）十月二十六，齐景公携齐相晏婴访鲁，展开"睦邻之旅"，第一天就向鲁昭公提出要见见杏坛聚徒讲学的孔丘。

鲁昭公一听，很是得意，以自己国家有孔丘这样的天下闻人而高兴。于是，立即做出安排，第二天齐景公就在国宾馆与孔丘会面了。

宾主相见，客套寒暄了一番后，依礼坐定，齐景公就开口了：

"夫子淹通古今，好学不倦，弟子满天下，寡人早就有所耳闻，仰慕已久，只是无缘相见，不能当面向夫子请教，怅恨久矣！今日相见，何其幸哉？"

"贤君谬赞，丘实不敢当！丘何人哉，贤君何人哉？贤君治大国举重若轻，齐国经济繁荣，社会安定，人民幸福，天下何人不知贤君之能？"

"先生言过其实矣。寡人之国虽大，但无论经济实力，还是军事实力都还不强。寡人治国虽也尽心尽力，但效果总是不尽如人意。"

"贤君何以这样说？"孔丘不知齐景公说这话的意思是什么，遂问道。

"齐自分封立国以来，就是一个大国。但除桓公时期较为强大外，一直都非诸侯国中最强的。而相对来说，秦国僻处西部荒远边陲之地，周初还是一个游牧于秦亭周边的嬴姓部落。直到平王东迁，因助迁有功，始封为诸侯。平王赐岐山以西之地，乃成一附庸小国。但不出百年，到秦穆公时便蔚然而为大国，实力超过很多诸侯大国，这是为什么呢？请夫子不吝赐教！”

“秦国强大，乃因秦穆公善用人才。由余、百里奚、蹇叔、丕豹、公孙支，乃为辅佐穆公成就霸业的五位奇才。但这五人都不是秦国本土之士，而是穆公千方百计从他国招引的客卿。秦晋崤山之战，秦军大败，孟明视、西乞术、白乙丙等三员秦国猛将亦为晋军俘获，秦国东进的计划受挫。秦穆公痛定思痛，乃设计将由晋投戎的由余招为谋士，委以重用。由余在西戎生活多年，了解戎人情况，知己知彼。穆公对由余言听计从，放手任用。由余在穆公的支持下，不断对戎人用兵，最终陆续灭掉西戎十二国，为秦辟地千里。为此，周王赐金鼓，予以庆贺。穆公霸西戎，乃由余之功也。”

齐景公点点头，表示赞同。

“百里奚，本为虞国大夫。晋献公借道伐虢成功后，回师伐虞，百里奚与虞公、大夫井伯等便成了亡国君臣。晋献公知百里奚贤能，欲加重用，但百里奚宁死不屈，不为其用。秦穆公五年，穆公遣公子絷往晋，代其向晋献公求婚。晋献公允请，将长女嫁之。并听晋臣之计，将不愿屈从为官的百里奚作为奴仆随公主陪嫁到秦国。但在前往秦国的途中，百里奚趁秦公子絷不备，中途脱逃了。秦穆公与晋献公之女成婚后，偶然间查核晋国陪嫁奴仆，发现少了一个奴仆百里奚。遂追问公子絷因由。公子絷不以为然，说少的只是一个奴仆，无关紧要。但是，穆公朝臣公孙支则以为不然。他是从晋国投奔到秦国的武士，知道百里奚其人，遂将百里奚的才能向秦穆公大大夸说一番。求贤若渴的秦穆公一听，不禁为之怦然心动。立即下令，不惜一切代价，也要将百里奚找到。”

“那么，找到没有？”齐景公急切地问道。

孔丘见齐景公情急，却反而不急，乃从容说道：

“百里奚中途脱逃，慌不择路，逃到晋楚边境，被楚人所获。楚人以为是晋国奸细，欲送官处死。百里奚辩说自己并非晋人，而是虞国人，原本是为富家牧牛，因晋灭虞而逃难至楚。楚人见百里奚憨厚之态，且年近七旬，遂相信他不是奸细，留他在楚国牧牛。百里奚牧牛有方，所牧之牛皆膘肥体壮。楚成王闻之，乃令其往南海放马。"

"那么，后来呢？"齐景公又急切地问道。

"后来，百里奚的下落终被访查清楚。秦穆公得知，大喜过望，立即备厚礼，欲遣使往楚，迎回百里奚。公孙支闻知，谏道：'厚礼而迎百里奚，臣以为不可。楚王令百里奚南海牧马，乃不知其为贤才也。今大王致楚王以厚礼，岂不是告知楚王，百里奚乃旷世奇才也？如此，楚王岂肯送还百里奚？'秦穆公情急，问道：'依卿之计，如何是好？'公孙支建议说：'当以普通奴仆视之，以五张羊皮赎回即可。'秦穆公允请，遣使而见楚王，说：'秦有奴隶百里奚，畏罪潜逃到贵国，望大王允臣之请，将之赎回治罪。'说着献上黑色上等羊皮五张。楚王不知就里，允请而放了百里奚。"

"百里奚回到秦国以后，怎么样？"齐景公又急切地追问道。

"百里奚一回到秦国，秦穆公立即召见。但一见是个年过七旬的老者，秦穆公不禁大失所望，脱口而出道：'太可惜了，岁数太大了！'没想到，百里奚也几乎是脱口而出道：'大王错了！若是上逐天上之飞鸟，下擒地下之走兽，臣确实是老了点；若与大王共商国是，治国谋策，臣的年岁还不算大。'秦穆公听百里奚竟然说出这一番不卑不亢、掷地有声的话，不禁为之肃然起敬。遂连忙起身绕席，恭敬有加地请教道：'寡人欲使秦国强大起来，超越列强，大夫有何良策？'百里奚应声答道：'秦虽西陲荒远之国，但有地利之便，诸侯各国，无有过之者。秦凭雄关险隘，进可攻，退可守。积粮储才，厉兵秣马，以待天下有事，一举可霸天下。'秦穆公一听，认为百里奚确是目光高远，诚为天下奇才，不禁喜形于色，立即任之为上卿，准备委国政于他。"

"结果怎么样？"齐景公急切地问道。

"没想到，百里奚却连连谢绝，道：'大王，上卿之位，臣实不敢受之。臣有一友，名曰蹇叔，乃天下奇才，胜臣百倍。为秦国计，臣请大王任蹇叔为上卿。'"

"秦穆公同意吗？"

"秦穆公从谏如流，立即命人携重金，前往蹇叔隐居之所，请其出山。蹇叔了解详情后，为使百里奚安心留秦，建功立业，遂欣然从命。蹇叔至，穆公问道：'先生的才能，百里先生推崇备至。不知先生有何良策以教寡人？'蹇叔回答说：'天下诸侯，强手如林，秦不能立于其中，乃威德不足也。'秦穆公又问道：'先生认为如何才能威德足以服诸侯？'蹇叔道：'严法度，则诸侯不敢欺秦；爱百姓，则大王必受拥戴。若要富国强兵，则须教民以礼，别贵贱，明赏罚，戒贪戒躁。臣以为，当今诸侯之强者，不复有昔日之霸的气象。而大王之国则如日初升，雄霸天下之日可待也。'秦穆公以为然，乃任蹇叔为右相，百里奚为左相。百里奚又荐蹇叔之子西乞术、白乙丙于穆公，穆公任之为将。不久，百里奚之子孟明视亦投秦，穆公亦任之为将。五张羊皮得五贤，这便是穆公用人的境界，亦是其过人之处。"

"秦国能够在秦穆公时迅速崛起，当然与为君者知人善用、从谏如流的雅量有关，但也与为臣者为国举贤的雅量有关吧。"齐景公说道。

"贤君说得是。秦穆公能得二相三将，就是因为公孙支的知人荐才之功！没有公孙支，就没有百里奚；没有百里奚，也就没有蹇叔，当然更不可能有西乞术、白乙丙、孟明视三员秦国猛将。事实上，秦穆公也不是从一开始就特别重视人才，而是受到伯乐的影响与启发。"

"先生所说的伯乐，是不是那个传说中善于相马的秦国人？"齐景公连忙问道。

"贤君说得是。伯乐是秦国最善于相马的人，但到秦穆公时，已垂垂老矣。穆公为此感到忧虑，遂问伯乐：'您的年岁大了，不知子孙中有无能继承您事业的？'伯乐喟然长叹道：'臣之子孙皆不才，能识得良马，但识不得千里马。良马，可从形貌筋骨上看出；千里马，若灭若没，若亡若失，可遇而不可求，非有慧眼不可识之。不过，臣有采樵担薪之友九方皋，他的相马之术不在臣之下，请大王召试之。'穆公见之，使九方皋求千里马。三月而后返，报曰：'已得之。'穆公问：'在何处？'九方皋回答说：'在沙丘。'穆公又问：'何马？'答曰：'母马，黄色。'穆公令人至沙丘取之，则为一匹公马，黑色。穆公大为不悦，召伯乐而抱怨道：'您真是看错人了！您所荐之人，马之雌雄颜色尚不能辨别，又如何能识得天下之马？'伯乐喟然长叹道：'大王有所不知，善相马者，得其精而忘其粗，见其内而忘其外。见其所见，不见其所不见；视其所视，而遗其所不视。马之优劣，不在其颜色、体貌，更不在其雌雄，而在其天生品性。今九方皋忘马之颜色、体貌、雌雄，必是专注于马之品性。臣敢断言，九方皋所求之马，必为千里马。'于是，穆公令取马试之，果为千里良驹。由此，穆公得到启发，顿悟治国之要在于得才，遂下令招贤，广罗天下英才。由此，秦由荒僻小国一跃而为天下强国。"

孔丘说到此，齐景公重重地点了点头，若有所悟。

3. 会晏子

"先生，齐国使者已在门口，持齐相晏子名帖，说齐相马上就要到府拜访您。"

鲁昭公二十年（前522）十月二十八，也就是与齐景公会面后的第二天，午饭过后不久，颜由就急急进来向孔丘禀报道。

"哦？人到了没有？"

"还没有，齐使说还有一个时辰才到。说先来禀告一声，大概是让先生有个准备，不至唐突而失礼吧。"

"晏子是个知礼之人，虑事极为周到，待人极其体贴。"

"作为一个大国之相，这很难得。"颜由不禁感叹道。

"除此，我听说，晏子虽贵为一国之相，但生活上极其俭朴，衣着与普通平民没有两样。这又是一般为官者所不能比的。"孔丘补充道。

"弟子知道先生非常推崇晏子的品德为人，但不知先生认为晏子治国的能力如何，他最杰出的才能表现在什么方面？"

"治国才能如何，主要是看治国的绩效。晏子在齐国执政已有些年头了，但治国绩效并不明显，究竟是什么原因，为师不太了解。因此，不敢妄加评论。但是，有一点，为师可以肯定地说，晏子绝对是当今天下最善于说话的人。"

颜由对言语表达的技巧一向非常感兴趣，听老师说晏子是当今天下最善于说话的人，顿时来了精神，连忙问道：

"先生可否说一些晏子的掌故，让弟子可以从中受些启发。"

"据说，早些年齐景公年轻气盛，当时有一个齐臣得罪了他，他不禁勃然大怒，下令将其缚置于殿下，召左右肢解之。并明言：'有敢谏者，杀无赦。'晏子觉得那个齐臣是个正直之人，只是不会说话而已。同时认为，齐景公这样做太过分。所以，就想谏说齐景公。但碍于齐景公有令在先，于是就想了一个计策。他到殿外找来一把刀，进殿后直奔那个被缚的齐臣，左手按住他的头，右手作出磨刀霍霍之状，仰头看着齐景公，从容问道："婴才疏学浅，孤陋寡闻，请问大王，古代明王圣主，其肢解人，不知从何肢解起?'一句话问得齐景公哑口无言，愣了一会儿，终于悟出晏子话中的弦外之音：要做明君，就不能对臣下施以肢解极刑。于是，立即离席起身，向晏子道歉说：'快放人，罪在寡人！'"

"真是会说话！"颜由不禁脱口赞道。

"齐景公渐入老境后，执政的雄心有所消退，而且还养成了一个坏习惯，饮酒无度。有一次，他一连喝了七天七夜，醉了睡，醒了再接着喝。有位叫弦章的大臣实在看不下去了，遂劝谏道：'大王纵欲饮酒，七日七夜不止，怠事废政，臣希望大王从此把酒戒了！要不然，您就把臣给杀了吧！'齐景公虽然喝多了，但并不糊涂，心知弦章有爱君之心，就犹豫不决。这时，正好晏子入见。齐景公就跟他说：'弦章谏寡人戒酒，寡人若不戒，他让寡人把他杀了。寡人正为此犯难，不杀，说明寡人为臣所制；杀，又可惜了这样的正直之臣。'晏子立即跪拜庆贺道：'太幸运了！弦章今天遇到了您这样的明君，要是遇到夏桀、商纣这样的昏君，他早就死了好几回。'齐景公听出了弦外之音：杀了弦章，自己就成了夏桀、商纣一样的昏君。要做明君，青史垂名，就不能杀了弦章。于是，不仅没杀弦章，而且真的戒了酒。"

颜由听到此，再次脱口赞道：

"晏子的口才，真是举世无双！如此谏臣，亘古难觅！"

"说得对！晏子确实称得上是难得一见的谏臣，齐景公在位这么长时间没犯大的错，晏子善谏的功劳不可没！"

"先生之言，真是一针见血！"

"其实，晏子不仅是天下闻名的谏臣，更是一位杰出的外交家。"

"那么，先生是否可以给弟子讲一讲他外交上的作为呢?"

孔丘看着颜由恳切的目光，非常赞赏他好学不倦的精神，遂接着说道：

"齐是东方大国，楚则是南方大国。齐、楚关系稳定，天下就会太平。一次，齐景公派晏子为特使出访楚国。楚王知晏子乃齐国贤相，又是善说之人，遂心生一计，想乘机羞辱他一下，挫一挫齐国的锐气。晏子身材矮小，楚王命令司仪官在晏子入城时开小门延入。但是，晏子不入，说：'入狗国者从狗门入。'楚国司仪官讨了个没趣，只得开正门延入。楚王闻之，心有不甘，乃与臣下设计，必欲辱之而后快。晏子至，楚王设宴招待。酒酣耳热之时，突见楚王殿上来了两个楚吏，押一人从楚王面前经过。楚王止之，问道：'所押何人？'二吏答：'齐人。'楚王又问：'所犯何罪？'二吏答：'偷盗。'楚王看看晏子，意味深长地问道：'齐人爱盗，是其天性吗？'晏人起身绕席，从容回答道：'婴闻之：橘生淮南则为橘，生于淮北则为枳。橘、枳叶虽相似，其实味道不同。为什么这样呢？水土异也。今民生长于齐不盗，入楚则盗，莫非楚国水土使民善盗？'楚王一听，尴尬无比，只得赔笑说道：'圣人不可戏弄，是寡人自讨没趣了。'"

颜由一听，不禁欢喜雀跃，连声说道：

"晏子真乃外交奇才也！"

师生二人又说了一些关于晏子的掌故，孔丘算了算时间，说道：

"时间不早了，恐怕晏相马上就要到了。我们一起到门口恭候吧，不要失了礼数！"

于是，师生二人连忙一起来到门口。果然，远远望见有一辆马车往这边来了。看着马车越来越接近，孔丘的表情也越来越严肃，态度越发显得恭敬。

不一会儿，马车就在门口停了下来。在车夫的搀扶下，走出一个瘦削干瘪的小老头。只见他年约五十，头发苍白，两腮瘦削。穿的是一件半新不旧的长袍，灰蒙蒙的。颜由站在门口冷眼旁观，丝毫看不出这个人就是想象中的大国之相。不仅气宇轩昂、威风凛凛的气度从他身上看不出，倒是与老师刚才所形容的样子一般无二，活脱脱就是生活中的一个乡下老汉。

就在颜由站在一旁发呆之时，孔丘早已恭敬地迎了上去。二人打躬作揖，施礼客套了一番后，宾主就一起手搀手地进了孔府简陋阴暗的正厅。

依礼分宾主坐定后，二人又说了一些互相仰慕想念之类的客套话。之后，晏子开始切入正题道：

"仲尼博古通今，好学不倦，又筑坛授徒，弟子遍天下。婴早有就教之愿，惜无机缘。今有幸相会，望仲尼不吝赐教！"

"晏相说笑了！丘何人也，晏相何人也？晏相执齐政，辅齐君，齐国政通人和，一派盛世气象。丘乃一介书生，焉敢在晏相面前置一言？"

"仲尼不必过谦！今婴造府拜谒，就是虔诚求教的。婴虽承蒙齐君不弃，任为齐相，但只是尸位素餐，并未治理好齐国。闻古三皇五帝不用五刑而天下大治，不知仲尼以为如何？"

孔丘见晏子态度诚恳，问的又是三皇五帝的事，正好与自己想推阐的政治理念有关，遂连忙回答道：

"古之圣人设五刑，意不在用刑，贵在威慑民众，使其不敢作奸犯科。"

"仲尼之言，意谓三皇五帝设五刑而不用，意在防患于未然，从而达到至善至美的治国境界吗？"

"正是。凡夫俗子，没有圣贤的思想境界，难免会产生作奸犯科的念头。饥则求食，渴则求饮，寒则求温，乃是人之本性。生存的需要不能满足，品行定性差的，必生奸邪盗窃之心。邪恶生于欲望，而欲望又是没有限度的。欲望一旦不能节制，则大者奢靡浪费，小者偷盗抢劫。因此，明君圣人设刑罚、定制度，就是要民众知道什么欲念不能有，什么事情不能做。知禁之所在，则必不敢触而犯之。这样，虽明定了奸、邪、盗、劫等罪状，却没有陷入刑罚的民众，这不正是高明的治国之道吗？"

晏子点点头，接着问道：

"奸邪盗劫之罪生于欲望，那么不孝之罪又是因何而起呢？"

"不孝源自于不仁，不仁则由于丧祭之礼的缺失。"

"何以言之？"晏子急切地问道。

"丧祭之礼，乃是教导民众仁爱的重要方法。民众知道仁爱，服丧期间必会追思父母养育之恩。举行祭礼时，则不敢废人子孝亲之道。丧祭之礼得以彰显，则民皆知孝敬之义。如此，即使明定忤逆不孝之罪，也不会有陷入刑罚之民。"

"婴明白了，要使天下无不孝之民，丧祭之礼不可缺也。"

"正是。"

"今之天下，以下犯上者有之，以臣弑君者亦有之，这是为什么呢？如何才能遏止弑上之罪的发生？"晏子又问道。

"弑上之行，因为不义。义是用以分别贵贱、表明尊卑的原则。贵贱有别，尊卑有序，那么民众没有不尊上敬长的。诸侯朝天子，小国敬霸主，三年而聘，五年而朝，这便是朝聘之礼。朝聘之礼的制定，也是为了彰显义的。义显，则民知所禁，不敢有违。如此，即使明定弑上之罪，也不会有陷入刑罚之民。"

"仲尼的意思是说，强调义，才能别贵贱、明尊卑，使社会秩序井然，不会有犯上作乱、以下弑上的事情发生？"

"正是。"

"那么，争斗动乱之罪，又是因何而起？如何才能遏止？"晏子又问道。

"民好争斗、社会动乱，乃源于相互侵凌。世有侵凌之事，是因为长幼无序，大家不知尊老爱幼，不存敬让之心。古时有乡饮酒之礼，正是为了彰明长幼之序，推崇敬让之风。长幼有序，彼此敬让，即使明定争斗、动乱之罪，也不会有陷入刑罚之民。"

"也就是说，远古时代的乡饮酒之礼，乃是遏制民众争斗、培养民众敬让之心的礼仪制度。"

"乡饮酒之礼，本意正在于此。"

"那么，淫乱之罪，又是因何而起？如何遏止呢？"晏子又问道。

"淫乱生于男女无别。男女无别，则夫妇之间的恩义不存。男女婚配，之所以有聘礼、有享礼，就是为了强调男女之别、夫妇之义的。男女之别既已清楚，夫妇之义既已明确，那么，虽明定淫乱之罪，也不会有陷入刑罚之民。"

晏子听了点点头，表示赞同。孔丘遂又接着说道：

"上述五种情况，就是上述五种刑罚产生的原因，因为它们各有其制定的依据。如果不防患于未然，预先设定刑罚，让民众知所畏惧，堵塞犯罪的源头，而只知用刑罚制裁，那么就无异于设陷阱而陷害民众。刑罚之源，生于嗜欲不节。"

"仲尼是说，嗜欲不加节制，就是罪恶之源，也是刑罚得以产生之源。"

"晏相说的是。"

"那么如何使人节制嗜欲，而不至于犯罪呢？"晏子紧接着问道。

"礼制与法度。"

"为什么？"晏子又问道。

"礼制与法度，是抑制人积习成性的嗜欲和彰显善恶最有效的方法。顺应天道，张扬礼制与法度，就能修明五教，使父义、母慈、兄友、弟恭、子孝。如果这样，尚有人没被教化，那么就要申明法典，彰显法律的尊严。有犯奸邪盗劫之罪的，则整饬制度，修订规则；有犯忤逆不孝之罪的，则整顿丧祭之礼；有犯弑上之罪的，则整顿朝觐之礼；有犯争斗动乱之罪的，则整饬乡饮酒之礼；有犯淫乱之罪的，则整顿婚聘之礼。三皇五帝就是这样教化人民的。这样做了，即使有动用五刑的，不也无可厚非吗？"

"仲尼的意思是说，三皇五帝不是不用五刑，而是先礼而后刑。"婴子听到这里，终于明白了。

"五刑之用，乃是万不得已。一言以蔽之，治国之道，礼为上也！"孔丘总结道。

"婴谨受教！"

4．悼子产

"先生，弟子刚从一位由郑国来的客商那里听到一个消息。"

周景王二十三年，鲁昭公二十年（前522）十一月初二，天雨风寒，杏坛授徒只得中止，孔丘与颜由、曾点等几个弟子在家席地闲聊。中午时分，秦商突然冒雨而来，衣服都被淋湿了。

"丕慈，你就为了告诉先生这个消息而冒雨前来吗？"曾点不禁奇怪地问道。

"正是。"秦商肯定地答道。

"那么，这肯定是个重要消息喽！"颜由也插话道。

"是。郑国子产过世了。"

"真的吗？什么时候的事？"孔丘终于坐不住了，立即跪直了身子，吃惊地问道。

"是真的，过世将近半年了。"

"唉，天下又少了一个好人，一个好官！"孔丘不禁深深地叹息道。

"先生为什么这样感叹？这个子产难道真的那么伟大吗？"曾点不以为然地问道。

"他可是个开明的贤相与杰出的外交家啊！"孔丘回答道。

"先生，以前弟子也曾听人说起过子产的贤能，但具体如何贤能，弟子则不甚了了。不如先生今天就给弟子们讲讲他的事迹，也算是给弟子们上一课。"

颜由话音刚落，曾点连声附和道：

"对，对，对！就请先生好好给弟子们讲一讲吧。"

孔丘看了看围在身旁的三个弟子，然后以深沉的口吻说道：

"子产，名侨，字子产，又字子美。乃郑穆公之孙，故人称公孙侨、郑子产。"

颜由、曾点、秦商一听老师竟能如数家珍似的娓娓道出子产的身世，不禁打心底里佩服老师的博学。

"自郑简公时被封为郑卿，为郑国执政以来，子产一直克尽心力，殚精竭虑地为郑国政局的稳定与民众的幸福而努力。对内，他铸'刑书'于鼎，公布了华夏有史以来的第一部成文法，实施'宽猛相济'的政策，维护国内稳定，促进社会发展；对外，采取不结盟的外交策略，巧妙周旋于大国与小国之间，力争郑国的最大利益。"

"先生，子产铸刑书的事，弟子也曾听说过。但不知，这铸刑书的意义何在？"曾点突然岔断孔丘的话问道。

"子产铸刑书于鼎，乃在昭告百姓，何事能做，何事不能做，什么行为合法，什么行为违法。这个做法彻底打破了自古以来'刑不可知，则威不可测'的刑法神秘感，让百姓知法而不犯法，促进社会和谐，避免人间悲剧发生。"

"哦，原来是这样。"曾点顿时恍然大悟。

"先生，那么'宽猛相济'是什么意思？"颜由也插话问道。

"就是调和历代'以宽服民'与'以猛服民'两种不同治国方略，既强调道德教化，用仁政怀柔百姓，又强调严刑峻法对百姓的威慑效果。"

孔丘说到此，秦商接口说道：

"弟子听郑人说，子产病重时，召郑大夫太叔至病榻前说，我死后，郑国必由你执政。执政治国，要么'以宽服民'，要么'以猛服民'。'以宽服民'，需要执政者有高尚的道德，才能以德服人，化育万民。如果德望不足，则不如采'以猛服民'之策。这就好比凶猛的大火，人们惧而远之，就不会被烧死。一平如镜却深不可测的河水，人们只看到它清澈至柔的一面，却忽视了其危险的一面，结果就会玩水而溺死。死于火者少，溺于水者多，这个道理就好比治国的'宽政'与'猛政'。一般情况下，'猛政'易行，而'宽政'难为。希望你记住我的话。"

"结果如何？"曾点迫不及待地问道。

"没过多久，子产死了，太叔果然为郑国执政。他性情柔弱，不忍实行'猛政'，而用了'宽政'。结果，太叔执政不到一月，郑国偷盗抢劫之事到处都有发生，社会风气大坏，政局开始变得混乱起来。至此，太叔才后悔没有听从子产的忠告。"

秦商说到此，孔丘立即接口评论道：

"政宽则百姓必生怠慢之心，必有违法之行。所以，子产实行'宽猛相济'的政策是英明的。当'宽政'出现问题时，就要及时辅以'猛政'纠正之；当'猛政'出现问题时，则及时以'宽政'调和之。如此宽猛相济，则国家必然政通人和，社会安宁。《诗》曰：'民亦劳止，汔可小康。惠此中国，以绥四方'，说的就是实行宽政的政治效果。又曰：'毋纵诡随，以谨无良。式遏寇虐，惨不畏明'，说的就是施以猛政的作用。又曰：'不竞不絿，不刚不柔。布政优优，百禄是遒'，说的则是和谐的气象。今世之有子产，真乃古之遗爱也！"

孔丘说完，不禁潸然泪下。

师生相对无言，沉寂了好久，还是秦商打破了沉默的局面，说道：

"弟子又听郑人说，子产不仅是个治国的能臣，还是一个开明的执政者呢。据说，子产执政时，有很多人经常聚于乡校，议论子产执政的是非曲直。郑国大夫然明认为，这有损于子产执政的威信，建议子产毁了乡校。但子产不同意，说：'为什么要毁乡校呢，就因为他们聚在那里批评我的执政吗？我认为，不但不应毁了乡校，还应加强乡校建设。这样，人们在劳作之余有个地方休闲或聚会，议论议论政事的好坏。如果批评得对，我们就可以改正；说得不对，我们就引以为戒。我听说有这样一句话，忠言可以消除怨恨。没听说忠言让人畏惧而想方设法予以防堵。防民之怨，犹如防水。小怨不排解，就像积小流而成大江大河，一旦积怨甚多，就会如大水决堤，危害大矣。弄得不好，甚至会人亡政息。对于民怨，倒不如像治水，小规模的放水疏导，必无决堤之虞。民怨得纾，民心必平。因此，我希望经常听到一些来自乡校的批评之声。'然明以为子产开明，郑国百姓也认为子产开明。"

孔丘一听，遂又情不自禁地评论道：

"由此小事观之，以往听人说子产为政不仁的话，实在是误解。

丘以为，子产是个仁人。"

孔丘话音刚落，曾点又提出了问题：

"先生，您刚才说子产是个杰出的外交家，不知从何说起？"

孔丘一听，先是呵呵一笑，然后从容说道：

"点呀，子产的外交才能当今之世谁人不知？"

"惭愧，弟子实在是孤陋寡闻了。还请先生教导。"曾点诚恳地央求道。

"说起子产的外交才能，故事太多了。为师就给你们讲两个吧。那是在晋国范宣子执政时代，晋国为诸侯之霸，各个小国都要向晋国上贡。郑国当时觉得负担很重，就心有怨意。一次，郑简公要到晋国朝觐，子产就托随行的郑大夫子西给范宣子带了一封书信。信曰：您为晋国执政，邻邦没有听说您有什么嘉惠诸侯的美德，却收了诸侯各国很多贡品。对此，侨感到非常困惑。侨听说有这样的话：君子治国，不为无财货而忧心，而以无美德而苦恼。今天下之财皆聚于晋室，诸侯必与晋离心离德。若您恃诸侯之财而治国，晋民必不与您同心。诸侯二心，晋国必亡；晋民二心，晋室必崩。您为何认识不到这一点，而一定要执着于收取诸侯邻邦之财呢？晋国要那么多财货有什么用呢？侨听说，令名，就像风行草上，不胫而走；美德，就像广袤厚地，乃国之基础。一个国家有坚实的基础，就不至于灭亡；执政者有令人称颂的美德，百姓就会拥戴，治国就能长久。《诗》曰：'乐只君子，邦家之基。'说的就是美德对于治国的作用。又曰：'上帝临女，无贰尔心'，说的就是令名的意义。执政者以宽恕之心来彰显仁德，则令名必传之四方，天下之人远则闻风而至，近则安居乐业。因此，贤明者宁愿施惠于人，而不愿索贿于人。大象何以被人猎杀，因为它的长牙是宝啊！"

"结果怎么样？"曾点急切地问道。

"范宣子阅信后非常感慨，于是主动减轻了诸侯各国的贡赋负担。"孔丘欣慰地说道。

"子产这是在为郑国争取利益呀！弟子也听说过一个故事，说的也是子产与晋国就贡赋问题讨价还价的事。晋平公时代，晋君召会诸侯之君于平丘，郑国也参加了会盟。子产随郑简公出席，在讨论到诸侯各国的贡赋时，子产认为诸侯各国向霸主晋国进献贡物时，应该有个轻重次序。他说：'昔日周天子确定诸侯各国进贡物品的等级，以轻重论尊卑。贡赋是周朝的制度，其通例是地位卑微而贡赋负担多的，往往是那些环绕周室周围的小国。而那些离周天子远的大国，则负担反而最轻。今天下诸侯向晋上贡，遵循的仍是周室原则。郑国乃小国，若依例纳贡，以郑国目前的国力，届时可能不能如数如期完成。与其以后完不成而生龌龊，倒不如现在把话说明，请晋君体谅。'晋君不肯破例，子产遂与之争辩，从日中直到黄昏，终于使晋君松口，同意了郑国要求减贡的请求。"

颜由说完这个故事，孔丘高兴地点点头，接着评论道：

"此次诸侯会盟，子产不畏强权，据理力争，维护了郑国的国家利益，确实是起到了国家基石的作用。《诗》云：'乐只君子，邦家之基。'子产之所为，即为君子所追求的一种快乐境界。协同诸侯之力而复位贡赋标准，这也是'礼'的表现。"

孔丘说完，众弟子都连连点头称是。但是，秦商沉默了一会儿，却突然说道：

"先生，弟子当然佩服子产正道直行、不卑不亢的外交表现。不过，子产也有为郑国一己之利而讲歪理的时候。"

"哦？这个为师还没听说过，不妨说来听听。"孔丘饶有兴致地说道。

秦商立即接口说道：

"弟子听郑人说过一件事，郑国曾与陈国发生矛盾，郑国倚仗其远强于陈国的实力，挥师入陈，占领了陈国。为了获得霸主晋国的认可，子产奉命将攻占陈国时所获战利品奉献给晋国。晋国并不领情，乃以霸主的身份向郑国问罪，追究其以大欺小之罪。子产回答说：'陈国不记前时我们郑国对他的恩德，投靠楚国，恃楚地大人众之势，欺辱郑国。因为此事，我们曾向晋国请命，欲兴师向陈问罪，但晋君不允。结果，陈国反而以小欺大，攻入我国东门。东门之役，陈国军队所经之地，水井被填，树木被伐，寸草不留。陈国军队的暴行，令人发指，人神共愤。我国军民忍无可忍，乃奋起反抗，一举击溃入侵的陈国军队，将其打回老家，使陈国的侵略行径得到了应有的惩罚。今特将获得的战利品奉献给大国。'但晋国不肯接受，质问子产说：'郑国为何以大欺小？'子产回答说：'先王有命，只要有罪过，就可以予以惩罚。再说了，以前周天子的土地方圆千里，诸侯封地大者方圆数百里，小者百里或数十里，大小不等，依爵递减，这是周朝的制度。而今的诸侯，大国方圆数千里，如果没有侵占其他诸侯土地，何来如此之大的地盘呢？'最后，晋国被说得哑口无言，承认他说得有道理，只好承认既成事实，不再追究郑国侵陈之罪。”

孔丘听完这个故事，不禁雀跃欣喜，评论说：

“古圣贤有言：‘志有之，言以足志，文以足言；不言，谁知其志？言之不文，行而不远。’意思是说，言语是思想表达的工具，文采是增加说服力的途径。一个人有想法，有道理，不说出来，谁会知道呢？语言表达，如果不能精彩动人，就不能传之久远。晋国为天下霸主，郑国侵略陈国，如果不是因为子产说得好，恐怕郑国就有危机了。小子们，记住了，以后可要注意学习语言表达的技巧，说话谨慎啊！”

“先生不是说过‘巧言令色，鲜矣仁’的话吗？怎么对于子产，就采取双重标准了？是不是有点讲歪理，太偏爱子产了呢？”曾点忍不住率性提出了异议。

“阿点，太没礼貌了！怎么如此看待为师呢？”

于是，师生之间一时陷入了尴尬的境地。好久好久，大家都没有说一句。为了打破尴尬的局面，秦商又说道：

“弟子还听郑人说过一个故事，说子产虽然精明贤能，但也有被属下蒙骗而不知的时候。”

“哦？有这事？”孔丘一听，顿时忘记了尴尬，欣然问道。

“据说，有一次，一个人给子产送了一条鱼，子产命专司杂务的小吏校人拿到池中放养。可是，校人并不领命，趁人不注意，将这条鱼烹而食之。然后，回去向子产复命说：‘那条鱼，小人刚把它放入水中时，它还是奄奄一息的样子。过了一会儿，它就缓过来了，在水中摇头摆尾地游动起来。再过一会儿，就游到深水里不见踪影了。’子产听了，非常高兴地说：‘好，好，好！鱼儿得其所哉，得其所哉！’校人转身出去，跟别人说：‘谁说子产睿智过人？我将鱼儿烹而食之，他却说得其所哉，得其所哉，岂不可笑？’”

孔丘听了，不禁莞尔一笑，说道：

“一个人被人蒙骗，并不说明他不睿智。君子以善意度人，难免不被合乎情理的谎言所欺骗。”

三个弟子听了老师的话，不但不认为老师强词夺理，反而觉得老师真实可爱，遂大笑而罢。

5. 周室观礼

　　杏坛授徒，与弟子相处，让好为人师的孔丘增加了不少快乐。随着名声的扩大，来自诸侯各国的弟子接踵而至，杏坛更加兴旺热闹。在快乐与热闹之中，孔丘暂时忘却了不为世用的精神苦痛。转眼间，两年过去了。但是，到第三年，即周景王二十五年，鲁昭公二十二年（前520）的四月，平静了几年的天下又风波陡起。

　　五月初，从周室传来消息，周景王崩逝，其子猛继位，史称周悼王。周悼王大位尚未坐稳，王子朝便联络旧官僚、百工以及灵、景之族造反，杀悼王而自立。晋人闻之，立即起兵勤王，匡扶周廷，立景王另一子匄，是为周敬王。闻知这一变故，孔丘不禁感慨万千，深为周室式微，人心不古而感到痛心疾首。

　　第三年，也就是周敬王二年，鲁昭公二十四年（前518）春，鲁国三大权臣之一的孟僖子病重。临死前，他把两个儿子仲孙何忌（即孟懿子）、南宫韬（即南宫适，又称南宫阅、南宫敬叔）叫到跟前，交代说："礼，乃做人之根本。非礼，则无以立于世。我死后，你们必须拜孔丘为师，好好学习。"孟僖子死后，仲孙与南宫遂遵父命，虔诚投到了孔丘门下。其中，南宫敬叔拜师学礼之意最为诚恳，因此，孔丘也最信任他。一次，孔丘与南宫敬叔闲聊，话说得投机，脱口而出道：

　　"我听说楚人老聃博古知今，知晓礼乐之起源，明白道德之旨归，堪为我师。因此，我想前去拜访他，请教礼乐、道德之精蕴。"

　　南宫敬叔为人非常聪明，一听便知老师的弦外之音是想让他向鲁昭公请示并给予支持，遂立即回答道：

　　"弟子谨受命。"

　　第二天，南宫敬叔就晋见鲁昭公，说道：

　　"臣受先父之命，拜孔丘为师。先父有言：孔丘，圣人之后也。其先祖弗父何，本为宋国之君，却将国家让给弟弟厉公。至正考父时，则辅佐戴公、武公、宣公三君。宋君三次任命嘉奖，他却一次比一次谦恭。因此，其传家宝鼎铭文曰：'一命而偻，再命而伛，三命而俯。循墙而走，亦莫余敢侮。饘于是，粥于是，以糊余口。'"

"什么意思?"鲁昭公没听明白孔丘传家宝鼎铭文的意思,立即接口问道。

"哦,铭文的意思是说,第一次接受任命,正考父躬着背;第二次弯着腰;第三次则俯下身。走路贴着墙脚,却没人敢欺侮。以鼎煮粥,果腹度日。其节俭谦恭的情形可见!因此,臧孙纥有言:'圣人之后,纵不能当国治世,亦必受明君重用而有一番作为。孔丘少而好礼,大概就是这种人吧。'臣父离世,嘱臣必以孔丘为师。今孔丘欲往周,观先王之遗制,考礼乐之所极。此为大业也!国君何不资以车驾?臣亦请求国君,允臣偕行,以长见闻。"

鲁昭公听了,爽快地答道:

"诺!"

遂下令拨付孔丘车一乘,马二匹,并指示有司加强对其出行的保护措施。

于是,鲁昭公二十四年(前518)三月初五,孔丘便在南宫敬叔的陪同下,前往周室观礼。此时正值春暖花开,天气晴好。师生二人轻车快马,一路谈天说地,述古道今,上至治国安邦,下至百姓日用。不知不觉间,四月初一就到达周都洛阳,前后行程不及一个月。

一入周都洛阳,师生二人就被天子王城的气势所吸引。停车安顿未稳,师生二人就迫不及待地出门,去观周室宫殿庙堂等建筑。他们首先来到天子明堂,看见四道宫门之间的墙上并列刻着尧、舜、桀、纣的画像,旁边各有善恶褒贬的评语,以及国家兴衰、治乱得失的警示格言,还有周公辅佐成王听政,背倚斧扆(绘有斧形图案的屏风)而受诸侯朝见的图像。

孔丘仰望这些图像,来来回回地看了好几遍,最后,回过头来对南宫敬叔说道:

"看了这些图像,就可以了解周之所以兴盛的原因了。"

"先生为什么这样说?"南宫敬叔不解地问道。

孔丘看了看南宫渴望求知的眼神,从容说道:

"察镜者可以照形,观古者可以知今。一国之君不知借鉴前代治乱得失的经验,使国家沿着和谐安定的道路前进,结果必然会人亡政息。为政轻忽,不知危机之所在,不察前代灭亡之原因,就像一个人倒行而想超越别人一样,岂非糊涂至极?"

"先生说的是,弟子谨受教。"南宫敬叔恭敬地答道。

　　师生二人一边说着，一边在宫廷有司的导引下恭敬有加地迈步进入天子明堂。参观一番后，又请教了执事者有关天子明堂的建筑规制等。之后，就转往周太祖后稷之庙参拜。

　　未近太庙，二人远远就看到庙堂右阶之前，有一尊高大的金人铸像。走近一看，见金人嘴上竟然贴有三道封条。师生二人不解其意，乃围金人转了一圈，发现金人背后刻有一个很长的铭文。南宫敬叔看了半天，不明其意，乃问道：

　　"先生，这个铭文是什么意思？弟子看不明白。"

　　孔丘见问，遂指着铭文，一字一句地给南宫敬叔解释道：

　　"这个金人是古代说话谨慎之人。立此金人，意在告诫后人，不要多说话，多说话就会多失败。不要多事，多事则多患。安乐之时要保持清醒，多加警惕；做事之前要多加考虑，思之周延，才不至于失败而后悔。不要以为说话无关紧要，说错了也无伤大雅，其实很多时候都是祸从口出，影响深远。不要以为自言自语，别人听不见，其实神灵时时都在监视着你。小火初起不加控制，等到变成熊熊大火，就无法扑灭了。涓涓细流不加堵塞，就会积小成大，汇成大江大河。纤纤蛛丝不予剪断，就有可能织成罗网。小树幼苗不拔，不要几年就会长成大树，可以用作斧柄。诚能出言谨慎，便是幸福之源。嘴巴能损伤什么？其实它是祸患出入的门户。强横之人，不得好死；好胜之人，必遇劲敌。盗贼憎恨财主，民众怨怼国君。圣人君子知不可妄自尊大，居万民之上，所以放低姿态，屈身下人；自知不可居众人之前，所以甘心屈居人后。谦恭温和，谨慎修德，就会让人敬仰；表现柔弱，谦卑居下，则反而无人超越。人人争趋彼处，我独坚守此处；人人变动不居，我独坚定不移。智慧过人，却深藏不露，不向别人夸耀自己的技艺。如此，我虽尊贵，他人也不会嫉妒而攻毁。这样的境界，何人能够臻至呢？江海地势虽低，却能纳百川，因为能谦卑处下；苍穹在上，不与人亲近，而能让人对之敬畏有加，甘居其下。以此为戒，方能立于不败之地！"

　　南宫敬叔听了，不住地点头称是。孔丘又回头对他说道：

　　"你把铭文上这些话记下来，它说的道理合情入理，真实可靠。《诗》曰：'战战兢兢，如临深渊，如履薄冰。'一个人立身行事，若能如此，还会口无遮拦，祸从口出吗？"

　　"弟子谨受教！"南宫敬叔虔诚地回答道。

　　接着，师生二人就进了太庙仔细瞻仰了一番，并向人请教了有关太庙祭祀的礼仪，以及朝廷的法度等。

出门时，孔丘喟然长叹道：

"丘今日始知周公之圣明，以及周王能够称王天下的真正原因。"

回到驿馆，孔丘好像还沉醉于周公时代。南宫敬叔不时发现他精神恍惚，一人独坐时总在自言自语。

在周都观游了三天后，南宫敬叔提醒孔丘道：

"先生，您来周都除了观光，还有问礼、问乐之事呀！要不，弟子明日就去接洽，如何？"

孔丘想了一想，说道：

"那好。你先打听苌弘先生的住处，我们后天拜访他，请教一下古乐的问题。然后，再拜谒老聃，约定拜谒的时间，我想好好请教一下有关礼的问题。"

"弟子遵命！"

第二天，南宫敬叔就出去将老师所交代的事情都办妥了。毕竟他在鲁国是朝臣，有实际行政工作经验，办事颇是干练。

第三天，孔丘在南宫敬叔的陪同下拜访了苌弘。苌弘早就听说孔丘其人，并为其好学深思的精神所感动。因此，关于乐的问题，凡是孔丘问到的，他都知无不言，一股脑儿地全盘托出，毫无保留。孔丘没有问到的，苌弘也主动告知，大有"宝剑赠英雄"的意味，丝毫不存垄断知识以炫世人的想法。

第四天，在南宫敬叔的陪同下，孔丘又如约在周王室的藏书楼见到了头发雪白、长须飘胸、仙风道骨的周王室史官老聃。

在恭敬地问候揖让致敬之后，孔丘也不绕弯子，直接说了此行不远千里求教的诚意。老聃还之以礼，对孔丘也敬重有加，遂将所知有关三皇五帝时代的古礼，以及周朝之前的夏、商之礼，悉数一一指陈。对于周公之礼，老聃不仅如数家珍，说起来滔滔不绝，还不时从库房中艰难地搬出相关记载的竹简或木牍，让孔丘听得如痴如醉，恍如隔世。

请教完有关礼的知识后，孔丘突然又想到"道"的问题，遂诚惶诚恐地问道：

"先生有言：'道生一，一生二，二生三，三生万物。万物负阴而抱阳，冲气以为和。'意思是不是说，'道'生太极，太极裂而为阴阳。阴阳二气对立，但交会之后则生出第三者。由第三者再生变化，遂有了天下万物。"

"老朽谬说，不曾想仲尼竟了若指掌，知之甚深，真是佩服之至！"

孔丘本以为这个问题问得唐突，没想到老聃竟夸奖起自己，遂深受鼓舞，又接着问道：

"阴阳消长，化育万物。人为万物之一，为什么人与鸟兽昆虫不同，生命化育之期各有奇偶，气分不同呢？"

老聃一听，先是呵呵一笑，然后不疾不徐，从容说道：

"这其间的道理，一般人难以明白，只有通晓'道'之奥蕴的人，才能从中推求出它们的本源。"

"丘生性愚鲁，孤陋寡闻，望先生明以教我。"孔丘急切地请求道。

"天为一，地为二，人为三，三三得九，九九八十一。一代表日，日之数为十，故人类十月怀胎而生。八九七十二，偶与奇相承。奇代表辰，即日、月交会之点，位在十二支之五。辰为月，月代表马，故马孕育十二月而生。七九六十三，三代表斗。斗星代表狗，故狗三月而生。六九五十四，四代表时，即季节。时代表猪，故猪四月而生。五九四十五，五为音。音代表猴，故猴五月而生。四九三十六，六为律。律代表鹿，故鹿六月而生。三九二十七，七代表星，星代表虎，故虎七月而生。二九一十八，八代表风。风为虫，故虫八月而生。余下的则各随其类属之特征。鸟、鱼生育于阴，却属于阳，故皆卵生。鱼游水中，鸟飞云间，故到立冬季节，燕、雀即入大海化为蛤蜊。蚕食而不饮，蝉饮而不食，蜉蝣不饮不食。万事万物皆有不同。介虫与鳞虫，夏季进食，冬季蛰伏。吞咬进食的动物卵生，居有八穴；咀嚼进食的动物胎生，居有九穴。四足动物无翅，长角动物无上齿。无角无前齿者，油脂呈膏状；无角无后齿者，有油如脂状。昼生者类父，夜生者似母。所以，阴极代表雌性，阳极代表雄性。"

孔丘听了连连点头，十分佩服老聃的智慧。而南宫敬叔听了，则一头雾水，不知所云。但是，看到老师与老聃谈得如此投机，又不便插嘴。之后，孔丘又向老聃请教了一些其他问题。谈了有两个时辰，看看时候不早，孔丘与南宫敬叔师生二人便一边感谢，一边起身告辞。

老聃也不慰留，遂礼节性地送到门口。与孔丘、南宫敬叔作揖拜别时，老聃突然叫住孔丘，说道：

"老夫听说有这样一句话：'富贵者送人以财，仁者送人以言。'老夫虽不能富贵，却虚有仁者之名，所以老夫就送仲尼一句话吧。"

孔丘一听，连忙接口说道：

"赠人以言，重于金石珠玉；劝人以言，美于黼黻文章；听人以言，乐于钟鼓琴瑟。先生赠丘以言，胜似连城之璧，其价无限。"

老聃从容说道：

"当今之士，大凡资质聪颖，且一辈子都善于体察事物的，却都是些喜欢讽嘲非议别人的人；学识渊博，辩才无碍，虽宽宏通达，却又常陷自己于危境的，都是些喜欢揭他人之短的人。为人之子，当思父母养育之恩，不要只想到自己；为人之臣，当有尽忠报国之心，不要存有抱怨之意。"

老聃说完，孔丘深施一礼表示感谢。然后，恭敬有加地回答道：

"先生之言，乃是金玉之论，丘谨受教！"

然后，二人举手相别，各作依依不舍之状。

从周都返回鲁国，孔丘学识又比以前大有精进，所传之道更令人信服。随着名声扩大，诸侯各国的学子从四面八方涌到了曲阜。一时间，孔丘门下，聚有弟子上千。

第三章 奔 齐

1. 鲁国之难

"娘，鲤儿饿死了，爹怎么还不回来？"

周敬王三年，鲁昭公二十五年（前517）八月十八，时已过午，小孔鲤几次跑到门口张望，都不见他爹孔丘回来，于是忍不住再次向他娘抱怨道。

亓官氏也感到奇怪，平时丈夫出门都是准时回来吃午饭的，他是一个非常刻板的人，做事总是非常有规律，怎么今天到现在也不回来呢？莫非出了什么事？

正在亓官氏心里七上八下，非常焦急之时，小孔鲤从门口急急跑进屋里，边跑边兴奋地喊道：

"爹回来喽！爹回来喽！"

没想到孔丘进门后，却全然没注意妻儿焦急而兴奋的表情，自顾自地一屁股坐到席上，气呼呼地说道：

"哼，一个小小的卿大夫，竟敢八佾舞于庭。是可忍，孰不可忍！"

亓官氏不明白丈夫的意思，连忙问道：

"什么'八佾舞于庭'？"

"八佾舞是周天子祭祖大典时所用的一种舞蹈，一佾为一列，八佾就是八列。每列八人，八八六十四，由六十四人组成一个队列载歌载舞，以娱祖先。按照周礼，八佾舞只能由周天子祭祖时使用，诸侯不可使用，否则就是僭越。但是，鲁国可以例外，因为鲁国是周公封地，周公辅佐成王有功，成王允许鲁国用天子所用礼乐，包括八佾舞。"

亓官氏一听，倒来了兴趣，遂连忙问道：

"那诸侯用什么舞呢？"

"按周礼规定，诸侯只能用六佾，也就是六列，每列八人，共四十八人的方阵。诸侯之外，还有卿大夫、士也可以用佾舞。但是，卿大夫只能用四佾，即三十二人的队列；士用二佾，共十六人的队阵。"

"那么，夫君刚才说到八佾之舞，怎么那么生气呢？"

"唉，真是岂有此理！今天是国君祭祖的大典，往年都是由季平子主持。今年孟懿子与南宫敬叔向国君建议，按照周礼，祭祖大典应该由国君自己主持。还建议让我襄助。结果，季平子表面没意见，心里却埋怨国君。国君让他操练八佾舞的事，他虚应故事。今天，祭祖大典开始，不但没有八佾舞的队伍出现，而且连季平子本人也不见。国君非常着急，派人去问。不问不知道，一问吓一跳，这个乱臣贼子竟然在家中歌舞作乐，八佾舞于庭。"

说完，孔丘不停地捶打地上的坐席。

亓官氏了解丈夫，他是个非常拘礼之人，自从到周室观礼回来后，更是不胜向往周公时代。今天发生这样的事，他岂能不生气而感到痛心疾首？但是，现实已然如此，鲁国已是"三桓"的天下。国君早已是傀儡，也不是一天两天的事了。生气有什么用，痛心疾首有什么用？除了伤害自己，又能起到什么作用呢？

想到此，亓官氏便跪到孔丘的身边，好言宽慰他。说了半天，在小孔鲤不断叫饿的情况下，孔丘终于消了气，与妻儿一起坐到了食案前，勉强吃了一个馍馍。

八月十九，一夜未眠的孔丘一大早就爬了起来，一边揉着太阳穴，一边走到自己后园。那里有他授徒讲学的杏坛，看到杏坛，他就想起他来自各国的数百个弟子，他觉得还有希望能改变这个世界。

就在他对着杏坛凝神，思绪万千，感慨万千之时，突然曾点急急忙忙地跑来了，并且大老远就大呼小叫，道：

"先生，先生，不好了！"

"何事惊慌？发生什么事了？"孔丘见曾点惊慌失措的神情，不禁也有些慌张地问道。

"国君被季平子驱逐出境，逃往齐国避难去了。"

"啊？"孔丘叫了一声，便一头栽倒在地。

曾点急忙上前抱起孔丘，又摇又叫，半天才见老师睁开眼睛，恢复了平静。

曾点扶起孔丘，又从近旁搬来一块石头，让老师坐下。

孔丘坐下定了定神后，又立即问道：

"这到底是怎么回事？真有此事吗？"

"确有其事！国君昨天晚上就被赶出了城门，在夜幕中带着几个随从逃走的。"

见曾点说得凿凿有据，孔丘不得不信。但仔细一想，觉得不对，曾点不在宫内为官，他怎么能知道鲁国的宫内政变呢？想了一想，孔丘突然对曾点说道：

"阿点，你去把南宫叫来，说我有话要问他。"

"好，先生。"说完，曾点一转身就走了。

过了约一个时辰光景，曾点带着南宫敬叔回来了。

南宫敬叔还没有走到跟前，孔丘就迫不及待地问道：

"季平子果然造反了？真的把国君驱逐出境了？"

南宫敬叔默默地点点头。

"这种大逆不道的事，那你怎么不制止？"孔丘愤怒地质问道。

南宫敬叔惶惶不安，低声说道：

"事发突然，弟子确实一点都不知情。即使知情，先生也知弟子没有回天之力。"

南宫这话说的也是事实，鲁国国政虽由季孙氏、孟孙氏、叔孙氏三家共掌，但季平子是冢宰，实际控制权在季平子手上。至于孟孙家，自父亲孟僖子过世后，在朝中的权力是由哥哥孟懿子接任，南宫并无实权。

孔丘见南宫说得诚恳，也就体谅了他的苦衷。于是，就问道：

"这事因何而起？怎么一点迹象也没有？"

"先生，您有所不知。昨日季平子不参加国君祭祖大典，除了在家八佾舞于庭外，还招来郈昭伯在家斗鸡作乐。"

孔丘一听，更是气断肝肠了。

南宫继续说道：

"季平子招郈昭伯到家中斗鸡，并不是因为他们关系好，而是二人长期争权夺利，彼此互相不服，要分出个高低的心理表现。上一次斗鸡，季平子将自己鸡的翅膀都涂上了芥末，结果郈昭伯的鸡无论如何凶猛，结果都被弄瞎眼睛而斗败。后来，郈昭伯暗中察访，了解到真相。昨天当季平子邀请前往季府斗鸡时，他想起以前的旧仇，遂心生一计，以其之计，还施其人之身，在鸡的爪子上绑上了金钩。结果，无论季平子的鸡多么厉害，最终都被郈昭伯的鸡弄瞎了眼而斗败。"

"结果呢？"孔丘急切地问道。

"结果，季平子大怒，拽住郈昭伯到国君那里评理，并当场要杀郈昭伯。最后，被家兄等众人劝住。郈昭伯感到受了奇耻大辱，越想越气，遂恶向胆边生，联合与季氏一向不和的臧昭伯，秘密求见国君。国君因为昨天上午祭祖的事正记恨着季平子，遂横下一条心，答应与郈昭伯、臧昭伯合兵一处，决定晚上对季氏发动突然袭击，一举铲除季孙氏势力，重拾君权。"

南宫说到此，还来不及换口气，孔丘就追问道：

"接下来，情况又是如何呢？"

南宫又接着说道：

"开始挺顺利，因为季平子完全没想到国君会来这一手，也想不到他能借到郈昭伯与臧昭伯二家之兵。当三股兵力将季府团团围住时，季平子因完全没有准备，仓促之间组织兵力应对就显得非常被动。攻打了约一个时辰，就在季府大门将被攻破之时，弟子兄长与叔孙氏家的支持力量突然从天而降，从背后杀得国君与郈昭伯、臧昭伯的队伍措手不及。之所以孟孙与叔孙二家拖到最后才发兵来救季平子，那也是经过再三思考之后才作出的决定。他们认为，'三桓'之间虽有矛盾，但利益上本为一体，一荣俱荣，一损俱损。若国君扳倒了季平子，君权回归，则孟孙、叔孙二家也就岌岌可危了。在此利益平衡下，这才有孟孙、叔孙二家军队合兵来救季平子的事。季平子见有救兵来援，立即组织兵力冲了出来，与来援之兵对国君率领的军队形成前后夹击之势。很快，国君率领的军队就垮了，国君本人也被季平子抓住。"

"啊？季平子这个逆贼，竟敢以下犯上，抓住国君，实在是太可恶了！"孔丘气得要咬断钢牙。

"季平子抓住国君后，据说当场就要处死国君，意欲自己取而代之。但弟子兄长与叔孙大夫不同意，这才好歹饶过国君，但却连夜打开城门，将国君逐出了曲阜城。据说，国君出城时，身边只有十几个人跟随。弟子问了一下在现场的士兵，据说是往东而去，大概是投奔齐国去了。"

当南宫说完，孔丘这才不得不相信这一切都是真的。傻了好大一会儿，孔丘这才自言自语地说道：

"国一日不可无君，鲁将不国也！"

说完，突然身子一歪，从坐着的石头上滑落下来，倒在了地上，半天都不省人事。

2. 苛政猛于虎

鲁国突如其来的变故，让孔丘从周室观礼归来所憧憬的理想顷刻间化为泡影。而今鲁昭公都被季平子驱逐出境了，这个国家还可能恢复到周公礼法的时代吗？乱臣贼子犯上作乱竟然到了这种赤裸裸的程度，这个天下还有救吗？

痛苦思索了三天，尽管解散来自各国的弟子于心不忍，抛妻别子违背人伦常理，但最终孔丘还是作出了离开鲁国的决定。为了鲁国，他必须追随鲁昭公到齐国，而且要想方设法说服齐景公出来干预，帮助鲁国恢复政治秩序，让鲁国社会重新回到正常的轨道上。

下定了决心，并安排了相关事情后，周敬王三年，鲁昭公二十五年（前517）八月二十三日，一大早，孔丘就在颜由、子路、曾点、冉耕、秦商等几十个弟子陪同下，驾着一驾旧马车，悄然离开了曲阜城，追随鲁昭公往齐国而去。

一路上，大家看到老师心情沉重，都没有人说话。空旷的山野与驿道上，只有马车发出的"哐唧"、"哐唧"之声，空气好像凝固了一样。

这种压抑的气氛，第二天就被率性耿直的子路给打破了。

"你们怎么都变成哑巴了？两天了，怎么都不说一句话，人都快要憋死了。"

时近正午，当马车停下，大家坐到路边一棵大树下准备打尖吃点干粮时，子路终于爆发了。

"子路，先生不是教导过我们，'寝不言，食不语'吗？你难道忘了？"颜由年长于子路，看着老师紧绷的脸，出来打圆场道。

没想到子路不懂颜由的用意，不仅不就此打住，反而立即把颜由顶了回去：

"这不还没吃饭吗？说句话就不行啦？"

秦商机灵，见子路说话很冲，知道他怨气很大，遂以退为进地说道：

"人的嘴巴就是两个功能，一是吃饭，二是说话。吃饭是为了延续生命，留得有用之身，做大事，做好事，成为一个造福于社会国家的人；说话是为了表达思想，倾吐感情，让我们大家彼此了解，相互学习，共同进步。是不是?"

大家一听，不禁非常敬佩秦商的口才。于是，连声附和道：

"丕慈说得对。"

"既然大家认为我说得对，那大家就先吃饭，吃饱了，我们就有劲头了，又可以快快赶路，还可以尽情说话，是不是?"

秦商这几句话，不仅说得几位同门师兄弟一致点头称是，而且也让坐在一旁一直心事重重、一语不发的孔丘也侧脸向秦商看过来，眼光中那种情不自禁表露出的赞赏之情让大家看得一览无余。

颜由见此，连忙给老师递上干粮和水，同时招呼大家快点吃了好赶路。

虽然干粮比不上平时所吃的饭菜可口，但荒野途中能吃上干粮、喝上水，也觉得是一件挺幸福的事了。所以，大家都很知足，神情也变得轻松起来。于是，秦商对子路打趣地说道：

"现在饭吃过了，水也喝过了，你可以说话了。"

子路是个缺心眼的人，他不知道秦商是为调节气氛而说这个话的，以为真的让他随便说话了。于是，转过身来，对着孔丘，张口就来：

"先生，此次昭公被逐，错在昭公，还是错在季氏?"

"太放肆了，阿由! 为师不是早就跟你说过'义不讪上，智不危身'吗?"孔丘也率直地说道。

"先生也说过'修辞立其诚'，弟子有话直说，不藏不掖。此次政治风波，总有人错，不然如今怎么搞得如此君不君，臣不臣，国不国的呢?"

大家见子路竟然引老师的话来反驳老师，都为他捏了一把汗，生怕老师又要生气了。没想到孔丘不仅没有生气的意思，而且还语气和缓地说：

"阿由，你继续说。"

"按照先生的说法，'义不讪上'，对于国君的错误不提出批评，表面上是给了国君面子，符合了'义'，但实际上是害了国君，使他在错误的道路上越走越远。'智不危身'，就是让大家都明哲保身，不得罪人，这不是教人都做滑头吗? 如果大家都这样，那只能坏人得势，好人受气了。就像季平子那样的坏蛋越来越得势，先生这样的谦谦君子却要受气逃离鲁国一样。"

一向粗鲁的子路，今天竟然说出这样一番话来，不仅让所有的师兄弟们大感意外，就是孔丘也始料不及，没想到这个外表粗鲁的莽汉却还有这等独立思考的精神，不禁对他刮目相看了。于是，孔丘情不自禁地点了点头。

子路见老师不仅没责备他，反而有肯定他的意思，于是胆子更大了，问道：

"先生说'义不讪上'，那我们就不讨论鲁昭公是不是贤君的问题了。但是，对于贤君，不知先生有什么判断标准？贤君治国，当以何为先？"

孔丘不假思索地回答道：

"尊贤而贱不肖。"

"先生是贤者，昭公不重用您；季平子不肖，昭公不贱之。于此可知，昭公不是贤君。既然不是贤君，那先生何必要追随他呢？"

"阿由，太放肆了！国君也是你可以议论的吗？"孔丘对于子路的直率再也不能包容了。

秦商一听，知道老师生气了。子路哪壶不开提哪壶的性格，如果再让他说下去，恐怕会让老师更生气的。于是，连忙和稀泥道：

"时候不早了，还是趁早赶路，早点到达齐国，也好早点有所作为。"

大家一听，一边连忙附和，一边从地上爬起，拍拍屁股上的灰，就开始套车上路了。

师生十几人逶迤地走了十几天。一天，经过泰山脚下时，忽然听到有女人凄凉的哭声隐隐从山坳中传来。孔丘立即让马车停下，侧耳倾听。弟子们则跳下车来，个个伸长脖子倾听。

最后，大家都确定是有女人在哭，而且哭得好像非常悲惨。于是，孔丘命冉耕等大部分弟子驻车在此等候，自己则带着颜由、子路、秦商、曾点等四人循着女人的哭声找了过去。走了大约一顿饭的工夫，终于看到不远处的山脚下有一个女人跪在地上痛哭。待到走近一看，原来女人跪在一座新坟前，一边往坟顶上撒土，一边悲伤地哭泣着。

子路抢步跑过去，问道：

"大娘，您这是哭谁呀？"

那老妇人见突然有这么多人过来，哭得更加悲伤了。

哭了好长时间，大概已经是哭不动了，没力气了，老妇人才止住了哭声，抬头望了望孔丘，又看了看围在他身边的几位孔门弟子，以为孔丘是什么官老爷，于是哭诉道：

"老爷，您不知俺们百姓的苦哇！"

孔丘知道她认错人了，但此时他不想纠正，而是连忙问道：

"大娘，您这是在哭您丈夫吗？他是怎么死的？今年高寿？"

那妇人一听，连忙摆手摇头说道：

"俺丈夫早在二十年前就死了！"

"那您这哭的是……"孔丘连忙追问道。

"俺哭的是俺儿子，今年才三十岁，他爹也是三十岁时死的。俺真是苦命啊！"说着，老妇人又放声大哭起来。

孔丘见此，连忙劝止，说：

"请节哀保重，生活还得继续。"

"保重有什么用？丈夫没了，儿子如今也没了，让俺一个老太婆如何再活得下去？"

孔丘一听，不禁非常悲伤，一时无语。

"大娘，那您丈夫与儿子得什么病，这么早都走了呢？"秦商见此上前问道。

"俺丈夫没得什么病，俺儿子也没什么病，都是健健康康的人。"

"那为什么会突然都这么过早地离世呢？"曾点也插上来追问道。

"他们都是被老虎给吃了，埋在这坟墓里的，只是他们的几根骨头与几件衣裳。"说着，老妇人指了指新坟旁边的一个旧坟，示意那就是她丈夫的坟墓。

"既然知道这里有老虎，丈夫又被老虎给吃了，那你为什么不带儿子离开这里呢？天下如此之大，哪里不能存身？"子路也上来插话道。

老妇人看看这些长袍大褂的年轻人，不禁失望地摇摇头，说道：

"你们有所不知，天地虽然很大，但却没有俺们老百姓的存身之处。虽然这里有虎，俺们也知道随时都有危险，但这里官府衙役不会来，没有徭役，没有赋税。只要不被老虎吃了，俺们自耕自食，还能活下去。出了这山坳，恐怕俺们早就饿死了。"

孔丘一听，不禁悲从中来，深深地长叹了一口气，说道：

"苛政猛于虎也！"

过了一会儿，又回过头来对颜由、子路、秦商、曾点等人说道：

"你们记住，如果有一天你们当政，千万不可实行苛政害民！"

"是！弟子谨受教！"四人齐声答道。

于是，孔丘吩咐子路，给了老妇人一点钱，忧伤地告别了老妇人，走出山坳，登车又往齐国方向而去。

3. 割不正不食

行行重行行，经过一个多月的奔波颠沛，周敬王三年，鲁昭公二十五年（前517）九月三十，孔丘携颜由、子路、秦商、曾点、冉耕等弟子终于到达了齐都临淄。

临淄街道齐整，道路宽广，两旁屋舍俨然，店铺林立，街上行人摩肩接踵，熙熙攘攘，一派商业繁荣的兴旺气象。不像鲁国之都曲阜，不仅街道狭小，道路坎坷不平，而且市井萧条，一派没落破败的景象。孔丘与弟子们都是第一次来齐都临淄，对比曲阜，不禁在内心深切感叹，齐国不愧是大国，气象就是不一样。

孔丘一心想着为鲁昭公复国的事，所以进了临淄，第一个念头就是想去拜访晏子，然后通过他的引荐，希望能够前去游说齐景公，让他以大国之威出面干预，使鲁国权臣季平子知难而退，不敢进一步胡作非为，从而实现昭公复国的目标。

第二天，孔丘就让弟子颜由持名帖往齐相晏子府中投谒，希望约定一个时间，亲自登门拜访，先做好晏子的思想工作。然后经由晏子从旁协助，游说齐景公就方便多了。

颜由奉命持老师名帖往晏子相府，但是没有见到晏子。而是被晏府家人告知，晏相不在府中，名帖留下。说等相爷回来，会另派人回拜约定时间。

第三天一大早，齐国相府果然派人找到颜由昨天留下的客舍地址，恭恭敬敬地送上了晏子的名帖和邀请函，约定当天午时相见。

孔丘收到晏子的名帖和邀请后，心情非常激动，这下好了，只要见了晏子，相信他肯定帮助自己。从以前他到曲阜拜访鲁昭公时专程登门拜访自己，二人相谈甚欢的交情来说，他对晏子的才德深信不疑。带着激动的心情，孔丘一边着手梳洗准备，一边在心里打算着见面时如何寒暄，然后如何切入话题，请求他先跟齐景公做做工作，再引见自己亲自去游说齐景公。

　　一切准备妥当，看看时间也差不多了，孔丘就让颜由陪着自己前往。为了表达诚意，他与颜由没有坐马车。这一来是为了表达对晏子的敬意与自己登门拜访的诚意；二来是因为昨天颜由回去已经报告过，晏子的相府是在一条狭窄的陋巷之中，真要坐马车去，恐怕是通不过的。

　　走了约半个时辰，孔丘与颜由准时到达了晏子相府。走近一看，孔丘倒是吃了一惊。如果不是颜由领着到来，他绝对想象不出，眼前这破篱圈围的院落，这前后两排高低不等的几间草房，竟然就是一个堂堂大国之相的府第。虽然昨天颜由回去已经形容过相府的简陋情状，但是亲眼看到后，孔丘还是感到有一种心灵的震撼。这种廉洁奉公，节俭自爱的官员，不要说在大国中找不到，就是鲁、宋、陈、卫等蕞尔小国之相的府第也比这阔绰豪华多了。如果不知就里的人，走到此处，肯定认为这就是一个陋巷中的普通人家。

　　因为离约定的时间还有一会儿，孔丘是守时守礼之人，就站在门口跟颜由说着话，等晏子出来迎接。他知道，晏子也是一个非常守礼与守时的人。但还没跟颜由说上几句话，就见一个矮小的老头从草屋中走出来。孔丘与颜由一见，立即认出，这就是齐国之相晏子。因为他们二人在曲阜接待过晏子，绝对不会看错人的。于是，不等晏子走到篱笆破院门口，师生二人就立即迎了上去。

　　按照礼仪，晏子与孔丘及颜由互相行过见面之礼，并略作寒暄致意后，便携孔丘之手一起进了相府前厅。

　　说是相府前厅，实际上与普通贫民家的草堂没有什么分别，只是面积稍大，宽敞一点。由于四面透风，采光还算好，晴好之天，让人有一种宽敞明亮之感。如果要是风雨之日，相信就是另一种让人难堪而烦恼的情形了。

　　再次叙礼分宾主坐定后，未等孔丘开口说话，就听晏子吩咐家人道：

　　"请夫人出来相见。"

　　"是，相爷。"

　　不一会儿，一位同样是粗衣布裙的老妇人细步快趋地跟在家人后面出来了。

　　"夫人，请过来拜见鲁国圣人孔仲尼。"晏子一边从席上起身，一边这样说着。

　　只见老妇人约有五十开外年纪，相貌平常，与市井中所见的张家阿婆李家大婶没有什么区别。

"老妪见过远方贵客。"晏子夫人一边说着，一边行礼如仪。

孔丘与站在身后的颜由连忙还礼寒暄。然后，夫人退后一步，孔丘坐回原位。晏子则趋前一步，走到夫人面前，低低地在她耳边说了一句：

"时已正午，备餐吧。"

"是。"夫人答应一声，就与家人一起往后排草房去了。

还未等孔丘回过神来，晏子夫人与家人就用托盘从里屋端出了饭菜。摆放完毕后，夫人对晏子做了一个手势，又对孔丘与颜由躬了一下身子，就慢慢地倒退着退到后屋。

晏子见此，连忙招呼孔丘与颜由入席：

"仲尼远道而来，略备薄酒粗食，不成敬意，还望仲尼不嫌怠慢。"

说着，晏子先起身走向主人的食案前，待孔丘起身走到客人的食案前，并坐到布团之上时，他才慢慢地跪下，举起自己盘中的酒盏，对着孔丘说道：

"齐乃荒远僻塞之国，没有琼浆玉液，只有寡味薄酒，为仲尼与高足接风洗尘，实在简慢，还望多多见谅！婴先饮了此盏，以表老夫一片赤诚之意！"

说着，晏子便以袖掩口，举盏一饮而尽。

孔丘与颜由见此，连忙跪直了身子，恭恭敬敬地举起酒盏，也依样一饮而尽。

宾主再次坐回原位后，晏子又指着盘中的的菜肴说道：

"盘中菜肴，虽然粗劣，但都是拙荆亲自烹饪，不假他人之手。"

孔丘一听，又连忙起身，跪拜道：

"真是折煞孔丘也！岂敢让晏相如此费心，让夫人如此劳累！"

晏子一边还礼，一边又说道：

"老夫听说，仲尼生活非常规律，'不时不食'。所以，老夫今日特在午时设粗食相待。"

"晏相见笑了！'不时不食'，那只是孔丘教育学生的话，有时自己也很难做到按时吃饭。就说这一次奔齐，一路上何尝能够'不时不食'！"

晏子一听孔丘巧妙地把话题切换到昭公奔齐上，一方面佩服他的聪明和说话技巧，另一方面也感到紧张。如果不及时把话题扳回来，沿着自己设计的路径进行下去，那么这次相见与午宴就会有很尴尬的结果。正是要避免这种尴尬局面的出现，所以这次相见才刻意安排在午时。目的就是想利用吃饭这一话题，巧妙地把孔丘想谈的话题避开。同时，自然而然地将谈话的话题始终固定在饮食方面，使孔丘没有机会提起昭公奔齐之事。这样，既尽了礼数，又避免了自己不愿意触及的话题，给自己和齐国带来不必要的麻烦。

想到此，晏子连忙又把话题扳回到饮食方面，说道：

"据说，仲尼有言：'食饐而餲，鱼馁而肉败，不食'。所以，老夫让拙荆所准备的菜肴，虽不能算是美味，但食材都是最新鲜的，不会有腐烂变质的东西。仲尼可以放心食用。只是，若按仲尼'色恶不食，臭恶不食'的标准，拙荆所烹饪的菜肴肯定不符合仲尼的要求，色、香方面有很大的差距。这要仲尼多迁就了。"

孔丘一听，连连摆手，说道：

"晏相见笑了！孔丘的这些话，只是酒后一时兴起所说，不足为凭也！"

"不，不，不！老夫觉得仲尼的这些话说得都非常有道理。隔夜变质的饭食，腐烂不新鲜的鱼肉，吃了对身体不利，会引起疾病。所以，从健康的角度看，仲尼的话确是至理名言。至于'色恶不食，臭恶不食'，讲究饮食的颜色、味道，这也是非常有道理的。菜肴色泽好看、闻起来香，会让人增加食欲。"

孔丘见晏子如此赞赏他的美食论，一时高兴，顿时忘记了此行的目的。并在晏子的一再劝慰下，不禁喝了一盏又一盏。晏子见此，遂又说道：

"据说，仲尼又有言曰：'食不厌精，脍不厌细'，'割不正，不食。不得其酱，不食'。所以，老夫让拙荆烹饪时，留意切割的刀功，尽量使鱼和肉切得细、切得正，并准备了酱料和生姜。不知仲尼对拙荆的厨艺到底满意不满意？如果不满意，那就将就着吃点。至于酒，则不妨多喝点。因为老夫听说，仲尼对于吃肉与喝酒有个原则：'肉虽多，不使胜食气。唯酒无量，不及乱。'今天拙荆准备的肉，量不大，肯定不会让仲尼'不胜食气'。准备的酒，味道很淡，不至于喝醉。凭仲尼的海量，完全不必有顾虑。"

孔丘不知晏子是计，不仅宴席期间没有机会提昭公复国之事，而且还在晏子的殷勤劝导下，喝得醉醺醺、飘飘然。幸亏颜由清醒，没有喝多，最后扶着他回到了馆舍下处。

4. 景公问政

拜访晏子，孔丘没有达到预定的目标，结果被弟子们抱怨，认为他看错了人。但孔丘并不以小人之心度君子之腹，始终认为晏子与自己是"道不同而不相为谋"，在是否助昭公复国的问题上存在观点上的分歧。但观点上的分歧，并不表明晏子的人品值得怀疑。这一点，他反复向弟子们说明。正因为如此，弟子们虽对晏子有怨言，却更加坚信自己的老师是个正人君子。

既然晏子的门路走不通，那么只好自己想办法直接晋见齐景公了。如果先取得他的信任，不愁最后达不到目的。想到此，孔丘召集追随而来的五个弟子，商讨如何晋见齐景公，如何取得他的信任。

子路率先说道：

"这种事还商讨什么，先生名满天下，报上名来，齐景公能够不见先生吗？只要他见了先生，先生把道理跟他说清楚，不就结了吗？"

"师弟，你想得太简单了！虽然齐景公拜访鲁昭公时曾经召见过先生，表达了对先生的崇敬之意。但是，那只是对先生学识与影响表达敬意，是一种礼节而已。真正涉及国家利益，恐怕他就未必对先生的要求有求必应了。"秦商一针见血地指出了子路想法的不切实际。

"师兄这个话说得有理。此一时也，彼一时也。当初齐景公主动召见先生，只是表达对贤者的敬重之意，为自己赚个重贤敬贤的名声；而今，鲁昭公被逐而逃到齐国，先生主动求见，齐景公焉能不知先生所为何事？他知道先生为昭公复国之事而来，他避之唯恐不及，怎么可能召见先生呢？这个社会，就是这么现实！"颜由也很有感慨地说道。

一直沉默不语的曾点，听了颜由与秦商的话，似有所悟。他先看了看老师，再扫视了围坐在周围的其他师兄弟，以试探性的口气说道：

"齐国政坛最有权势的人，除了晏子，还有高昭子，这是人所共知的。据说，晏子与高昭子一直不睦，矛盾不可调和。而且相比之下，高昭子更显强势。既然晏子不肯帮忙，那么先生何不去找高昭子?"

"师弟这个想法非常好！利用晏子与高昭子的矛盾，我们可以借力使力。只是先生与高昭子完全没有交集，如何能够结交他呢?"秦商提出了问题。

大家一听，觉得这确实是一个很难解决的问题。如今这个社会，都是势利得很。人与人之间，要么彼此有交情，要么彼此之间有利益交换关系，不然想让别人帮助你，门都没有。

"虽然先生跟高昭子没有交情，过去没有关系，现在也没有关系，但是现在去找他，以后不就有关系了吗?"就在大家都沉默不语，一筹莫展之时，子路又率直说道。

"师弟说的也是。现在也只有高昭子这张牌了，不管能不能攀上他，总要试试看。试了，是行还是不行，都有一半的概率。"

大家听秦商这样一说，都默默地点头。

最后，孔丘看看众弟子，问道：

"诸位还有什么好的想法，不妨说出来看看。如果没有更好的办法，明天就请颜由到高昭子府上，听听他的口气，然后我去求见他。为了国君能够复国，一切在所不惜!"

第二天，颜由听从老师的意见，前往求见高昭子。没想到，高昭子听说是孔丘的得意弟子颜由来求见，不仅没摆架子，热情接待，而且还因颜由说话得体而对他大加赞赏。二人谈到投机处，高昭子突然脱口而出道：

"人言：'名师出高徒。'由季路之才，可知令师之贤。令师之名，老夫早已耳闻。若令师不弃，是否可为高府家臣?"

颜由一听高昭子要自己的老师做他的家臣，不禁非常气愤，这不是侮辱自己吗？他想立即回绝，但想起老师以前说过"小不忍，则乱大谋"的话，想到昨天老师"一切在所不惜"的决绝表态，他最终忍住了怒火，平静地回答说：

"谢执政盛意，回去一定禀告先生。"

颜由回来，将情况一说，师兄弟们都嚷开了，认为高昭子这是对老师大不敬，不可接受。

但是，孔丘沉默片刻后，却坚决地说道：

"昨天我已说过，为了国君能够复国，一切在所不惜。高府家臣，我愿接受。"

众弟子一听，心里不禁为之辛酸。但是，大家都了解老师对国君的一片赤诚之心，了解他不惜牺牲自己的清高而接受高府家臣之职的用意。于是，也就不再说什么了。

果然，利用高昭子这一步走对了。孔丘做了高昭子家臣之后不久，就在高昭子的引荐下，见到了齐景公。

齐景公见了孔丘，寒暄过后，就问道：

"昔日寡人访鲁，曾问夫子兴国之道，夫子答曰：'治国之道，在于人才。'并举秦穆公霸天下之事，寡人深以为然。这些年来，寡人治国也注意招揽人才，但是齐国至今不见强大起来，王霸之日更是遥遥无期。"

孔丘一听，呵呵一笑，道：

"治国之道，除了人才，尚需节财，爱民。如此，才能得天下而赢民心。"

"节财，爱民？这和富国强兵有什么关系？"

"地之力有限，人之力亦有限，以有限之地力与人力，不可能生出无限之财力，故国君治国当思节财。有些诸侯则不然，为了自己享乐，不惜妨民农时，大发徭役，大兴土木，为自己建筑高大的宫室。不仅生前挥霍奢侈，死后还要用无数金银珠宝殉葬。如此不知节财，何能使国家富强呢？"

齐景公觉得有理，遂点点头。

孔丘接着说道：

"兴徭役，妨农时，不仅影响百姓生计，也影响国家赋税收入。节民之力，便是生地之财。君不苦民所苦，民亦不爱其君也。民与君，乃是舟与水的关系。"

"此言何谓？"齐景公急切地问道。

"民犹江河之水，浩浩汤汤。君犹水上之舟，飘流其上。舟无水，则不能行；水进舟，则舟沉。水能载舟，亦能覆舟。因此，君主要知道爱民，离开百姓，则无国可治。君不爱民，民不爱君，则必人亡政息。"

"那么，治国的最高境界是什么呢？"齐景公又问道。

孔丘脱口而出道：

"君君，臣臣，父父，子子。"

"此言何谓？"齐景公不解地问道。

"如果国君爱民如子，尽为君之道，百姓必然拥戴，国家必然大治。如果做国君的没有国君的样子，则必然民怨沸腾，国家大乱；如果做臣子的都尽为臣之道，忠君爱国，那么天下必然清平，人民必然安乐；如果做父亲的为子女做榜样，父亲像个父亲，何愁子女不孝，何愁家道不兴？做子女的像做子女的样子，孝亲友弟，则家庭必然和睦，外人哪敢相欺？君明，臣忠，父慈，子孝，天下岂能不太平安定？所以，孔丘以为'君君，臣臣，父父，子子'，即是治国安邦的最高境界。"

"说得好！假若君不君，臣不臣，父不父，子不子，则纲常伦理荡然无存，天下必然大乱，纵使有粟，寡人岂能得而食之？"

齐景公刚说到此，就见宫中谒者慌慌张张地跑进来，禀告道：

"大王，不好了！"

"何事惊慌？"

"周王使者到，说先王之庙遭火灾了。"

"是哪一位先王之庙？"齐景公又急切地追问道。

不等谒者回答，孔丘接口答道：

"此必周厘王之庙也。"

齐景公见孔丘说得如此肯定，立即追问道：

"夫子何以知之？"

孔丘见齐景公面露怀疑的神色，不禁微微一笑，从容说道：

"《诗》曰：'皇皇上天，其命不忒。'积德行善之人，上天必报其德。灾祸的降临，情况亦然。厘王不遵周公之礼，擅改文王、武王制度，服饰五彩斑斓，宫殿高大巍峨，车马仪仗规模过度，奢侈浪费难以尽言。天下之主有如此者，天火焚其庙，理所当然。因此，孔丘作出如此推测。"

齐景公不以为然，立即反驳道：

"如果这样说，上天为何当时不加祸于厘王本人，而要事后加殃其庙呢？"

"那是因为文王、武王的缘故。若当时加祸于厘王本人，则文、武二王必绝其嗣。今上天降灾，火焚其庙，乃彰显厘王之过，警示后世之君也。"

齐景公虽然认为孔丘说得有理，但对事实是否如此，仍心存疑虑。但没过一会儿，第二拨报信使者到，禀报说：

"所焚者乃厘王之庙。"

齐景公一听，吃惊地从席上爬起来，对着孔丘打躬作揖拜了两次，说道：

"善哉！圣人之智，过人远矣！"

从此，齐景公对孔丘更是刮目相看，尊敬有加。

第二年春天，齐国大旱，不少百姓死于饥荒。齐景公闻报，连忙找来孔丘，问道：

"今春，齐国大旱，不少地方都报告说有人因饥荒而死。这该如何是好？请夫子赐教于寡人。"

孔丘听了，沉思有顷，说道：

"天意难违，国君亦无回天之力。不过，孔丘以为，既有灾荒发生，那么只能面对。为今之计，只有节省开支，以赈济百姓。"

"请问如何节省开支？"

"国君您出行，不要乘宝马良驹，只以驽马驾车；大小劳役，悉皆停止；驰车驿道，停止修整；祈福之仪，以币玉而代牲畜；祭祀之礼，不用太牢（牛羊猪），不奏音乐。"

齐景公一听，立即质疑道：

"这样做，能节省多少财力呢？恐怕不是治本之策吧。"

"是。这样做，虽只是治标而非治本之策，却是贤君自贬以拯百姓之礼，可以赢得百姓的拥戴。只有苦民所苦，才能赢得民心，共同渡过难关。"

齐景公以为然，依孔丘之计而行，终于渡过了难关。

通过与孔丘的不断接触，齐景公觉得孔丘确实是一个难得的人才，也是一个品德高尚的君子，所以他就想将孔丘留下来，为齐国所用。但是，这个想法一直得不到晏子的支持，所以他也就一直没有跟孔丘提起此事。

周敬王四年，鲁昭公二十六年（前516）春末夏初之交的一天，齐景公正无事坐于殿中，望着窗外发呆。突然，有左右急急跑进来，禀告道：

"大王，刚才有一只鸟飞到殿上，现在又飞到殿前，正展翅跳跃呢。"

"鸟儿本来就是飞上飞下，展翅跳跃的，这有什么奇怪？"齐景公道。

"大王，臣说的不是这个。"

"那说的是什么？"

"这鸟只有一只脚，很奇怪。所以，臣才来向大王禀告。"

"一只脚的鸟？在哪？领寡人去看看。"齐景公终于来了兴趣。

那鸟似乎也不怕人，见齐景公领着一大帮人出来围观，仍然旁若无人地在殿前展翅跳跃。

齐景公看了一会儿，终于确信眼前所见到的一切。心中不免起了怀疑，他怕这是不祥的征兆。于是，立即对左右说道：

"快，快去请孔丘来见。"

大约过了半个时辰，孔丘应召来见齐景公。齐景公将所见之鸟的情形向孔丘一说，孔丘呵呵一笑，道：

"国君您不必奇怪，此鸟名曰商羊，是一种预示即将有水灾的鸟。以前有孩童屈起一条腿，展开两臂，一边跳舞一边唱道：'天将大雨，商羊鼓舞。'此鸟今现于齐，恐怕水灾将至。国君您赶紧通知民众修渠筑坝，疏通水道，不然就要受涝了。"

果然，不久大雨连旬，很多国家都遭受洪水灾害，唯有齐国因为事先有了准备，没有受灾。

为此，齐景公不禁大为感叹道："圣人之言，信而有征矣。"于是，他下定了决心，决意要将廪丘之邑赐给孔丘作为终养之汤沐邑。但是，孔丘却辞而不受。事后，他的弟子问他为什么不接受。他解释说：

"我听说古人有言：'当功受赏。'我对齐国无功，只是偶尔被齐景公召见说说话，不当领受他的赏。我来齐国的目的，是为争取齐国的帮助，让昭公复国。齐景公明白我的意愿，却不愿意采取行动，反而赏赐城邑给我。所以，我不能领受。"

5. 三月不知肉味

廪丘之赐，最终没有成为事实。这固然与孔丘的推辞不受有关，但更关键的因素则是晏子的反对。晏子认为，孔丘虽是正人君子，但观念迂腐。时代变了，人的观念也变了，他却执意要"克己复礼"，力主恢复周公礼法，企图将已变化的社会重新扳回到周公时代，这是不切实际的。他还认为，孔丘提倡的古礼，繁文缛节，在日常生活中会让人束手束脚，不利于社会的发展。晏子又指出，孔丘虽主张节财、节葬，却极重丧礼，这事实上又是在提倡铺张，不利于良俗公序的建立。更为重要的是，晏子还认为，儒生生性傲慢，为人处事太过固执，不宜为人之臣。因此，他认为，对于孔丘不可重用，更不可重赐。否则，会给齐国之臣一个错误的信息，从而改变齐国的社会发展导向，距离齐景公欲效齐桓公"九合诸侯，一匡天下"的目标会越来越远。最终，齐景公被晏子说服，从此再也不提封赏孔丘之事。

孔丘后来知道此事，虽没有怨恨晏子，但对于齐景公不肯帮助鲁昭公复国的事却一直耿耿于怀。而齐景公也因为晏子的关系，与孔丘的关系越来越生疏了。为此，孔丘感到心情非常抑郁。这之后，他也很少再去拜见齐景公。除了不定时地去看望在齐国避难的鲁昭公，就是与弟子一起切磋琴艺，以诗书之泽、弦歌之声来排遣郁闷，休养身心。

在孔丘的影响下，原来对琴艺并无多大兴趣，对弹琴也没什么天分的子路，这时也雅好琴瑟之音。一天，孔丘与冉耕一起出去闲走。回来时，突然听见子路在叮叮咚咚地弹琴。孔丘侧耳听了一会，把冉耕拉到一旁，悄声说道：

"唉，阿由在弹琴方面太没有天分了！"

"先生为什么这么说？弟子觉得还不错呀！"冉耕故意这样说道。

"先王创作音乐时，奏中音用以节制琴声。且让音乐在南方流传，而不让往北方传播。"

"这是为什么呢？"冉耕又追问道。

"这是因为南方乃万物生长繁育之地，而北方则多为征战杀伐之域。因此，有道君子的音乐温柔中和，以养育万物之气，使忧愁之感远离人心，躁动暴厉之举不生于身体。这样的音乐，便是太平盛世之风的体现。"

"那么，小人之音又是如何呢？"冉耕又问道。

"无道小人之音，则完全不是这样。其音激亢细琐，充满杀伐之气。这是因为他们心中不存任何中和之意，身体里不存一丝温柔之感。这样的音乐，便是乱世之风的体现。"

"原来如此。"冉耕恍然大悟地点点头。

"昔舜弹五弦之琴，作《南风》之诗。其诗曰：'南风之熏兮，可以解吾民之愠兮；南风之时兮，可以阜吾民之财兮。'意思是说，南风轻柔地吹拂，可以让百姓情绪安定，消除心中的忧愁。南风来得及时，便会风调雨顺，五谷丰登，人民富足。正因舜帝这样加强自身的修养，并努力教化百姓，所以他能迅速崛起，成为千古明君。舜帝的德化犹如一股股甘泉，汩汩长流。王公大人递相师法，一代一代传授，不敢相忘。而殷纣王则不然，他所好者是北鄙征战杀伐之音，所以他灭亡得就很快。直到今天，王公大人还以殷纣王之事为鉴。舜帝本为一介布衣，因为心存仁厚中和之情，又不断加强自身道德修养，所以能成为万民拥戴、一统天下的一代帝君。殷纣贵为天子，不仅荒淫无道，而且暴戾残民，最后以人亡政息而告终，这就是不加强自身道德修养的结果。阿由啊阿由，你只是一个匹夫之徒，不去了解先王制乐之奥蕴，而习亡国之音，让为师如何不为你担心？"

冉耕默然，无言以对，唯唯而退。

过了几天，冉耕终于憋不住，将老师的话告诉了子路。子路闻之，惧而自悔，遂静思反省，不饮不食，以至形销骨立。孔丘闻之，乃说道：

"过而能改，这也是子路的一大进步啊！"

在孔丘的指教下，子路的琴艺一天天在进步，其他弟子的琴艺则更是大有长进。由此，孔丘琴艺高超的名声在齐国传播开来。

一天，有一个年轻人自称来自周都洛邑，名叫宾牟贾。说是仰慕孔丘大名，特意前来拜访。孔丘一听是来自周都的书生，出于对周王与周公的崇拜心情，立即热情接待，宾主相谈甚欢。谈着谈着，二人突然谈到音乐上。孔丘突然问道：

"先生来自周室，孔丘有一个问题想讨教，不知肯指教否？"

"在仲尼面前，牟贾岂敢言教？"

"《武》，乃周之六舞之一，又称《大舞》。在正式表演《武》舞之前，有一个击鼓提醒表演者做好准备的前奏，不知为什么时间要延续那么长？"

宾牟贾一听孔丘提的是这样一个简单的问题，遂不假思索地回答道：

"这是在模仿武王出征，担忧不能得士众之心，而一再击鼓动员的情节吧。"

"那歌手咏叹之声何以拉得那么长，伴奏乐声何以连绵不绝呢？"孔丘又问道。

"这大概是在模仿武王伐纣而不能及时集合诸侯，抓住战机，及时进军而焦急等待的情节吧。"

"演出刚开始，演员为什么那么早就举手顿足，以示奋发猛厉呢？"

"这大概是在模仿武王伐纣，抓住了时机而趁机进军的情景吧。"宾牟贾答道。

"那么，《武》舞演员左膝跪地，右膝提起，这是何意呢？"孔丘又问道。

宾牟贾肯定地答道：

"那不是《武》舞的跪起动作。因为《武》舞要表现的是激战情景，动作要迅猛疾速，不可能有时而跪地，时而提膝的动作。"

"《武》舞的歌声充满了肃杀之气，这又是为何呢？"

宾牟贾再次肯定地答道：

"那也不是《武》舞的歌乐。因为武王伐纣，乃在应天意，顺民心，不得已而为之，并非为夺天下，贪权位。因此，《武》舞的歌乐不可能充满肃杀之气。"

孔丘反问道：

"若非《武》舞所应有之音，那么又是何音呢？"

"那是因为乐官传授错了，因而失去了《武》舞音乐应有的本色。"宾牟贾肯定地说道。

"丘曾至周室观礼，问乐于苌弘先生，他的说法与先生所说相同。今日我们所见《武》舞表演的动作与音乐，若非乐官错传，就是表现武王心志迷乱，滥用武力。"

宾牟贾听孔丘这样说，连忙跪直身子，从坐席上爬起，站起来向孔丘施礼，讨教道：

"《武》舞开始时击鼓警示时间很长，其理由牟贾刚才已经说过，也得到了先生的认同。但是，对于《武》舞演员在演出时久立舞位不动的原因，牟贾一直弄不明白。"

孔丘见问，顿时来了精神，连忙接口说道：

"先生请归席就座，容丘细细说来。丘以为，乐舞都是模仿历史上的既有事实。舞者持盾久立如山，乃是再现武王伐纣时持盾而立，指挥各路诸侯兵马的情景；舞者举手以示奋发，顿足以显猛厉，乃是表现武王接受姜太公建议，用兵作战，以武止暴的境界。《武》舞结束时全体跪下，表达的是武王伐纣大功告成，周、召二公共同执政的意境。"

孔丘说到此，宾牟贾突然插话问道：

"那么，《武》舞为什么六段的队列变化方向都不同呢？"

"《武》舞六段的队列确实在方向上不断有变化。第一段由原位而往北，象征武王以臣伐君，征讨纣王；第二段队列往东，象征武王兵出于周，由西向东消灭了纣王；第三段队列向南，象征武王灭商南还；第四段队列由南而北，象征南方各国归顺周朝；第五段队列一分为二，象征周、召二公左右分治国土；第六段队列返回原位，象征周王在位，天下诸侯尊崇天子。"

"在《武》舞第六段，队列有时排成双行，又有二司马振木铎，四卒以戈矛击刺，这是何意呢？"宾牟贾又问道。

"那是象征武王以强大武力征服了中国。在第六段，有时也分两列行进，那是象征着武功早成。"

"那么，舞蹈开始时，舞者长时间站立舞位不动，又是何意呢？"

孔丘答道：

"那是象征武王伐纣时正在集合军队，等待四方诸侯的到来。难道你没有听说过牧野之战的传说吗？"

宾牟贾点了点头。

孔丘又接着说道：

"牧野之战，武王克纣，又返政于商的后人。未下战车，就将黄帝之裔封于祝，将帝尧之后封于蓟，将帝舜后代封于陈。走下战车，则封夏后氏之裔于杞，迁殷商之后于宋，又为殷王子比干堆土筑坟，释箕子出牢狱，还派人四处访察贤臣商容，并恢复其官职。将百姓从纣王时代繁重的徭役中解放出来，将士人的薪给增加一倍。然后，渡河而西，放马于华山之阳，不再骑乘。散牛于桃林之野，不再运输辎重。车辆铠甲蒙裹入库，以示不再启用。兵器藏锋，包之以虎皮。将战场回来的将帅，分封到各地做诸侯。由此，昭告天下，武王从此不再用兵。然后，解散军队，行郊射之礼。东郊习射，奏《狸首》之诗；西郊习射，奏《驺虞》之诗，禁止贯穿皮革的猛射。文臣戴礼帽，穿礼服，腰插笏板；勇猛武臣，则解下佩带的刀剑。祭后稷于郊外，让百姓知道尊敬父辈；祭祖先于明堂，使百姓明白孝顺的道理。春秋二季定期接受诸侯朝见，让诸侯知道为臣之道。行耕藉之礼，让诸侯明白农耕的意义，懂得如何敬祖。"

"以上六事，就是人们所说武王教化臣民的重要措施吗？"

孔丘点点头，继续说道：

"除上举六端，武王又宴三老五更于太学，袒臂割牲，执酱劝食，执爵劝饮，还戴礼帽，执盾牌而歌舞，以此教化诸侯孝悌之义。正因为如此，周代的教化能够通达四方，礼乐制度能够通行天下。武王有德化如此，歌颂武王事功的《武》舞以那么长的时间演出，不也是合适的吗？"

"《武》舞的宗旨，先生述之备矣，牟贾已然明白。但《武》乐的特点，以及《武》乐与《韶》乐的差异，牟贾仍不明白，望先生能为牟贾指点迷津。"宾牟贾诚恳地说道。

孔丘顿了顿，说道：

"《韶》乐，据说是舜帝所作，是一种集诗、乐、舞于一体的表演艺术。舜帝作《韶》乐，意在歌颂尧帝之德，并示忠心继承之意。夏、商、周三代帝君承袭余绪，将《韶》乐用为国家大典之乐。武王伐纣定天下，论功行赏，姜太公居功其伟，封营丘而建齐国，将《韶》乐传入齐国。"

"先生能否具体说说《韶》乐的特点，以及与《武》乐的区别呢？"宾牟贾提醒道。

"丘虽然喜爱音乐，但却只是一知半解，并不精通。为此，丘曾赴东周洛邑，问学于苌弘先生。苌弘先生认为，《韶》乐与《武》乐，都是高雅之乐，流行于天子及诸侯各国宫廷之间。但是，二者还是有区别的。《韶》乐乃虞舜太平盛世之乐，音韵和谐柔婉，曲调优雅宏盛。而《武》乐则是叙武王伐纣克敌、一统天下之乐，因此它曲调高亢激昂，音韵壮阔豪放。"

"如果将二乐作个比较，先生以为哪个更胜一筹？"

孔丘顿了顿，若有所思。良久，才回答道：

"苌弘先生曾说过，就表现形式而言，二乐各具风格，都是优美之乐。但就表现内容来看，《韶》乐侧重于表现安泰祥和、礼仪教化；而《武》乐则侧重于大乱大治，述功正名。因此，丘以为，《武》乐尽美而不尽善，《韶》乐则尽善尽美矣！"

"那么，先生有没有亲耳听过《韶》乐呢？"宾牟贾又追问道。

"丘以前从未听过，来齐后，在高昭子府上听过。"

"感觉如何？"宾牟贾紧追不舍道。

"美妙之感难以言表！未曾想到一种音乐竟然能让人有如此奇妙的感受。丘听后，三月不知肉味！"

第四章　返　鲁

1. 祸在旦夕

周敬王四年，鲁昭公二十六年（前516）十一月初二，一大早，子路就急急跑进来，向孔丘禀告说：

"先生，有一个齐国之士远道而来，说是专程来向您请教的。您见不见？"

"有朋自远方来，不亦乐乎？快，快，快，快请他进来相见。"孔丘一边说着，一边从坐席上爬起来，准备到门口迎接。

还没等孔丘走到门口，那人已经进来了。孔丘连忙让座、施礼。

宾主寒暄互揖，分位坐定后，那人就开口了：

"在下乃齐国僻远之士，姓高，名庭。今不远千里，爬高山，涉恶水，穿着草衣，提着薄礼，以虔诚之心前来拜谒先生，想就如何侍奉君子的方法，请先生指教。"

孔丘见高庭问的是这个问题，便不假思索地回答道：

"以忠诚之心辅之，以恭敬之心事之。行仁行义，不知疲倦。见君子则荐举，见小人则罢黜。去掉你心中的恶念，献出你的赤诚之心。学习君子为人处事之道，效法君子待人接物之礼。如此，远隔千里，亦亲如兄弟。反之，纵使与人对门而居，人亦不与你相亲。"

"先生的意思是说，言行举止要学君子，礼仪规范要学君子。这样，就能与君子相亲，潜移默化，自己也就成了君子，是吧？"

孔丘点点头，继续说道：

"终日说话，务须谨慎，常思祸从口出之忧；终日做事，务须稳当，切记三思后行之诫。这些只有智者才能做到。因此，只有注重自身修养的人，才会常怀畏惧之心，以消弭可能产生的祸患；常存恭敬之意，以避免可能出现的灾难。终身为善，若一言不慎，则一切努力皆化为乌有。可见，君子处世，一言一行能不谨慎吗？"

"先生之言是也！高庭谨受教！"

　　说完，高庭就告辞离开了。孔丘将他送至门口，目送他走远才回到屋里。

　　正在此时，冉耕急匆匆地进来，禀告道：

　　"先生，不好了！"

　　"伯牛，何事惊慌？"孔丘望着弟子从容问道。

　　"先生，弟子刚刚听说，齐国与鲁国开战了，已经攻占了鲁国郓原。"

　　孔丘一听，不禁脱口而出问道：

　　"是否为了鲁昭公复国的事而与鲁开战的？"

　　"弟子不清楚。"

　　"伯牛，你快去套车，我马上面见齐君。"

　　不一会儿，孔丘就穿戴整齐，走到门口时，冉耕已经套好了车，在等他了。

　　师徒二人立即登车，冉耕执鞭，驱车迅疾奔向齐宫。大约过了半个时辰，就到了。又过了约半个时辰，齐景公才传出话来，让孔丘进去晋见。

　　孔丘连忙随景公左右进了殿，跟齐景公客套礼让了一番后，就直奔主题道：

　　"国君，孔丘听说齐国发兵攻打鲁国，还占了鲁国之地郓原，不知是否确有其事？"

　　"夫子消息好灵通！确有其事。不过，这不正是大夫所希望的吗？"

　　"国君，孔丘不明白，这怎么是孔丘所希望的呢？"

　　"夫子至齐，不就是为了鲁昭公复国之事吗？"

　　"确实是为鲁君复国之事来请求国君的帮助。"

　　"那么，寡人派兵攻打鲁国，不正是大夫所希望的吗？"

　　孔丘不解地问道：

　　"孔丘没有说希望国君出兵攻打鲁国呀！"

　　"寡人不出兵，如何能干预鲁国国政，让昭公复国呢？"齐景公振振有词地反问道。

　　"孔丘是想国君以齐国的威势震慑一下鲁国执政的季孙氏、孟孙氏、叔孙氏三家势力，以外交的方式予以解决。并没有希望齐国直接出兵，更不会希望齐国攻占鲁国的土地呀！"

　　齐景公见孔丘竟然跟自己讲起理来，不禁哑然失笑道：

"寡人之国方圆千里，郓原只不过是区区弹丸之地，寡人何尝有过要取鲁国土地之念？寡人取郓原，乃为鲁昭公也。"

"是为昭公？"孔丘睁大眼睛，吃惊地问道。

"正是。寡人已经将鲁昭公安置于郓原，并派兵予以保护。寡人这样做，既是对昭公奔齐的一种恰当安置，也是对夫子的要求有了一个交代。"

孔丘对于齐景公这个说法，不知说什么好。愣了好一会儿，也没有回应。

齐景公见此，又说道：

"昭公的安全与生活问题，夫子尽可放心。不过，寡人这里有句话，事到如今也就只得跟大夫实话实说了。"

"国君，有话直说吧。"

"好！齐国有大夫多次来跟寡人请求，要求将夫子驱逐出齐。寡人认为夫子是贤者，不忍为之。但是，如今寡人老了，无法再用夫子。若他们乱来，寡人也很难约束他们。"

"国君，不必再说了，孔丘明白了。"

说完，孔丘就告辞出了齐景公大殿。回到下榻的客舍，他立即让冉耕通知追随自己来齐的弟子们，跟他们商量离开齐国的事。

日中时分，弟子都集齐了。如今还追随在孔丘身边的弟子，只有颜由、子路、冉耕、曾点、秦商等十余人，其余都陆续回家孝养父母去了。见到弟子们，孔丘如实地将今天晋见齐景公的事从头说了一遍，弟子们听了都觉得还是离开齐国为上策。商议已定，大家就各自分头准备，收拾行李，喂马套车。午饭也没来得及吃，总算在酉时将一切打理停当。匆匆上车后，就催动车马急急出城。紧赶慢赶，好歹总算在日落闭城前出了城。

一行十多人，出了城之后，这才发现有很多现实问题摆在了他们面前，亟待他们解决。第一个问题，就是晚上的吃饭、睡觉问题。好在天气晴朗无风，只要不下雨，不下雪，天当房，地当炕，好歹也能对付着解决一宿，因为大家都带了铺盖。但是，吃饭问题就有很大的麻烦了。因为匆忙间来不及在城里买个煮饭烧水的瓦釜，有米有粟也吃不进嘴里。

大家商量了一番，最后决定趁着天色还未完全黑下来，让秦商与子路到附近村子里向老乡借一个烧水煮饭的瓦釜，中午没吃饭，好歹怎么着也让大家晚上吃饱肚子，睡个好觉。不然，饥肠辘辘，晚上睡不好，明天如何赶路。

秦商与子路奉命走后，其他弟子们则在附近寻找起枯枝干草，以备烧水煮饭，还有晚上照明驱寒之用。

冉耕、曾点二人找来一些石头，垒起简易灶台，等秦商、子路借回瓦釜后，就可以支锅煮饭烧水了。

过了大约一个时辰，秦商与子路终于在暮色中回来，两人手中各捧着一个瓦釜，一大一小。颜由迎上前去，接过一个大的瓦釜，将早已准备好的米倒入瓦釜中。然后，招呼曾点一起到附近一条溪流中去淘洗。不大一会儿，米淘好了，曾点还盛了一小瓦釜清水。

众弟子于是有的钻木生火，有的搬石为凳。当干草枯枝终于被点燃，颜由正要把淘好的米倒进瓦釜中时，突然就听一阵急促的马蹄声由远而近顺风传来。颜由不禁停住了手中的活，与大家一起侧耳倾听。

还未等大家听出个所以然，只见火光照耀中，三个黑衣人骑马举剑呼啸而来。

子路大叫一声：

"不好，有刺客。大家保护先生先走，我来抵挡。"

但是，孔丘并没有马上走，而是仗着自己身高力大，拔出腰中佩剑，与子路一起奔向那三个骑马而来的黑衣人。一边冲，孔丘还一边招呼不会武功的弟子赶快走。

"赶快把火熄掉！"秦商突然若有所悟地喊了一句。

曾点与颜由立即会意，赶紧熄了火。颜由在黑暗中脱下外衣，将已淘好的米从瓦釜中倒入衣中包好，随众师兄弟一起撤退。

由于孔丘与子路二人都身高力大，剑法高超，虽以二敌三，但并不怯懦。加上黑暗中，大家都看不见，怕自己人伤了自己人，大家都不敢使尽全力。最后，孔丘与子路且战且退，配合默契，跳上了冉耕一直守着的马车，驱车在夜幕的掩护下，顺利地脱身了。

一夜狂奔之后，第二天日中时分，师生二人才精疲力竭地与昨夜走散的秦商、曾点、颜由等人会合在一起。师生之间、弟子之间，大家互相看看对方，都不胜无限地唏嘘感叹。

后来，孔丘回到鲁国后，从齐国来的弟子那里得知原委，那晚追杀孔丘师生的三个黑衣人，就是齐景公所说的那个扬言要杀他的齐国大夫。这个齐国大夫是怕齐景公爱孔丘之才而重用孔丘，夺了自己在齐国的地位。

2. 嬴博观葬

周敬王五年，鲁昭公二十七年（前 515）二月初，孔丘师生行行重行行，走走停停，快要到齐、鲁交界之地时，偶然听人说吴国公子季札出使齐国，回去的时候，长子死于嬴、博二邑之间。据说，过几天季札就要在此为其子举行葬礼了。

孔丘一听，立即决定前往嬴、博之间，观看季札如何举办葬礼。

为此，弟子们都感到不解。子路率尔无忌，就直截了当地问道：

"先生的学问当世有谁能比？季札葬子，先生何必还要亲自前往观看？难道葬礼方面的礼仪，先生还有什么不明白的吗？"

"阿由，你真是坐井观天之蛙！季札是吴国最了解古礼之人。他的学问，为师不能比；他的德行，为师不能比；他的才能，更是为师不敢望其项背也。"

子路不服气地说：

"季札有那么好吗？先生说来听听。"

秦商、曾点、冉求等人也来了精神，说道：

"先生就给俺们说说这吴公子季札吧，也算是给弟子们上一课，让俺们长长见识，以后不敢妄自尊大。"

孔丘看了看弟子们渴求的眼光，乃从容说道：

"季札，姓姬，名札，乃吴王寿梦少子。因封于延陵，故称延陵季子。后又封于州来，所以亦称延州来季子或季子。"

"季札姓姬，是不是周王的后代？"孔丘刚说了几句，子路突然插话问道。

"正是。季札的先祖，即周朝的泰伯，乃世所少见的至德之人。泰伯本为周王的法定继承人，但其父太王宠爱幼子季历及其孙姬昌。泰伯顺其意，主动让出王位继承权，并借口采药而逃至南方蛮荒之地，建立了吴国。"

"那后来呢？"曾点也迫不及待地追问起来。

"泰伯建立吴国后，传了数代，至季札之父寿梦。寿梦生有四子，幼子即为季札。季札德行才干在四兄弟中最为突出，不仅其父寿梦最喜欢他，就是他的三个哥哥，也无一不喜欢他，赞成父王寿梦将王位传给季札。但是，季札不肯接受，执意要哥哥诸樊继承王位。哥哥诸樊有自知之明，知道治国重任交给弟弟季札最为合适，所以他坚持要季札继承王位。季札仍然不肯，乃说服哥哥诸樊道：'昔子臧贤能，曹人欲拥立为君，子臧不允。为坚守为臣之义，断绝国人拥立之念，子臧乃潜逃至宋。由此，曹君得以继续执政。子臧逊让之德，守节之义，国人皆称颂之。今子臧榜样在先，季札焉敢求国君之位。季札虽无德无能，但尚有追慕先贤之心。'季札越是谦让，吴人越是如众星拱月一般拥戴他，执意要拥立他为吴王。"

"最后呢？"冉耕问道。

"最后，季札不堪其忧，乃退隐于山水之间，弃其室而耕于焦溪舜过山下。寿梦死，诸樊继位为吴王。诸樊死，其兄余祭立。余祭死，夷昧立。夷昧死，欲依序传位于季札，季札仍然不受。夷昧无奈，只得传位于其子僚。"

孔丘说到此，顿了顿，看到弟子们个个面露肃然起敬之表情，遂又接着说道：

"季札不仅是个厚德载物的谦谦君子，谨守臣道的世之楷模，还是一个义薄云天的重情汉子。"

"先生何以这样说？"曾点问道。

"一次，季札奉吴王之命，出使中原各国。路过徐国时，徐君爱其剑，但未明言。季札心知其意，但因奉命出使不能无佩剑，所以当时就没有将佩剑献给徐君。但心中暗许，等完成使命后，再将佩剑献给他。没想到，完成使命再经过徐国时，徐君已经过世。季札闻之，不胜悲伤，遂决定将所佩宝剑赠与徐国继位之君，以了却心愿。但随从劝谏说：'此剑乃吴国之宝，不可以赠人。'季札回答说：'这剑不是我赠给他的，而是兑现诺言还给他的。前次我经徐国时，徐君观我剑，心甚爱之，但未言。我因有出使上国之使命，未敢献之。但心中已许给了徐君。今徐君已死，我因之不献，这是欺骗自己的良心。爱剑欺心，廉者不为。'但是，徐国新君却不敢接受，说：'先君没有留下遗命，寡人不敢受之。'于是，季札到徐君墓前痛哭一番之后，解下腰间佩剑，悬于徐君墓前树上而去。徐人不忘季札情义，乃作歌谣曰：'延陵季子兮不忘故，脱千金之剑兮带丘墓。'"

"真乃义薄云天之士也！"秦商不禁脱口赞许道。

"以上所说，都是季札之德。那么，他的才干又表现在什么地方呢？"子路又重拾老师前面提到的话题，不依不饶地追问道。

　　孔丘见子路对自己礼敬季札仍存怀疑之意，遂又说道：

　　"季札的才干表现在很多方面，他既是出色的政治家、外交家，还是著名的交游家与杰出的音乐家。"

　　"那请先生给弟子们好好说说吧。"子路似乎对季札之才仍有怀疑。

　　"吴国僻处南蛮荒远之地，而今崛起为天下大国，与齐、秦、晋等平起平坐，这与季札辅佐吴王的功劳分不开。这便是他的政治才干。至于季札的外交才干，那更是天下闻名了。周景王元年，季札奉吴王之命出使鲁、齐、晋、郑、卫等五国。在此中原五国之行中，季札与齐国的晏子、郑国的子产等著名的政治家与外交家相会，充分展现了其不平凡的外交才能，使北方强国对南方吴国有了清楚的认识，并促使诸国与吴国通好。在郑国时，他与子产建立了深厚的感情，二人成了莫逆之交。离开郑国时，他以洞若观火的眼光，对子产提出了建议：'郑君无德，政将归您，但您务须以礼治国，方可使郑免于厄运。'在晋国时，季札预言晋政将归韩、魏、赵。在卫国时，他广交朋友，发现卫国有很多贤明的君子，卫国之君也很开明。因此，他对人说：'卫虽小国，但多贤臣辅政，卫国政局稳定，百姓安乐的局面将会延续一个时期。'后来事实证明，果然如此。"

　　子路听到此，才默默地点了点头，知道老师对季札才能的推崇不是虚言。

　　孔丘看到子路点头，遂又接着说道：

　　"季札出使诸侯各国，善于广泛交友，对于南北文化交流，起了不少作用，因此诸侯各国亦视其为一个友善活跃的交游家。"

　　"说季札是外交家、交游家或是政治家，弟子以为都不是虚言，那么说他是一个杰出的音乐家，依据何在？"颜由忍不住问道。

　　孔丘一听，先是呵呵一笑，接着从容说道：

　　"周景王元年，季札曾奉命出使鲁国，听到了周乐。虽是第一次听周乐，但对周乐的感悟力却比训练有素的人都好。其对周公礼乐奥义精蕴的理解，对周乐所体现的周朝盛衰之势的把握，都令人吃惊。如在欣赏《秦风》后，他说：'此乃华夏之声也！秦为西戎小国，近华夏而强大，假以时日，必有周朝鼎盛之象。'他能从乐声中听出秦国的发展趋势，预知其未来，令人折服。又如他听到《唐》乐时，感受到远逝的陶唐遗风；听到《大雅》时，他听到了乐曲中展现的文王之德；听到《魏》歌时，他仿佛听出了那'大而宽，俭而易'的盟主之志和以德辅行的文德之教；当《招箭》舞起时，他感叹道：'此乃至德乐章也！犹如苍天覆地，大地载物，无所不包。纵使盛德之至，亦无以复加也！'"

孔丘说到这里，子路终于服气了，说道：

"季札既是如此奇才，俺们愿随先生前往求教，以观丧葬之礼。"

其他弟子也齐声附和，于是师生立即动身，前往接近鲁国边界的齐国嬴、博二邑之间的地方，参加吊祭季札之子的葬礼。

葬礼开始前，季札给儿子穿好衣裳，但所穿衣裳都是日常穿过的。然后，季札让工人开挖墓穴。挖墓穴时，没有挖到泉水时，季札就令停止了。落葬时，季札没让在棺木里面放置任何随葬冥器。棺木下圹后，季札令人填上土，上面堆了顶。但是，墓堆的长度和宽度只与墓穴相当，高度仅可让人倚靠而已。堆土成坟后，季札袒露左臂，从左往右绕着坟堆，边走边哭。哭了三遍后，饮泣曰："骨肉归此土，命也。魂魄无所不在，无所不在。"说罢，季札就离开了。

孔丘众弟子看了，都觉得季札葬子太过草率，不够庄重。于是，纷纷交头接耳，窃窃议论起来。

子路是个直性子，乃问孔丘道：

"先生曾说过，生死乃人生大事。今季札中途丧子，葬子如此轻率，根本就不合礼制。可是，先生前些时候还跟俺们说，季札乃吴之最习古礼者。"

孔丘听了，凄然一笑，道：

"阿由知其一，不知其二。季札乃吴国王叔，葬子之礼本可从繁办得隆重，厚殓厚葬亦无不可。只因季札此行乃是奉命出使，不当挈子同行。今子不幸中途弃世，葬礼也就只能从简。不过，葬礼虽然从简，但并不表示季札没有舐犊深情，对其子之死不哀伤。看他绕坟悲号三声，其悲痛之情可见。这便是古人所谓'礼不足而哀有余'。所以，为师认为，季札葬子之礼从简，最合古制。"

众弟子一听，这才恍然大悟，连连点头称是。

3. 山水故国情

周敬王五年，鲁昭公二十七年（前515）四月初，孔丘携弟子进入鲁国境内。

一入鲁境，远望山上树木，近看路边小草，孔丘都感到无比亲切，也有无限的感慨。众弟子追随老师，在齐国流落这么多年，自然也有相同的感受。

因为鲁昭公没能复国，孔丘总是担心回到鲁国后会有什么不测，所以虽与众弟子进入鲁境，却并不急于赶回曲阜。于是，师生十余人便一路走走停停，一边不断向人打听曲阜方面的状况，了解鲁国政局发展状况，一边欣赏沿途的风光。

七月的一天，一场大雨过后，天气大热。日中时分，孔丘和弟子们都觉得受不了，便在路边靠近一条小河的一棵大树下坐下来，想避避暑，纳纳凉。坐下后，大家一边松开衣带散热，一边拿出干粮打尖。孔丘也与弟子们一样，草草吃了几口，然后就靠着大树开始闭目养神。而弟子们吃完干粮后，则三三两两聚在一起闲聊。孔丘闭目养神片刻，大概是觉得烦闷，便起来信步走到小河边。坐在小河边的一块石头上，看着雨后涨起的河水滚滚东流而去，孔丘一时陷入了深思。

这时，颜由悄悄地走过来，问道：

"先生在观赏流水吗？"

孔丘点点头。

颜由又问道：

"为何君子看见流水，就一定要驻足观赏呢？"

孔丘看了看颜由，又望了望眼前奔流不息的河水，语重心长地说道：

"因为河水会给君子以启示。"

"何以言之？"颜由不解地问道。

"河水奔流不息，所过之处，给万物以生命，却从不居功，这就像一个人的德；河水从高低不等、曲折不一的地面流过，看似没有规律，却遵循着一定的道理，这就像一个人的义；河水浩荡无际，没有穷尽之期，这就像是至大无垠的道。"

说到此，其他弟子也围了过来。孔丘望了望大家，遂又发挥道：

"河水从高处流下，遇百仞之谷而不住，这就像是一个勇敢无畏的勇士；以河水为标准，将之作为参照物来衡量他物，必然公平公正，这就像是法；盛水于器，水满则溢，不必一概刮平，这就像是一个正人君子；水虽柔弱，但却无孔不入，没有什么细微的地方不能到达，这就像一个明察秋毫之人；河水一旦发源，就会一直奔流往东，这就像一个抱定某一志向的人；万物在水中洗过，就会荡污涤垢，变得洁净，这就像是一个善于教化的人。水具有如此的品德，因此君子见水，必要欣赏观察。"

众弟子没想到老师从眼前的河水，竟能引出如此一番做人的大道理，不禁肃然起敬。于是，齐声说道：

"先生说的是，弟子谨受教！"

送走了炎夏，又迎来金秋。十月中旬，孔丘与众弟子终于走到了泰山脚下。之所以走得这么慢，是因为至今鲁国的政局仍然不明朗，执政的季平子对自己回国到底什么态度，会不会加害自己，孔丘心中没数。他要静观其时局，留得有用之身，以实现"克己复礼"，恢复天下秩序的人生目标。

"先生，泰山就要到了，回到曲阜也为时不远了。"冉耕看到泰山，兴奋地说道。

"不忙着回曲阜，难得有这样一个机会，俺们师生正好顺便登临一下泰山，放开怀抱，好好欣赏一下山水。"孔丘好像是漫不经心地回答道。

"记得先生曾说过：'仁者乐山，智者乐水。'看先生这一路又是观水，又是登山，可知先生是仁智二者兼备矣。"颜由说道。

"弟子曾听人说过，先生曾说过一句名言。"曾点也插进来说道。

"什么名言？"子路好奇地问道。

"'登东山而小鲁，登泰山而小天下。'"曾点说。

孔丘一听，呵呵一笑，道：

"那只是为师登东山时一时脱口而出，其实为师并未登临过泰山。所以，这次倒想登临一下泰山，领略一下'登泰山而小天下'的感觉。"

"先生如此雅好登山临水，难道就是为了寻找一种感觉吗？"

子路这突如其来的问题，让众弟子们为之一愕，觉得子路太过唐突了。没想到，孔丘并不生气，从容说道：

"阿由只知其一，不知其二。登山临水，除了能寻找一种亲近自然的感觉，放松身心外，还能从中得到人生的启示。"

"什么启示？"子路立即追问道，他以为老师是在故弄玄虚。

"不观高崖，何以知颠坠之患；不临深泉，何以知没溺之患；不观巨海，何以知风波之患。一些人之所以会丢掉性命，不正是因为不明白这些道理吗？为士者慎重地对待上述三个方面，就不会使自己遭遇不测的灾难。留得有用之身，才能孝亲友悌，治国平天下。这样不好吗？"

"先生说的是！弟子谨受教！"众弟子齐声答道。

深秋的天气虽然有些凉，攀爬泰山也有些吃力，但因有众弟子的陪同，孔丘感到是一种从未体验过的人生快乐，毕竟登临泰山一直是他的理想，亲身体验一下"登泰山而小天下"的感觉远比悬想中的感觉要真实得多。

经过约三个时辰的攀爬，孔丘与弟子们从午时爬到申时，终于在日落时分登上了泰山，看到了红霞满天的泰山晚景。第二天，他又与众弟子领略了泰山日出的晨景，体验了云飞雾绕的情境。

第二天午时下得山来，在山脚下遇到了一位身穿鹿皮裘，腰系草绳，边奏瑟边吟唱的白发男子。孔丘觉得此人非比寻常，在好奇心的驱使下，便迎了上去，躬身施礼后，彬彬有礼地问道：

"请问老丈尊姓大名，仙乡何处？"

那老者看了看孔丘，知道他是一位儒者，遂也恭敬有礼地回答道：

"老朽乃郕之野人荣声期也。"

"那么，敢问老丈何以快乐如此？"

荣声期不假思索地回答道：

"老朽的快乐很多，但最快乐的事有三：天生万物，唯人为贵，老朽有幸为人，此一乐也；男女有别，男尊女卑，老朽有幸为男，此二乐也；人生有胎死腹中者，有年幼而夭者，老朽行年九十有五，此三乐也。贫穷，乃士之常态；死亡，乃人生之归宿。安贫而享天年，何忧之有？"

孔丘听了，不禁脱口而出道：

"善哉！达观有如先生者，天下能有几人？"

告别了荣声期，孔丘师生又继续慢慢前行。走了几天，到了一个临溪的小山之下。突然，颜由指着山脚下一所孤零零的房子，说道：

"看，那所房子还在，大家还记得三年前这里发生的事吗？"

孔丘与众弟子一听颜由的话，都循着他手指的方向望去。但是，大家看到那所房子后，却都没有一人吱声。一时，大家都陷入了回忆之中。

那是鲁昭公二十五年（前517）九月的一天，孔丘师生追随鲁昭公奔齐的途中，经过这个地方。日中时分，大家正要停下打尖休息，忽然远远传来一个男人悲伤的哭声。孔丘侧耳倾听了一会儿，说道：

"这个男人的哭声确实是很悲哀，但好像不是刚刚失去亲人的那种悲哀。"

"先生难道是从哭声中听出来的？"子路怀疑地问道。

孔丘点点头，说道：

"不信，俺们过去问问。"

众弟子一听，都有兴趣，这一路老师逢事都要给大家讲一番道理，这也是一种很好的教学方式啊！于是，大家就随孔丘一起临时拐到山脚下那所房子前。近前一看，只见一个长相与气质都与众不同的男人，正手拿镰刀，腰系绳索，哭得伤心，但并不显悲哀。孔丘下车，小步趋前，施礼后恭敬地问道：

"不知您是哪一位？"

那人见孔丘是儒者打扮，言行彬彬有礼，遂连忙回答道：

"在下乃丘吾子。"

"您现在并不在办葬礼，如何哭得如此伤心呢？"孔丘问道。

丘吾子答道：

"我生平有三大过失，而今幡然醒悟，悔之莫及。"

"敢问是哪三大过失？希望您能毫无保留地告诉我。"孔丘诚恳地央求说。

丘吾子见孔丘态度诚恳，遂平静地说道：

"我少时好学，周游天下。游学归来，双亲尽亡，此一失也；后事齐君为臣，齐君骄奢淫逸，尽失人心，我为臣之节不能保，此二失也；我平生喜好结交，朋友遍天下，而今却都离我而去，与我断绝了来往，此三失也。"

孔丘听了，默默地点点头。

丘吾子继续说道：

"树欲静而风不止，子欲养而亲不待。逝去而不能回来的，是岁月；失去而不能再见的，是双亲。身为人子，而不能在父母生前尽孝，枉为人子也，我何面目见人，还是让我从此与大家告别吧。"

说着，丘吾子就投到屋前的溪流中，溺水而亡。

孔丘望着溪中载浮载沉的丘吾子，不胜悲伤地对弟子们说：

"大家记住了，丘吾子之事足以为戒也！"

听了老师的话，看着眼前的丘吾子浮漂于溪水中的尸体，弟子们都非常悲伤。其中，有十三位弟子触景生情，感慨系之，告别孔丘回到家乡去孝养父母了。

望着远处丘吾子曾经住过的房子，想着丘吾子当年投溪而亡的一幕，孔丘与弟子们都陷入了沉思，没有一个人说话。也许他们都会想到自己的前世今生，想到自己的双亲，或是想到为此而离去的师兄弟们。

4. 入晋畅想

周敬王五年，鲁昭公二十七年（前515）十二月二十八，孔丘携十余名弟子回到了鲁国首府曲阜。

虽然是要过年了，但在曲阜城内的弟子们听说老师回国了，立即聚拢来，要求孔丘再开杏坛，继续跟他求学。孔丘答应过完年后再开杏坛，并请弟子们互相转告，在曲阜城外或国外的弟子，如果有办法通知，也知晓他们回来。

曲阜的父老乡亲们听说孔丘回来了，也非常高兴，纷纷扶老携幼前来探望。十二月三十，除夕在即，一位衣衫褴褛的老人手捧一个瓦罐，来到孔丘府前，说有一道美味请他品尝。

孔丘闻言，连忙小跑着出来迎接。一看，原来是曲阜城里一位远近有名的既非常节俭又非常吝啬的老人。

老人见孔丘出来，看到自己似乎有惊讶之色，遂主动开口说：

"俺用瓦鬲煮食，煮出来的食物，吃起来非常鲜美。先生是美食家，又是刚从国外回来，所以俺特意盛了一罐给您尝尝，看看味道如何？"

说着，老人恭恭敬敬地将手中捧着的瓦罐递给孔丘。孔丘连忙一边施礼感谢，一边说道：

"感谢老伯馈赠盛情！"

送走了老人，孔丘如受太牢（牛羊猪肉）之馈，小心翼翼地捧着那个瓦罐进了门。然后，放在食案上，慢慢打开瓦罐的盖子，先用鼻子闻了闻，再用筷子夹了一块放到嘴里。咀嚼了一会，孔丘似乎很陶醉，心情显得非常好。

子路看了不懂，以为老师吃的真是什么美味，就冒昧地上前朝瓦罐里看了一眼。不看不知道，看了之后，子路不禁立即捂住嘴巴，背过面去，偷偷大笑。

曾点立即凑过去，问道：

"先生到底吃的是什么？看他那享受的样子，好像是享受太牢一样陶醉。"

子路又捂着嘴笑了一会儿，然后才告诉曾点说：

"什么太牢？是一罐清水煮萝卜啦！"

曾点听了，也捂起了嘴巴偷偷地笑了起来。

子路笑过一阵，又忍不住地对孔丘说道：

"先生，瓦瓯是一种陋器，清水煮食毫无味道，为什么先生食之如此高兴呢？"

孔丘听了，呵呵一笑，道：

"阿由，你真的是不懂道理啊！好谏者，是因为他想到了国君；吃到美食者，总会想到自己的亲人。我受人之馈，不在乎其盛物器皿之好坏，而是在乎他吃到美味想到了我，这是多么真诚的情意啊！"

子路、曾点等弟子听了，都惭愧地低下了头，连声说道：

"弟子谨受教！"

然后诺诺而退。

周敬王六年，鲁昭公二十八年（前514）九月二十，天气晴好，秋风习习。早饭后，孔丘就聚集鲁国以及远从卫、齐等国再次聚拢来的众弟子在杏坛讲学。日中时分，突然颜由急急跑来，报告说：

"先生，弟子打听到一个消息。"

"什么消息？快说！"孔丘看颜由紧张的神情，不免也着急起来。

"鲁昭公到晋国去了。"

"到晋国了？怎么去的？现在晋国什么地方？"孔丘急促地问道。

"是怎么去的，不知道。但现在可以准确地说，鲁昭公是居于晋国乾侯。"

孔丘听到此，不禁默然无语。沉默了好久，又问颜由说：

"晋国现在是谁在执政？"

"弟子听人说，是魏献子。"

"哦？现在是魏献子在执政？"孔丘喃喃自语道。

"正是。先生知道魏献子？"颜由连忙追问道。

"魏献子，谁不知道？那可是个了不起的人啦！"

子路、曾点等人一听，连忙追问道：

"魏献子怎么了不起，先生可否说说，让弟子们长长见识。"

孔丘点点头，清了清嗓子，然后从容说道：

"魏献子，是晋国名将魏绛魏昭子之孙，亦是晋国步阵战术的发明者。"

"步阵战术？"子路好奇地问道。

"正是。晋平公十七年（前541）夏，山戎犯晋。魏献子与中行穆子（即荀吴）奉平公之命，率师迎敌。山戎联合群狄，与晋师遭遇于大原。大原属太行山区，山道狭窄而崎岖，地势险要。山戎以步兵见长，行动敏捷，正适宜于在此山区战场大显身手。而晋师历来都是以车战见长，但大原并非平原而是山道，兵车无法运动，这就给晋师的作战带来极大的困扰。面对变局，魏献子临危不惧，毅然'毁车为行'，将兵车方阵改为步兵方阵。晋师的兵车方阵，一般是五乘甲车为一组，每乘甲士三人，一组共十五人。改为步兵方阵后，编五人为一伍，三个伍编为一组，再与原有轻装步兵配合，形成一个新的作战单位。这样，将历来定制的以两、伍、专、参、偏为编组的兵车阵列，变成了以前锋、后卫、左翼、右翼和前拒为编组的步兵阵列。"

"结果如何？"子路焦急地问道。

"结果，中行穆子的宠臣不肯听命，不愿舍车就步。魏献子立即军法论处，斩其首而号令晋国官兵。戎狄之师长于步战，见晋师弃长就短，不禁大为得意。魏献子利用戎狄麻痹轻敌心理，指挥将士乘机发动攻击。戎狄之师队阵尚未摆好，晋师就已将其打散，由此取得了大原之捷。”

“哦，步战阵法原来是魏献子发明的，真是了不起！”子路脱口而出道。

“还有更了不起的呢！”颜由说道。

“快说。”孔丘与子路几乎异口同声地说道。

“今年年初，执政的韩宣子老死，魏献子开始执政。祁奚之孙、叔向之子与晋君相恶，魏献子乃灭祁氏、羊舌氏，分祁氏之田为邬、祁、平陵、梗阳、涂水、马首、盂七县，分羊舌氏之田为铜鞮、平阳、杨氏三县，选派贤能之士，包括自己的儿子魏戊，担任县宰，命司马弥牟为邬大夫，贾辛为祁大夫，司马乌为平陵大夫，魏戊为梗阳大夫，知徐吾为涂水大夫，韩固为马首大夫，孟丙为盂大夫，乐霄为铜鞮大夫，赵朝为平阳大夫，僚安为杨氏大夫。”

孔丘一听，脱口而出道：

“魏献子此举，近不失亲，远不失举，可与当年祁奚荐贤‘外举不避仇，内举不避亲’相媲美，可谓义矣！”

过了几天，南宫敬叔来看孔丘，孔丘提到晋国魏献子执政的新气象，表达了有意到晋国投奔魏献子，实现自己政治抱负的想法。同时，也提出想借此机会到晋国乾侯去探望一下在此避难的鲁昭公。

南宫敬叔觉得老师前几年到齐国流浪，已经受了不少委屈，吃了不少苦。现在回国不久，又要到更远的晋国，恐怕形势并不会如他所乐观的那样。如果再有什么意外，那困难会更大。所以，他就劝说老师少安毋躁，不妨再观察一下。因为魏献子刚刚执政，就有祁氏与羊舌氏之变，今后晋国政局如何变动还不得而知。如果晋国政局真的明朗了，到时再去不迟。孔丘觉得南宫敬叔这些年在政坛上历练得越来越冷静了，分析得颇有道理，遂暂时打消了动身往晋国的念头，等待时机。

但是，没过两个月，晋国政坛的另一个风云人物赵简子，听说孔丘已经从齐国回到鲁国，知道他是一个干才，又是博学之士，可能对其开创晋国政治新局面有所帮助，遂郑重其事地派出其家臣、中牟邑宰佛肸前往鲁国召请孔丘。孔丘一听是赵简子相召，心为所动。正要动身时，却遭到了子路的劝阻，说：

“先生曾经说过：‘一个人不能躬践善行，则君子耻与为伍。’今佛肸以中牟邑宰而叛晋廷，您却要依附于他，于理不合，于礼不宜。”

孔丘觉得这是他入仕的一个好机会，所以说服子路说：

"为师确实说过这个话。不过，阿由啊，你没听说过这样一句话吗？"

"什么话？先生请讲。"

"至坚之物，磨而不薄；洁白之物，漂染不黑。为师难道只是一只匏瓜，可观而不可食？"

可是，还没等孔丘动身，从晋国传来的一个消息，终于让孔丘自己改变主意。周敬王七年，鲁昭公二十九年（前513）冬，晋国正卿赵鞅（即赵简子）和晋国中行氏第五代家主荀寅（又称中行寅）连手，出兵占领了汝滨，令晋国民众鼓石为铁，铸为刑鼎，将范宣子昔日所用"夷搜之法"铸刻其上。孔丘知道后，对晋国政局彻底失望，从此打消了投奔晋国的念头。因为在孔丘看来，铸法于鼎等于是以成文法的形式将法律条令公开化，彻底否定了以往"刑不可知，则威不可测"的理念，破坏了周公制定的等级制度，导致"贵贱无序"，并发出了"晋其亡乎！失其度矣"的慨叹。

5. 学而时习之

打消了入晋的念头，孔丘更安心地在曲阜聚徒授课了。

到鲁昭公二十九年（前513）年底，重又聚集到杏坛的各国弟子人数达三百余人。由于学生人数多，年龄结构不一样，学习时间不一致，来自的国家与地方又不同，这就给孔丘授课带来了极大的困难。如果所教的内容过简，老生毫无收获，觉得是徒然浪费了青春；如果所教的内容过深，新生无法理解，犹如对牛弹琴，这样会让他们对学习知识失去兴趣与信心，产生畏惧心理。

为此，孔丘感到苦恼。一方面，他仍然坚持"有教无类"的教育理念，坚持平民化办学的方针，对于从四面八方、国内外络绎不绝的莘莘学子持欢迎的态度；另一方面却又为教学场地与师资缺少而一筹莫展。

思来想去，孔丘有一天终于想到了一个办法，遂立即找来颜由、秦商、子路、曾点、冉耕等十余位第一批招收的弟子，跟他们说：

"今各地、各国来此求学的人，计有三百余人。"

"这说明先生'有教无类'的办学思想深得人心，先生兴学成功啊！"秦商说道。

"但是，杏坛能够容纳的人有限啊！"孔丘无可奈何地说道。

"先生说得对，即使能够挤得下，但是这么多人里三圈外三圈围着小小的杏坛，教学效果也会大打折扣的。"颜由补充道。

"除了季路所说，还有一点，也让为师感到困扰。"

"先生还有什么困扰？"子路追问道。

"求学的人年龄大小参差不齐，学习的时间有长有短，无法统一教学。"孔丘补充道。

"那么，怎么办？又不能把大家都遣散了。"曾点说道。

"为师最近几天一直在为此而苦恼，今天突然想到一个办法，所以找大家来商量一下是否可行。"孔丘说。

子路一听老师有办法，遂急不可耐地追问道：

"先生有什么办法？快说给弟子们听听。"

"可否将三百多人划分为十几个小组，每组三十人左右。如有再来者，各小组可陆续添加几人。每个小组的学生采大小搭配、新旧结合的方式组合。这样，大孩子带小孩子，老生带新生，不仅师资问题可以解决，还能解决教学场地问题，使拥挤在杏坛的弟子们能够化整为零，分散到各个合宜的场所。"

"先生的意思是说，让我们先及门的弟子做后入学弟子的老师，是吗？"曾点问道。

"子晳说得对。为师正是这样想的。你们跟为师多年，已经学有所成，完全可以做后学者之师。再说，教学相长，通过教学，你们也可以重新温习一下为师教给你们的知识，岂不一举两得？"

"先生以前跟我们说过：'温故而知新，可以为师矣。'说的就是这个意思吧？"冉耕诠释道。

孔丘听了，不禁会心一笑，点点头，说道：

"伯牛现在也很有悟性了。"

子路见老师表扬冉耕，连忙插话说：

"弟子记得先生还说过这样一句话：'学而时习之，不亦说乎？'说的也是这个意思吧。"

孔丘听了，捋须莞尔一笑，道：

"阿由说得也对。"

"先生，那弟子们给后来的师弟们教些什么内容呢？"曾点迫不及待地问道。

"就像为师以前教导你们的那样，先从识字开始，同时在识字教学中将做人的道理讲清楚，教书同时也要育人啊！"

"那么，应该讲哪些做人的道理呢？"秦商问道。

"告诉他们，做人要诚实，不要花言巧语。"孔丘答道。

子路一听，立即接口说道：

"先生以前教导我们时说过两句话：'人而无信，不知其可也'，'巧言令色，鲜矣仁'。说的就是这个意思吧。"

孔丘点点头，表示赞许。

"先生以前还教导过我们，说做人要有风骨，有气节。这一点，弟子们也要跟师弟们讲吧。"冉耕问道。

"当然，这一点正是君子与小人的区别，怎么能不强调呢？"孔丘肯定地说道。

秦商接着说道：

"先生以前教导我们，曾说过：'三军可以夺帅也，匹夫不可夺志也。'又说过：'岁寒，然后知松柏之后凋也。'说的正是这种君子风骨吧。"

"丕慈是个有心人，为师的话记得很清楚。"孔丘笑着嘉许道。

颜由听老师这样表扬秦商，也忍不住插话说道：

"关于如何做人的道理，先生说过很多。这些话，我们至今都是记得的。"

孔丘听颜由这样说，似有与秦商一较高下的意味在，不无邀宠之意，遂有意鼓励他说：

"季路，为师还说过哪些有关做人的道理，不妨说来一听。"

颜由接口便道：

"先生说过：'人不知而不愠，不亦君子乎？'又说：'不患人之不己知，患不知人也。'还说：'不患人之不己知，患其不能也。'告诉我们做人要知道反省自己，加强自身修养。这与先生的另一句话：'见贤思齐焉，见不贤而内省也。'其意旨也是相通的吧。"

孔丘听到此，感到无比的欣慰，没想到这些弟子对于自己以前随性而发的议论还记得这么清楚，并奉为圭臬。看来，兴学为人之师，何尝不是人生的一大快乐呢？想到此，一丝得意之色情不自禁地写在了脸上。

众弟子见老师如此高兴，就更来劲儿了。

冉耕问道：

"先生，具备怎样的素质才能为人之师呢？"

孔丘不假思索地说道：

"送你们八个字：'学而不厌，诲人不倦。'"

"'学而不厌'，意思我们明白，就是让我们对知识有永无止境的追求，不满足于一知半解，不浅尝辄止，做一个像先生一样博学的人；'诲人不倦'，就是像先生教导我们一样，不厌其烦，有问必答，是吧。"子路立即接口诠释道。

孔丘点点头，拈须而笑，道：

"阿由说得对。但是，怎样才能做到有问必答呢？"

"先生说过，'敏而好学，不耻下问'，向一切人学习，就能使自己变得博学起来。"子路答道。

"弟子还记得先生说过这样一句话：'三人行，必有我师焉。'说的就是这个意思吧。"曾点补充道。

孔丘见弟子们都深得自己的教学思想，感到非常欣慰，遂进一步启发说：

"那么，仅有好学的精神是否就够了呢？"

子路立即抢着回答说：

"还要有一种诚实的态度。先生曾教导过我们：'知之为知之，不知为不知，是知也。'说的就是这个意思吧。"

"阿由越来越长进了，让为师感到欣慰。"

曾点见老师表扬子路，立即抢着说道：

"学习仅有诚实的态度还不够吧，还要善于思考，不能毫无保留地接受别人的说法吧。先生曾说过：'学而不思则罔，思而不学则殆。'说的就是这个意思吧。"

颜由听大家说了半天，这时也提出了问题：

"先生以上所说，弟子都记住了。但当务之急是，如何掌握一种好的教学方法，使我们能够很好地胜任为师者的角色？"

孔丘听了，点头称是。顿了顿，说道：

"季路所言是也。工欲善其事，必先利其器。教学与做其他一切事情一样，也是要讲究方法的，方法不当，教学效果会事倍功半。"

子路又急不可耐地问道：

"那先生快说什么方法最有效？"

"方法很多，其中之一，就是首先要引导、培养学生的学习兴趣。兴趣是最好的老师，只有感兴趣，才能有好的学习效果。"

"先生曾经说过一句话：'知之者不如好之者，好之者不如乐之者。'说的就是这个意思吗？"

秦商的话，让孔丘听了先是一愣，然后连连点头称是，拈须而笑道：

"丕慈活学活用，对为师的话领会得深刻。"

"除了培养学生的学习兴趣外，还要注意什么方法呢？"子路又追问道。

孔丘答道：

"要注意运用启发式教育，循循善诱，讲道理要由浅入深，言近而旨远。这样，学生就能举一反三，活学活用，教学效果就能事半功倍。"

颜由接口说道：

"先生的这个意思，就是以前跟人说过的那句名言吧。"

孔丘一愣，问道：

"什么名言？为师何曾有什么名言？"

颜由立即回答道：

"先生在齐国时，有人问学，先生脱口而出道：'不愤不启，不悱不发。举一隅不以三隅反，则不复也。'"

孔丘听到此，这才恍然大悟，想起以前确实跟人说过此话，遂连连点头。

顿了顿，孔丘扫视了一下众弟子，语气诚恳地说道：

"今日听诸位一席话，让为师既感到欣慰，也觉得受益匪浅。为师曾说过'教学相长'，今日看来是不无道理的。相信有诸位辅助为师，不要说是三百弟子，就是再来三千弟子，为师也有信心收下他们。既来之，则安之。诸位一起努力吧！"

"弟子谨受教！"众弟子齐声唱喏。

第五章　四十不惑

1. 己所不欲，勿施于人

周敬王八年，鲁昭公三十年（前512）十二月二十八，又到了一年之末，快过年了。

望着外面阴沉沉的天空，听着呼啸吹过屋顶的寒风，孔丘一时陷入了深思。从齐国回来已经两年了，年纪亦过四旬，虽然自己曾不无自豪地跟弟子们夸说"四十不惑"，但对于鲁国季平子一人专政，鲁昭公反被放逐于晋的乱象人们却安之若素，他一直弄不懂；对于鲁国的前途何去何从，他也茫然不知所终。

"先生，弟子给您请安了！"

正当孔丘独自一人对着窗外发呆之时，只听一个稚嫩的声音从背后传来。孔丘连忙转过头来，发现是颜回又来了。

颜回，字子渊，是孔丘大弟子颜由之子，今年才九岁。两年前，孔丘从齐国避难回国后，他才七岁，便吵着要拜孔丘为师。当时，孔丘看着这孩子又矮又小，面黄肌瘦，便随口问了颜由一句：

"这孩子是不是有病？怎么七岁了还这样矮小，面色也不好。"

没想到，孔丘言犹未了，其父颜由未及答话，小颜回就接口回答道：

"我听人说：'无财无产曰贫，无学无识曰病。'我非病，而是贫。"

颜回的回答不仅让其父颜由与在场的人大吃一惊，也让孔丘不禁为这个七岁孩子的机敏拍案而起，连声夸奖。最后，破例收为弟子，并从此对他疼爱有加。

颜回自从拜在孔丘门下学习后，比一般弟子都用功，问学也最勤，几乎每天都会准时来向孔丘问这问那，有时竟然会让孔丘招架不住。尽管如此，但孔丘内心还是高兴的。虽然自己在政治上没有用武之地，对于改变鲁国政局乱象也无能为力，让他时常感到痛心疾首，精神非常痛苦；但是，回国后从四面八方蜂拥而来的弟子，使杏坛人气越来越旺，这给他孤寂的内心多少带来了些安慰。特别是这几年先后投到门下的弟子，不少是他特别满意的，如颜回、子贡、冉求、冉雍、闵损、公冶长、宰予等，都是颇有悟性的弟子，这使骨子里先天就有好为人师禀性的他尤感欣慰。

"先生，您在想什么呢？"颜回见孔丘看着自己半天没言语，便忍不住问道。

"没想什么。今天又有什么问题要问吗？"孔丘和蔼地看着颜回，亲切地问道。

"先生，您经常跟人讲'仁'，那究竟什么是仁呢？"

孔丘见颜回问到了自己思想的核心方面，就想跟他好好阐述一番。但是，转念一想，不行。毕竟他还是个孩子，说得太深奥或说得太多，他肯定不会明白。于是，顿了顿，简明扼要地回答道：

"克己复礼便叫仁。"

颜回立即接着问道：

"克己复礼，就是克制自己，恢复周公礼法，是吧？"

"不对。是克制、抑制自己的情绪情感，使自己的一切言行都合乎礼。"

"先生的意思是说，一言一行，喜怒哀乐都合乎礼的要求，便可称为仁，是吧？"颜回问道。

"正是。一旦做到一切言行都合乎礼的要求，那么天下便就归于仁了。"

孔丘话音刚落，颜回又紧接着问道：

"仁是一种道德境界，怎样才能达到呢？"

"实践仁德，需出于本心。自己不努力践行，难道还能指望别人吗？"

"弟子明白了，修养仁德，乃出于个人的自觉，需要从我做起。是吧？"颜回又问道。

"正是此意。"孔丘肯定地说。

"那么，请问先生，实践仁德需要有哪些条件呢？"

"十六个字。"

"请先生明教。"颜回恳切地请求道。

"非礼勿视，非礼勿听，非礼勿言，非礼勿动。"孔丘肯定地说道。

"弟子不敏，但一定遵照先生的话认真去做。"

孔丘点点头，慈祥地看着颜回，摸了摸他的头，表示鼓励。

颜回看着老师亲切和善的眼光，转了转大眼睛，突然又提出了一个问题：

"先生常常跟人说君子如何，小人如何。那么，请问先生，什么样的人是君子，什么样的人算小人呢？"

孔丘拈着胡须，想了想，说道：

"关心他人、爱护他人，接近仁爱的程度；行为端正，处事谨慎，一切深思熟虑，接近理智的程度；关爱自身不放在心上，对别人却爱护体贴有加，这样的人，便可称为君子了。"

"那么，什么样的人算不得君子呢？"颜回又问道。

"不学而行，不思而得，这样的人就算不得君子。阿回，你要努力啊！"

"弟子谨受教！"颜回一边施礼，一边说道。

孔丘点点头，慈祥地看着颜回。

"先生，算不得君子的人，是否就是小人呢？"颜回又突然接着前面的话题问道。

"不能这样说。"

"那究竟什么样的人，才算是小人呢？"颜回穷追不舍道。

孔丘见颜回如此好学深思，求学如此执着，遂非常认真而严肃地回答说：

"好攻击他人之长，而自以为能说会道；暗揭他人之短，心怀鬼胎，而自以为聪明过人；见他人有失，不是热情相助，而是幸灾乐祸；没有好学深思之心，自己不学无术，却还看不起没有才能的人。这样的人便是小人。"

"这是从品德上来分辨君子与小人的标准吧？"

孔丘点点头，对颜回的领悟力之高非常欣赏。

"那小人在言行上与君子有什么分别呢？"颜回又提出了问题。

"君子以自己的行为说话，小人则凭善于狡辩的舌头说话。因此，君子在追求义的过程中，常会痛恨别人不够努力；而平时与人相处时，关系却很融洽。小人则不然，他们往往在为非作歹方面志同道合，平时相处则相互憎恶。"

"弟子谨受教！"

说着，颜回又向孔丘深施一礼。然后，倒退着唯唯而去。

颜回出去不久，冉雍就进来了。

冉雍，字仲弓，生于不肖之父，与孔丘第一批所收弟子冉耕（字伯牛）为同一宗族。至于新近拜在孔丘门下的冉求（字子有），则是他的晚辈，同属仲弓宗族。

冉雍进门与孔丘见过礼后，就开门见山地跟孔丘说道：

"弟子刚才见到师弟子渊，他说今天来向先生问学，就'仁'的问题求教了先生，收获甚多。不知先生能否也跟弟子讲讲何为'仁'？"

孔丘脱口而出道：

"阿雍既有求学之志，为师焉能不尽平生之学而授之。"

"谢先生教诲之恩！"

孔丘向来主张因材施教，知道冉雍不同于颜回，心志已经成熟，年龄也较大，素有大志。所以，他对冉雍问仁，没有马上回答，而是想了一会儿，很有针对性地说道：

"出门如见大宾，使民如承大祭，这便是仁。"

"先生的意思是说，待人处事恭敬有礼，役使百姓严肃谨慎，不轻易使唤民众，要有爱民之心。做到这些，便是仁了，是吧？"

"正是此意。"

"如先生所说，仁只是为政者之事，与普通人无关了。"冉雍说这话时虽口气上非常谦恭，但话中不无质疑之意。

孔丘听出其意，他也喜欢有独立思想的弟子，于是呵呵一笑道：

"不能这样理解，仁非某一特定人群的特权。为师只是从为政者当率先垂范的角度立论，认为只有为政者、在上位者有仁爱之心，才能德化民众，使天下之人不分贵贱、不分老少、不分地域，都有仁爱之心。如此，天下就能清平，周公礼制便能恢复矣。"

"如果就天下众生而言，先生以为'仁'应当是一种什么样的境界？"冉雍追问道。

孔丘想了想，然后说出八个字：

"己所不欲，勿施于人。"

"先生的意思是说，自己不想要的，或不想做的，也不要强加于别人。换句话说，就是只要能有推己及人之心，便算达到了'仁'的境界了，是吗？"

"正是此意。"

"弟子谨受教！雍虽不敏，但一定按先生的教导认真去做！"

2. 昭公归葬

"夫君，刚才来的是哪一位弟子，怎么没见过？"

周敬王九年，鲁昭公三十一年（前511）初春的一个午后，孔丘刚送一个前来问学的弟子出门，夫人亓官氏恰好看见，遂好奇地问道。

"是公冶长。都已经拜师两年了，来问学不是一次两次了，夫人怎么没见过呢？"孔丘感到有些奇怪地说道。

"夫君有那么多弟子，每天出出进进，我怎么认得过来？"

孔丘点点头。心想，也是，从齐国回来两年多，现在聚到门下的弟子又有三百多人了。不要说夫人认不得所有的弟子，就是自己也不能叫出所有弟子的名字，只是一些比较得意的弟子由于相处来往较多，能够叫上名字，了解其禀性。

亓官氏见孔丘低头若有所思，又重拾刚才的话题，问道：

"好像听人说过一句，说夫君收了一个坐过牢的弟子公冶长，是不是这个公冶长？"

"就是这个公冶长。"孔丘肯定地说道。

"既然公冶长坐过牢，夫君为何还要收他为弟子呢？夫君不怕坏了自己的名声？"

孔丘不以为然地回答道：

"这有什么？公冶长不仅有悟性，是个读书的材料，而且还是一个道德高尚的君子，收这样的人为弟子，难道还辱没了我孔丘的名声吗？"

"既然道德高尚，那怎么还会犯罪坐牢呢？"

听夫人这样说，孔丘显然有些情绪激动了，连忙解释道：

"公冶长坐过牢是有其事，但他没有犯过罪，是受了冤枉。"

亓官氏听公冶长是受冤枉而坐牢的，又见丈夫说话有些激动，遂舒缓了语气，问道：

"他是受什么冤枉呢？"

"公冶长是个孝子，因家境贫寒，从小卖薪养家。一次，他母亲生病，年仅十岁的他，就瞒着母亲独自一人上山打柴。可是，到了山里，不知如何打柴，于是伤心地哭起来。这时，一只鸟儿飞来，问道：'你哭啥？'公冶长不禁大吃一惊，这只鸟儿竟然会说话。于是，就问道：'鸟儿，你怎么会说人话？'鸟儿答曰：'我是八哥，天生会学人话。'"

亓官氏听到此，插话说：

"八哥会学说人话，不奇怪，大家早就知道了。"

孔丘看了看夫人，继续说道：

"八哥会说人话当然不稀奇，但稀奇的是公冶长懂得鸟语。那次与八哥对话后，公冶长就琢磨着，鸟儿能说人话，那么为什么人不能学说鸟语呢？于是，他就经常入山听鸟鸣之声，观察鸟飞鸟落的规律。渐渐地，他懂得了不同鸟儿的鸣叫之声与它们行动之间的关系。一次，有一只乌鸦对他不停鸣叫，他认真倾听，明白了它的意思：'南山之顶死了一只獐，你吃肉我吃肠。'公冶长按照乌鸦的指示，果然找到了那只死獐，剥皮去肠后，他就将獐肉拿回了家，并当场将獐的内脏埋了，忘了乌鸦的叮嘱，没将内脏留下给它。"

"果有其事？"亓官氏惊奇地瞪大了眼睛，望着孔丘。

"公冶长亲口所言，当不为虚。"

"那之后呢？"亓官氏开始感兴趣了。

"乌鸦记恨公冶长第一次不守信任，没将獐的内脏留给它。过了几天，它又对公冶长说：'北山之顶死了一只羊，你吃肉我吃肠。'公冶长这次对乌鸦的话更是深信不疑。于是，连忙拿着砍柴刀，往北山奔去。未到山顶，看见一群人正围成一圈，他以为大家都在争抢那只死羊，遂一边跑一边高声喊道：'那是我打死的，大家都不要争。'可是，到了山顶一看，死的不是羊，而是一个中年男子。于是，大家便将公冶长捉拿见官。官长不问青红皂白，就依杀人罪将公冶长囚禁起来，并准备处死。后来，幸得一位官长开明，为他洗清了冤屈，免了他死罪，并将他无罪释放。这样，他才投到我门下求学来了。"

"原来如此。这样说来，公冶长还真是一个难得的人才呢。"亓官氏不无感慨地说道。

"今天既然说到公冶长，我正好有一件事要与夫人商量商量。"孔丘一脸严肃地说道。

"夫君博学多才，外面人都称你为圣人，难道还有什么不明白的事，要来问我不成？"亓官氏瞪大眼睛，好奇地看着孔丘说道。

"记得我刚从齐国回来时，夫人就跟我提起女儿无违的婚事，曼父兄长也跟我说到他女儿无加的婚事。这两年，我特别留意从所收弟子中物色合适的人选。"

"那有没有找到合适的人选呢？无违与无加年纪都不小，是适婚年龄了。"亓官氏紧追不放地盯住丈夫。

"经过考察，我认为公冶长与南宫敬叔二人是合适的人选。公冶长的为人与身世，刚才已经跟夫人说过了，夫人也认为他是个难得的人才。至于南宫敬叔，他跟我求学已有多年。他为世家出身，现做着朝廷大夫，人品学问都不错。国家清明无事时，他不会被罢免；国家政治黑暗、政局混乱时，他也能免于刑罚。可见，是个处事为人、才能学识都不错的青年。"

"那夫君准备为咱们女儿无违选择哪一个？"

"这事正是我今天要与您商量的。"

"商量个啥，家里家外的大事一向不都是由夫君做主吗？"亓官氏以问代答道。

"这是咱们女儿的终身大事，所以要跟你商量。我对这事考虑了很久，觉得咱们的无违与公冶长蛮是般配。夫人觉得呢？"

"夫君，这不合适吧。虽说公冶长人品才学都不错，但是他毕竟是坐过牢的人，说出去不好听。即使女儿同意，咱们家是世家，与他家也是门不当户不对啊！夫君不是整天要恢复周公礼法吗？如果按周公礼法，等第不可僭越，南宫与咱们家无违倒是般配的一对。"

孔丘见亓官氏如此振振有词，虽然觉得也有道理，但还是理性而耐心地劝导道：

"夫人，话不能这样说。刚才我也说过，公冶长坐过牢是事实，那是含冤受屈，不是他的错。他出身贫寒是不假，但圣人往往都是起于贫贱啊！我之所以不主张咱们无违嫁给南宫，并不是不为女儿幸福着想，而是考虑到这样一个现实：南宫已经婚娶过，前妻过世时还留下几个孩子。无违如果嫁给南宫，那就是续弦。这对咱们的女儿不公平，身份上也有碍。咱们是世家，女儿岂能嫁给别人当续弦？这恐怕不合适吧，夫人。"

亓官氏没吱声，沉默了一会儿，说道：

"俺还是想不通。"

说着，亓官氏便起身离开。孔丘知道，妻子思想上还有障碍，待有机会再跟她好好说吧，这事也不急在一天两天。

后来，孔丘又与亓官氏谈了几次，总算说服了她。这年八月十八，由孔丘主婚，女儿无违与公冶长、南宫与侄女无加喜结秦晋之好。由此，孔丘夫妇与曼父夫妇都了却了一桩心事。

办完女儿与侄女的婚事，孔丘感到轻松了许多。每天除了在杏坛集中给来自各国与鲁国各地的弟子讲授学问外，就是随时接受弟子个别上门问学。但不管是在杏坛为众弟子答疑解惑，还是在家为一些得意弟子或好学弟子个别传道授业，孔丘都非常耐心，而且讲究因材施教，注重方法。由此，追慕他的弟子越来越多。孔丘因此对教书育人也更加醉心，他觉得自己的思想学说还是有市场的。有了这么多弟子，他的思想不愁不能被广泛传播。只要自己"克己复礼"、"仁者爱人"的思想得到更多人的认可，只要自己培养的学生足够多，只要践行自己思想学说的人足够多，只要诸如子路、冉求等具有行政干才的弟子有机会掌握各级政权，那就不愁天下局面不有所改变。只要乱臣贼子肆意妄为的事逐渐减少，周公礼法恢复的一天也就指日可待。

正当孔丘陶醉于教书育人蔚然有成的喜悦之中，沉溺于对未来"天下大同"美好景象的深情憧憬之时，周敬王十年，鲁昭公三十二年（前510）年底的一天，南宫敬叔却突然在日暮时分急急登门。

"子容，这么晚过来，难道有什么重要事情吗？"南宫一进门，孔丘便迫不及待地问道。

"是，先生。"

"快说。"孔丘连忙催促道。

"昭公已经病逝于晋国乾侯。"

"真的？什么时候的事？"孔丘似乎不敢相信南宫的话。

"确确切切的事。晋国使者刚刚来报。"南宫敬叔肯定地说。

孔丘一听，不禁悲从中来，久久无语。他为鲁昭公作为一国之君被乱臣贼子逐出自己的国家客死他乡而悲哀，也为自己没有能力改变这个世界乱局而悲哀，更为自己恢复周公礼法、实现天下大同的理想实现无望而悲哀。

南宫敬叔看着孔丘痴痴呆呆的表情，知道老师此时此刻的心情，他找不出一句合适的话来安慰老师。沉默了好一会儿，他只得起身告辞，说道：

"先生，弟子告退。一有什么消息，弟子马上来向您禀报。"

过了两天，南宫又来了。

"子容，今天有什么消息？"孔丘一见南宫连忙问道。

"季孙冢宰说，昭公已经驾崩，国不可一日无君。所以，决定立昭公之弟，即公子宋为鲁国之君。"

"季孙冢宰有没有与人商量？"

"没有，他一人决定的。弟子今天入朝，他顺口说出来的。"南宫说道。

"如此重大国事，竟然一人独断专行，岂有此理！"

看到孔丘气得脸色发青，南宫虽然心里很难过，却找不出一句合适的话来安慰老师，只是站在一旁，默默地陪着老师。

良久，南宫向孔丘躬身施礼后，默默地退出。

望着南宫远去的背影，孔丘陷入了沉思。以前君权虽不在昭公，却是由季孙氏、孟孙氏、叔孙氏三家共同掌握，好歹能够互相牵制，做事不至于太离谱。现在，由季平子一人独断，公子宋继位为鲁国之君，那还不等于是个地地道道的傀儡，真正当政的不仍是季平子一人？

孔丘越想越气愤，但气愤起不了任何作用，只能使自己的心情更加抑郁。在抑郁中过完新年后，孔丘等到了南宫敬叔第三次来禀报情况。

"先生，昭公之弟已经继位为鲁国之君。"

"还有什么消息？"孔丘追问道。

"弟子与兄长，以及叔孙大夫，共同向季孙冢宰提议，请求尽快从晋国迎回昭公灵柩。"

孔丘又问道：

"季孙冢宰怎么说？"

"季孙冢宰答应了，决定不日就派人前往晋国乾侯。"南宫回答道。

"还有什么消息？"孔丘又问道。

南宫嗫嚅了半天，却没回答出来。

孔丘再次追问道：

"到底还有什么事？快说呀！"

南宫又犹豫了半天，最后望着老师，怯生生地说道：

"季孙冢宰说，昭公灵柩可以迎回，但不能归葬祖茔。"

孔丘一听这话，顿时怒不可遏，一掌拍断了面前的几案，道：

"岂有此理！这个乱臣贼子，越来越放肆，是可忍，孰不可忍也！"

虽然孔丘非常气愤，认为季平子的所作所为大逆不道，不可饶恕，却无法奈他何。季平子仍是季孙家宰，孔丘仍是一介寒儒。现实如此，形势比人强，孔丘只能在气愤中叹气而已。

周敬王十一年，鲁定公元年（前509）夏，鲁昭公灵柩迎回鲁国，按照季平子的旨意，葬于祖茔之旁，不在鲁国历代国君的墓田范围之内。而且为了向世人昭示鲁昭公为鲁君异类，季平子特意让人在鲁昭公陵墓与鲁君祖茔之间辟出一条道路，有意将其隔开，等于将鲁昭公打入了另册。

3. 隐公问礼

鲁昭公归葬被摒于祖茔外之事，让孔丘对鲁国政治彻底失望。从此，他再也不过问鲁国朝中之事，即使南宫敬叔主动跟他说，他也不听。他对鲁定公不抱任何希望，因为有季平子在，纵使鲁定公是个明君，真想有所作为，也是根本不可能的。而今，他只一心一意聚徒传授学问，培养能够继承自己思想与学说，并有志于恢复周公礼法的弟子们。对于这几年新收的得意弟子如颜回、子贡、冉雍、冉求等人的殷勤问学，他更是倾注了全部的心力。

周敬王十三年，鲁定公三年（前507）三月十八上午，突如其来的一场春雨打乱了原定的教学计划。弟子不能再聚到杏坛听讲学问，孔丘只得百无聊赖地在家待着，望着窗外的雨点时大时小，望着街上的行人脚步匆匆，他一时陷入了沉思。

"先生，弟子来给您请安了！"

听到身后传来说话声，孔丘这才从沉思中回过神来。回过头来一看，原来是子贡。

子贡，姓端木，名赐，卫国人，为人聪明机警，极有悟性。和颜回一样，他也是七岁时就投在孔丘门下求学的。颜回问学十分勤快，子贡也不输给他。这不，今天下雨，其他弟子看下雨不会上课，都赖在家里睡懒觉了，只有他披着蓑衣，冒着绵绵春雨来到老师府上求学。

孔丘见子贡冒雨前来，说不出的高兴，遂亲切地问道：

"阿赐，今天下雨怎么不在家里待着，冒雨前来，有何急事吗？"

"弟子何曾会有什么急事？不过，要说急事，也未尝没有。"

"说，什么急事？"孔丘和蔼地问道。

"先生整天跟我们说，要做君子，不要做小人。弟子一直在想，到底什么样的人才算君子呢？先生好像从来没具体说过，达到什么样的标准才能算是君子？平时杏坛教学，师门兄弟多，弟子无从请教。今日天雨，弟子想不会有很多人来向先生求教，正是一个问学的好机会。请先生好好给弟子讲一讲，君子究竟为何等之人？"

孔丘听子贡这番话，见他求学善于见缝插针，真是打心眼里喜欢。于是，想了想，根据他的年龄特点，认真地说道：

"要做君子，必须做到'三思'、'三患'、'三恕'、'三所'、'五耻'、'六本'。"

"那么，何谓'三思'？"子贡立即追问道。

"所谓'三思'，就是有三种情况需要想清楚。年少时不肯学习，长大后没有一技之长；年长时不知教导子女，死后无人追思；富有时不知施舍，到自己贫困时无人救助。因此，君子年少时会想到长大后的问题，进而努力学习；年长时会想到死后的问题，进而致力于儿孙的教育；富裕时想到穷困的处境，进而明白施舍的道理。"

"先生的意思是说，凡事要预先想清楚，那样才不会后悔。先生曾说过：'凡事豫则立，不豫则废。'说的也是这个道理吧。"

孔丘一听子贡的解读，不禁喜上眉梢，打心眼里喜欢这个孩子的领悟力与举一反三的能力。于是，点点头，伸手在他头上摸了一下。

子贡见得到了老师的鼓励，遂又接着问道：

"那么何谓'三患'呢？"

"所谓'三患'，就是三种忧虑。没有听说时，忧虑不能听说；听说后，忧虑没机会学习；有了机会学习，又忧虑不能付诸行动。"

"先生的意思是说，君子严于律己，唯恐学得不多，做得不好，是吧。"

孔丘点点头。

"那'三恕'呢？"子贡又问道。

"有君不能侍奉，有臣而求其听使，此非恕也；有双亲不能尽孝，有儿女而求其报恩，此非恕也；有兄不能敬爱，有弟而求其顺从，此非恕也。读书之人，明白此三恕之本，才可称得上是行为端正。"

"先生的意思是说，自己做不到的，不要勉强别人做到。用先生以前说过的话来说，就是'己所不欲，勿施于人'，是吗？"子贡怯生生地望着孔丘说道。

孔丘听了子贡的诠释，拈须而笑。

子贡见此，胆子更加大起来，又问道：

"先生，那何谓'三所'呢？"

"君子有所耻，有所鄙，有所殆。年少不能勤奋学习，年老时不能教育儿孙，君子耻之；离乡事君，官至高位，突遇故旧，而无忆旧之言，君子鄙之；与小人相处，而不亲近贤者，君子殆之。"

"先生的意思是说，年少好学，年老教子，得意而不傲人，亲贤者而远小人，才是君子，是吧？"

"正是此意。"

"那'五耻'呢？"

孔丘看了看子贡渴望的眼神，从容说道：

"有仁德而无仁言，君子耻之；有仁言而无行动，君子耻之；得而复失，君子耻之；土地广袤，而民众衣食不足，君子耻之；所做之事不少于他人，但却事倍功半，君子耻之。"

"那'六本'又是何谓？"子贡紧追不舍道。

"所谓'六本'，就是君子立身行事的六个基本原则。立身有义，以孝为本；丧纪有礼，以哀为本；战阵有列，以勇为本；治政有理，以农为本；治国有道，以嗣为本；生财有时，以力为本。本末不分，则农桑之事无从谈起；不能取悦于亲戚，则外交成效可想而知；做事有始无终，如何指望其做好所有事情；道听途说之言，则不必引以为据；身边之人都不能安顿，遑论远方不服之民。因此，反本修迩，君子之道也。"

"先生的意思是说，善于抓住问题的关键，立足于根本，从近处做起，才是君子立身行事的根本。所谓'反本修迩，君子之道也'，与先生以前所说'君子务本，本立而道生'，是一个意思吧？"

"正是。"

听了子贡的诠释，孔丘不禁再次为子贡的领悟能力与活学活用的能力而欣欣鼓舞，打心眼里认定，孺子可教也。

"先生，一向可好？"

　　正当子贡还想向孔丘请教其他问题时，孟懿子冒雨急急进来。

　　孟懿子也是孔丘的弟子，十几年前就与其弟南宫敬叔拜在孔丘门下求学。但因他是朝廷重臣，因此与其他弟子情况不同，主动上门求教的时候不多。今天看他冒雨登门，又见其行色匆匆，孔丘不禁吃惊地问道：

　　"何忌，有什么急事吗？"

　　"邾国新君遣使来请教您。"

　　"邾国新君？"孔丘不解地问道。

　　"三个月前，邾庄公卒。上个月，邾隐公即位，将要行冠礼，但不懂规矩礼仪，故特意遣使来请教先生。"孟懿子清楚明白地说明了事情的原委。

　　"邾隐公之使何在？"孔丘问道。

　　"就在府外，弟子可否请他进来？"孟懿子问道。

　　"外面正下着雨，快请邾君使者进来说话吧。"

　　不一会儿，孟懿子就领着邾隐公之使进来了。分宾主坐定后，使者便将所有的疑问提了出来。孔丘听了，不假思索地回答道：

　　"邾隐公即位的冠礼，应当与世子的冠礼规格相同。"

　　"那么，世子行冠礼的规格是什么样的呢？"邾隐公之使立即追问道。

　　"世子加冠时，要立于大堂之前东面的主人台阶上，以示即将代其父成为一国之君。之后，再站到宾客之位，举爵向位卑者敬酒。每加一次冠，就敬一次酒，以示礼成。三次加冠，由缁布冠到皮弁冠，再到爵弁冠，一次比一次尊贵，其意是教导他要有远大志向。加冠之后，人们开始以字称之，以示尊敬其名。即使是天子之长子，与普通之士亦无二致，其冠礼仪式完全相同。天下无生来就是尊贵之人，因此行冠礼必在祖庙。以裸享之礼节加以约束，以钟磬之乐予以节制，以此使行礼者感受到自己的卑微而愈加敬畏自己的祖先，以此表明行礼者不敢擅越祖先礼制。"

　　邾隐公使者又问道：

　　"天子未成年而即位，成年后需办加冠之礼吗？"

　　"古代世子虽年幼，但即位之后即贵为人君。人君治成人之事，何须再办加冠之礼？"

　　"那么，诸侯的冠礼与天子的冠礼有什么不同吗？"邾隐公使者又问道。

孔丘答曰：

"天子驾崩，世子为其主持丧葬，说明他已成人，不必再举行加冠之礼。诸侯的情况，与此相同。"

说到这里，孟懿子突然问道：

"今郏隐公举行加冠之礼，是否不符合礼制呢？"

孔丘呵呵一笑，说道：

"诸侯举行加冠之礼，始于夏朝末年。由来有自，今天我们不必对此予以讥讽。为天子举行加冠之礼，则始于周成王时代。当年周武王驾崩，周成王才十三岁便继承了大统。周公为冢宰，佐其治天下。第二年，夏历六月，周武王葬后，便为周成王举办了加冠之礼，并让其朝拜祖先。以此昭示诸侯，他们又有了自己新的国君。成王加冠礼上，周公令祝雍作颂辞，曰：'使王近于民，远于年，啬于时，惠于财，亲贤而任能。'其颂曰：'令月吉日，王始加元服，去王幼志，服衮职，钦若昊命，六合是式，率尔祖考，永永无极。'这便是周公创造的天子加冠之制。"

孟懿子接着又问道：

"诸侯的加冠之礼，为什么必须在宾位上举行呢？"

"诸侯是公爵的，举行加冠之礼，以卿为宾，无需中介之人。自己主持仪式，拱手行礼，将宾客迎至宾位后，自己则站到席北主位。敬斝醴酒之礼，则与普通士飧之礼相同，敬酒三次以祭祀自己的祖先。斝酒既毕，回到东面之阶。非公爵之诸侯，也是自己主持加冠仪式，但必须回到宾位上举行。这便是二者的不同之处。玄端与皮弁，虽为不同朝代之服饰，但均不着色。公要四次加冠，戴礼帽，穿礼服，在宾位上酬酢宾客，然后乘马出行。太子、庶子的加冠之礼，与此相同。天子的加冠礼，则要行三次礼，这与士之冠礼无别。至于以酒食招待宾客的礼节，也是大致相同。"

孔丘说到这里，孟懿子又代郏隐公之使问道：

"那么，为什么加冠之礼开始时一定要戴黑色的麻布帽呢？"

孔丘答道：

"此示不忘古礼。远古之冠，用布皆以原色麻布。只有在行斋礼时，才戴黑色麻布帽。至于帽饰下垂之緌带，丘则未闻。而今要行加冠之礼，只要酬赠宾客即可。"

郏隐公之使问道：

"那么，古代三王之冠又有什么区别呢？"

孔丘回答道：

"周弁、殷冔、夏收，都是相同的。三王之冠皆是皮质，冠带没有色彩。周朝常戴之冠叫委貌，殷朝常戴之冠是章甫，夏朝的常戴之冠是毋追。"

孟懿子听完，不禁脱口而出道：

"先生博学无人可及，真是让弟子开眼了。"

郏隐公之使则听得瞠目结舌，叹为观止。

4. 中则正，满则覆

周敬王十四年，鲁定公四年（前506）三月十五，曲阜城内，一场春雨刚过，空气显得格外清新。一大早，当阳光初照孔府后园、杏坛之树晨露未干之时，好几百弟子就聚到了杏坛前，等待着孔丘开讲。

辰时刚到，孔丘就衣冠整齐地出现在杏坛。原来叽叽喳喳、众声喧哗的孔府后园顿时一片寂静；原本或站或坐的好几百弟子，立时齐刷刷地站成几排，躬身向孔丘行礼作揖。

孔丘还礼如仪，然后坐上杏坛。众弟子立即各就各位，就地席坐，全神贯注地看着杏坛之上的孔丘，等待他的教诲。

可是，孔丘扫视了一遍众弟子后，却并没有开讲。顿了顿，他望了望坛下众弟子，突然若有所思地说道：

"今日雨过天晴，阳光明媚，春风和煦，吹面不寒。难得如此好天气，为师现在突然有个想法，今日不聚坛讲论了，咱们去观看乡射之礼，现场接受教育，理论与实践结合，如何？"

众弟子一听，连声叫好。年纪小的，甚至跳起来拍手。

于是，在孔丘的带领下，好几百弟子个个穿戴整齐，束发合式，很有秩序地绕着杏坛，鱼贯走出孔府后园，结队前往乡射礼演习之所。

到了现场，演习尚未开始，孔丘便向众弟子讲解道：

"乡射之礼，一般分为两种。一是州长每年的春秋两季于州序，即州校以礼会民，练习射箭；二是三年大比贡士之后，乡大夫、乡老与乡民举行习射之礼，以此向众人咨询。今日所观乡射之礼，属于前者。"

114

孔丘话音刚落，乡射之礼就开始了。于是，孔丘示意众弟子就近席地而坐，好好观摩学习。

演习结束后，孔丘对众弟子喟然而叹道：

"射箭一定要配合礼仪与音乐。为什么射箭之人要一边射箭，一边听音乐呢？这是让他培养专心致志的定力，排除干扰，配合音乐节拍把箭射出，并要射到靶心。这种境界，只有贤德之人才能达到。如果是不肖之辈，怎么可能射中而让别人饮罚酒呢？《诗》曰：'发彼有的，以祈尔爵。'意思是说，对准靶心去射击，祈求射中免罚酒。酒，是用以敬奉老人和养护病人的。射击者祈求射中而辞谢罚酒，其意就是推辞别人的奉养。因此，士人若是不能射箭，辞让就要以有病为理由。因为男子生来就应该会射箭。"

"弟子谨受教！"众弟子听了，齐声附和道。

"既然明白了乡射之礼的意义，明白了男人会射箭乃是题中之义的道理，那么大家就跟为师往矍相之园习射，那里曾是为师少年时习射之地。"

众弟子一听，一片欢呼之声。

于是，孔丘便在好几百弟子的簇拥之下，来到了曲阜城内阙里西的矍相之园。曲阜城中民众，见孔丘与众弟子要往矍相之园习乡射之礼，纷纷奔走相告。结果，习射尚未开始，矍相之园已被围得水泄不通，观者如墙矣。

练习之前，孔丘先教大家基本动作，然后依次习射。轮到子路时，孔丘让子路执箭出列，邀请射箭者，只听子路说道：

"败军之将、亡国之大夫，以及过继为他人之子者，不得入内，其余可以进来。"

子路话音刚落，就有一半人离去。

孔丘又让冉求和曾点二人举起酒盏，对剩下的一半人说道：

"年轻时孝顺父母、友爱兄弟，年老时雅好礼仪，不随流俗，终身修身养性而追求最高道德境界的，请站到这边。"

冉求的话刚一出口，就又有一半人自动离开了。

曾点接着又举起酒盏，说道：

"好学不倦，好礼不变，到八九十岁高龄仍追慕道义，言行不会错乱的，请站到此位。"

曾点说完，剩下之人已是寥寥无几了。

射箭结束后，子路兴冲冲地上前，跟孔丘说道：

"先生，弟子与他们几人是否可以胜任司马之职？"

孔丘拈须而笑道：

"可以。"

接着，大家开始饮酒。才喝了一口，子路突然停下来，问孔丘道：

"先生，能否给弟子们仔细讲讲乡饮酒之礼？"

孔丘看看子路，又望了望冉求、曾点等弟子恳切求知的眼神，顿了顿，便从容说道：

"乡饮酒之礼，看似简单的人际酬酢，实则乃王道教化之重要途径。我们从乡饮酒之礼，就知道王道的推行其实并不难。"

"请先生仔细给弟子讲一讲乡饮酒的具体礼仪吧。"曾点催促道。

"按乡饮酒之礼，宾客和陪客由主人亲自邀请，而从宾则可随主宾及陪客一同前往。宾客应邀而至，主人到大门外亲迎主宾与陪客，又向从宾作揖，延请他们入内。在这种场合，尊卑之客所受到的接待礼节是不同的，有明显的差别。主人与宾客互相揖让三次后，一起走到堂阶前。之后，宾主再次相互揖让三次，再由主人引导着宾客登上厅堂。"

"然后呢？"冉求有些心急地问道。

"登堂之后，主人以三揖三让之礼拜谢各位宾客的到来，然后斟酒敬献宾客。宾客则也依礼回敬主人。这时，相互推辞谦让的礼节就显得特别多了。但是，待到宾客登堂时，礼节就简化了很多。至于从宾，登阶接受主人的献酒，坐着祭酒，站着饮酒，都很随意。甚至从宾可以不回敬主人就走下台阶，也不算失礼。由此可见，礼节的隆重与简单其实是分得非常清楚的。"

"这就结束了吗？"子路问道。

孔丘摇摇头，接着说道：

"酒过一通，乐师进来，在大堂之上唱三首曲子。唱毕，主人再给客人敬一次酒。随后，堂上乐师与堂下吹笙乐手轮番演奏三首歌、三支曲。最后再相互配合，合奏完三首乐曲后，乐师告知主人演奏结束，就退下堂去。这时，主人事先指定的一个主事属员上来，对着众客举起酒爵，以示饮酒正式开始。为了使饮酒符合礼仪，乃设立一个司正负责监督。如此，在乡饮酒过程中既能保证快乐和谐的气氛不被破坏，又能使大家尽欢而不失礼。"

"这确实是一个好办法。"曾点脱口而出道。

孔丘顿了顿，接着又说道：

"司正宣布饮酒开始后，宾客开始给主人敬酒，主人又给陪客敬酒，陪客则向从宾敬酒。敬酒时，要根据年龄大小顺序依次进行。这样的轮番敬酒，一直延续到侍奉主宾盥洗者到来为止。"

"先生，弟子不明白，喝个酒何必一定要按什么顺序，这样不太麻烦吗？"冉求不解地问道。

"这样做，虽然有些烦琐，但可以保证不论年龄大小的客人都不会被遗漏。不被遗漏，也就不会失礼。序齿饮酒程序结束后，众客下堂降级，脱去鞋子后，再登堂就座。这时候，宾客之间、宾主之间，又可以相互敬酒了，而且不计盏数，也就是不限量。不过，不限量并不意味着可以无限期喝下去，而是限定了一个节点。即早上不能耽误早朝，晚上不能影响回家治事。饮酒结束，宾客离去，这时主人要亲自拜谢相送。送走客人，乡饮酒之礼，就算完成了。"

"这样繁文缛节，仅仅只是为了彰显一种礼的精神吗？"子路忍不住问道。

"非也。繁文缛节，依程序进行，才能不出差错；没有差错，才能保证饮酒过程中大家相处始终快乐和谐。"

"先生说的是。"曾点说道。

孔丘看了看子路，又瞥了瞥其他弟子，最后总结道：

"乡饮酒的目的，就是要彰显一种重视礼仪的精神。饮酒过程中，尊卑贵贱的地位得以分明，礼节的隆重与简单得以区分，尽兴而不失礼，欢乐而有节制；长幼有序，但均不遗漏怠慢。此五者，足以正身安国矣。国家安，则天下安。因此，为师以为，从乡饮酒的礼仪，我们便知推行王道其实并非难事。"

"先生说的是！先生克己复礼的理想定当实现！"众弟子齐声说道。

第二天，天气仍然晴好。颜回与子贡等年纪小的弟子因为昨天没有机会参加习射，所以今天一大早见了孔丘就吵着要他领着去观太庙，也好现场获得一些感性知识。孔丘对颜回与子贡等人本就有偏爱之心，他们一说，就立即答应了。

过了辰时，已时刚到，孔丘就率领儿子孔鲤及弟子颜回、子贡等一帮弟子到达了鲁国太庙。一些没有来过的，或是像颜回、子贡等年纪小的弟子，看到太庙中的许多器物都觉得新鲜，不停地向孔丘请教。孔丘有问必答，一点也不嫌烦，因为他喜欢好学深思、好问好奇的弟子。

"先生，您看，那是什么器物？"

正当孔丘跟其他弟子逐件器物讲得津津有味之时，突然子贡指着一件器物，好奇地问道。

孔丘循着子贡手指的方向看去，发现是一件倾斜欲倒的器物。他仔细看了看，不认识。于是，就转向守庙者问道：

"此谓何器？"

守庙者回答道：

"这是以前国君放在座位旁边的宥坐之器，名曰欹器。"

孔丘听了，点了点头。顿了顿，若有所悟地说道：

"我听说宥坐之器，虚则欹，中则正，满则覆，明君以为至诚，故常置之于坐侧。"

说完，孔丘回过头来，对众弟子说道：

"打水来，试试看。"

孔鲤一马当先，立即找来一只桶，打来一桶水。

孔丘对儿子说：

"往里面倒水。"

随着孔鲤倒进的水逐渐加多，欹器倾斜的幅度逐渐减小。倒到一半时，欹器由斜转正。再倒，欹器又倾斜了，原来注入的水都倾倒出来了。

孔丘见了，喟然慨叹道：

"唉，世上哪有什么东西盈满而不倾覆的呢？"

子路见老师如此感慨，遂立即走上前去，问道：

"先生，敢问世上有没有保持盈满而不倾覆的办法呢？"

孔丘看了看子路，又望了望儿子孔鲤与其他大小弟子，然后语重心长地说道：

"聪明睿智者，以守拙为法宝来保护自己；功高齐天者，以谦让为盾牌来保护自己；勇力盖世者，以怯懦为武器来保护自己；富有四海者，则以谦卑之态示人，以保全自己的身家性命。这便是所谓的'损之又损'的做人之道。"

"先生，所谓'损之又损'，是不是俗话所说的'退一步海阔天空'之意？"子贡转动着大眼珠说道。

颜回也不甘示弱，上前一步，抬起头来，望着孔丘，说道：

"《书》曰:'满招损,谦受益。'亦是此意吧?"

"说得不错。"

孔丘一边说着,一边慈爱地摸了摸颜回的头。同时,又看着孔鲤说道:

"鲤儿,要加油哦!"

5.阳虎馈豕

"先生,不好了。"

周敬王十五年,鲁定公五年(前505)六月初三,孔丘在杏坛聚徒讲论周礼刚刚结束,南宫敬叔突然急急赶来。

"子容,何事惊慌?"孔丘看南宫脸色紧张,连忙问道。

"季冢宰过世了。"

"季平子死了?"孔丘惊讶地问道。

"是的,先生。"

"真的死了?"

"真的死了。难道弟子还敢作弄先生不成?"

孔丘看到南宫敬叔一脸严肃的样子,知道季孙意如(季平子)确实是死了。于是,一丝笑意藏不住地写在了嘴角,泄露了他内心的秘密。在孔丘心里,季平子不仅是个独裁者,更是一个不折不扣的乱臣贼子。因为正是他,当初以臣欺君,将鲁昭公赶出了鲁国,使一国之君的鲁昭公有家归不得。不仅如此,甚至在鲁昭公死后,他还不准鲁昭公归葬祖茔。想到这些,孔丘就恨得咬牙切齿。如今这个乱臣贼子终于死了,这叫他如何不高兴。

南宫敬叔见老师半天不说话,脸上还写着不易察觉的笑意,他猜到了老师此时此刻的心理。于是,提醒孔丘道:

"先生,您看季冢宰死了,这鲁国的政局将如何收拾?"

"如何收拾?那还不是老规矩,子承父业,父死子继吗?"

南宫见老师说话没好气的样子,知道老师对季平子还是充满敌意,对他以前的所作所为耿耿于怀,于是,放缓语调,平心静气地说道:

"虽然有老规矩,但目前局势非常复杂,恐怕并非如先生所想象的那么简单了。"

孔丘见南宫这样说，立即反问道：

"现在鲁国由季孙氏一人专政的局面难道改变了吗？目前难道还有别的人能改变这一政治格局吗？"

"先生，弟子今天来，就是专程来请教先生的，如何才能保持鲁国政局的稳定。其实，这也是季冢宰临终时所希望的。"

"他是怕他的儿子不争气，保不住季孙氏在鲁国政坛特殊的政治地位吧。"孔丘语带不屑地说道。

"先生说得对。季冢宰知道其子季孙斯能力不足，而他的家臣阳虎又特别强势，早有不臣之心。因此，季冢宰临死前，特意密托家兄两件事，一是代他向您道歉，说以前对您多有得罪，希望您看在他行将就木的份上，原谅他，并希望家兄教育季孙斯要信赖您。"

"果真如此？"孔丘似乎很难相信南宫的话。

"家兄亲口所言，不是虚言。"南宫认真地说。

孔丘看了看南宫的表情，点点头。因为南宫一向对他恭敬有加，其兄长孟懿子（仲孙何忌）也是他的学生，他们的话应该不会假。

"那第二件事呢？"孔丘问道。

"第二件事是，季冢宰请托家兄，请求先生为季孙氏荐才。"

"他是想借助我的力量抗衡阳虎的势力吧。"

"先生明察秋毫，弟子也认为确有此意。不过，这也是一个好机会啊！"

"为什么这么说？"孔丘不以为然地反问道。

"先生不是一直想改变鲁国这种臣强君弱的局面吗？既然季冢宰临终前嘱托家兄，请求您为季孙氏荐才，先生为何不顺水推舟，将您弟子中堪可造就者推荐给季孙斯，让他们到季孙氏家宰府任职呢？这样，通过您的弟子在任上实践您的思想主张，您的理想岂不就能逐步实现了吗？"

孔丘听到此，顿时豁然开朗，没想到南宫这些年在官场中历练后，竟然如此成熟。于是，情不自禁地捋须而笑，无限欣喜地看着南宫。

南宫被老师看得不好意思，遂连忙说道：

"先生，您以为弟子的话有没有道理？"

"有道理！为师突然想到，既然有这个机会，那就先将冉求荐到冢宰府任职。"

南宫立即接口问道：

"先生，您推荐冉求，弟子觉得非常合适，他确有行政长才。但是，冉求文韬有余，恐怕武略不足。先生也知道，阳虎绝非善类，亦非一般文弱之辈所能抗衡的。因此，弟子想，在先生诸弟子中，唯有子路的勇毅才有可能镇得住阳虎。"

"你是以为只有子路才是最适合的推荐人选，是吗？"

"弟子有这个意思。"

"不可。一来子路为人过于耿直，不善于变通，恐怕让他为季氏家臣，他不愿为之。二来现在就将子路派到季府，会让阳虎有所警觉，有打草惊蛇之虞。因此，为师以为，目前还是稳妥点，不妨静观其变，谋定而后动。等到时机成熟，我们再将子路安插到季氏府中。为今之计是，先让冉求早点进入季氏府中为家臣，然后为子路谋得一个邑宰之职，先让他有一个历练。让他积累起一定的从政经验，有了一定的政绩，届时到关键时刻再派他大用。你看如何？"

"先生深谋远虑，虑事极为周到。弟子一定照办。"

于是，师生二人又经过了一番密商，一边找来冉求面授机宜，一边让孟懿子做季桓子的工作，第三天，冉求就顺利进入冢宰府，做起了季孙氏家臣。

孔丘将冉求安插到冢宰府，阳虎当然知道这不是孔丘的意思，而是季桓子（季孙斯）想起而抗衡自己的策略。因此，他原本要取季孙氏而代之的意志就更坚定了。只是要取代季孙氏，需要找到一个冠冕堂皇的理由，出师有名才能赢得人心，最终才有可能取得成功。

经过一番苦思冥想，阳虎终于找到一个挑起事端的好办法。这些天正在给季平子办理丧事，因为要准备殡葬之物，他便想到了季平子以前代昭公执政时常佩的那块代表君权的玙璠，想怂恿季桓子以此玉佩为其父殡葬。然后，再以季平子殡葬物僭越礼制为由，起兵讨伐乱臣贼子，一举剪除季孙氏，取而代之。

打定主意，阳虎便以尽孝与颂扬季平子之功为名，不断游说季桓子。季桓子虽然不知道阳虎游说所包藏的祸心，但知道以天子与诸侯之玉为自己父亲殡葬，会给人留下话柄，未必是尽孝之道。于是，就予以拒绝。但是，阳虎并不死心，不断地游说。最后，季桓子没有办法，悄悄地托孟懿子向孔丘请教。孔丘认为，此举万万不可。理由有二：一是以天子与诸侯之物为大夫殡葬僭越了礼制，于礼不合；二是季平子生前所作所为已经有违为臣之道，早已背上了乱臣贼子的恶名。现在，若再以天子与诸侯之物殡葬，等于更清楚地向世人昭示了其生前所作所为确有谋逆之意。孟懿子转告了孔丘的分析，季桓子以为然，乃以玙璠已为鲁定公收回为由，让阳虎死了心。

虽然想借玙璠为由挑起事端，进而讨伐季桓子的阴谋没有得逞，但阳虎取季孙氏而代之的野心始终没有死。季平子丧事办完之后，阳虎想到了另一个计谋。既然硬的不行，那就来软的，而且软绳子比硬绳子更能捆得住人。于是，他开始拉拢孔丘。因为他知道，现在的孔丘已非昔日的孔丘，他的弟子遍天下，许多都是难得的人才。如果拉拢住孔丘，那么所有孔门弟子就会为他所用。到那时，何愁不能取季孙氏而代之，何愁不能成为鲁国实权第一人，即使最后做了鲁国之君，恐怕也无人奈何得了他。

谋划已定，阳虎便开始行动了。

周敬王十五年，鲁定公五年（前505）八月二十七，是孔丘四十七岁的生日。阳虎借为孔丘祝寿之名，准备了一只上等的烤乳猪，前往孔丘府上拜访并祝贺。可是，孔丘一听弟子报告阳虎要来的消息，立即躲了起来，不肯与之相见。这倒不是因为孔丘还记着当年阳虎将他拒于季武子飨士宴之外的旧事，而是他早已看出了阳虎结交自己不可告人的险恶用意。

阳虎虽然也猜出孔丘是故意避而不见，但并不在意，留下馈赠孔丘的烤乳猪，便扬长而去了。

可是，孔丘回来一看，却犯难了。他是一个重视礼节的人，知道"来而不往非礼也"的道理。既然阳虎来访，而且还馈赠了贵重的烤乳猪，这样大礼相见，自己若是不予回访，那就真是大大的失礼了，传扬开来对自己的名誉有损。自己都不懂人情世故之礼，以后还有何面目、有何资格跟弟子大谈礼的问题呢？如果要去回访，他实在是心不甘情不愿。阳虎这种人，所出非士族名门，他自来都是看不起的。况且此人还是一个得志便猖狂的小人，一个包藏祸心的阴谋家。这样的人，值得自己屈身回访吗？思来想去，孔丘陷入了两难的窘境。

第二天，子贡来问学，了解到老师的为难，便给出了一个主意，道：

"先生，您何不趁阳虎不在家时前往回访？那样，既避了不想见的尴尬，又免了失礼之嫌。岂不两全其美？"

孔丘一听，拍案而起，连声说道：

"妙哉！妙哉！阿赐之言。"

于是，立即派人托在季孙氏家宰府任职的冉求打听，阳虎何时不在家。打听确切后，孔丘便穿戴整齐，坐着马车，装着虔诚的样子，驱车回访阳虎去了。结果，正如事先所设计的情节一样，阳虎真的出去了。孔丘便高兴地坐着马车回家了，一路上心里那个高兴劲儿就甭提了。

可是，人算不如天算。就当孔丘的马车快到家时，却遇上了迎面而来的阳虎马车。

阳虎一见孔丘，可高兴了，远远就喊道：

"来，我跟你说句话。"

孔丘听阳虎这样跟自己大呼小叫，觉得这个奴才真是一点礼貌也没有。而细细体味他说话腔调中所透着的那种趾高气扬的味道，更是打心里反感。可是，出于礼貌，他还是让马车与阳虎的马车靠近了。

阳虎一见孔丘的马车靠上来了，立即凭轼俯身对孔丘说道：

"怀其宝而迷其邦，算得上是仁人吗？"

孔丘反感他这种说话的口吻，就默不作声，不予回答。

阳虎见此，心知孔丘之意，遂代为回答道：

"不是。"

孔丘见阳虎这样自说自话，更加反感了，遂侧过脸去，看着另一边。

阳虎见此，并不在意，又大声问道：

"好从政，而屡失时机，算得上是聪明人吗？"

孔丘听了，明显更加反感了。

"不是。"阳虎再次代孔丘答道。

孔丘这次真的非常生气了，他想好好教训一下这个不知天高地厚的奴才，但嗫嚅了半天却没说出一句话来。

阳虎见此，哈哈大笑。接着，说出了一句意味深长的话：

"时光如流水，时不待人啊！"

说完，阳虎便驱车扬长而去，车后却留下了一阵得意的笑声。

孔丘望着阳虎的马车绝尘而去，不禁陷入了沉思。是啊，岁月不等人！自己想克己复礼，恢复周公礼法，要改变这个被乱臣贼子颠倒了的世界，仅靠自己游说国君，让他们接受自己的政治主张，那是不现实的。当年自己跟鲁昭公说过，跟齐景公也说过，跟卫国、宋国等国君都推销过，结果谁也没践行。看来，靠人不如靠自己。何不自己出仕，谋个一官半职，在自己管辖的范围内实践自己的政治理想，做出成果来，让人看看，岂不更有说服力？

想到此，孔丘情不自禁地摸了摸花白的头发，暗下了决心，自言自语道：

"我将出仕也！"

第六章 知天命

1. 小子何莫学夫诗

听了阳虎的一番游说，孔丘虽然下定了决心要出仕，以此实践自己的政治理想。但是，事实上他迟迟没有出仕。因为他改不了自己命清高的书生气，邑宰之类的小官，他不愿为之。在他看来，这种小邑父母官，让他的弟子当作行政历练、小试牛刀还可以，至于自己则完全不合适。傧相之类，虽是朝廷官员，但那只是些闲职，做不成大事，对自己施展拳脚，大手笔施政毫无帮助。

正是基于这种想法，孔丘除了经常给冉求等已入仕途的弟子们讲些为政之道外，反而对从政做官比以前看得更淡了，先前积极入世的态度荡然无存。而今，他最醉心的事，除了给众弟子传道解惑，跟颜回、子贡等得意弟子切磋学问外，就是删《诗》、订《诗》。

周敬王十六年，鲁定公六年（前504）三月的一天，天气晴好，风和日丽。众弟子都出外踏青郊游了，只有子贡与颜回没有去。二人结伴来看孔丘，名为给老师请安，实则是要向老师请教学问。在众多弟子中，子贡与颜回年纪虽然最小，但学业上的进步却是最快的。这既与他们自身的悟性有关，更与二人善于见缝插针，主动积极地寻找机会向孔丘问学有关。

这天，二人来到孔丘府上，见老师又埋首于堆得如小山一样高的竹简中。子贡嘴快，脱口而出道：

"先生一向志存高远，主张克己复礼，立志要恢复周公礼法，让世界清平。怎么如今不思积极入世，不仅拒绝阳虎与季桓子的邀请，甚至不奉鲁定公之命，放着朝官不做，却整天埋头于破简残牍之中，实在让弟子不明白。"

孔丘头都没抬，不假思索地回答道：

"不义而富且贵，于我如浮云。"

"先生是不想跟阳虎和季桓子之流为伍，才不肯出来做官吧。"颜回说道。

"知我者，颜渊也。"

子贡见其表扬颜回，连忙问道：

"如果当今鲁国不是阳虎与季桓子之类的小人当道，先生就不会认为做官是'不义而富且贵'吧，也就不会将做官之事看得如同浮云吧？"

孔丘抬起头来，看了看子贡，然后重重地点了点头。

颜回顿了顿，又问道：

"先生既然如此醉心于《诗》，莫非《诗》中有什么奥妙？"

孔丘见颜回问到《诗》的问题，立即精神焕发，兴致勃勃地说道：

"《诗》，是历朝中央政府派员振铎采风而征集起来的各地歌谣。虽然数量非常庞大，目前尚有三千多首。但据为师这些年不断整理研究，发现可以分为《风》、《雅》、《颂》三大类。"

颜回见老师说话时眉飞色舞的样子，知道老师兴致很高，立即问道：

"这三大类诗歌各包括哪些内容呢？"

"《风》，是指采集于十五个不同地区的乐歌，带有鲜明的地方色彩。包括《周南》、《召南》、《邶风》、《鄘风》、《卫风》、《王风》、《郑风》、《齐风》、《魏风》、《唐风》、《秦风》、《陈风》、《桧风》、《曹风》、《豳风》等。这些土风民歌，有的是写男女恋情，如《周南·关雎》、《邶风·静女》等；有的表达了劳动的快乐，如《周南·芣苢》、《魏风·十亩之间》等；有的表现了对于劳役、兵役的怨愤之情，如《唐风·鸨羽》、《豳风·东山》、《王风·君子于役》等；有的讴歌了保家卫国的热情，如《秦风·无衣》、《鄘风·载驰》等。"

"那么《雅》又是写些什么内容呢？"子贡也插进来问道。

孔丘从容说道：

"雅，就是正。所以《雅》所包含的篇什，都是周天子朝廷正乐，是西周王畿的乐调。《雅》分《大雅》与《小雅》。《大雅》多作于西周初期，《小雅》则多是西周末期之作。《雅》的内容也很丰富，有的是宴飨诗，如《小雅·鹿鸣》，写的是天子宴群臣的场景，反映的是君臣及上层社会的和谐与欢乐。有的是怨刺诗，如《小雅

·节南山》、《小雅·十月之交》等，就是怨刺周王及其王政的。还有不少诗是描写战争的，如《大雅》中的《江汉》、《常武》，《小雅》中的《出车》、《六月》、《采芑》等，都是表现天子与诸侯的武功。"

"那么《颂》呢？"颜回迫不及待地问道。

"《颂》，是用以祭祀的乐曲，因此演奏时会有舞蹈予以配合。《颂》的内容分为两类，一是赞美鬼神，二是颂扬祖先功德。《颂》虽分为《周颂》、《鲁颂》、《商颂》，但性质是一样的。"

孔丘说完，子贡立即感叹道：

"弟子虽然读了不少《诗》，但从未听人说得如此详细系统，真是让弟子开了眼界，明白先生整理研究《诗》的意义。"

"子贡说的是，弟子谨受教！"颜回也连声附和道。

孔丘见两个得意弟子终于明白了自己一直埋头整理研究《诗》的意义，不禁由衷感到高兴，遂又接着说道：

"其实，《诗》之作，大多都有讽喻教化意义。"

"弟子不敏，请先生明以教之。"颜回请求道。

"为师以为，《诗》可以兴，可以观，可以群，可以怨。近可以事父母，远可以事君王。最不济，也可以多了解一些草木虫鱼之名。"

子贡立即接口说道：

"先生说得极是。但是，何谓'兴'、何谓'观'、何谓'群'、何谓'怨'，不知先生能否说得更具体，更明确点。"

孔丘呵呵一笑，望望子贡，又看看颜回，慈祥而亲切地说道：

"所谓'兴'，就是激发情志；所谓'观'，就是观察社会；所谓'群'，就是结交朋友，团结他人；所谓'怨'，就是怨刺不平。"

"弟子明白了。"子贡与颜回齐声说道。

孔丘接着说道：

"如果说得夸张点，为师以为，正得失，动天地，感鬼神，皆莫近于《诗》。先王之所以采风以为诗，其意乃在以此经夫妇，成孝敬，厚人伦，美教化，移风俗。因此，为师以为，天下学问之大，知识之多，小子莫若从学《诗》开始。"

"弟子谨受教！"子贡与颜回又齐声说道。

孔丘点点头，脸上露出欣慰的笑容。

颜回望着老师和蔼的面容，突然说道：

"先生让弟子们学习《诗》，这里弟子正有一些有关《诗》的问题，想求教先生。"

"哦？说来听听。"

颜回见老师予以鼓励，遂大着胆子问道：

"《关雎》以鸟起兴，君子称美；《鹿鸣》以兽起兴，君子赞颂，究竟为何？"

孔丘不假思索地回答道：

"《关雎》以雎鸠和鸣起兴，而君子称美，这是因为君子看重诗中所写之雎鸠雌雄有别，各有自己的礼仪规范；《鹿鸣》以野鹿相唤起兴，而君子赞颂，这是因为君子赞赏野鹿找到食物互相呼唤，有不忘同类之谊。"

"先生的意思是说，《关雎》虽写男女之情，说的则是男女有别的道德人伦规范；《鹿鸣》虽写宴客之景，说的却是同类相爱的道理。"颜回说道。

"正有此意。《诗》三百，一言以蔽之，曰思无邪。"

子贡觉得老师的话有些勉强，于是问道：

"《关雎》除了表达男女有别的人伦规范的主题，就没有写男女恋情的意思吗？"

"当然有。只是它写男女恋情，乐而不淫，哀而不伤，这就是它最成功的地方。"

子贡听了，点了点头。

"先生，《豳》诗有曰：'殆天之未阴雨，彻彼桑土，绸缪牖户。今汝下民，或敢侮余？'这话有什么微言大义吗？"

"这些诗句，说的是为政豫则立、不豫则废的道理，同时也说明了仁德是为政的根本。"

"何以言之？"子贡有些困惑地反问道。

孔丘看了看子贡，拈须而笑道：

"能够像此诗所写，治国安邦未雨绸缪，他人纵想侵犯，难道还有可能吗？周之为周，正是如此。周人从后稷开始，就积德累功，逐渐取得了爵位与土地。公刘则踵事增华，更加注重仁德修养。及至太王亶父，又树德谦让。他为周所立下的根本，可谓备豫远矣，为遥遥后世做了充分的准备。当初，太王以豳为邑时，常为翟人欺凌。太王贡之以皮毛与钱币，仍不免于侵害。后贡之以珠玉，还是不能免于翟人之欺凌。于是，太王亶父嘱咐族中耆老，并告之曰：'翟人所欲者，我之土地也。我闻之：君子不因养人之地而起害人之心。二三子何患无君？'然后，与太姜悄然离豳。越过梁山，建邑于岐山之下。豳人说：'太王乃仁德之君，我辈不可失之。'结果，追随太王而至岐下之下者，犹如赶集者一样多。天之佑周，民之弃殷久矣。如此，周不能王天下，未之有也。"

子贡与颜回听到这里，不得不佩服老师。无论如何，他都能将《诗》与政治及教化联系到一起。二人虽心里不以为然，却无力质疑。

2. 阳虎叛鲁

周敬王十六年，鲁定公六年（前504）三月十二，在孔丘和南宫敬叔的推荐下，通过季桓子与孟懿子向鲁定公争取，子路被任命为蒲邑之宰。临行前，子路来向孔丘请益：

"先生，弟子马上就要到蒲邑为宰。希望先生指教弟子一二。"

"你以为蒲邑如何？"孔丘单刀直入地问道。

"蒲邑民风强悍，又多壮士，治理这种地方，弟子恐怕心有余而力不足。"

孔丘顿了顿，望着子路语重心长地说道：

"所虑极是。不过，阿由，你不必有畏难情绪，更不要打退堂鼓。若要治理好蒲邑，记住为师四句话就可以了。"

"哪四句话，先生请说。"子路迫不及待地说。

"恭而敬，可以摄勇。"

"先生是说，对于凶猛之人不要以硬碰硬，而是以柔克刚。以谦恭之态，诚敬之心，去感化他，使他产生敬畏之心。也就是先生常说的，以德服人，而不是以力服人。是吗？"

"孺子可教也！"孔丘不禁兴奋地脱口而出道。

"那先生再说第二句吧。"子路催促道。

"宽而正，可以怀强。"

"先生的意思是说，宽厚待人，做人正直，就可以怀柔强人。是吧？"

"正是此意。"

"那第三句呢？"子路又催促道。

"爱而恕，可以容困。"

"先生是说，要有同情之心，宽恕之仁，包容一切贫弱之人。是吧？"

孔丘高兴地点点头。

子路又问道：

"先生，那第四句呢？"

"温而断，可以抑奸。"

"先生的意思是说，为人要温和，但处事要果断，这样就能抑制奸邪之人。是吧？"

"正是此意。此四者并举，则治蒲不难也！"

子路点头称是。顿了顿，又问道：

"为政之道，关键何在？"

孔丘不假思索地伸出四根手指，从容不迫地回答道：

"记住四个字：'先之劳之'。"

"先生的意思是说，为官牧民，自己要身体力行，率先垂范。是吧？"

"正是此意。"

子路又问道：

"除此，还有吗？"

孔丘又伸出两根手指，说道：

"无倦。"

"先生的意思是说，为政之道，贵在坚持，持之以恒，勤政不懈。是吧？"

孔丘高兴地说道：

"阿由，你可以从政了。"

"弟子谨受教！"

告别孔丘，子路就赴蒲邑就任了。

下车伊始，子路立即发动民众修渠筑坝，兴修水利，治理水患。他自己也身先士卒，与老百姓一起干了起来。不仅如此，他还同情老百姓的辛苦，将自己的薪给悉数献出，给每一个参加兴修水利的百姓发放一箪食物，一壶水酒。

子路治蒲爱民的事迹一传十，十传百，不久就传到了曲阜。孔丘听说后，急得跳脚。连忙找来子贡，让他连夜赶往蒲邑，务必阻止子路给百姓发放酒食。子路虽为人率真，常常敢当面驳难老师，但内心对老师极其敬重。见子贡话说得重，他不敢违背师命，只好停止。但是，心里却不服气，也想不明白其中的缘由。所以，子贡前脚刚走，他立即也跟着回到了曲阜，他要当面向孔丘问个清楚。

一见孔丘，子路就没好气地说道：

"先生经常教导弟子，做官要勤政爱民。弟子治蒲，因为考虑到夏季将至，担心暴雨来临而造成水灾，所以亲率百姓修渠，以防患于未然。修渠百姓很多都是饥民，弟子怜而馈其箪食壶浆，这也是人之常情啊！没想到先生派子贡急急赶往制止弟子之所为，弟子实在不明白这是为什么？先生不是一向提倡'仁者爱人'吗？不是经常鼓励我们行仁行义吗？为什么现在一定要阻止我行仁行义呢？"

虽然子路说得慷慨激昂，孔丘却不动声色，显得异常冷静。等子路说完了，情绪也平静了下来，他才从容说道：

"你既然认为百姓饥而无食，为何不向国君禀报，请求国君开仓济民呢？现在，你将自己的食物赈济百姓，了解你的人知道你有同情之心，是在行仁行义。不了解实情的人，则会以为你是在以小恩小惠收买人心。"

"先生，有这么严重吗？"子路吃惊地看着孔丘。

"还不止这些呢。如果是别有用心的小人，他们还会认为你这是在故意彰显自己的仁德，而突显国君的不仁不义。所以，阿由啊，为师劝你还是早点停止这种不明智的做法吧。及早回头，也许还不致造成什么大的不良影响。否则，你肯定会招来罪祸的。"

这一下，子路终于明白了老师派子贡前往劝止自己的良苦用心。遂连忙致谢道：

"谢先生指点迷津，不然弟子定会执迷不悟，铸成大错的。"

告别老师，子路又急急赶回蒲邑。按照老师的教导，他不仅解决了百姓的饥饿问题，也消除了蒲邑历年屡治不见成效的水患。由此，生产发展了，经济繁荣了，社会治安也出现了焕然一新的面貌。

周敬王十八年，鲁定公八年（前502）春，子路为蒲邑之宰已满三年。一天，孔丘与弟子子贡闲聊，突然子贡提起三年前的事，并提议说：

"先生，我们去蒲邑看看子路如何？"

虽然这三年子路也时常抽空回来看孔丘，但毕竟不能与以往那样朝夕相处。所以，当子贡提起子路在蒲邑已经三年，顿时让孔丘触动了情思，起了思念子路之情。于是，爽快地答应道：

"好啊！你去套车，咱们师生二人一道去吧。"

子贡执辔而驭，师生二人很快就到了蒲邑。

刚入蒲邑之境，孔丘就感叹道：

"善哉，阿由！恭敬而信。"

进入蒲邑之城，孔丘又感叹道：

"善哉，阿由！忠信而宽。"

到了蒲邑治所的厅堂，孔丘再次感叹说：

"善哉，阿由！明察而断。"

子贡看到老师如此一而再，再而三地赞扬子路，不免感到困惑，遂不以为然地说道：

"先生，您还没有见过子路为政处事，怎么就已经赞扬了他三次呢？您认为子路为政有哪些优长，能否说给弟子听听？"

孔丘看了看子贡，从容说道：

"为师已经看到了子路为政的成果了。当我进入蒲邑之境时，看到田地平整，杂草尽除，水渠深挖，就知道蒲邑百姓尽了力，这说明是子路的谦恭和诚信深深感动了百姓，他们做事才会全力以赴；当我进入蒲邑之城时，看到墙厚房固，树木茂盛，就知道民风淳朴，百姓做事没有苟且之心，这说明是子路的忠信宽厚感化了百姓，他们才返璞归真，行事认真；当我走上蒲邑治所大堂时，看到堂中清静闲适，所有下属都恭敬听命，这说明子路为政明察，处事果断，因此政事不受干扰。以此观之，为师三称其善，亦非溢美之词吧。"

子贡听到此，不禁心服口服，连连点头称是。

从蒲邑回到曲阜，孔丘对于实现自己的理想又多了一份信心。自己有这么多能干的弟子，只要他们陆续走上从政之路，并努力践行自己的政治主张，天下何愁不清平，周公礼法恢复的一天也是指日可待的。

可是，没高兴一年，忧心的事就一件接一件地来了，让孔丘的信心深受打击。

周敬王十七年，鲁定公七年（前503）二月，齐景公派特使到曲阜，传达齐景公与齐相晏子的决定，将原来夺占的鲁国郓和阳关二地归还给鲁国，以修齐鲁永世之好。当孔丘得到南宫敬叔报告的这个消息时，不禁高兴得手舞足蹈，好多天都激动得心情难以平静。

可是，没高兴多久，南宫敬叔就来报告说：

"先生，阳虎以替鲁定公接收郓和阳关旧地为名，已将此二地据为己有，并派有私家兵卒守卫。"

孔丘一听，顿时气得差点背过气去，好久才说出话来：

"季平子养虎为患，如今这奴才胆子比主子还大，胡作非为比季平子还要过分。这个奴才不剪除，终究是要成为鲁国祸乱之根，从此鲁国永无宁日。"

"先生，您看怎么办？现在阳虎已经尾大不掉了，季桓子对此也一筹莫展。"

孔丘看了看南宫，沉思良久，果断地说道：

"子容，现在应该是让子路发挥作用的时候了。我马上派子贡到蒲邑召回子路，你与你兄长同时向季桓子建议，接受子路到冢宰府为家臣，协助季桓子训练家兵，以备不虞之事发生。"

"明白，弟子立即去办。"

南宫走后，孔丘立即召来子贡，面授机宜后，就让子贡急急上路了。

第三天，子路就随子贡急急赶回曲阜。一见到孔丘，子路就急不可耐地问道：

"先生如此紧急召弟子回来，有什么重大事情吗？"

"阿由，你在蒲邑为官已有几年了，行政历练到了一定程度。现在为师要你换一个职位，到季孙冢宰家去当家臣。"

"到季府当家臣？"子路吃惊地看着孔丘问道。

"是，到季府当家臣。已经安排好了。"孔丘以不容置疑的口吻说道。

"为什么？先生当初不是因为季桓子之父季平子驱逐鲁昭公而对季孙氏恨之入骨，有不共戴天之仇吗？今天怎么突然态度有了如此大的转变，要自己的弟子去做这样的乱臣贼子的家臣呢？先生刚才说的话，是跟弟子开玩笑吧。"

"阿由，为师没有跟你开玩笑。这是一件大事，事关鲁国的前途命运。"

子路听了，更是不敢相信，惊讶地问道：

"弟子到季府当家臣这么重要？会关系到鲁国的前途命运？"

"正是如此。"孔丘肯定地回答道。

"那先生说说其中的道理，让弟子明白。"

"阿由呀，为师确实痛恨季孙氏，包括季武子、季平子与今日的季桓子。但是，现在看来，这些已经不重要了，个人感情不能代替理智。为了鲁国的前途命运，目前我们必须帮助并联合季桓子，挫败阳虎的阴谋，阻止他发动叛乱。"

"阳虎敢发动叛乱吗？"子路不相信。

"他与季武子、季平子不同，他只是一个家臣，也就是一个奴才。季武子与季平子虽然独断专横，但他们毕竟还是士大夫，还知道些礼义廉耻，还怕在青史上留下骂名。所以，他们做事至少在面子上还过得去。鲁君无实权，已经由来已久了。鲁国之政由'三桓'操纵，亦已成了惯例。再说，要找历史根据，当初周公辅佐成王，情形何尝不类似于季孙氏之于鲁君？但是，阳虎则不一样。他是个奴才出身，根本没有什么礼义廉耻。他内心无所顾忌，做起事来也就肆无忌惮了，什么事情做不出来？比方说，这次齐国归还我们鲁国郓和阳关二地，他却据为己有，这种事连当年专横一世的季平子也不敢做啊！但是，阳虎现在做了，而国君无奈他何。季桓子虽名为他的主子，却实为他所挟制的傀儡，根本不能约束他。"

"哦，原来事情已经到了这个地步！"子路默默地点了一下头，好像是自言自语地说道。

"季孙氏被阳虎挟制做傀儡，并非是现在的事，而是自季武子时代就已开始了。但是，今日的季桓子既精明不过其祖父季武子，能力更不能比其父季平子。因此，为师非常担心阳虎会有弑主之心，说不定哪天就把季桓子给杀了，自己取鲁定公之位而代之。"

"先生觉得他有这个胆？"子路以为这是老师有意危言耸听，目的是要说服他去当季氏家臣。

"怎么没有这个胆？一个人无知便会无畏，无耻便会无惧。刚才为师已经说了阳虎的为人。"

"无知无畏，无耻无惧，先生说得对。"子路终于认同了老师的说法。

"既然如此，那么先生让弟子到季府做家臣又能干些什么呢？如何才能遏制阳虎犯上作乱呢？"

孔丘胸有成竹地回答道：

"你到季府为家臣，与冉求配合，可以先以大兴土木为掩护，一面替季府修筑高墙大院，一面暗中训练家兵。一旦情势有变，凭借高墙大院与训练有素的季氏家兵为主力，为师让孟孙氏、叔孙氏再与季孙氏联合，讲清'三桓'唇亡齿寒的道理，一定能够挫败阳虎武力夺取鲁国政权的阴谋。"

"先生深谋远虑，弟子谨受教。"

子路到季孙氏家宰府为家臣后，阳虎对孔丘的布局意图更加清楚了。为此，他使尽了手段拼命拉拢孔丘，想借重他的声名与其庞大的弟子资源。可是，每次都被孔丘巧妙地回绝了。

拉拢孔丘不成，又见季桓子的羽翼将丰，阳虎觉得到了非动手不可的时候了。周敬王十八年，鲁定公八年（前502）冬，在一个月黑风高的夜里，阳虎突然率兵攻打季孙氏家宰府。结果，在孔丘运筹帷幄的谋划下，子路率领季氏家兵以高墙深院为依托，耗尽了阳虎之兵的大部分精力。与此同时，由孟懿子结合叔孙氏的力量，在关键时刻对季孙氏予以了支持，从而一举击败了阳虎的军队。

阳虎谋弑季桓子的阴谋失败后，连夜逃出曲阜，回到他之前所盘踞的讙、阳关，企图积蓄力量，再次反扑。

挫败阳虎的阴谋后，孔丘有了文韬武略的声名。但是，自诩"五十而知天命"的孔丘，却仍然弄不懂自己有学问有才能，怎么就不能为世所用，发挥才能，建功立业呢？

说也凑巧，就在孔丘抱怨不为世所用的时候，也就是阳虎败逃不久，季孙氏的另一个家臣公山不狃遣使来请孔丘。

公山不狃也早有不臣之心，但没有阳虎那么嚣张。他见阳虎败逃，又见孔丘弟子众多，遂有意结交孔丘，以为日后打算。此时，他正盘踞在季孙氏的封地费邑。虽然他没有像阳虎那样公开摆出与季桓子分庭抗礼的架势，但是真真实实地将费邑变成了自己的独立王国，让季桓子风吹不进，水泼不进。

孔丘见公山不狃遣使专程来请他到费邑任职，颇有诚意，又想想自己年已五十，弟子子路、冉求等人从政都很有成就，所以早就有一种跃跃欲试的想法。于是，就爽快地答应了公山不狃的请求。

然而，就在孔丘正要起身前往费邑就职之时，子路听闻了消息，立即前来劝阻：

"先生，您不为世用已非一日。既然没地方去，那就算了。在杏坛授徒，不也非常好吗？以您目前的声名与身份，您何必要到公山不狃那里去呢？"

"为师为什么不能去？"孔丘不无赌气地说道。

"公山不狃与阳虎乃一路货色，早有谋逆之心。如果他有一天与阳虎一样发动叛乱，那先生岂不蒙受了一个不白之冤？如果有人说您为虎作伥，您的声名受损，您纵有千口百口，能辩白得清楚吗？"

子路爱师心切，说得慷慨激昂，孔丘觉得子路说话太过冲撞，情绪也有些激动，遂提高声调说道：

"别人专程跑一趟来请我，难道我能让他白跑一趟？再说，纵然公山不狃有不臣之心，只要他用我，我也能感化他、改造他，使周文王、周武王的德政在东方得以复兴。"

子路见情势不对，自觉自己说不过孔丘。遂辞谢而退，找子贡与冉求去了。在子贡与冉求的劝说下，孔丘最终打消了往费依附公山不狃的想法，继续留在了曲阜教书育人。

第二年六月，在孔丘及其弟子的支持下，季桓子请求鲁定公出兵平定阳虎的势力。鲁定公兵至阳关，阳虎寡不敌众，战败突围，逃往齐国。

阳虎兵败逃跑后，孔丘觉得劝说季桓子将鲁昭公陵墓合并到祖茔的时机已到。于是，他便请南宫敬叔与季桓子约定时间，在弟子冉求的安排下与季桓子第一次正式见面。见到季桓子，孔丘也没有多少客套，便直奔主题道：

"'君君臣臣，父父子子'，乃周公之礼法，亦为人伦之通则。昔昭公奔齐，后辗转崩逝于晋。归葬鲁国时，令尊不允其陵入祖茔，天下物议甚多。"

季桓子听到孔丘说到其父季平子当年之事，虽觉得做得有些过分，不合为臣之道，但自己身为其子，也不能否定其父之所为。否则，岂非有悖人伦？于是，就默不作声。

孔丘见此，心知其意，又继续引导说：

"摒昭公之墓于祖茔之外，乃是贬君。丘以为，以臣贬君，非礼也；贬君而彰己罪，非智也。为今之计，冢宰莫若填平昭公陵墓与祖茔之间的鸿沟，使其合为一体，既不必惊动先君之灵，亦可掩令尊不臣之过，岂非两全其美？"

季桓子觉得孔丘的这个主意真的不错，可以不动声色地将过往的历史一笔抹掉，无论是对先君昭公还是对先父季平子都是最好的安排。于是，欣然同意，立即交办。

落实了鲁昭公归葬祖茔之事，孔丘心里的一块心病总算消除了。高兴了两天，南宫敬叔又来向他报告了一个好消息：

"先生，阳虎逃往齐国，齐景公令人拘禁了他，准备送归鲁国。

可是，不慎又让阳虎逃脱了。"

"那么，现在阳虎逃到哪里去了？"孔丘急迫地问道。

"这个倒是不清楚，待有消息，弟子再来向先生报告。"

知道乱臣贼子阳虎不受欢迎，孔丘心里又多了一份欣慰，这说明这个世界还有公理，齐是大国，不欢迎阳虎，也就表明了齐景公不赞同以臣逆君、以下犯上的事，这对那些有不臣之心的乱臣贼子们也算是一种警告吧。

可是，没高兴多久，一个月后的一天，南宫敬叔又来向孔丘报告消息了：

"先生，有消息了。"

"什么消息？"孔丘急切地问道。

"阳虎从齐国脱逃后，到了宋国。最后辗转逃到晋国，投靠了晋国执政赵简子。"

孔丘一听，不禁喟然长叹道：

"晋国政坛将现乱局的时候不远了。"

3. 中都执政

阳虎叛乱平定后，鲁国的政局开始步入正轨。原来由季平子一人专权的局面，逐渐又回复到季平子以前的旧格局，即由季孙氏、孟孙氏与叔孙氏三家共同执掌。这倒不是因为季桓子比其父季平子有容人之雅量，而是因为他没其父的本事与手段。

正因为没有季平子的本事与手段，又由于在平定阳虎叛乱中孔丘师生发挥巨大的作用，这就使季桓子更加深刻地认识到，要想在鲁国执政，保持季孙氏鲁国第一权贵的地位，就必须结合孔丘师生的力量。

周敬王十九年，鲁定公九年（前501），子路因功调任他职，不再担任季氏家臣的职位。经孔丘与其弟子孟懿子和南宫敬叔的推荐，子路空缺的家臣职位改由冉雍担任。

冉雍任职前，来向老师孔丘请益，道：

"先生，弟子承蒙您推举，就要到冢宰府任职了。但是，对于如何管理政事，弟子毫无经验，请先生赐教。"

"阿雍，为师送你九个字，保你胜任其职绰绰有余。"

"哪九个字？请先生明以教我。"

"先有司，赦小过，举贤才。"

"先生的意思是说，作为上司，首先要给自己的下属主管作出榜样。对他人的过错，要予以宽宥，要容许他人出错。对于有才能的人，要有爱才惜才之心，积极举荐他，提拔他。是这样吗？"

孔丘看了看冉雍，满意地点点头。

冉雍见此，又追问道：

"那么，如何知道哪些人是有才能的，而去提拔他呢？"

孔丘不假思索地回答道：

"举荐与提拔你所了解的人。"

"那么，不了解的人呢？"冉雍又追问道。

"你所不了解的人，如果真有才能，总会有人举荐他，难道别人会埋没了他不成？"

"弟子谨受教！"

"为师还有一句话，请你切记。"

"请先生教我。"

"为政之道，无论是治邑还是治国，都要记住'正人先正己'。如果执政者自己的言行端正了，即使是治国安邦，还有什么难的呢？如果不能正其身，如何正别人呢？"

"弟子谨受教！"

冉雍走后，又相继有五六个弟子前来问学。等到送走了前来问学的所有弟子，天都快黑了。就在此时，冉求来了。

孔丘觉得奇怪，问道：

"阿有，今天怎么这么晚才来？"

"今天朝中有公务。"

孔丘不以为然地说道：

"那恐怕只是一般性事务吧。如果有什么重要政务，为师虽不在朝，也会知道的。"

冉求明白老师说的意思，他有弟子孟懿子与南宫敬叔，都是在朝中执政的重臣，朝中有重大事情，他们肯定是会及时来向老师报告的。所以，孔丘才会如此自信地认为，朝中有大事，那是瞒不过他的。

"先生，今天您恐怕猜错了。"

孔丘一听，顿时好奇地问道：

"哦，还有为师不知道的？请说说看。"

冉求望了望孔丘，顿了顿，有意卖了个关子，然后才从容说道：

"今天孟懿子与南宫向季桓子建议，季桓子又向国君请求，国君已经同意请您出仕。明日国君要召见先生，孟懿子与南宫特意让弟子前来通知。先生，这难道不是朝中大事吗？"

孔丘听了，先是一愣，而后淡然一笑。

冉求知道此时老师的心理，师生彼此会心，不必再说什么。之后，师生闲话一回，冉有就告别而去了。

第二天，孔丘如约来见鲁定公。

依礼揖让如仪，君臣各就各位。之后，二人又说了一些互相仰慕之类的套话，鲁定公就步入正题，问道：

"寡人听人说过一句话：'一言可以兴邦'，真有这样的事吗？"

孔丘一听，跪直了身子，回答道：

"臣以为，不能对一句话抱有那么高的期望。臣也听说过一句话，叫做：'为君难，为臣亦不易。'如果能体会到做国君的难处，为臣的都努力效命，那么这不就近于'一言兴邦'吗？"

"言之有理。那么，'一言丧邦'的事有没有呢？"鲁定公又追问道。

"一句话的负面效果不至于有这么大。但是，如果是国君，有时一句话说得不好，真会有非常严重的后果。假如有人说：'我做国君，每日辛劳理政，没有什么快乐啊！如果说有什么快乐，唯一的安慰就是我说的话无人敢违抗。'如果一个国君所说的话真的没错，而无人违抗，那也是一件很好的事。可是，若他说的话并不正确，却也无人敢于违抗，那后果是可想而知的。这不就近于'一言丧邦'吗？"

"夫子之言是也！"鲁定公重重地点点头，说道。

之后，鲁定公又问了一些治国安邦的问题，孔丘都一一作答，鲁定公觉得非常满意。最后，鲁定公摊出了底牌，说道：

"夫子博古通今，卓有见识，是难得的人才。寡人早有请夫子出仕之意，为寡人、为鲁国排忧解难。但是，因种种原因，一直未能如愿。"

孔丘听鲁定公这样说，知道他的用意何在。鲁定公大概是想用这种模糊的表达，让人产生联想，从而巧妙地推卸自己的责任，并有向自己示好、卖人情的意味。于是，便顺水推舟地回答道：

"臣乃一介儒生，并无国君所期待的治国安邦之才。虽如此，鲁是臣的父母之邦，国君若有吩咐，臣自当竭尽全力。"

"夫子果然是忠心报国之人！今寡人有一难治之邑中都，虽名为鲁国第二大都，如今却凋敝衰落。寡人虽有振兴中都之愿，但惜不得其人。若夫子不嫌屈辱，肯为国尽力，为寡人解忧，一展治国长才，则鲁国幸矣！"

孔丘一听，便知鲁定公之意。他是怕自己徒有其名，而无其实。所以，就借口找不到合适人选，趁机将最难治理的中都交给自己，试试自己的能力到底如何。

想到此，孔丘虽心有不快，但因生性好强，越有挑战性就越有兴趣证明一下自己，这就是他以前所说的，自己不是高悬的葫芦，只能看而无实际的用处。于是，心一横，回答道：

"臣虽不才，但愿一试。"

"善哉！"鲁定公听到孔丘肯定地回答，不禁拍案叫好。

接受任命之后，孔丘第二天就带着颜由、冉耕、子贡、闵损、宰予、公冶长、漆雕开、秦商、巫马施、商瞿等一帮得意弟子，驾着一驾破旧的马车，风尘仆仆地往中都赴任了。

行行重行行，当孔丘偕一帮弟子昼行夜宿，费时近半个月到达中都后，这才知道鲁定公之所以要请他出任中都之宰的原因。

当孔丘师生一行刚入中都之境时，触目所见的，不是平畴沃野，牛肥马壮的景象，而是满目荒凉，田地不整，杂草丛生，几十里地鸡犬之声不闻。甚至渴了想讨口水喝，半天都找不到一户人家。而进入中都之城后，则更是让孔丘心都凉透了。街道坑坑洼洼，坐在马车里有时几乎要被颠得从车上摔下来。街道两旁的房子，几乎没有一间像样的，大多是些东倒西歪的草房，哪里有鲁国第二大都的景象。整个中都城，既不见曲阜城或齐国大小都市店铺林立的景象，也无多少行人。偶尔从眼前走过几个人，没有一个穿得齐整，都是衣衫褴褛，怎么看都不像是鲁国大都的市民，而是像乞丐，只差手上少了一根打狗棍和一个破碗而已。

"先生，您看，那里一帮人在干什么？"

正当孔丘坐在马车上向大街四周察看之时，子贡突然指着前方街道一角的一群人说道。

"咱们前去看看。"说着，孔丘就从车上下来了。

在众弟子的陪伴下，新任中都宰孔丘深一脚浅一脚地奔向那群人而去。不下车不知道，一下车，孔丘心更凉了。满大街随处都是人畜粪便，即使是非常小心，有时也要踏得一脚粪便。好不容易一跃三跳地走到那群人跟前，这才发现，原来是一帮人在打群架。孔丘一见，更是怒不可遏，血直往上冲，早已忘了自己的身份，大吼一声道：

"都给我住手！"

这一吼还真管用，原来扭成一团的那帮斗殴者立即都停手散开了。等到他们定睛看清吼叫者及其周围的一帮人都是儒生打扮，都不约而同，行动异常统一地向孔丘逼过来，大有统一思想，一致对外的意思。其中，一个长得高大威猛者，一边向孔丘逼过来，一边还恶狠狠地向孔丘嚷道：

"你们是哪来的货色，竟敢管闲事管到大爷的头上了，活腻了吧？"

孔丘众弟子见此人来者不善，唯恐老师吃亏，遂情不自禁地围到了一起，将孔丘包围在中心。

但是，孔丘知道，眼前这些弟子都不是子路，论武功蛮力肯定不行。所以，还是自己亲自出马吧。想到此，孔丘分开众弟子，道：

"大家让开，让为师好好教训一下这些没有教化的刁民。"

当那人恶狠狠地扑过来时，孔丘不躲不闪，借着他猛扑过来的冲击力，抓住其胳膊，顺势往前一拽，就将他摔倒，正好趴到一堆粪便上。孔丘众弟子见此，一齐拍手，道：

"先生武功高强，摔得好！"

当那人趴在地上正恶心时，只听子贡大喊一声道：

"你们还不都给中都宰孔大人跪下？"

"啊？"那帮人听子贡说刚才摔倒他们大哥的人是中都宰，一阵诧异后，便齐刷刷地跪倒在地，不少人都跪在了近身的粪便上，这既让孔丘弟子感到好笑，又让他们感到一阵恶心。

孔丘见此，对他们挥挥手，道：

"你们都起来吧，以后再也不要打架斗殴了！"

"是，大人。"

众无赖一边唱喏答应，一边急忙从地上爬起来，然后倒退着散开了。

接着，孔丘率众弟子继续往前走。最后，费了好大周折，才找到所谓的中都宰治所。

所谓的中都宰治所，如今只不过是三间屋瓦残缺不全、透光漏雨通风的旧屋。屋内既无办公几案，也无晚上睡觉的寝具。因为中都宰很久空缺，不仅无人与孔丘交接职务，而且以前历任的公文也不见半片残简断牍。

大家一看，都傻眼了。

孔丘看着眼前的景象，想起鲁定公殷殷拜托之情，一时也陷入了矛盾之中。

"先生，咱们回曲阜吧，这个中都宰有什么好做的？"宰予突然说道。

众弟子大多附和宰予的意见，子贡开始虽没作声，后来却出来劝孔丘道：

"先生，这种烂摊子是很难收拾的，要作出政绩更是不可能。先生倒不如现在就辞掉这个中都宰职务，免得到时做不好，反而坏了名声，对今后的仕途发展更不利。"

众弟子觉得子贡的话说得理性，遂一片声的附和赞成。但是，孔丘却不假思索地说道：

"受君之命，食君之禄，理应为君解忧排难，岂可临阵脱逃，知难而退？为师已经抱定一个信念：既来之，则安之。不整顿好中都，为师就决不回曲阜。如果你们当中有人缺乏信心，或是遭不了罪，吃不了苦，现在就可以回去。"

众弟子见老师这样说，遂连声说道：

"弟子愿追随先生，永不言弃！"

"好，那么大家现在就动手收拾治所，把墙上的洞堵上，把地上打扫干净。有会爬高摸低的，上房将屋瓦先匀一匀，先盖住屋顶，不让漏雨，以后再添瓦重整。从此以后，咱们还得要在此栖身度日呢。"

冉耕等人都是贫苦人家出身，这些粗活都能干。不到半天，大家一起动手，一切都收拾妥当，包括起灶做饭的事，也都有了着落。

忙活一天，吃完晚饭，孔丘召集弟子商量，如何振兴中都。众弟子各抒己见，孔丘觉得都有道理。但是，他认为目前要做的事，只有三件：一是将中都城的道路修好，起码要填好坑洼之处，让马车能走；二是整治中都城人畜粪便随处乱拉的情况，让大家都有良好的生活习惯；三是整治打架斗殴，教育民众要知礼守法。

打定主意，第二天，孔丘便颁布政令，通告全城。

结果，在孔丘的亲自带领下，全城百姓参与，一个月内道路全部畅通。两个月内，街道上人畜粪便的问题也得到了解决。为了不死灰复燃，孔丘规定各户门前环境自清制度，从而彻底杜绝了人畜粪便无人管的情况。又用了三个月时间，让众弟子分户承包礼法教育工作，让民众有了"非礼勿视，非礼勿听，非礼勿动"的意识，让他们知道什么是法律不允许做的。经过众弟子艰苦而细致的工作，中都的社会秩序在短时间内便有了根本的改观。为此，孔丘信心大增。到一年期满，不仅中都城的面貌焕然一新，中都全境的民风也随之有了根本转变。加上劝农政策成功，中都全境田地抛荒的情况少了很多。外地人入境，看到中都到处田地平展，庄稼长势良好，牛羊成群，简直不敢相信这么短的时间会有如此大的变化。

初战告捷之后，孔丘开始进行法制建设。先后制定了养生送死的法律制度，让生者的生活有所保障，让死者能够体面地离去。又制定了"长幼异食，强弱异任，男女别途"的礼法，使老少、强弱、男女都有自己的行为规范。为了提倡节俭，又作了安葬制度上的安排。棺木规格统一为里四寸外五寸，墓地要依傍丘陵而建，不堆高大的坟顶，不在墓地大量种植树木。这些政策的制定及施行，不到一年就产生了效果，远古时代淳朴的民风又在中都重现。四方诸侯闻之，争相派人来观摩学习。

随着到中都观摩的人日益增多，孔丘治理中都的名声也就越传越神。等到传到曲阜，传到季桓子的耳里，传到孟懿子和叔孙氏的耳里，传到鲁定公的耳中时，大家都不相信这是真的，一致认为，这肯定是孔丘所带的那一帮弟子在为老师吹嘘。

最后，鲁定公决定让叔孙氏亲自到中都视察一趟，看看情况到底如何。结果，证明传言并不虚，一切都是事实。中都确实彻底改变了，孔丘治国安邦的才能确实卓尔不群。

4．代摄鲁相

周敬王二十年，鲁定公十年（前500）六月，孔丘奉鲁定公之命回到曲阜。

一见面，鲁定公就兴奋地问道：

"夫子治理中都，一年有成。百姓丰衣足食，路不拾遗，器不雕伪。四方诸侯闻之，皆引以为则，寡人欣慰之至也！"

孔丘连忙绕席致敬，谦恭有礼地回答道：

"国君过誉，让臣实在是惭愧之至！"

"夫子不必过谦。中都治理模式，今四方诸侯皆引以为则，不知以此模式治理鲁国如何？"

鲁定公话音未落，孔丘便不假思索地回答道：

"纵使以此治天下，亦绰绰有余，何况一鲁国？"

鲁定公看到孔丘如此自信，也深受感染，情不自禁间也陡增了些自信。于是，重重地点了点头。

第二年，鲁定公力排众议，升孔丘为小司空，再由小司空升为大司寇，兼摄鲁相之职。

孔丘刚做上大司寇不久，就接连遇到了多起民事诉讼案子。

第一件案子，是一妇女状告邻居之男。

孔丘接报，立即令人找来那个被告的男子，让他上堂与那告状的妇女对质，以厘清事实真相。他要兼听双方之言，查明真相，不冤枉好人。

诉讼双方到齐，孔丘先问那男子道：

"现有人状告你，你可知罪？"

那男子看了看那妇女，又望了望堂上威风凛凛地坐着的大司寇孔丘，从容说道：

"草民一向洁身自好，独处一室，与她并无瓜葛，亦无侵犯她之事，何罪之有？

"你不仁不义。"那妇女立即反驳道。

孔丘见那妇女情绪激动，慷慨激昂，便对她说道：

"你说他不仁不义，请举出事实。"

"前天夜里，风雨大作，妾所居之室墙倒顶塌。夜半妾无处寄身，只得就近来到他门前，敲门半日，他才探头出见。当他看到妾浑身湿透的样子，听妾述说屋倒不幸之事后，不仅不予以同情，邀请妾入室躲风避雨，反而闭门落闩。任凭妾如何哀求，他都不为所动。大人，您说，这样的人是不是不仁不义，是个见死不救的罪人？"

女子话音刚落，男子立即反驳道：

"我听说陌生男女之间，不到六十岁，是不能孤男寡女同处一室的。而今你为壮年，我亦为壮年，所以不敢半夜开门接纳你，以避孤男寡女苟且之嫌。大人，请您说说，我何错之有？"

妇人亦不甘示弱道：

"那你为什么不能像柳下惠一样，将无家可归的女子当作老妇人一样看待而收留呢？柳下惠当年这样做了，别人也没说他淫乱啊！"

男子回敬道：

"柳下惠可以那样做，但我决不能那样做。我将坚持自己'不能那样做'的原则，来实践柳下惠'可以那样做'的境界。"

孔丘听到此，不禁拍案而起说道：

"说得很好，也做得很好！世上欲学柳下惠者很多，但没有一个像你。希望达到做人的最高境界，但又不沿袭柳下惠做人的行为，可以算是上上之智也！"

于是，判那男子无罪，然后开解了那妇人一番，就将一桩有关风化的案子予以圆满地判结了。

第二件案子，是父子诉讼案。

一次，一对父子同时告官到案，父诉子不孝，子诉父不慈。孔丘将其二人同时收监，三个月不判其案。后来，做父亲的扛不住了，请求撤诉。孔丘欣然同意。于是，立即将父子二人同时释放了。

季桓子听说此事，非常不高兴，说：

"司寇在骗我，以前他跟我说：'治国以孝为先。'今有一不孝之子，杀之以教民孝，不是很好的事吗？为什么要将不孝之子也赦免了呢？"

冉求在季氏府中为家臣，就将季桓子的话告诉了孔丘。孔丘听了，喟然长叹说：

"古之圣贤和执政者，居高位而心系民众，总是竭尽全力，想着如何才能做好教化劝导民众的工作，使他们遵礼守法，免于犯罪。而今的执政者，则不然。他们自己未尽教化民众之责，却要以民众犯罪为由而滥施刑罚，这是有违常理的。如果我们不用孝道教化民众，让他们懂得孝悌的道理，而是一遇父子争讼之事，就以所谓忤逆之罪滥杀无辜之人，这尤其是要不得的。攻伐失利，三军败退，我们不能以格杀士卒而阻止败退之势；刑事案件不断发生，我们不能靠严刑峻法来制止。这是为什么呢？别无他因，是当政者没有尽到责任，没有事先加强对民众的教化。所以，罪责不在民众，而在当政者本人。"

"先生的话是对的，只是大家都没有看到这一层。"冉求点头赞同道。

孔丘看了看冉求，继续说道：

"当政者事先不修明法令，让民众知其所禁，等到民众无知而触犯刑罚，然后施以严刑峻法，这种做法是不仁道的酷民行径。不体恤民众之苦，随意横征暴敛，这种行为是惨无人道的暴行。不尽教化民众之责，而要苛求民众遵礼守法，这种执政理念是暴戾残忍的。如果当权者在施政过程中没有上述三种弊端，那么才有资格对民众施行刑罚。《书》曰：'义刑义杀，勿庸以即汝心，惟曰未有慎事。'"

"先生，何谓'义刑义杀'？"冉求听到此，连忙插话问道。

"就是施行刑罚要恰如其分，不能随心所欲。判刑要依据事理，使百姓虽然受刑，但却心悦诚服。"

"古人的刑罚原则是对的。"冉求回应道。

孔丘又接着说道：

"治国安邦，不是不能动用刑罚，而是要以教化为先，刑罚在后。首先充分晓谕民众，使他们明白道理，知道哪些事应该做，哪些事不能做，使他们有所敬畏。如果教化之后，仍无效果，那就再以贤良方正之士的行为鼓励他们，引导他们。如果这样还不行，那才放弃说教，最后运用刑罚对之予以震慑。如此三年之后，百姓自然会步入正道，社会秩序自然会好。当然，对于其中个别不受教化的顽劣之徒，就应该运用刑罚了。这样一来，就有杀一儆百的效果，让民众知道所犯何罪了，并明白犯罪是要受到惩罚的。《诗》曰：'天子是毗，俾民不迷。'意思是说，良臣辅佐天子，职责便是让百姓不迷惑。如果能做到这一点，那就不必用严刑峻法来吓唬民众了，刑罚则可以束之高阁，备而不用了。"

冉求听了，连连点头称是。

孔丘顿了顿，颇是感慨地说道：

"当今之世则不然。教化体系紊乱，刑罚规定烦琐，让民众无所适从，就像面前有无数的陷阱，随时都会掉进去。而一些官吏又不守法律，肆意妄为，紧迫盯人，对百姓言行时刻予以严格管控，让百姓失去自由。结果，刑法越是严密，盗贼就越是层出不穷。三尺之障，即使是空车，也难以逾越。这是为何？是因为陡峭之故。百仞之山，负载极重之车，也能登上。这又是为何呢？这是因为山道由低到高，坡度缓和，车子可以慢慢登上。而今世道剧变，远古民风不存，社会风气越来越坏，纵使有严刑峻法，百姓能不逾越吗？"

说到这里，冉求脱口而出道：

"弟子明白了，为政之道，教化民众才是最重要的，刑罚只能起辅助作用。刑罚只治标，教化才治本。"

第三件案子，是民众集体状告不法商人。

孔丘刚任大司寇的第三天，就有几百个民众聚集于大司寇公署，要求严惩不法商人沈犹氏。此人长年在曲阜从事贩羊生意，为人奸诈。他每天早上把羊赶到集市出售时，先给羊喂盐。羊吃了盐后口渴，他便让羊大量饮水。结果，赶到集市上的羊显得又肥又大。这样，他就可以多开价，牟取不法利润。许多买过他羊的人事后才知道上当，因为买回的羊一路走一路便溺，等到回到家里时，原来又肥又大的羊变得又瘦又小。开始时，也有买家上了当后，将羊再赶到集市找沈犹氏理论，但沈犹氏死活不承认，而买家又提不出证据，结果也就不了了之。而更多的买家因为怕麻烦，往往忍气吞声，自认倒霉。正因为如此，沈犹氏多少年来一直都在坑蒙顾客，但有司也无奈他何。

孔丘听取大家的投诉后，立即令人将沈犹氏拘捕。在查清事实后，从严惩处了沈犹氏，并将其骗术公之于众，以防类似侵害顾客的诈骗行为再次发生。之后，又颁布买卖公平政令。从此，曲阜集市交易中再无欺诈事件发生，商贩都能诚实经营，待客和气，童叟无欺。为此，民众一片称颂之声。

第四件案子，是有关风化罪。

孔丘就任大司寇不久，有民众揭发，曲阜有市人公慎氏，其妻不守妇道，放荡不羁，与人通奸有年，但公慎氏视而不见，充耳不闻，严重妨碍风化，影响极坏。

孔丘接到举报，立即派人调查，发现果有其事。于是，传拘公慎氏夫妇到衙。除了予以惩处外，又对其进行了教化，令其改过自新。最后，公慎氏依礼休了淫荡之妻，重新赢得了人们的尊敬。

第五件案子，是有关奢侈逾礼之事。

当时，曲阜有一个著名的富商，叫有慎氏。他生活的奢华程度超过鲁国之君，食器用具之精美亦不是普通民众所应有，严重逾越了礼制规定。很多士人都看不过去，却无人能够约束他。

孔丘上任后，觉得有慎氏之奢侈，并非个人生活之事，而是事关朝廷礼法。因此，决定予以惩处，以儆他人。同时，也阻止奢靡炫富之风的漫延，以正鲁国民风。有慎氏听说孔丘要惩处他，连夜逃出国境，迁居到别国去了。

几个案件处理下来，朝野震动，社会风气为之大变。在孔丘任大司寇期间，再也没人敢在早上卖羊前给羊灌水了，贩牛贩马之商不敢漫天要价，卖猪卖羊之贩不敢再搞花样。男女行路，依据礼法，各走一边，井然有序。路上有东西，亦无人捡拾而占为己有。男人崇尚忠信，女子贞节顺从。结果，鲁国大治。外国客商入境，不会遇到任何麻烦，更不必前往打扰当地官署，大家都有一种回家的方便之感。

孔丘在大司寇任上，虽制定了不少法令，但结果都因无奸民而没派上用场。

5. 夹谷会盟

孔丘由小司空升任大司寇，政绩非常突出，不仅赢得民众的普遍赞扬，也深得鲁定公的赞许，甚至执政的冢宰季桓子也由衷钦佩。

鲁国政局的逐渐稳定与国力的不断提升，还有影响的扩大，都使鲁国近邻齐国感到了压力。特别是因为孔丘及其弟子已经掌握实权，而当年齐国对于逃难到齐国的孔丘极不友好，所以，齐景公怕鲁国强大后对齐国不利。为了防患于未然，也为了厚结鲁国之心，齐景公决定以敦睦近邻为由，主动与鲁国修好。于是，在周敬王二十年，鲁定公十年（前500）春，齐国向鲁国派出使节，商量这年夏天两国举行会盟之事。

鲁定公见大国齐国主动约请会盟，觉得非常有面子，自然是乐得心花怒放。但是，冢宰季桓子却犯了愁。因为按照礼仪规定，两国之君会盟，一般都由两国之相陪侍，并担任相礼之职。季桓子本来就是一个不学无术的纨绔子弟，内政的很多事情都不会处理，更何况是外交上的事情。

冉求担任冢宰府家臣，天天陪侍在季桓子身旁，当然了解他。于是，就给季桓子出了个主意，让他请孔丘代理相礼之职。冉求提出这个建议，是想给自己的老师一个显示才能的机会，让鲁定公与世人进一步了解自己老师在外交上的才干。提出这个建议后，冉求本来还怕季桓子多心，以为自己是在为老师揽权。没想到，季桓子却乐得一跳三尺高，立即答应。第二天，他就向鲁定公提出请孔丘代理齐鲁二国会盟的相礼之职，并以自己身体不适为由，请求鲁定公同意，让孔丘暂时代理冢宰之职。实际上，他是想偷懒，夏天快到了，他体胖怕热，懒得理政。

鲁定公对孔丘的能力非常赞叹，对季桓子则是打心眼里看不起。他任鲁国冢宰，只是"三桓"世袭制的结果，实际上他并无治国才干，只是一个尸位素餐者而已。因此，一听季桓子提出让孔丘代理冢宰之职，他是打心眼里高兴，巴不得他索性把冢宰之职让给孔丘才好呢。于是，满口答应，并立即遣人传召孔丘来见，当场作了任命。

孔丘虽然口头上一再谦让，但内心里则对这样的机会是求之不得。因为他盼望着这一天已经很久了，现在终于有了可以施展拳脚大干一场的机会，那么接下来他便可以朝着自己既定的"克己复礼"的目标做下去。鲁定公与季桓子虽然不知道此时孔丘内心的真实想法，但他们二人都各有自己的目的，所以孔丘不断地谦让，他们就不断地劝进。最终，孔丘装得无可奈何的样子，好像是给鲁定公与季桓子面子似的，勉强答应了下来。

可是，一出鲁定公大殿，孔丘就再也抑制不住内心的喜悦，走起路来就像展翅的鸟儿一样，如果不顾及路人的观瞻，他大概会手舞足蹈起来的。回到家中，马车尚未停稳，他便高声吩咐亓官氏道：

"夫人，今天多备一些酒菜，俺要喝个一醉方休。"

亓官氏闻声出来一看，见丈夫喜形于色，手舞足蹈的样子，不禁脱口而出，揶揄道：

"夫君今日有何大喜之事，看你得意忘形的样子，好像是个得志的小人似的。"

亓官氏说完这话，便觉得后悔了。如今丈夫身为大司寇，算是鲁国的第三号人物了，夫妻之间开玩笑也是应该有所顾忌了。可是，出乎意料的是，孔丘并没有生气，而是呵呵一笑，从容说道：

"夫人，国君已经任命俺为齐鲁二国会盟的相礼，又让俺代理冢宰之职。你说，俺这该不该高兴呢？难道在夫人面前还要装矜持吗？"

亓官氏一听，觉得丈夫今天格外可爱，做人就应该如此，高兴了就笑，悲伤了就哭，何必心口不一，假装正经呢？想到此，连忙

说道：

"夫君担当大任，值得庆贺！妾这就去备酒菜，今日也要破例陪夫君喝一杯。"

亓官氏说完转身刚进厨房，子路就进来了。见到孔丘笑意写在脸上，不禁好奇地问道：

"看先生高兴的样子，莫非国君派您什么重任了？"

"阿由，猜得对。今日国君决定让为师出任齐鲁二国会盟的相礼，兼摄鲁相之职。"

子路一脸认真地说道：

"先生，弟子听说有这样一句话，叫做：'君子祸至不惧，福至不喜。'今先生得位而喜，不知什么原因？"

孔丘见子路这样说，遂也一脸认真地回答道：

"是的，是有这样的话。但是，你没有听说还有一句话，叫做'乐以贵下人'吗？"

"先生的意思是说，君子得位而喜，与小人得志而傲人不同。富贵而仍能谦恭待人，才是最重要的。是吗？"

"正是此意。"孔丘点点头，脸露满意的微笑，他为子路越来越有悟性而高兴。

高兴了一夜，第二天孔丘便沉静下来，开始思考起如何施政才能实现"克己复礼"，恢复周公礼法的目标。想来想去，觉得目前在鲁国最可能影响自己实现政治理想的障碍便是少正卯其人。

少正卯，与孔丘一样，不仅也是鲁国的大夫，而且也兴办私学，广招学生，宣扬自己的学说，被称为鲁国的"闻人"。之所以称为"闻人"，那是因为他的教学水平远在孔丘之上。二人同时设坛授徒，但往往都是孔丘的学生被吸引到他那边，甚至有些还成了他的弟子。即使是孔丘的得意弟子如子路、子贡等，事实上也是听过少正卯的课。只有颜回始终没有前往，这也可能是孔丘最喜欢颜回，并将之视为孔门第一弟子的原因吧。

孔丘其实并不是一个胸怀狭窄的人，事实上他也有容人的雅量，甚至对于对手也能做到这样。所以，他常常标榜自己是君子。但是，他有一句名言，叫做："道不同，不相为谋。"他跟少正卯之间，恰恰就是因为"道"不同，即政治主张相左而互相敌视的。孔丘主张"克己复礼"，恢复周公礼法；而少正卯则相反，他主张与时俱进，适应社会发展的需要，变革旧制度，建立新制度。正因为如此，孔丘觉得少正卯是他实现政治目标的重大障碍。所以，当他谋得鲁国最高行政大权后，第七天就毫不手软地对少正卯下手了。

孔丘生平做事都非常讲究"名正言顺"、"师出有名"，所以他要诛杀少正卯，也是找到了一个冠冕堂皇的理由，这便是"扰乱朝纲"。结果，少正卯就被他以"君子之诛"的名义处死于鲁国宫殿的两观的东观之下，而且还将其暴尸三日。

孔丘的许多弟子以前都去听过少正卯的课，对于少正卯多少有些同情之心，对于老师一掌权就诛杀政治异己颇有些不以为然。比方说子贡，他就很有看法。于是，他便找到孔丘进言道：

"少正卯，乃鲁国之闻人。今先生执政伊始，就将其诛杀，先生不觉得有些失策吗？难道先生就不怕别人非议，认为您没有容人之量吗？如果这样，先生执政势必会失去人心啊！"

孔丘听子贡这样说，非常生气，觉得自己的弟子都不能理解自己，那外人如何能理解自己的苦心孤诣呢？于是，就厉声喝道：

"你坐下，我跟你说说其中的缘由。"

子贡见老师生气的样子，遂连忙表现出更加恭敬，谦恭有礼地说道：

"请先生教诲！"

"天下有五宗大恶是不能饶恕的，盗窃之事还不能算在其中，因为相比这五宗大恶，盗窃根本算不上什么。"

"天下竟有这样的大恶吗？弟子未曾与闻，请先生教诲。"

孔丘见子贡仍有怀疑之意，遂一脸严肃地说道：

"这五宗大恶，一曰'心达而险'，二曰'行辟而坚'，三曰'言伪而辩'，四曰'记丑而博'，五曰'顺非而泽'。"

孔丘话音未落，子贡就一脸认真地追问道：

"那么，什么叫'心达而险'呢？"

"所谓'心达而险'，就是内心通达，对于古今政治的变化与事物发展的规律都非常了解，却心存险恶。"

"先生的意思是说，这种人对于事理是明白通达的，只是心地险恶，不存善意，是吧？"

"正是。"孔丘点点头。

"那么，'行辟而坚'呢？"

"所谓'行辟而坚'，就是行为怪僻，却又固执。这种人表面标榜特立独行，实际上是有意标新立异。明明知道别人对他的指责是对的，他仍要固执己见，不知悔改。"

"那'言伪而辩'呢？"子贡又追问道。

"所谓'言伪而辩'，就是说的是假话，却要强词夺理，巧舌如簧，百般辩解。"

"先生以前说过一句话：'巧言令色，鲜矣仁。'说的就是这种人吧？"

"说得对。"孔丘又点点头。

"那'记丑而博'，又是何意呢？"

"所谓'记丑而博'，是指这种人记忆力特好，博闻强记，但所记的都是些怪异之事。"

"先生从不言怪力乱神之事，就是生平痛恨这些事吧？"子贡追问道。

"可以这样说。"孔丘看了看子贡，肯定地点了点头。

子贡遂又问道：

"那么，什么是'顺非而泽'呢？"

"所谓'顺非而泽'，就是言行明明有悖常理，有违礼法，却显得理直气壮。"

"弟子明白了。"子贡答道。

孔丘遂又继续接着说道：

"上述五宗大恶，一个人只要有其一，正人君子就可诛杀他。更何况少正卯已经是五恶兼而有之，怎么能不杀呢？"

"除了上述原因外，先生诛杀少正卯还有别的理由吗？"子贡心里仍是不认同老师杀少正卯的行为，所以孔丘话音未落，他又不禁脱口而出，这样追问道。

孔丘心知子贡之意，遂毫不含糊地回答道：

"少正卯为鲁国大夫，有一定的社会地位，足以聚集一定的追随者，结党营私，形成自己的势力。他巧舌如簧，言论有很大的煽动性，足以蛊惑人心，欺世盗名，从而获取民众的拥护。他积蓄的力量越大，就越有可能离经叛道，逆礼悖伦，谋求独立，成为异端。这种人，可是真正的大奸大雄啊！因此，不能不及早铲除他，以防患于未然。"

"这是不是先生诛杀少正卯的真正原因呢？"子贡又追问道，因为他始终不认同老师诛杀少正卯的行为。

孔丘见子贡仍有疑虑，便不得不引经据典对他予以说服了：

"在历史上，商汤诛尹谐，文王诛潘正，周公诛管蔡，太公诛华士，管仲诛付乙，子产诛史何，皆是人所共知之事。这被诛七人，虽生于不同时代，但被杀的原因则是相同的。所处时代环境不同，但所具有的罪恶则是相同的。因此，对他们都不能放过。否则，姑息养奸，必会酿成大祸。《诗》曰：'忧心悄悄，愠于群小。'小人成群，岂能不令人忧心？"

孔丘说到这里，又看了看子贡，见其态度恭敬，听得非常认真，还不住地点头，觉得他应该被说服，于是便停下不说了。

子贡对老师上述一番振振有词地辩解，虽在内心里仍不能认同，觉得少正卯不至于非要被处死不可，但碍于老师的威严，他只得违心地点头称是，并谦恭地说道：

"弟子谨受教。"

虽然诛杀少正卯连自己的弟子们也有不认同的，但孔丘自己从此心定了。没有了少正卯在鲁国摇唇鼓舌，与自己唱反调，至少在政治理念倡导上没有了后顾之忧。于是，他开始集中精力筹划当年夏天即将登场的齐鲁二国之君的会盟事宜。

鲁定公十年（前500）夏，齐鲁二国之君先前商定好的会盟在双方选定的夹谷举行。齐鲁二国的主角分别是齐景公和鲁定公，配角分别是晏子与孔丘，会盟主要由他们二人担任相礼，即司仪。

临行前，孔丘向鲁定公建议道：

"臣听说有句话：'有文事者必有武备，有武事者必有文备。'"

鲁定公不解地问道：

"两国之君会盟，乃是为了表达敦睦关系，为什么要有武备呢？难道两国之君会盟，揖让致敬之间，双方军队要较量一番吗？"

孔丘摇摇头，说道：

"国君，不是这个意思。两国会盟，虽是为了和平的目的，但是和平谈判时没有武力作后盾威慑对方，那么就有可能在谈判案前吃亏。这便是'有文事者必有武备'的原因。"

"那么，'有武事者必有文备'，又是为什么呢？"

"国君，两国交战，兵戎相见，杀得个你死我活，但最后的结果仍要坐下来解决问题，无论是战胜或战败，或是打个平手，都要通过谈判确定战争的结果与战后两国关系的安排。这便是'有武事者必有文备'的原因。如果'有武事'而无'文备'，届时战争结束，对方事先准备好一个谈判方案而自己没有，就必然陷于被动，要随着对方的步子起舞了。"

鲁定公听到这里，这才明白地点点头。

孔丘继续说道：

"古代的诸侯，离开国都前往他国或外地进行外交活动，伴从的随员一定是有文有武。因此，臣建议这次您参加会盟时，要带上正副司马。"

鲁定公一听，觉得有理，遂朗声应道：

"诺！"

于是，孔丘立即吩咐正副司马，将军队先行秘密布置到夹谷山周边比较隐蔽之处，不要被齐国人察觉。但布点要恰当，以便随时调动候命。

一切安排妥当后，孔丘便陪伴鲁定公往会盟地夹谷去了。到了夹谷，看到会盟仪式的土台已经筑就，并设立了位次。土台两旁各有三级台阶，以便二国之君拾级登台。

仪式开始后，二国之君先行会遇之礼，然后相互揖让一番，各自从盟坛一侧拾级登台。接着，在台上二国之君互赠礼品，再互相敬酒。仪式未毕，突然齐国方面令东夷莱人举起兵器击鼓喧哗，企图逼近并胁迫鲁定公。孔丘见此，一个箭步跃向盟坛，快速拾级登坛，用身体护住鲁定公，且退且避，并高声命令鲁国正副二司马道：

"鲁国军队，快攻打莱人。"

鲁国军人立即围上来。孔丘又高声对齐景公说道：

"齐鲁二国之君在此友好盟会，远方夷狄之俘竟敢以兵扰乱。这恐怕不是齐侯所愿意看到的吧，更不是齐国与诸侯友好邦交应有之义。夷夏不可混同，夷狄不可谋我华夏，更不可扰乱我中国。莱人乃东夷之俘，岂可惊扰我齐鲁二君会盟。至于会盟之所，本就不应该出现甲兵。否则，于神为不敬，于义讲不通，于人为失礼。外臣以为，齐侯一定不愿这样吧。"

齐景公听了孔丘如此一番不卑不亢的陈说，不禁惭愧地低下了头，连忙下令让莱人军队撤离。

过了一会儿，齐景公为了打破尴尬的局面，命令齐国乐师演奏宫廷音乐。但是，音乐响起后，一帮侏儒小丑蜂拥而上，嬉戏于齐鲁二国之君面前。孔丘觉得这是对二国之君的侮辱，于是快步走过去，疾步登上台阶，站到第二级台阶上，高声说道：

"俳优侏儒，卑微不足道，乃匹夫小人也，今敢戏弄二国之君，其罪当诛。右司马何在？请立斩之！"

鲁国右司马闻命，立即上前，挥刀斩杀了俳优侏儒，而且手足皆被斩断。齐景公见此，不仅大为恐慌，而且面露惭愧之色。

齐景公见诸招皆被孔丘一一拆解，知道没有什么花样可以再玩了，遂与鲁定公按照会盟程序，举行歃血为盟仪式。但是，在写盟书时，齐国方面却记载说："齐师出境征伐，而鲁不以兵车三百乘随之，则依盟约惩之。"孔丘见此，立即命令鲁国大夫兹无还响应说："齐不归还鲁国汶阳之田，而要鲁派兵随从，则依盟约惩之。"

双方交换盟约后，齐景公准备设宴招待鲁定公。孔丘怕齐国又要使出什么坏招，届时要是控制不住局面，那么就会让鲁国君臣受辱了。

想到此，孔丘便对齐国大夫梁丘据说道：

"齐鲁二国邦交传统，想必阁下最为清楚。而今盟约既已缔结，贵国之君再设宴招待敝国之君，岂不给贵国君臣徒然添忙添烦吗？如果一定要举行招待国宴，按照礼制，应该有牛形与象形酒器佐觞，同时还要有宫廷之乐的演奏。今处荒野之中，宫内酒器依礼不能携出，宫中雅乐不能演奏。如果这些都要做到，则明显有违礼制；如果做不到，则一切就显得过于简陋，如同舍五谷而用秕稗。宴陋则君辱，弃礼则名恶。为贵国之君计，为贵国大夫计，何不取消此次宴会呢？国君宴客，乃在昭显威德。不能昭显威德，则不如取消。"

一席话说得合情合理，又显得颇为体贴，齐大夫梁丘据深以为然，乃劝齐景公取消了宴会。两国之君就此拜别，各自分道扬镳去也。

孔丘随鲁定公回到曲阜，深为鲁国上下交口称誉，大家都觉得此次鲁国取得了重大的外交胜利，孔丘居功甚伟。

而齐国之臣呢？回到临淄后，则被齐景公骂得狗血喷头。齐景公责备道：

"鲁国之臣以君子之道辅佐其君，尔等则以夷狄之道而教寡人，让寡人颜面尽失。"

于是，按照盟约规定，将昔日侵夺的鲁国四邑及汶阳之田归还给了鲁国。

第七章　治国平天下

1. 道之以政

由于夹谷会盟所取得的重大外交胜利，使孔丘的声望如日中天，在鲁国政坛的地位也得以大大提高。而伴随着孔丘政治地位的提升，孔丘弟子从政的积极性也大大提高了。又由于孔丘官居高位，有更多的机会推荐自己的弟子从政，所以他的弟子走上仕途的也越来越多了。就连一向对从政不怎么感兴趣的子贡，也在此时走上了仕途，出任信阳宰。

周敬王二十二年，鲁定公十二年（前498）初春，一个风和日丽的日子，子贡一大早就来孔府向孔丘辞行并请益。

"弟子承蒙先生抬爱，推举入仕，现在就要到信阳履职了。但是，对于是否能够胜任，弟子心里一点也没底。"

孔丘一听，遂鼓励道：

"凡事都有个开头，没有人天生就会做官，都是要经过一定的历练。"

"先生说的是。弟子有个问题，还想请先生指教。"

"有什么问题，但问无妨。"孔丘看了看子贡，亲切地说道。

"为政之道，最重要的是什么？"

孔丘不假思索地伸出三根手指，说道：

"做好三件事。"

"哪三件事？请先生明以教我。"

"足食，足兵，民信之。"

子贡立即追问道：

"先生的意思是说，只要能让老百姓吃饱肚子，使军队有足够的军备，能够取得老百姓的信任，就可以了，是吗？"

"正是。"

"假如能力不及，三件事只能做好两件，那么暂缓哪一件呢？"

子贡问道。

"去兵。"

子贡又追问道：

"假如这两件事仍有一件做不到，那么应该放弃哪一件呢？"

"去食。"孔丘不容置疑地答道。

子贡听了，不禁吃惊地瞪大了眼睛，问道：

"不吃饭，那老百姓不都饿死了吗？"

"自古皆有死，民无信不立。"孔丘斩钉截铁地回答道。

"先生的意思是说，取信于民是从政的根本，是吗？"

"正是。"

子贡望着孔丘坚毅的表情，坚定地点点头，说道：

"弟子谨受教！"

顿了顿，子贡又问道：

"治民之道，又如何？"

孔丘看了看子贡，想了想，说道：

"治民之道，有两个层次。"

"哪两个层次？请先生明以教我。"

"第一个层次，可以用八个字概括。"

"哪八个字？"子贡急切地追问道。

"道之以政，齐之以刑。"

"先生的意思是说，以政令引导民众，以刑罚约束民众，是吧？"

"正是。不过，这是低层次的，是为政者常用之道。"

"为什么说这是低层次的呢？"子贡追问道。

"'道之以政，齐之以刑'，只能让老百姓免于犯罪而已，并不能让他们自觉地认识到，不服从教化管理是可耻的。"

"那么，第二个层次呢？"

"第二个层次，也可以用八个字概括。"孔丘从容答道。

"哪八个字？"

"道之以德，齐之以礼。"

"先生的意思是说，用道德来教导民众，用礼教来约束民众，是吗？"

"正是。只有达到这个层次，才是治民之道的最高境界。"孔丘以不容置疑的口气回答道。

"为什么?"

"'道之以德，齐之以礼'，不仅能使民众有廉耻之心，而且会发自内心地真心归服。"

"弟子明白了。"子贡恍然若悟地点了点头

顿了顿，子贡又问道：

"先生，治民当抱持怎样一种心态才合适呢?"

"治民如驭马，当抱持一种戒慎恐惧的心态，就像用腐烂之缰驾驭奔驰烈马一样，时时紧张谨慎，那就不至于出问题了。"

"为什么呢?"子贡不理解，于是追问道。

"驭马驰于通衢，虽行于稠人广众之中，但戒慎恐惧，驾驭方法得当，虽烈马亦如驯服之家畜；若用心不专，方法不当，则必被摔于马下。"

子贡点点头，又问道：

"弟子为信阳宰，具体说来，该怎么做才好呢?"

"勤勉谨慎，遵从君主之命，不强夺，不摒贤，不残暴，不偷盗。"

"弟子很小就侍奉先生，求学问道，难道您还担心弟子会干那些巧取豪夺、嫉贤妒能、残暴生灵、盗人钱财之事吗?"

孔丘呵呵一笑，道：

"阿赐啊，你并没有听懂为师的话，理解得不全面。所谓'强夺'，是指任用一个贤人而剥夺另一个贤人为国效劳的机会；所谓'摒贤'，是指以不肖之辈代替贤能之人；所谓'残暴'，是说百姓犯法，可以从缓惩罚的，却要急迫地去执行；所谓'偷盗'，不是指偷盗他人钱财，而是指捞取不应属于自己的名利。"

子贡听到这里，恍然大悟道：

"弟子不敏，先生原来说的是这个意思。"

孔丘接着说道：

"为师听说，知道如何为官者，奉公守法，造福人民；不知如何为官者，徇私枉法，侵害百姓。这便是人民怨恨为官执政者的原因。因此，约束官吏不如公平些，面对钱财不如廉洁些。公平与廉洁，是做官的基本操守，不可改变。匿人之善，这叫蒙蔽圣贤；扬人之恶，这叫小人作派。对于朋友同僚，有意见不当面诚恳地予以指出，帮助他改正，而是在背后说三道四，这不是与人为善、友好和睦的表现。提到他人的优点，就像说起自己的优点一样感到自豪；说到他人的缺点，就像是说到自己的缺点一样感到难受。因此，君子从政，没有什么事是可以不谨慎为之的。"

"先生的意思是说，为政者除了有从政的才干，还要有从政的德行，是吧？"

"正是此意。"孔丘满意地点点头。

"弟子谨受教！"

子贡谦恭地向孔丘行了礼，转身正要告辞时，孔丘突然又说道：

"为师再送你三句话，牢记之，践行之，虽治千乘之国，亦绰绰有余，遑论区区一个信阳小邑。"

"哪三句话？请先生明以教我。"子贡立即追问道。

"第一句话是'敬事而信'。"

"先生的意思是说，处理政事要有戒慎恐惧之心，慎重为之；为人处事，要讲信用，取信于民，取信于人。是吧？"

"正是。"孔丘满意地点点头。

"那第二句呢？"

"节用而爱人。"

"先生的意思是不是说，为政要注重节省开支，减轻人民负担，爱护老百姓？"

孔丘又点点头，子贡遂接着问道：

"那第三句呢？"

"使民以时。"

"先生的意思是说，征发劳役，不要侵夺农时，要安排在农闲之时，是吧？"

"正是。今你所治虽为区区信阳小邑，但也要以治千乘之国的标准要求自己。"孔丘望着子贡，语重心长地叮嘱道。

"弟子一定遵从先生教导，战战兢兢，如履薄冰，克尽心力而为之。"

说完，子贡又向孔丘深施一礼，然后告辞而出，赴信阳履职去了。

2. 强公室

周敬王二十二年，鲁定公十二年（前498）四月初五，风雨如晦。因为不能上朝，孔丘独自伫立窗前，看着风雨中的曲阜街巷房舍，不禁触景生情，感慨万千。

就在这时，突然身后传来一声轻轻地叫唤：

"先生。"

孔丘回头一看，见是冉求。

"阿有，这么大的风雨，你怎么来了？"孔丘关切地问道。

"今日季府无事，弟子好久未与先生见面了，所以特来看看先生。"

"冢宰近日在做什么呢？一直不见他上朝。"

冉求呵呵一笑，道：

"他还能干什么？自从先生代摄国政以来，他乐得逍遥自在，整天歌舞饮酒。最近，因为购得一批江南佳丽，更是整天沉醉于酒色之中而不能自拔了。"

听冉求这样说，孔丘一时不知说什么好。过了好久，他突然看着窗外的急风骤雨，好像是对冉求说，又好像是在自言自语，道：

"今周公礼法崩坏，天下风起云涌，诸侯割据，尾大不掉。周天子虽名为天下共主，但有哪一个诸侯国还听命于他呢？这周王之廷，何尝不像是风雨飘摇之中的一叶小舟呢？"

"其实，不光是周天子被诸侯架空，就是各个诸侯国的国君，何尝没有被其权臣所架空的呢？鲁国的情况不正是如此吗？"冉求说道。

"鲁国的乱局，根源在于'三桓'。'三桓'不除，公室难强。公室不强，则鲁难难免。"孔丘感慨地说道。

"先生说得对，昭公出奔，就是以臣欺君、公室不强的结果。那么，如何才能强公室、收君权呢？"冉求望着孔丘，问道。

孔丘看着冉求，一时语塞。

就这样，师生二人，一会儿互相对视一眼，一会儿看看窗外的风雨，谁也不说话。

过了好久，冉求打破沉寂的局面，问道：

"先生，'三桓'得势掌权，左右鲁国政局，具体是从什么时候开始的？"

"'三桓'起于两百余年前的庄公时代。庄公之父桓公生有四子，嫡长子即后来继位的庄公，庶长子是庆父，庶次子叫叔牙，嫡次子叫季友。因庆父死后谥共，故称共仲，其后代便被称为仲孙氏，后改称为孟孙氏。叔牙死后谥僖，其后代被称为叔孙氏。季友死后谥成，其后代被称为季孙氏。孟孙氏、叔孙氏、季孙氏，都被庄公封之为卿。因为三氏皆出于桓公之后，遂被人称之为'三桓'。"

"哦，原来'三桓'是这么来的，弟子明白了。"冉求恍然大悟道。

孔丘继续说道：

"'三桓'之中，以季孙氏势力最大。"

"为什么季孙氏会势力最大呢？是因为季友为嫡次子，而庆父与叔牙皆为庶出之故吗？"冉求好奇地问道。

"那倒不是。关键原因是季友在庄公立太子问题上站对了立场，得到了庄公的信任。庄公三十二年时，庄公病笃欲立太子，遂征询庆父、叔牙与季友的意见。叔牙力荐庆父，认为庆父有才能，以后继位为君，既有利于鲁国政局稳定，也符合'父死子继，兄终弟及'的传统。季友则强烈反对，说宁死也要拥立庄公之子般为储君。庄公本来就对庆父有忌惮之心，根本没有要传位于他的意思。传位给自己的儿子般，才是他的本意。只是他自己不便说出来，故征询三个庶出与嫡出弟弟的意见。"

"庄公征询意见，只是摆摆样子吧。"冉求问道。

"其实，不仅是摆摆样子，更是侦测三个弟弟的心思。由于叔牙力荐庆父触犯了庄公之忌，而季友拥立庄公之子态度坚决而深得庄公之心，庄公便觉得季友可靠，暗示他派人赐鸩酒毒死了叔牙，然后立其后为叔孙氏。"

"之后呢？"冉求又追问道。

"叔牙死后，庄公立其子般为太子，命季友为辅。后庄公薨，季友立太子般为君。但是，庆父不甘心，欲立哀姜陪嫁媵女叔姜之子开为君。"

冉求不解，追问道：

"庆父何以要立叔姜之子为鲁国之君呢？他跟叔姜有什么特别的关系吗？"

"庆父与叔姜倒是没有什么关系，叔姜只是庄公夫人哀姜的陪嫁女。只是因为庆父早在庄公在世时就与哀姜私通，所以哀姜要庆父立媵女叔姜之子开为鲁国之君。"

"结果呢？"冉求迫不及待地追问道。

"其时，庄公未葬，太子般寄住母家党氏，未及正式就位。庆父趁机派人暗杀了太子般，立叔姜之子开为鲁君，是为愍公。季友虽想讨伐庆父弑君之罪，苦无实力，只得出奔至陈。愍公即位后，庆父与哀姜私通更加肆无忌惮。不久，庆父觉得与哀姜的事虽已公开化，但毕竟有不伦悖理之嫌。于是，就想杀了闵公，自立为鲁君。当时，齐国大夫仲孙湫就预言说：'不去庆父，鲁难未已。'果不其然，闵公二年，庆父遣大夫卜齮袭杀闵公于武闱。"

"庆父实在是太过分，这样的乱臣贼子真该千刀万剐。"冉求不禁恨恨地说道。

孔丘继续说道：

"季友惊悉愍公被弑，立即由陈至邾，接回庄公侍妾成风之子申，请求鲁人立之为君。庆父忧之，惧而出奔至莒。公子申由此得以在季友的护送下回到鲁国，并被拥立为鲁君，是为僖公。接着，季友贿莒人以重金，欲拘庆父回鲁。庆父请求出奔他国，季友不允，庆父只得自杀。"

冉求听到此，又问道：

"季友此次拥立有功，为后来季孙氏势力坐大再次奠定了基础吧。"

孔丘点点头，说道：

"正是。僖公元年，季友率师败莒师于丽，获莒挐而归。僖公乃赐以汶阳之田及费邑而为封地，又命之为鲁国之相。僖公十六年，季友卒，其后立为季孙氏。"

"那后来呢？"冉求又追问道。

"季友死后，鲁国政坛权力几易其手，最后东门氏掌握了大权，并在与孟孙氏、叔孙氏的较量中胜出。"

"那么，季孙氏情况如何？"冉求又问道。

"季友之孙季文子当时势力不足，乃依附于东门氏，并为宣公效力。后来，势力渐渐壮大。到宣公十五年时，由于宣公听从了季文子的建议，在鲁国推行初税亩，大力开垦私田，结果使得更多的民众都归附了季文子。从此，鲁国之民不知有宣公，只知有季文子。"

"那宣公怎么样？"冉求问道。

"当然不甘心。宣公十八年，宣公下定决心，欲去三桓，以张大公室。于是，与公孙归父谋划，以派公孙归父到晋国求娶之名，借晋人之力以去三桓势力。但是，公孙归父未回，宣公即崩逝。季文子闻知公孙归父之谋，大为震怒。公孙归父惧而逃往齐国。由此，季文子正式执政，三桓势力更加坐大。襄公五年，季文子卒。其子宿承其爵，是为季武子。"

"季武子为人如何？"冉求问道。

"季武子相比其父季文子，更加霸道。根据周礼规定，天子有六军，诸侯大国是三军。周公封于鲁，鲁亦有三军。但是，自文公开始，鲁因国力较弱而要听从霸主号令。若继续保持三军规模，则需多向霸主进贡。文公遂决定自减中军，只设上下二军，归之于公室。若国家有事，需要出兵征伐，则由三卿轮流统率。这样做的目的，是不让三卿专其民。但是，季武子承袭父爵，执掌鲁国权柄后，欲专其民，架空公室，乃于襄公十一年增设中军，与叔孙穆叔、孟献子各分一军之民，各主一军之征赋。由此，三桓势力强于公室。到襄公十二年，鲁国十二分国民，三桓得其七，襄公得其五，国民不尽属公室，公室由此衰微矣"。

"那后来呢？"冉求又追问道。

"襄公三十一年，襄公病笃，立其妾胡女敬归之子子野为嗣君。襄公薨，公子野哀伤过度，未及立而死。季武子欲立敬归娣齐归之子公子裯为鲁君，遭到叔孙穆叔的反对。叔孙认为，依照礼制，立君当立嫡。嫡长死，则立幼。倘若立庶，亦应立贤。而公子裯既非嫡，亦非贤。其年十九，心智仍如童子。父兄死，临丧无哀容，不堪为君。但是，由于季武子的坚持，公子裯仍被立为鲁君，是为昭公。"

"这个季武子确实很霸道。"冉求不禁脱口而出评论道。

孔丘继续说道：

"昭公五年，季武子改三军为四军，自领二军，孟孙氏、叔孙氏各领一军。三家自取其税，减己税以贡于公室，国民不复属于公室，公室至此更加卑弱矣。"

"既然三家都向鲁昭公贡赋，何以公室益弱呢？"冉求不解地问道。

"因为鲁国是军、赋统一，分军即是分赋。三家虽向昭公贡赋，但何时贡，贡多少，都不由昭公做主。也就是说，在贡赋问题上，昭公要仰三桓之鼻息。如此，公室岂能不日益卑弱？"

"季武子这种行径，也就种下日后昭公决意要铲除季孙氏的原因了吧?"冉求又问道。

"正是。昭公二十五年，当郈昭伯、公若劝说昭公讨伐季孙氏时，尽管有臧孙等人的反对，但昭公仍然决意要铲除季孙氏。此时，季孙氏袭爵当家的是季平子，季武子早在昭公七年就已过世。"

"昭公决意要伐季孙氏，是因为此时季武子不在了，认为季平子不及其父，才敢向季孙氏开刀吧?"冉求又问道。

"也许有这个原因吧。季平子虽三次向昭公请罪，但昭公仍然不允。说明昭公深恨于季孙氏专权，决心要改变长期以来鲁国政在季氏的局面。事有凑巧，此时正好发生了郈昭伯与季孙氏的'斗鸡之变'，昭公得到郈昭伯与臧昭伯二家兵力的支持，遂毫不犹豫地起兵攻伐季孙氏。可惜，功败垂成。在季孙氏岌岌可危之时，孟孙氏与叔孙氏基于三桓利益一致的考虑，及时发兵救了季孙氏。季平子转败为胜后，将昭公驱逐出境，自己代摄国君之职。至此，季孙氏势力可谓如日中天，鲁国公室则衰微至极矣。"

孔丘说到这里，看着冉求很久，都没有再说一句话。最后，又是冉求打破沉默局面，说道：

"昭公痛失了一次除'三桓'的良机，反成被黜之君，确实值得深思反省。先生，现在情势不同以前了，季孙氏势力不比从前，季桓子不比其父季平子，孟孙氏、叔孙氏的实力也不比从前，他们与其家臣之间都有矛盾。先生及众弟子都在鲁国从政，现在是不是强公室最好的时机呢?"

孔丘听了冉求这番话，不禁脱口而出道：

"知我者，阿有也! 为师最近一直考虑的就是这个强公室计划。"

"好! 弟子们一定竭尽所能协助先生实现强公室的计划。"冉求坚定地说道。

3. 隳三都

与冉求谈话后，孔丘强公室的决心更加坚定了。第二天，他便晋见鲁定公，决定跟他认真商讨一下这个计划。

君臣见礼毕，孔丘就直接上题道：

"鲁自庄公以来二百余年，三桓势力日益坐大。政在臣而不在君，已非一日矣。这一极不正常的局面一日不解决，鲁国就一日不得安宁，迟早会酿成大患。庆父之难，昭公之奔，都是前车之鉴。"

"大司寇言之有理，寡人何尝不知道，何尝不想改变呢？但是，自季武子四分公室以来，公室便没有固定的贡赋收入，军、赋皆归于三桓。手中无钱无粮，又不掌握军队，如何能够撼动三桓，改变目前君弱臣强，公室卑弱的局面呢？"鲁定公无奈地说道。

"国君不必消极悲观，形势总是在不断变化的。自您亲政以来，局面不是一天天向好的方向转变了吗？比方说，以前臣虽有忠君之心，报国之情，但不得其门而入。而今，臣不是已经官至大司寇、兼摄冢宰之职了吗？臣的许多弟子，现在不也在为鲁国效力吗？"

听到孔丘这样一鼓励，鲁定公顿时精神为之一振。低头一想，情况确如孔丘所说，真的是在向好的方向转变了。至少，季桓子的权力就没有其父季平子那么大了，而今他又将冢宰之职让给孔丘代理，政在季氏的局面明显已经改变。以前孔丘因为季平子的专横跋扈，一直被排斥在鲁国政坛之外，有心报国，而无处投效。如今，情况不一样了。季桓子不仅治国执政能力不及其父季平子，而且专横专权的程度也不及其父，这就给了孔丘这样的治国能臣以发挥才能的空间。自从孔丘出任中都宰以来，无论治理地方，还是执政中枢，无论处理内政，还是应对外交，都有很多新气象，鲁国的国际地位明显提升了。

想到此，鲁定公不禁感到莫大的欣慰，脸上露出了一丝笑意。

孔丘见此，连忙趁热打铁地说道：

"政在季氏，或曰政在三桓的局面不改变，国君就不能改变受制于臣的被动处境，要想有所作为，恐怕比登天还难。要想政归国君，唯一的办法就是消除三桓的势力，加强君权，削弱卿大夫权力，重新回归到'君君臣臣'的礼法制度上。"

"大司寇说得对。只是如何才能消除早已尾大不掉的三桓势力呢？寡人虽也一直在苦思冥想，但总觉得目前没有一个可行的办法。如果硬做，又怕重蹈先君昭公之覆辙。所以，寡人即位十几年来毫无作为。"

孔丘见鲁定公顾虑颇多，遂鼓励道：

"国君其实不必有那么多顾虑，只要确立了一个可行的方案，这件事还是不难做到的。"

"哦，不难做到？大司寇难道有什么万全良策？快快给寡人说说。"鲁定公急忙催促道。

孔丘见鲁定公急不可耐的样子，不禁呵呵一笑，道：

"国君莫急，容臣细细道来。臣以为，三桓之所以飞扬跋扈，不受国君约束，甚至以臣欺君，关键就是因为他们各自拥有其领地，还有自己可以支配的私家军队。季孙氏有封邑费，叔孙氏有封邑郈，孟孙氏有封邑郕。三邑皆高墙深池，以为凭借，纵使国君发兵征讨，又何惧之有？因此，臣以为，目前唯一可行且又可说得冠冕堂皇的办法，就是依照周公礼制，禁止卿大夫私藏兵器，禁止拥有私人武装，禁止其领邑有超过百雉之墙。逾越此禁者，依法削除。如此，三桓没有可以凭险抗衡公室的城邑，没有可以用以抵抗公室的军队，那么三桓尾大不掉的局面何愁不能消除？"

鲁定公点点头，顿了顿，又忧虑地问道：

"大司寇的计谋确实高明，如果得以实行，确实能够彻底解决问题。但是，三桓肯俯首听命吗？如果他们联合起来，以武力威逼寡人，那寡人岂不又重蹈了先君之覆辙？"

孔丘呵呵一笑，道：

"此一时也，彼一时也。而今的形势不比从前。国君虽受制于三桓，但三桓与家臣之间的内部矛盾也日益加深。前些年，季氏家臣阳虎谋杀季桓子，起兵叛乱；最近听说叔孙氏家臣侯犯、季孙氏家臣南蒯各据其邑，都有蠢蠢欲动的苗头。至于季孙氏家臣公山不狃，不臣之心早就昭然若揭。对此，季孙氏、孟孙氏、叔孙氏都心知肚明。他们都不甘心受制于其家臣，早有削弱其家臣的想法，只是目前尚未找到合适有效的解决办法。如果国君能利用其矛盾，因势利导，予以推动，此次也许就能顺水推舟地将三桓问题彻底解决了。"

"大司寇深谋远虑，想得周密。寡人觉得这个办法可以一试，只是要谨慎而为之。否则，一着不慎，就会全盘皆输的。"鲁定公还是有顾虑，遂叮嘱孔丘道。

"国君放心，臣会谨慎处之，三思而后行。"

"那就有劳大司寇费心谋划了。"

孔丘连忙跪直身子，深施一礼，道：

"食君之禄，担君之忧。为国君效劳，乃臣之本分，臣定当克尽其责。"

孔丘受命后，立即找来此时在季氏府中担任家臣的子路，跟他详细说明了自己的计划。子路领命后，派人密切侦察三桓家臣的动静，然后不露痕迹地在其主子与家臣之间制造猜疑，加深其矛盾，促使其矛盾公开化。

周敬王二十二年，鲁定公十二年（前498）六月初一傍晚时分，子路在夜幕的掩护下，急急来到孔府，将近两个月的工作简要地向孔丘作了汇报，并报告他一个消息：

"公山不狃据费，经营有年，倚城凭险，早已不把季冢宰放在眼里。费是季孙氏封邑，现在倒像是公山不狃的封邑一样。季冢宰说，公山不狃已有多年不向他纳贡了。为此，季冢宰非常气愤。弟子已将所侦知的公山不狃诸多不臣动向向季冢宰作了汇报，并建议他接受先生的建议，遵从国君之命，带头拆除费邑城墙，使公山不狃从此无险可凭，也就不敢再存不臣之心了。"

"那季冢宰怎么说？"孔丘急切地追问道。

"季冢宰听了弟子的分析，也同意带头拆除费邑城墙，以防患于未然。但是，他又有一个顾虑，怕自己带头拆除了费邑城墙后，孟孙氏与叔孙氏不拆，自己的势位就会受到影响，在三桓之中就占不到优势，甚至会反处劣势。"

孔丘听后，沉思片刻，觉得季桓子的顾虑也有道理。这个世界，谁不为自己打算。俗话说，"人不为己，天诛地灭"，现实就是如此啊！

想到此，孔丘说道：

"这事先说到此，不要急催季冢宰。容为师再想对策，或过些日子我和国君找季冢宰亲自谈，也许效果会好些。这些日子，还要密切关注孟孙氏与叔孙氏封邑内家臣的动向，有事立即前来报告。"

"弟子谨遵先生之命。"

过了没几天，还未等孔丘与鲁定公找季桓子商量，就传来了消息。叔孙氏家臣侯犯和季孙氏家臣南蒯各据其城而背叛了主子，意欲独立。

季桓子与叔孙氏听到消息后，大为震惊。遂立即找到孔丘，表示支持堕三都计划。

根据计划，孔丘采取了先易后难的策略，先让叔孙氏拆除郈邑的城墙，然后再拆除季孙氏家臣公山不狃盘踞的费邑。公山不狃当然明白主子季桓子的用意，知道这是季桓子借国君堕三都计划，让他无险可凭而被迫就范，从此死心塌地做他的奴才。所以，公山不狙坚决反对隳三都计划。这时，正好有叔孙氏之庶子叔孙辄，因不得意于叔孙氏，与公山不狙联合，趁着鲁定公派出的隳三都军队开赴费邑，而国都曲阜空虚之机，先发制人，率费人对曲阜发动了突然袭击。

孔丘获悉公山不狙率兵袭击曲阜，立即召集子路等弟子进行军事部署。然后，保护着鲁定公与季桓子、叔孙氏、孟孙氏躲到季氏冢宰府中，凭借冢宰府的高墙厚壁以与公山不狙周旋。公山不狙乃亡命之徒，因此围攻冢宰府的战斗进行得异常惨烈。结果，鲁定公的军队与冢宰府的家兵不敌，冢宰府的几道院落都被攻破。孔丘只得保护着鲁定公与三桓首脑退到冢宰府最险要的武子台。当公山不狙攻到鲁定公所居之台一侧时，情况非常危急了。这时，孔丘果断决策，派人突围，传令申句须、乐颀二大夫率兵前来救应。最终，打退了费人，并追击公山不狙至姑蔑。公山不狙见大势已去，逃奔到了齐国。

隳费之后，叔孙氏的郈城、孟孙氏的郕城，都迎刃而解了。

由孔丘谋划的隳三都计划实现后，鲁定公的君权得到了巩固，三桓的势力得到了抑制，其他大夫的势力也有所削弱。由此，强公室的目标得以初步实现，君尊臣卑，上下秩序井然，政治教化亦取得了明显的效果。

4. 四国来朝

隳三都计划的成功实施，使鲁国长期以来君权旁落、公室孱弱的局面有了改观，至少三桓的势力被削弱了，季孙氏、孟孙氏、叔孙氏三家不敢再像以前那样嚣张跋扈了。鲁国的政局开始走上了正轨，社会秩序趋于稳定，农业生产与商业经济也随之得到了发展。原来政局混乱、民生凋敝的鲁国，开始走上了蓬勃发展的道路。

看到这一喜人局面的出现，孔丘由衷地感到高兴，也对鲁国的复兴与恢复周公礼法充满了自信。这些年来，从中都宰开始，到司空，再到大司寇，直到代摄国政，虽然每一步都走得很艰难，但经过努力都实现了既定的目标，取得了重大的成果。特别是隳三都计划的成功实施，堪称是政治生涯的神来之笔。每当有人提到这一点，孔丘都会情不自禁地露出欣慰的笑容，甚至私底下跟弟子交谈时还不免表现出些许得意之色。

其实，堕三都计划成功后，不仅孔丘感到得意，他的许多弟子也感到得意，老师不仅政治上有一套，治国安邦斐然有成；外交上也有巨大成就，夹谷会盟让他声名远播；至于这次堕三都计划的成功实施，则表现了其卓越的军事领导才能。在众弟子中，要说感到得意的，恐怕首先就要数子路了。因为他为季氏家臣，是此次堕三都计划实施的核心人物。因此，堕三都计划成功后，他着实很自豪和得意了一阵。子路是个直爽而透明的人，心里有什么，外表上就有什么表现。内心的自豪与得意，除了在言谈举止上时有表现外，在衣饰上也有表现。

周敬王二十三年，鲁定公十三年（前497）仲春，一个风和日丽的日子，子路穿了一套新裁成的春服到孔府来看望老师孔丘。

孔丘一看子路今天穿得如此华丽，不禁愕然。从出任蒲邑之宰，再到季府家臣，子路都是穿着朴素的，从未这样张扬，穿得如此华丽。于是，孔丘便脱口问道：

"阿由，你今天穿得这样华贵富雅，到底是为什么呢？"

子路听老师这样说，一时愣住了，低头看了看衣服，不知说什么好。

孔丘又继续说道：

"长江始出于岷江，源头水流很小，仅能浮起酒杯而已。及至流到江津，若无舟楫，不避风浪，将无法渡过江面。之所以如此，不是因为水流太大，让人无法接近的缘故吗？今日你穿得如此华贵，色彩又是如此鲜艳，这样谁再敢接近你呢？当你将自己推到一个高高在上的位置时，还有谁愿意做你的朋友，给你指出缺点呢？"

子路一听，终于明白了老师的意思。于是，一句话都没说，拔腿就往回跑。不一会儿，换穿了一套平常的服装，显得轻松自在的样子，又来拜见老师了。

孔丘一见，连忙说道：

"阿由，你记着，为师告诉你一个做人的道理：夸夸其谈的人，往往会华而不实；行动力强，但喜欢表现的人，往往会给人一种自吹自夸的感觉；有智慧，也有能力，但喜欢形之于色者，是小人的作派。因此，君子之为人，知道就说知道，此乃言说之关键；做到就说做到，此为行为之准则。说话掌握关键，说到点子上，这就是智慧；做事把握一定的准则，这就是仁德。一个人既有仁德，又有智慧，那么他还有什么可说的呢?"

"弟子谨受教!"子路连声应诺。

就在子路唯唯而退之时，南宫敬叔突然到来。

孔丘一见南宫敬叔来得急切，遂连忙问道：

"阿韬，有什么急事吗?"

"先生，吴国派使者来鲁。"

孔丘不解地问道：

"吴国派使者来鲁，有何贵干?"

"吴使说奉吴王之命，前来朝鲁。还送来两匹文马，吴锦百尺。"

孔丘看着南宫说道：

"为师没有听错吧? 吴王派使者朝鲁? 吴国是南方大国，无缘无故，怎么可能不远千里北上朝鲁呢?"

南宫见老师不敢相信，遂一脸认真地跟他解释道：

"因为先生治国安邦卓然有成，声名远播。今先生执掌鲁国之政，社会安定，经济发展，民众知礼守礼，古道之风蔚然。认为长此以往，鲁国必成为天下强国，不战而屈天下。"

孔丘听了，呵呵一笑道：

"说得夸张了! 鲁国政局刚刚开始稳定下来，经济发展任重道远，说鲁国成为天下强国，那实在还很遥远。为师虽不敏，但还有一点自知之明，不战而屈天下，那更是不敢想喽!"

尽管吴王派使者朝鲁是事实，但是孔丘始终不敢相信这是真的。不过，不管他相信不相信，没过多久，北方的大国晋国的执政赵简子也向鲁国派出了使者，同时也赠送马匹文锦。除此，赵简子还给孔丘写了一封书信，表达了其对孔丘治国斐然有成的敬意。这次，孔丘开始相信诸侯朝鲁，确是真真切切的事。为此，他对治理好鲁国，对恢复周公礼法，更是充满了信心。

吴、晋两大国先后朝鲁的事，很快就在诸侯各国之间传播开了。不久，鲁国近旁的宋、卫等小国，也闻风而动，相继向鲁国派出了使者，表达了对鲁国、对孔丘的敬意。

四国来朝，在鲁国引起了极大的轰动效应，也对周边各国产生了辐射作用。随着大家对孔丘的越发崇拜，诸侯各国学子前来拜师问学的也就越来越多。

一日，南宫敬叔急急进来。

"阿韬，这么晚了，还有什么急事吗？"

孔丘一见南宫，便连忙问道。因为每次南宫来，都与朝廷大事有关。

"先生，今日您离开朝中后，有一个重要情况，弟子想还是早点向您汇报一下为好。"

"什么重要情况？快说！"孔丘催促道。

"日中之后，齐国使者到来。"

"齐国使者是来朝鲁的吗？"孔丘以为还与前几次一样，所以这样问道。

"弟子以为不是。"

"为什么？"孔丘又问道。

"弟子觉得齐国是别有用心。"

"此话怎讲？"孔丘再次问道。

"齐国使者馈赠给国君的不仅有文马二十四驷，还有美女八十人，打扮得妖妖娆娆的。"

"果真有此事？"孔丘有点不信南宫的话。

"弟子岂敢在先生面前说一句假话？"

孔丘又急切地问道：

"那国君收下了吗？"

"季冢宰代国君收下了。"

孔丘听了，沉思不语。半日，才语气坚决地说道：

"明日，我去面谏国君。"

5．女乐风波

第二天，一大早，孔丘就穿戴整齐，今天他要面谏鲁定公。

可是，早早上朝的孔丘，一直等到平日正常上朝时间都过了一个时辰，也不见鲁定公出来。这一下，孔丘急了。连忙叫来宫内侍者，问道：

"国君今日为何迟迟不上朝理政？莫非身体有恙，还是怎么了？"

侍者跟孔丘已经很熟悉了，自从孔丘代摄国政以来，他天天都要陪侍鲁定公，并看着他们议论与处理朝政。他对孔丘已经很了解了，对其治国理政的才能也已了然于胸，并深深感佩。特别是对孔丘的勤政，他更是印象深刻。今天见孔丘相问，他不忍心隐瞒实情，遂拉着孔丘走到一旁，悄悄在他耳边说道：

"国君还在睡觉呢。"

"为什么现在还在睡觉？平时国君不是都有早起的习惯吗？自从即位以来，他也从来没有上朝迟到的纪录啊！"

对于孔丘一脸的疑惑，侍者不禁摇头苦笑道：

"大司寇，您昨天处理完朝政离开后，有齐国使者来见，说是奉齐侯之命，送上文马二十四驷，以表示对鲁国大治的祝贺。国君高兴地接受了，并请齐国使者转达对齐侯的谢意与问候。"

"就这些？"孔丘直视侍者，急切问道。

侍者迟疑了一会儿，看了看大殿之上已经在等候上朝的其他大臣，然后附耳对孔丘悄声说道：

"齐国使者还向国君献上美女八十人，都是浓妆艳抹，香艳得让人不敢正眼相看的娇娘。"

"那国君接受了吗？"孔丘急切地问道。

"国君看到这些美女，虽有喜爱之意，却推辞不受。说齐侯太过厚爱，不敢接受。但是，季冢宰却劝说国君应该收下。"

孔丘又问道：

"那季冢宰是怎么说的呢？"

"季冢宰说，齐鲁夹谷会盟之后，便是兄弟之邦。齐侯致送良驹美女，乃是有意要结交鲁国，敦睦近邻，国君不应该拒绝齐侯好意。否则，齐鲁交恶，于鲁不利。国君沉吟半日，看了又看站在一旁的八十名美女，最终答应收下齐侯的心意。但是，国君又说，季冢宰为国操劳，赏赐四十名美女以为奖赏。"

"然后呢？"孔丘又急切地问道。

"季冢宰谢过国君后，就带着国君赏赐的四十名美女回到冢宰府了。"

"那国君呢？"

侍者看了看孔丘，又扫视了站在远远的其他大臣，嗫嚅了半日，才低声对孔丘说道：

"季冢宰与其他大臣退下后，国君赏赐了齐侯之使，便让四十名美女进了后宫。"

"进了后宫，又干了些什么？"

侍者听孔丘问出这等话来，不禁掩口而笑，道：

"大人，进后宫还能干什么，表演歌舞啊！不过，小人没有进去观看，只是猜测哦。"

说完，侍者又神秘地一笑。

"歌舞表演是昨天的事，怎么今天早上这么晚国君还不起来呢？"

"大人，您是真的不懂吗？那么多妖艳的美女，国君青春正富，您说能干什么呢？"

说完，侍者看了看孔丘一脸正经的样子，又掩袖笑了起来。

"劳驾去请国君，就说孔丘有国事相奏。"孔丘干咳一声，止住了侍者的笑，严肃地说道。

"小人不敢。听说国君昨晚跟美女们折腾了一宿，现在大人让小人去请国君，岂不是为难小人吗？"

孔丘见侍者一脸无奈的样子，又看了看远远站在大殿之上的其他大臣，发现季桓子今天到现在也未来上朝。莫非他也在府中歌舞升平，不问国事了吗？

想到此，孔丘心里凉了半截，一甩大袖，走出了大殿，径直往冢宰府而去，他要看看季桓子到底在干什么？

不看不知道，看了吓一跳。未进冢宰府，孔丘就远远听到笙竽琴瑟之声从府中飘出。进了冢宰府，一上大堂，就见季桓子坐在大堂之上，正色迷迷地看着堂下四十个美女扭腰抖胯地在跳舞。她们身上所穿的衣裳不仅色彩非常艳丽，而且薄如蝉翼，隐隐约约，身体的各个部位都突显得一清二楚。孔丘一瞥之后，再也不敢正眼多看一眼。

犹豫了一会儿，孔丘还是低着头，悄悄地走到季桓子身边，轻轻地叫了一声：

"冢宰大人。"

季桓子听到有人叫他，转过脸来，发现是大司寇孔丘，不禁大感惊讶，态度也显得十分不自然。

沉默了一会儿，季桓子突然干笑了一声，说道：

"大司寇昨日提早退朝，有件事恐怕还不知道吧，我正想要跟您说呢。"

孔丘立即接口说道：

"是齐国使者送来良驹美女之事吧。"

"大司寇消息真是灵通啊！不过，这也不奇怪，大司寇弟子满朝廷，就连这冢宰府当家的也是大司寇的得意弟子啊！"

孔丘一听，就知道季桓子这是在说孟懿子与南宫敬叔在朝中为官，子路与冉求在季府当家臣的事。话中似乎有话，好像在暗指自己到处安插弟子，企图弄权。这不是以小人之心，度君子之腹吗？于是，心里对季桓子就更加反感了。但是，眼前他还是鲁国的冢宰，实权还是掌握在他手上，自己只是代理国政，一旦他哪天不高兴而要亲政，不让自己代摄国政，那么鲁国的事情就更难办了。

想到此，孔丘忍住怒火，平心静气地说道：

"冢宰大人，丘以为齐侯此时致送鲁国良驹美女，似乎别有用心。鲁国最近几年社会稳定，经济发展，出现了一些喜人的局面，诸侯各国时有朝鲁者。齐为鲁国近邻，唯恐鲁国强大，成为齐国的威胁，所以就向国君致送良驹美女，名义上是敦睦邦交，亲善近邻，实则是麻痹我鲁国君臣斗志，阻缓我鲁国复兴的进程。"

季桓子看美女歌舞正在兴头之上，听孔丘讲出这番大道理，顿感扫兴。于是，随口说道：

"大司寇扯得太远了。不就是几匹马、几个歌女吗？难道这就能亡了我鲁国？人生在世，不过短短几十年而已。有的吃就吃点，有的喝就喝点，有的玩就玩点，何罪之有？何必时时刻刻把事情想得那么复杂呢？那不累得慌吗？"

说完，季桓子看都不看孔丘一眼，就一边饮酒一边观看歌舞，自我陶醉，不亦乐乎。

孔丘见此，实在忍无可忍，但是又不便发作，遂不辞而别，悄然离去。走出季府大门时，正好碰上子路与冉求。

"先生，弟子一大早就到府上，要报告先生一个重要消息。可是，先生一大早就离开了。没想到，先生原来是到季府来了，俺们走岔了。"冉求说道。

孔丘稳了稳情绪，看了看毕恭毕敬地站在自己面前的二位弟子，不忍心将刚才在季桓子那里所受的气迁撒到他们身上，遂语气温和地说道：

"你们要报告的消息是齐侯致送鲁君良驹美女之事吧？"

"哦，原来先生早就知道了。是南宫报告给先生的吧，还是他比俺们早了一步。"子路说道。

孔丘不置可否，接着说道：

"有其君，必有其臣。昨日傍晚，我接获报告，今日一大早就上朝面君。可是，等了一个多时辰，国君都没来上朝。原来是昨天通宵荒淫，今天日上三竿都起不来，完全置国家政事于不顾。我左等不见，右等不见，知道今日是见不到国君了。于是，就来找冢宰，希望他能明白齐侯用美人计麻痹我鲁国君臣的用意，及时识破其诡计，劝说国君，重新振作精神，君臣同心同德，把复兴鲁国的大业进行下去。没想到，冢宰比国君更糊涂，沉醉于淫曲艳舞之中而不知今夕何夕，唉！"

说着，一顿足，不说了。

子路与冉求见老师气坏了，连忙安慰。子路说：

"先生莫要生气，气坏了身子，这个烂摊子就更没人收拾了。"

"而这正是齐人所希望看到的。所以，先生还是先消消气，冷静一下，徐图良策。相信国君与冢宰总有清醒过来的一天。只要有先生在，鲁国这艘大船就倾覆不了。"冉求补充道。

孔丘看着两个得意弟子，又听了他们上述一番话，心里感觉好多了。顿了顿，说道：

"我再去找国君，今日非要把他说醒不可。"

说完，就走向马车，命令车夫道：

"往宫中见国君。"

子路与冉求望着老师的马车渐渐远去，心中不是滋味。

日中时分，孔丘终于等到鲁定公起来的消息。于是，立即请宫中侍者通报，请求晋见。

过了约一个时辰，鲁定公才不耐烦地出来相见。

君臣依礼进退揖让之后，各就各位坐定后，孔丘便开门见山地说道：

"臣闻昨日齐国使者送来文马二十四驷，美女八十名，国君与冢宰却欣然接受。"

鲁定公正与美女们厮混得正欢，对于孔丘一大早就来打扰，本来就心中不快了。现在又见他语有质问之意，更加不高兴了。于是，没好气地回答道：

"这有什么不对吗？"

孔丘也顾不得推究鲁定公的口气与情绪，继续依照自己的思路说道：

"国君难道不明白，齐侯赠送鲁国良驹美女的用意吗？"

"什么用意？无非是敦睦邦交、亲善近邻而已。"鲁定公说得一派云淡风轻。

孔丘一听，更急了，提高声调，说道：

"国君，我们绝不能把事情看得如此简单。齐侯看到我们鲁国近些年来颇有些复兴气象，唯恐我们鲁国强大起来，对齐国构成威胁，所以就以敦睦邻邦的名义致送良驹美女，由此麻痹我鲁国君臣斗志，阻缓我鲁国复兴的进程。是用心险恶啊！"

"不要把别人都想得那么坏，更不要以小人之心度君子之腹。良驹美女，只不过是一种礼物，表达一种友善之情。哪里与复兴国家与灭亡国家扯到一起呢？"鲁定公不以为然地说道。

"国君，微臣话虽说得直了点，说得重了点，但微臣对您、对鲁国是一片忠心，所以知无不言，将心中的忧虑一股脑儿地向您说出。微臣听说有这样一句话：'良药苦于口，而利于病；忠言逆于耳，而利于行。'商汤、周武听得进臣下的直言忠谏，所以国运隆昌；夏桀、商纣听不得逆耳忠言，因而国灭身亡。君无诤臣，父无诤子，兄无诤弟，士无诤友，不犯错误的，从未听说过。所以，前人有言：'君有失，臣知之；父有失，子知之；兄有失，弟知之；士有失，友知之。'明白此理，国家就无亡国之虞，家庭就无忤逆犯上之子。明白此理，就会父慈子孝，兄弟相爱，交友无绝。"

孔丘怀着一片赤诚之意，说得口干舌燥，鲁定公却听得心不在焉，临了说了一句：

"寡人知道了。"

然后，头也不回就又回到后宫了。从此，鲁定公日日欢歌，夜夜淫乐，不仅上朝理政三天打鱼两天晒网，甚至会一连几天不上朝。孔丘虽然屡屡进谏，但都毫无效果。

到了夏至时，按照祖宗规制，国君要在举行郊祭之后，于朝廷之上当众将郊祭的膰肉亲自分割好，分给亲近之臣，让大家共享。可是，由于鲁定公为齐国女乐所惑，整天心思都在女人身上，对于郊祭这样的国家大礼，他也视为儿戏。郊祭虽然援例举办了，却草草收场。仪式还没结束，他就急着回宫与女乐追欢。至于馈赠膰肉之事，他压根儿就没想到要好好落实，任凭季桓子手下家臣处分。结果，连身为鲁国摄政的孔丘也未得到。这一下，孔丘算是彻底失望了。他知道鲁定公已经无可救药，鲁国已经没有希望了。

第八章　去鲁适卫

1. 匡之危

郊祭分膰事件，让孔丘感到非常抑郁。他并不是在乎那块膰肉，而是在意那块膰肉所代表的君臣之义，以及所体现的礼。他是一个非常拘礼的人，终生奋斗的目标就是"克己复礼"，如何能够宽宥国君如此藐视郊祭大礼的行为呢？

孔丘越想越感气愤，越想越觉得鲁定公无可救药。于是，一气之下，在事情发生后的第三天，孔丘就向鲁定公与季桓子提出挂冠去职之意。虽然鲁定公与季桓子也都真心予以慰留，但他觉得，他们只是需要他做事，并没有尊重他的意思。所以，最后他还是坚持辞职，决定再到各诸侯国游历。因为他相信，天下之大，总有国君会认同他的价值观，认同他的治国理念。只要有人认同，能够让他发挥才干，在哪里都能实现"克己复礼"的理想，又何必拘泥于鲁国这区区一隅呢？

打定主意后，孔丘将在曲阜的新老弟子都召集起来，将自己今后的打算说给大家。然后，对各位弟子的去留问题进行了交代。他劝大家有双亲要孝养的，尽量回家孝养双亲；有妻儿要照顾的，尽量回家照顾妻儿。但是，众弟子都不愿意离去，纷纷表示愿意追随老师到天涯海角。为此，孔丘做了大量的说服工作。最后，好说歹说，总算把大家劝走了。只留下子路、冉求、颜回、子贡、冉耕、公良儒等十几个弟子随行。因为人多开销大，在外时间不能确定，生活无法保障。

周敬王二十三年，鲁定公十三年（前497）五月初八，旭日初升，晨露未干，对鲁定公彻底失望的孔丘，负气带着一帮弟子，驾着几辆马车，悄然出了曲阜城。

出城之前，孔丘对鲁定公与季桓子是怨恨交加，对鲁国也没有多少留恋之意。可是，出了城之后，当他回首再远望曲阜城的那扇巨大的城门时，突然又生出了一番难以割舍的留恋之情。因为这城里，有他的妻儿，还有刚刚会咿呀学语的小孙子孔伋。只要一想到可爱的小孙子，他就心软了。所以，每当想到小孙子，他就设法转移注意力，去想别的事情。不然的话，他此时也出不了城。

众弟子看见老师驻足回望曲阜城的眼神，都能理解此时此刻老师的心情。所以，大家谁都不吱声，默默地站在一旁等候。

过了好久，孔丘才转过头来，对充任驭手的弟子子路说道：

"快走吧。"

行行重行行，师生一行漫无目的地往西走了几天，快出鲁国之境时，颜回突然问道：

"先生，我们走了这么多天，还没有确定此行的目标啊！现在要出鲁国之境了，到底往哪个国家，要先确定下来啊！"

大家一听颜回的话，这才想起原来这几天大家一直赶路，都是毫无目的的。大概是因为大家都在心里想事，压根儿没往这方面想。如今被颜回这样一提，大家这才恍然大悟。

"先生，您离开曲阜前，有没有事先想过此行的目标国啊？"冉求轻声问道。

孔丘看看冉求，又看看颜回以及各位弟子，挠了挠头，不好意思地说：

"哦，这个，为师还真的没想过。"

众弟子一听，不禁傻掉了。没有目标，那不等于是出来漫游吗？这么多人，每天都要吃喝住店，可不是随便漫游闹着玩的。

大家沉默了半天，冉求提议道：

"俺们往南走，就到宋国了。宋是先生的先祖之国，想必先生到了宋国，是会受到重用的。再说，效忠先祖之国，也算是落叶归根，更有意义。"

大家听冉求这样一说，都觉得很有道理。于是，大家连连点头称是。但是，孔丘却半天没有回应，不置可否。

子路坐在驭手位置，细细观察老师的表情，猜想他大概没有要去宋国的意思。于是，便建议道：

"先生，弟子有个建议。"

孔丘见子路半天没有说话，现在突然有话要说，遂鼓励道：

"阿由，你有什么建议，尽管说出来。"

"先生，弟子除了在鲁国蒲邑做过邑宰外，还曾在卫国做过一段时间的邑宰。这个大家可能都不记得了。"

"师兄既然在卫国做过邑宰，想必在那边有很多熟人与朋友喽！"子贡一直没有说话，这时见子路说在卫国做过官，遂立即接口说道。

子路望了望孔丘，又看了看诸位师兄弟，从容说道：

"其实，弟子不仅在卫国有熟人与朋友，还有亲戚呢。"

"什么亲戚？很亲吗？"颜回立即接口问道。

"当然，还是至亲呢。卫君之臣颜浊邹就是本人妻兄，在朝很受器重。妻兄对先生敬仰已久，如果先生到卫国，妻兄一定会向卫君极力保荐先生。届时，先生在卫国也可以一展长才啊！"

众人听子路这样一说，立即欢喜雀跃，连声称好。

孔丘看了看众弟子，又看了看子路，然后重重地点了点头。

子路看到老师欣然同意往卫国，心中非常高兴。于是，又提出一个建议道：

"先生，俺们先不忙到卫国，不妨先在此多待几日。容弟子先行报告妻兄，待妻兄奏明卫君后，再让卫君派人来接先生，岂不更好？"

"师兄说得对，应该让卫君派人来接。俺们先生在鲁国也算是一人之下、万人之上的人物。卫君若是有心重用俺们先生，理应礼遇俺们先生，派人来接也是题中应有之义。"子贡说道。

孔丘沉吟了一会，然后轻轻地点了点头。

于是，子路立即卸下车辕，解马飞身而上，一扬鞭子，马儿就冲出了很远。不一会儿，就从大家的视野之中消失了。

三天后，卫灵公果然派来了官员与马车来接孔丘。到达卫国之都帝丘后，孔丘就住到了子路的妻兄颜浊邹家中。

孔丘刚到卫国时，卫灵公闻其贤能，意欲大用。但是，灵公之臣反对者不在少数。他们认为，孔丘若一旦被重用，大权在握，加上有子路、子贡等众多能文能武弟子的辅佐，势必会形成气候。届时，孔门势力在卫国坐大，尾大不掉，要想剪除恐怕不易。如果孔丘三千弟子都聚到卫国，那么卫国不仅有君权旁落的危险，甚至卫君都有被孔丘取而代之的可能性。

卫灵公开始并不相信这些危言耸听的话，认为孔丘的为人是值得信赖的。既然大家都认为他是圣人，他就不至于做对不起卫国的事，更不会做对不起自己的事。可是，卫灵公虽有知人善用的优长，但也有一个毛病，那就是耳朵根子软。因架不住卫臣接二连三地在耳边吹风，听着听着，他就信以为真了。于是，他不仅没有委孔丘以任何官职，只是予以虚意尊崇，比照孔丘在鲁国代摄国政的待遇支给最优厚的俸禄；而且还听信谗言，派人对孔丘在卫国的一举一动进行暗中监视。

开始孔丘并不知道这一切，对卫灵公给予自己的优渥待遇感激不尽。后来知道后，就非常生气了。在卫国待了约半年，就带着子路、子贡、颜回、冉有、冉耕等十余名弟子，于周敬王二十三年，鲁定公十三年（前497）十月，悄然离开了卫国之都帝丘，准备前往自己的先祖之国宋国。

在前往宋国的路上，孔丘师徒意外地遇到了从陈国赶来的公良儒。公良儒，字子正，贤而有勇，深得孔丘喜爱。他家境较为富裕，听说老师在鲁国不得意，转往卫国发展。于是，召集了六位师兄弟，从家中赶出五驾马车，前往卫国投奔老师。没想到，还没到卫国之都，却在路上遇见老师与众位师兄弟要离开卫国。

孔丘与公良儒相见，悲喜交集，相拥良久，相对无言。

最后，还是颜回打破了沉寂，说道：

"先生，师兄又带来五驾马车，这下俺们弟子们也可以享清福了。以后就是再来几位师兄，大家都不必再用双脚丈量道路了。"

孔丘与众人听了，都一齐笑了。

于是，师徒近二十人，赶着六驾马车，浩浩荡荡地往宋国而去。

可是，道经卫国之境的匡时，孔丘被匡人简子误认为是阳虎。简子乃以甲兵将孔丘师徒团团围住，并意欲攻打之。子贡见情势不妙，立即前往了解原因，问简子道：

"我们师徒往宋，道出于匡，不知勇士何故围住我们不放？"

"快叫阳虎狗贼出来受死，不然把你们所有人都剁成肉酱。"简子恶狠狠地说道。

"我们这里哪有阳虎啊？"子贡觉得非常奇怪，一脸茫然地问道。

"那个坐在车内的大个子，不就是阳虎吗？你还敢跟爷爷打马虎眼？"

"呵呵，勇士，您弄错了，那是我们的先生孔丘。"子贡谦恭地说道。

"你小子别骗你爷爷了，他就是阳虎。当年，他在鲁国叛乱失败后，逃到齐国，又被齐国囚禁。用计脱狱后，率领残兵败将逃往晋国。路出于匡，匡人怜之，奉之以食。结果，这个畜生不思恩义，反而在此杀人越货，无恶不作，洗劫无数财物而去。天道无欺，今天让爷爷碰上这个恶贼，岂能饶过？"

子贡听简子这样一说，猛然醒悟。原来，简子将老师误认为是阳虎了。想一想，子贡突然觉得那反贼阳虎，论长相还真的酷肖老师，无论是身材还是面容，都差不多。于是，呵呵一笑道：

"原来是这么回事，怪不得勇士那么恨阳虎了。那反贼确实是罪该万死！不过，坐在车中确实是我们的老师，而非阳虎。这世上，面貌相像的多得很。"

"小子，你别花言巧语骗爷爷，快叫恶贼阳虎下车受死，不然爷爷就要动手了。"

子路站在一旁，见简子蛮横无理，不听子贡解释。于是，提戟便想上去跟简子决斗。孔丘连忙喝住：

"阿由，别冲动！哪有修仁义之人而跟世俗之恶者计较的？这些人《诗》、《书》不讲，《礼》、《乐》不习，这都是为师之错。如果为师有能力，教导天下之人都能知书达理，热爱礼乐，何至有今日天下之乱象？如果说弘扬先王美德、崇尚古法是一种罪过的话，那就不是孔丘之过了，大概要归之于命了吧。阿由，取琴来，你唱歌，我弹琴应和。"

子路遵从孔丘之意，捧琴献上，然后清了清嗓子，放声唱了起来。孔丘抚琴伴奏，丝丝入扣，声声动情。

歌三曲，简子终于明白，坐在车内这个人应该不是阳虎。阳虎是粗人，不可能精通琴艺。于是，解围而去。

2. 蒲之困

离开匡，孔丘师徒一行又继续往宋国的行程。

行行重行行，非止一日，孔丘师徒近二十人终于到了宋国之都。可是，到了宋国后，情况并没有如想象的那样。孔丘不仅没有得到宋君的重任，甚至也没得到像在卫国那样的礼遇。百般无奈之下，孔丘只得天天带着弟子在靠近宋君宫殿旁边的一棵大枋树下习礼讲学。

一天，在习礼讲学间隙，子路想到来宋国后遇到的一件事，便跟孔丘说道：

"弟子前几天听人说，宋国司马桓魋为自己造石椁，三年都未完工，而所有的工匠却都累病了。先生，您如何看待这件事？"

孔丘听了，没有直接回答子路的问题，而是先喟然长叹一声，然后神情悲伤，一脸严肃地说道：

"如果像这样奢侈地准备棺椁，那还不如死了就迅速烂掉为好！"

子路又接着问道：

"那您觉得桓魋其人如何？"

孔丘看了看子路，又望了望树下众弟子，说道：

"桓魋，乃齐桓公之后。齐襄公时，桓公为公子，出奔于莒。襄公被弒后，桓公回国继立为君，任管仲为相，进行改革，遂国强民富，成为天下之霸。桓公死后，被谥为'桓'。其支庶子孙，遂以'桓'为氏，称桓氏。"

"怪不得桓魋这么猖獗，原来是系出名门。"冉求说道。

孔丘见冉求赞赏桓魋的身世，于是不屑地说道：

"依为师看，这个桓魋为人狂妄自大，心术不正，是个野心家，将来危害宋国者，必是此人。"

子贡听了孔丘这番激烈的评论，也深有感触，说道：

"先生，您还记得吗？您的弟子中，有一个叫司马黎耕的，宋人，字子牛，他就是桓魋的弟弟。弟子有一次与子牛闲谈，他偶尔说到其身世，提到其兄桓魋。他说，他不满其兄桓魋作恶多端，自己又性情急躁，好言语，看不惯其行为作派，经常替他担忧。后来，实在难以与他相处，于是慕先生之名，前往鲁国，投在先生门下求学了。"

孔丘众弟子听子贡这样一说，这才恍然大悟道：

"哦？原来子牛是桓魋的弟弟，俺们以前倒是完全不知。"

不久，孔丘对桓魋的评论不慎被弟子说漏了嘴，为桓魋所闻。桓魋本就不愿意孔丘师徒来宋国，怕孔丘师徒被宋君重用，而夺了自己的权。现在，又听说孔丘在背后诅咒他。依孔丘的影响力，如果宋国人都知道孔丘对自己有如此负面的评价，那将对自己的仕途与在宋国的地位造成极大的不利。所以，他就怀恨在心，欲逐孔丘师徒于宋国而后快。

一天，桓魋找来心腹之人，交代道：

"孔丘在鲁国不得意，跑到卫国，不为卫灵公所用。今到宋国，携弟子十余人。其中，有勇力者如子路，有文韬者如子贡。这些人一旦为国君所重用，必会势力坐大，不仅危及国君的地位，也会影响到我辈的前程。我听说，孔丘每日率弟子在宫前大枌树下习礼讲学。你们今晚先将那棵大枌树锯得将断不断，然后用绳子套好。明日孔丘再与弟子在树下习礼讲学时，你们可以远远拉着绳子，将树朝着他们所在方向拉倒，定会将他们压得粉身碎骨。即使压不死他们，也会让他们知难而退，滚出宋国。"

桓魋心腹闻命，立即执行。第二天，正当孔丘如往常一样，率众弟子在那棵大枌树下习礼讲学之时，忽闻有吱吱作响的声音传来。子路乃习武之人，对声音比较敏感。扫视一番后，大叫一声：

"不好，树要倒了，大家快逃！"

说时迟，那时快，子路一边推开老师孔丘，一边拉住颜回就闪。幸好逃得快，大家都安然无恙。

等到大家惊魂甫定，再回过头来调查原因时，这才发现套在大树上的绳子被远远地拉到几十丈远的高坡上。这一下，孔丘师徒终于明白了原因。于是，子贡建议孔丘立即离开宋国这个是非之地，看来宋国的国内形势要比卫国险恶多了。卫国君臣虽然不想孔丘师徒插足卫国政坛，不给他们发挥才干的机会，但至少卫国君臣没有人会想到用这种卑鄙的手段暗害他们师徒。

孔丘与众弟子商量了一会儿，决定目前还是回到卫国为好。虽然这次回去，可能卫灵公仍然不会重用他，但是起码会尊崇他，不会赶他离开。再说，生活上还有子路妻兄颜浊邹的帮助，卫国朝中还有史鱼、蘧伯玉等正直的朋友，这多少能让自己有一种归依感。

打定主意后，孔丘对众弟子宣布说：

"咱们离开宋国吧，还是回到卫国去。"

冉求立即接口说道：

"此地形势险恶，要走现在就走，迟了恐怕又有危险。"

孔丘见冉求神色慌张，乃从容不迫地说道：

"天生孔丘，德在我身，桓魋能奈我何？大丈夫光明磊落，临危不惧，咱们不必如丧家之犬、漏网之鱼那样急急而走。"

众弟子觉得也有道理，于是，决定在宋都再住一夜，明日一早城门开时便出城离开。

孔丘师徒经过长途跋涉，终于到达卫国之境。入境不久，道经卫国之蒲时，正好赶上卫国政坛上的一件意外动乱。

卫国大夫公叔发，为人清廉而宁静，时人称之为不笑不言不取，颇为国人所称道。可是，由于卫灵公不辨是非，宠信佞臣弥子瑕，排斥贤臣蘧伯玉与史鱼，公叔发仗义执言，屡谏灵公而不听，遂忍无可忍，乃铤而走险，举兵叛于蒲。孔丘师徒不知近况，进入蒲城后便被公叔发扣留，不让再出城，大概有借用孔丘师徒之意。公叔发叛卫，孔丘师徒知道无论是什么原因，都不能参与其中，更不能站到公叔发的一边，那样便会落得个不仁不义的名声。

公良儒知道老师左右为难，迫不得已，乃仗剑而出，喟然长叹，对孔丘说道：

"昔弟子追随先生，先是遇难于匡，后又有宋人伐树之危。今遇困于此，看来都是命吧！与其看先生再次遭遇危困，不如我与他们拼个你死我活。"

说完，就挺剑而出，集合诸位师兄弟，摆开阵势，要与蒲人决一胜负。蒲人兵力不强，见公良儒与子路等人个个人高马大，威风凛凛，就畏惧而退缩了，转而派人来与孔丘谈判，说：

"如果你们不再回到卫都帝丘，我们可以让你出城。"

孔丘及其弟子都明白公叔发的意思，他怕孔丘及其弟子到了卫都被卫灵公重用，成为消灭自己的重要力量。孔丘让子贡与之交涉，答应了他们的条件。双方约盟后，公叔发便令蒲人放孔丘师徒出了蒲城。

出城后，子路问孔丘道：

"先生，既已与蒲人约盟，答应不再回到卫都帝丘。那么，我们下面要到哪儿去呢？"

"为什么不到卫都去？不去卫都，我们还能去哪儿？"孔丘反问道。

子路听了，惊讶得半天都合不拢嘴，良久才徐徐问道：

"先生，弟子刚才没听错吧？"

"继续往卫都帝丘。"孔丘看着子路，以不容置疑的语气说道。

子路又看了看孔丘，一脸严肃地问道：

"先生没有开玩笑吧？先生常跟弟子们说：'人无信不立。'今先生刚刚答应蒲人，不往卫都。怎么盟誓旦旦，言犹在耳，先生就背弃盟约了呢？"

"阿由，你想想，这个盟约是我们出于真心要答应的吗？是他们强迫我们答应的。古人有曰：'迫人以盟，非义也。'既然是蒲人强迫我们答应的，我们为什么要信守呢？"

子路与众弟子听了孔丘这番解释，觉得也有道理。于是，便心安理得地直奔卫都而去了。

周敬王二十三年，鲁定公十三年（前497）十二月初三，日中时分，孔丘携弟子终于抵达卫都城外。

离城尚有几十里地，孔丘师徒刚想坐下休息一下，吃点干粮后再进城，却见一骑飞奔而来。未等他们反应过来，只见从飞马之上跳下一人，奔到孔丘面前行礼后，说道：

"孔大夫，国君听说您要返回卫都，早就出城相迎了。"

孔丘听了，不禁吃了一惊。

其实，这并没有什么好吃惊的。早在孔丘师徒刚脱离蒲人羁绊，朝着卫都进发之时，就有侦探将此消息报告给了卫灵公。卫灵公经过这次公叔发之乱，又了解到公叔发惧而释放孔丘及其弟子的情况，开始真正了解到孔丘及其弟子们的能力了。于是，在孔丘离卫都帝丘尚有五十里地时，卫灵公便早早出城迎到了郊外。

吃惊过后，孔丘又愣了一会儿，然后便随来者往见卫灵公。

卫灵公一见孔丘，立即上前，拉住孔丘的手，问长问短，就像阔别了多年的老友一样亲热。然后，又邀孔丘坐到了自己的马车上，与之并坐而谈。

"夫子刚从蒲城脱身，对其情况比较了解。寡人欲起兵伐蒲平叛，不知夫子以为如何？"卫灵公试探性地问道。

孔丘见问，不假思索地回答道：

"可以啊！"

"不过，寡人之臣皆认为，蒲乃卫据以抗衡晋、楚二国的前沿战略要塞，若是寡人起兵讨伐，恐怕有什么不测后果。"

孔丘听卫灵公语气中充满了担忧，遂鼓励他道：

"蒲地男儿向来就有报国献身之志，他们是不会追随叛乱者的。如果国君要起兵伐蒲，讨伐的也只是为首的几个叛乱者而已，还担心不能取胜吗？"

卫灵公听孔丘这样一说，便露出了欣慰的笑容，拍了拍车轼，大声说道：

"善哉！"

3. 见南子

回到卫国之都帝丘后，卫灵公虽然仍然没有给孔丘安排官职，但是明显比以前对孔丘更加客气了。

为了表示对孔丘的尊崇之意，周敬王二十四年，鲁定公十四年（前496）三月十二，一个风和日丽的日子，卫灵公与夫人南子特意邀孔丘一起出郊踏青，并让孔丘为次乘。

这天，南子打扮得比平时更加妖娆。头挽高髻，身穿杏黄薄裙，上身的抹胸与下身的内裤在阳光的透视下，隐隐可见，让人不禁产生无尽的遐想。孔丘因为就坐在她身后，近在咫尺，不仅闻到她身上隐隐透出的阵阵香气，更能在低头抬眼之间，不经意地看到她那半隐半露的酥胸。为此，孔丘感到非常不自在。但是，车内主乘与次乘位置固定，无法选择。所以，孔丘只能长时间地低着头，不能抬眼左右顾盼，生怕看到不该看的。

如果说这些让孔丘感到窘迫，那么还有更让孔丘手足无措的。南子是个风骚的女人，又是一个分外艳丽的女人，卫国人无人不知，无人不晓，并且都有一睹其风采的渴望。今天得知南子要乘车出行，天气又很好，所以大家都奔走相告，男女老少争相涌到街上，企踵延颈，以望南子马车经过。女人们都想亲眼看看这个传说中的女人究竟有多美，男人们则想领略一下这女人究竟有多么风骚。

卫灵公见街道两旁都是夹道观望的民众，以为大家是在争睹他的风采与威仪，所以显得神采飞扬，颇是得意。而南子呢，见男女老少企踵延颈相望，知道大家都是为了看她。于是，更是搔首弄姿，摆出各种风骚撩人的姿势。结果，引得男人们一阵阵惊呼。南子得意之余，不禁回头望了望坐在自己身后、近在咫尺的孔丘，却发现他正低着头，一动也不动。

"孔大夫，您看今天天气有多好，街上行人有多少！"南子故意柔声媚气地叫了一声。

孔丘见南子回头跟自己说话，出于礼貌，只得抬起头来望了南子一眼。南子一见孔丘终于抬起头来，却窘迫得可笑，一时兴起，故意侧过身子，挑逗似的向他抖了抖胸前那对高耸的酥胸。看到孔丘再次羞得低下头去，南子不禁哈哈大笑。由此，马车后除了街上男女老少一阵阵惊呼声外，又留下了南子一串串银铃般响亮而放荡不羁的笑声。

这次出游，孔丘不仅没有感受到受尊崇的荣耀，反而觉得人格上受到了极大的侮辱。众弟子们则更是在背后闲话三千，都觉得老师此次真是一世的英名都被毁了。

一天，孔丘应卫灵公之召晋见。回来后，还未进门，隐隐约约就听院中有人在说悄悄话。出于好奇，他便驻足门外，听了一会儿。

"那天先生与南子同车出行，真是莫大的耻辱，让俺们弟子都脸上无光。"好像是冉耕的声音。

"不能这样讲。卫君让先生同乘出行，也是出于对先生的尊崇。南子是卫君夫人，同车出行，也合于礼，无可厚非。"听声音，好像是颜回。

冉耕不服气地说道：

"先生与卫君、南子同车出行，于礼确实无可厚非，但是，南子之为人，先生应该也知道吧。为了避嫌，先生理应婉拒卫君的邀请啊！"

"南子怎么啦？"颜回反问道。

"南子，乃宋国公主，比卫君小三十岁，因为貌美而深得卫君宠爱。可是，卫君年老不能满足她的生理要求，所以宫中常有种种议论，说她与卫君男宠公子朝有不伦之情。最近，又传出她与弥子瑕有私情。"好像是冉求的声音。

"弥子瑕何人？南子怎么会与他有染呢？"又是颜回的声音。

"弥子瑕是卫国的美男子，卫国的女人谁不爱他。但是，他不爱任何女人，只钟情于南子。"

"可是，南子在宫中，弥子瑕钟情于南子，又能如何呢？"还是颜回反驳的声音。

"弥子瑕不仅风流潇洒，仪表堂堂，而且能说会道，颇得卫君信任。如今他早就是卫君面前的宠臣与大红人了。所以，他与南子接触的机会自然就多了。"好像是冉求在说。

孔丘听到此，觉得再让他们说下去，恐怕什么捕风捉影、道听途说的荒诞之言都会说出来了。于是，干咳一声，迈步进了院子。

众弟子听到刚才那一声咳嗽之声，立即停止了窃窃私语。而一见老师进门，更是噤若寒蝉，都不再说话了，纷纷站起来向孔丘行礼致意。孔丘装着刚才什么事也没发生，什么也没听到，与大家打了个招呼，就径直进屋了。

因为听到自己的弟子都在背后说他闲话，孔丘就更后悔当初不应该与南子同车出行了。可是，就在孔丘还在为与南子同车之事而自怨自艾时，又接到南子的邀请，说要单独见见他，向他请教一些问题，也好长长见识。

孔丘怕再引起他人包括自己弟子的非议与闲话，同时也为了不引起卫灵公不必要的猜疑，所以，他不仅托人向南子婉转地表达了谢绝之意，而且还当着灵公的面表达了此意。没想到，卫灵公听了哈哈大笑，道：

"人说夫子乃拘礼之人，没想到竟然拘礼到如此地步！今天下诸侯与四方君子，凡要结交寡人而为兄弟的，没有一个不愿意拜见她啊！"

孔丘一听卫灵公说出这话，不禁吃惊地抬头望了他一眼。只见他非常坦然，一脸严肃的样子。心想，卫灵公是如此坦荡的君子，他相信自己，也相信他的夫人，如果自己再推托拒绝与南子相见，反倒显得自己心中有鬼，不够君子了。想到此，孔丘便淡定了许多。

正当孔丘准备开口应诺时，卫灵公又说道：

"明日寡人正好要与群臣出去狩猎，夫人对此不感兴趣，夫子也无此好，不如明日就让夫人与夫子相见。夫子多给她讲讲古今礼法与学问，也好让她长长见识，不要做井底之蛙。"

孔丘听卫灵公这样说，觉得已经没有退路了。如果再推托婉拒，就显得自己心中有鬼，是虚伪小人而非君子了。于是，只得恭敬地应道：

"既蒙国君与夫人厚爱与高看，丘自当遵命。"

第二天，卫灵公在出猎之前，就安排好车辆来接孔丘进宫。

进宫后，孔丘先在宫中一位男侍者的导引下，来到了宫内的一所偏殿等候。过了一会儿，有一个宫女过来，领着孔丘从侧门出了偏殿。然后，循着宫内曲曲弯弯的小径一直走。此时，虽是暮春时节，但小径两旁边依旧有许多不知名的花儿在微风中绽放飘香。

也不知走了多久，也不知是怎么走的，反正孔丘根本不知方向，只是随着宫女走。最后，在一所颇是精巧的小殿前停下了脚步。那宫女说：

"大夫，请在此等候片刻，容奴婢进去报告夫人。"

说着，那宫女就进去了。不大一会儿，那宫女就兴冲冲地出来了，高声说道：

"夫人请大夫晋见。"

孔丘闻听，遂立即一路小跑，跟在那宫女后面进了那所宫殿，大概就是南子所居住的后宫吧。

进门走了几步，就见堂上挂着一道珠帘，孔丘立即止步，知道南子就在这珠帘之后了。

"有劳孔大夫大驾，百忙之中允请莅临寒宫。"

孔丘一听南子说话，立即跪倒在地，一边向珠帘后絺帷内北面而稽首，一边连忙说道：

"臣孔丘拜见夫人。"

孔丘话音未落，就听珠帘后絺帷内有叮叮当当的环佩之声。孔丘明白，这大概是南子在帘后欠身还礼，身上和头上的玉佩随着她的低头弯腰而发出了响声。

正当孔丘作如是之想时，又听南子说道：

"来人，请赐大夫一壶酒。"

"诺。"

一个宫女从左面一边答应着出来，一边端上了一壶酒；而另一个宫女则从右面上来，手脚麻利地摆好了坐布团与小食案。

"一壶薄酒淡浆，不成敬意，请大夫先饮了，妾再向大夫请教。"

两个宫女配合，一人递盏，一个执壶，给孔丘斟好了酒，然后倒退着站到一旁。等孔丘喝完了一盏，她们又如前再斟。直到孔丘全部喝完，她们才收拾壶盏退下。

两个宫女刚刚退下，又听南子说道：

"红儿，快扶大夫到里面稍坐片刻，等我略作准备，再与大夫说话。"

南子话音未落，珠帘后已然闪出一个美貌的宫女。孔丘正要自己站起，却发现身子有些飘飘然。定睛一看珠帘之后，已不见了南子的影子。

正在孔丘疑惑之际，那宫女已经伸手过来，扶起了孔丘，连搀带扶，引孔丘进了一间面积虽小却很精致的小屋。小屋内也挂了一道珠帘，而珠帘之后又多了一道薄纱，看起来更显得有一种朦胧缥缈之感。

正当孔丘定睛打量小屋陈设布置时，忽闻耳边响起一阵琴瑟之声，好像就是从珠帘薄纱后面发出的。孔丘侧耳细听，发现伴着琴声，还有女子歌唱之声：

> 硕人其颀，衣锦褧衣。齐侯之子，卫侯之妻。东宫之妹，邢侯之姨，谭公维私。
>
> 手如柔荑，肤如凝脂，领如蝤蛴，齿如瓠犀，螓首蛾眉，巧笑倩兮，美目盼兮。
>
> 硕人敖敖，说于农郊。四牡有骄，朱幩镳镳。翟茀以朝。大夫夙退，无使君劳。
>
> 河水洋洋，北流活活。施罛濊濊，鳣鲔发发。葭菼揭揭，庶姜孽孽，庶士有朅。

听了一会儿，孔丘立即明白这唱的是什么，原来是《齐风·硕人》，说的是两百多年前卫庄公之后庄姜的事。听着听着，随着酒劲上来，孔丘眼前出现了幻觉，仿佛看到了美丽动人的庄姜正从帷幕后款款走出，那如柔荑一般白嫩的小手，那如蝤蛴一般颀长的脖项，那如凝脂一般的皮肤，那如瓠犀一般的牙齿，还有那螓首蛾眉，巧笑倩兮，美目盼兮的样子，都让孔丘如醉如痴。不知不觉间，孔丘如同梦游般地迎了上去，一抱却落了个空，原来是珠帘与薄纱。正当孔丘疑惑是梦之时，忽然听到琴声中还有水声。于是，便一步步地走向了帷幕之后。结果，发现原来好像不是梦。因为眼前的大木桶中，就有一个肤如凝脂的美女躺在水中，正向他"巧笑倩兮，美目盼兮"。

"夫子，过来！"南子柔声轻轻地招手。

孔丘再次以为是进入梦乡，揉了揉眼睛，定睛一看，却是南子。他不敢相信这是真的，连忙闭上眼睛。稳了稳神，他想迈步逃出去，可是血却往上涌，让他迈不开步子往外走，不知不觉间一步步地走向了那个浸泡着一个鲜活美人的大木桶。一步，两步，三步，越来越近，血越来越往上冲。

"扑通"一声，孔丘终于一头栽进了那只大木桶。

"迂夫子，假正经，你终于进来了。哈哈哈……"

南子胜利地笑了，银铃般的笑声回荡在兰室，也透过户牖之隙飘到卫宫的每一个角落。

4.　卫灵公问兵

"先生怎么还不回来？"

日中时分，子路与冉求站在寄住的蘧伯玉家门口，焦急地望着远处。子路是急性子，一会儿抬头看看天上的太阳，一会儿望望远处，嘴上反复念叨着这句话。

冉求听得不耐烦了，说道：

"急什么？天不是还没黑吗？"

"还要等到天黑啊？跟一个女人有什么重要的话需要说上一天？"

"南子也许是个像你一样好学深思的人，向先生请教的问题很多吧。"

子路听冉求这样说，更气不打一处来，高声说道：

"就算有再多的问题，也应该问完了答完了。一大早就进宫，现在都时已过午，快要三个时辰过去了。"

"别急，别急，你看，那是不是先生的马车？"

子路抱怨声未落，冉求突然发现远处好像有一辆马车正朝这边过来，遂连忙指给子路看。

子路立即手搭凉棚，向远处望去，果然有一辆马车过来了。

不大一会儿，马车就到了眼前，从车上下来的正是子路焦急等待了很久的老师孔丘。

孔丘从车上下来，脸上还是红扑扑的。子路与冉求迎上前去，正要与他打招呼，他却低着头要往院内走去。

子路见此，连忙叫住孔丘，说道：

"先生，您现在急什么？都已经到家了，进门早一步晚一步又有何妨？您一大早进宫，现在才回来，快三个时辰了，怎么不急啊？"

"子路，你这是跟先生说话的口气吗？"冉求拽了一下子路的衣袖，提醒道。

子路并不买账，继续说道：

"南子是什么样的女人，您与她单独相见这么长时间，就不怕别人说闲话吗？我们都知道您是正人君子，但世上并不是所有人都是正人君子啊！卫君可能怎么想，您想过吗?”

子路一连串的质问，不仅让冉求听呆了，也让孔丘听呆了。半天，孔丘都回不过神来。

子路见此，更加怀疑老师与南子有什么了。于是，继续问道：

“先生，您跟南子到底有没有什么?”

孔丘见子路这种无礼的话都问出来了，于是发急了。指了指天上的太阳，跺了跺脚，说道：

“孔丘若做过什么，老天都会厌弃我！老天都会厌弃我！”

说完，一转身回到屋里去了。

子路与冉求见老师真的生气了，你看看我，我看看你，一时呆在了门口。

因为南子的事，子路等弟子与孔丘闹得很不愉快。为此，孔丘也深感苦恼。可是，更让孔丘感到苦恼的是，到卫都快三年了，卫灵公虽比以前对他更加客气，但就是不给他安排职务，这使满怀治国平天下豪情的孔丘感到非常抑郁。

在抑郁中度过了三年，周敬王二十六年（前494）初，又从鲁国传来消息，说鲁定公已于去年底崩逝，其子蒋继立，是为鲁哀公。为此，孔丘感叹唏嘘了好一阵子。因为一想起鲁定公为善不终，将本已走上正轨的鲁国政治重新引向混乱，使他不得不负气出走，他就无限悲愤；但是，想到鲁国是自己的父母之邦，想到鲁国的前途与未来，他又不能不忧心如焚。

其实，令孔丘忧心如焚的，不仅仅是鲁国不可预测的前途，还有卫国日益不稳定的政局。随着年事渐高，早年知人善用、曾让孔丘充满期待的卫灵公，早已变得越来越糊涂了。贤能之臣如蘧伯玉等人越来越被排斥在卫国的权力核心之外，而弥子瑕之流的佞臣则上下其手，左右着卫国的政局。这一切，孔丘看在眼里，急在心里，却一点办法也没有。因为他只是一个流落卫国的游士，并非卫国的主人，更不是卫灵公的大臣。如果不是蘧伯玉重情重义，留他在其府中长期寄住，他如今在卫国连个立足庇身的地方都没有。因此，他虽明知蘧伯玉贤德而又能干，却不能为蘧伯玉在卫国朝廷争得应有的地位，或为他的屈辱鸣一句不平，因为他没有话语权。

有话语权的卫国忠直之臣如史鱼，虽长期为蘧伯玉鸣不平，但由于奸佞当道，屡谏卫灵公而无结果。最后，史鱼无奈，在病危之时，将其子叫到榻前，嘱咐道：

"我在卫国朝中，不能进荐蘧伯玉，而且未能使弥之瑕遭到罢黜，这是我为臣没能尽到匡正国君之职责啊！生不能匡正君主之过，死也就不必成礼。我死后，你将我的尸体放在窗户之下。这对我而言，也算是尽到为臣之责。"

史鱼之子虽不明白父亲之意，但还是遵从父命，按照父亲的遗嘱做了。

卫灵公获悉史鱼病故，前往史府吊唁，发现史鱼停尸于窗下，觉得不合礼制，遂怪而问之。史鱼之子将其父临终之言和盘托出，卫灵公这时才如梦方醒，大惊失色地说道：

"这都是寡人之过！"

于是，一边令人将史鱼之尸停放于正堂，一边召进蘧伯玉，委以重用，同时罢黜了弥子瑕等佞臣。

当孔丘听到这个消息，并看到蘧伯玉终于被卫灵公重用时，不禁高兴地对众弟子说道：

"古代的正直之士，劝谏国君不成，到自己死了也就算尽职而结束。从未有人像史鱼这样，死了还以其尸谏君，能够以忠诚感动君主，难道还不算是正直之士吗？"

虽然蘧伯玉终于再次被卫灵公起用，但是，卫灵公始终不肯重用孔丘。尽管蘧伯玉多次推荐，但都没有结果。

周敬王二十七年，鲁哀公二年（前493），孔丘已经五十九岁。眼看年届六旬，时不我待的紧迫感让孔丘再也不能保持矜持了。为了能在有生之年一展治国安邦之长才，实现"克己复礼"，恢复周公礼法的理想，孔丘一次在与卫灵公的交谈中，直接跟卫灵公推荐了自己，说道：

"丘虽不才，如果国君能够委我以大用，一月之后便见分晓，三年之内定会有成。"

可是，卫灵公却顾左右而言他，不置可否。这让孔丘颜面尽丧，自尊心受到极大打击。从此以后，他便有意疏远卫灵公。卫灵公即使有事召见他，他也是召见三次才礼节性地晋见一次。

周敬王二十七年，鲁哀公二年（前493）八月初九，金风送爽，丹桂飘香。这天卫灵公兴致特别好，特意派马车接孔丘到宫中庭院赏桂。一番闲谈之后，卫灵公突然对孔丘说道：

"寡人有心振兴卫国，惜武备不整，国力不强。夫子在鲁隳三都，平阳虎，有着天生的军事才能，不知能否给寡人出出主意？"

孔丘想想自己从鲁国到卫国，在卫国前后住了五年多，就是希望卫灵公给他一个治国安邦、一展长才的机会。但是，卫灵公却一再虚意推崇自己，而不予以重用。如今要振兴卫国，就想起要来问计于自己了，天下岂有这样的君主？

想到此，孔丘闻闻桂花之香，看看天上的飞雁，从容不迫地回答道：

"孔丘不敏，俎豆之事则曾闻之，军旅之事未曾学。"

卫灵公一听，顿时默然。他不能再说什么了，因为从孔丘说话的神态与语气，他已经明显感到孔丘对自己是心有怨气的，怪不得最近一年来孔丘与自己的关系是越来越疏远了。

孔丘偷眼看了一下卫灵公，见其低头沉思，也已了解到他的心理。

5. 丧家之犬

周敬王二十七年，鲁哀公二年（前493）十月初一，孔丘召集在卫国的众弟子，郑重其事地跟他们说道：

"承蒙诸位深情厚谊，抛妻别子，舍家弃亲，追随为师来卫，至今五年有余矣。为师本寄望于卫君，希望在此有一番作为。但是，至今卫君都没有重用我的意思。为师年届六旬，来日无多。所以，经过慎重考虑，为师决定离开卫国。不知诸位以为如何？"

大家一听，都理解老师的心情，知道以老师目前的处境，作出这样的决定是明智的。如果卫灵公真的有心要用老师，应该早就重用了。老师志存高远，目标明确，年纪大了，自然会有一种时不我待的紧迫感。于是，大家都点头称是，赞成孔丘的决定。

"好！大家既然都赞成，那我们就准备准备，明天就离开卫国。"孔丘看了看众弟子，语气坚定地说道。

"先生，弟子也觉得不能再这样在卫国耗下去了。但是，有一个现实问题，不知先生考虑过没有？"再求问道。

"阿有，你是说接下来咱们该往哪里去吧。这个，为师也早已考虑过了。"

子路迫不及待地马上接口问道：

"先生，那您准备到哪里去呢？"

"为师准备到晋国去。"

"为什么要到晋国去?"子路又追问道。

"因为晋国现在是由赵简子执政,政治上出现了新气象。为师觉得,目前恐怕只有到晋国,才可能有一些用武之地。"

听孔丘说是因为赵简子执政,才决定要到晋国去,颜回立即问道:

"记得前些年在鲁国时,先生听说赵简子铸刑鼎之事而大为愤慨,认为会导致'贵贱无序',破坏等级制度。甚至还说过这样的话:'晋其亡乎!失其度矣。'如今先生怎么忘了呢?"

孔丘听颜回说起往事,呵呵一笑,说道:

"为师后来了解到,铸刑于鼎,赵简子不是主谋,而是迫于形势被动参与。关于赵简子的为人,请阿赐给大家说说。阿赐前年刚刚回过鲁国,参加过邾子朝鲁的仪式,又周游过一些诸侯国,了解晋国近年来的政局变动情况。"

子贡见老师要他给大家讲讲赵简子与晋国目前的情况,知道是老师要他帮助说服大家,希望大家追随老师一起前往晋国,投奔赵简子。于是,子贡便从容说道:

"晋国历来是由六卿分权,各派矛盾重重,朝廷权力斗争非常激烈。赵简子先祖赵盾,曾为晋国执政,赵氏家族势力也曾如日中天。但是,经过'下宫之难',赵氏地位一落千丈。赵氏大宗则仅存一赵氏孤儿。如果当初没有执政韩厥的援手,赵氏的骨血都难以延续。后来,赵武执政,赵氏势力有所崛起。但赵武之后,赵氏子孙在晋国政坛仍然处于弱势。"

"那么,后来赵氏是怎么咸鱼翻身的呢?"子路迫不及待地问道。

"赵氏咸鱼翻身,其实就是最近几年的事。今年八月刚刚结束的'铁之战',是赵简子政治生命上的一个转折点,它给了赵简子一次树立权威,并掌握兵权的绝佳机会。'铁之战'结束不久,晋国执政智文子荀跞油尽灯枯、寿终正寝,又一次给了赵简子一个绝好的机会,终于让他水到渠成地成了晋国的执政。"

子贡刚说到此,冉求又迫不及待地问道:

"为什么说'铁之战'是赵简子政治生命的转折点呢?"

子贡看了看冉求,又看了看老师与诸位师兄弟,然后从容说道:

"其实,'铁之战'乃是晋国内部斗争的延续与延伸。由于赵简子得到晋侯的支持，使范氏与中行氏在权力斗争中感受到了巨大压力。于是，他们便联合郑国与齐国进攻赵氏。这样，原本是晋国六卿之间为了利益与权势而进行的战争，便扩大为郑、齐、卫、晋等国之间的混战。因为当时流亡于晋的卫太子蒯聩事实上也参与了战争，他是帮助赵氏攻打范氏与中行氏。"

"结果呢？"冉耕急切地问道。

子贡继续说道：

"由于郑、齐两国参战，表面是支持范氏与中行氏对付赵氏，实际上有着自己的政治利益与争霸目的。因此，'铁之战'一开始，赵简子率领的军队处于弱势。但是，在形势非常危急之时，赵简子身先士卒，冲锋陷阵，并在军前当众起誓说：'昔范氏、中行氏逆天命，滥杀无辜，欲擅权而弑晋侯。晋侯赖郑之助，性命得以保全。而今，郑国无道，弃晋侯而助逆臣，所以，我等决定顺天意，听君令，张扬德义，一雪国耻。今日之战，若战而胜之，上大夫得县，下大夫得郡，士得良田万亩，庶人工商业者皆可为官，奴隶则可获自由。若战而不胜，我愿受绞刑。死后以下卿之礼葬之，棺无外椁，运棺之车无饰，不葬赵氏祖茔，以辱先祖之名。若战而胜之，亦愿受国君处分。'结果，全体将士深受鼓舞，一鼓作气，打败了范氏、中行氏与齐、郑联军。"

孔丘点了点头，又扫视了一下其他弟子。

子贡接着说道：

"赵简子执政后，不出一个月就进行了政治、经济、军事改革。政治上，赵简子礼贤下士，选贤任能，重用尹铎、史黯、窦犨等人。并且虚心纳谏，鼓励与表彰敢于犯颜直谏之臣，痛斥唯唯诺诺之士。经济上，赵简子革新田亩制，改原来六卿'百步为亩'旧制，实行以一百二十步为宽、二百四十步为长的田亩制，同时减轻赋税，深得民众拥戴。军事上，奖励军功，以功释奴，大大提高了军队战斗力。"

子贡说到此，孔丘接口说道：

"晋有赵简子，实乃国之大幸也！今吾意已决，往晋投奔赵简子矣。"

于是，师徒立即准备，收拾行装车辆。第二天一大早，告别了蘧伯玉，便急急出发了。

可是，行行重行行，昼行夜宿，师徒十余人走了近半个月，正准备渡过黄河进入晋国境内时，却无意中在渡口听一位刚从晋国来的人说到赵简子刚刚杀了窦犨和舜华两位贤臣的事。这让孔丘顿时如腊月里喝冰水，心里凉透了。站在黄河渡口，望着滚滚而去的黄河之水，孔丘不禁悲从中来，喟然长叹道：

"河水滔滔，汪洋恣肆，多美啊！可惜孔丘不能渡过这条河了，唉，这都是命啊！"

子贡见孔丘无限感伤的神情，连忙趋前问道：

"敢问先生，您刚才的话是什么意思啊？"

孔丘看了一眼子贡，又望了一眼宽阔的河面，长叹一声道：

"窦犨鸣犊与舜华，都是晋国有才有德的大夫啊！赵简子政坛立足未稳时，全仗此二位相助。如今执政得志，便杀了他们，这让人作何感想呢？我听说，一国一地之人，若无仁慈之心，虐杀动物残忍到剖腹取胎的地步，则麒麟不至其郊；若是为了获鱼，而排干湖水，不分大小，一网打尽，则蛟龙不处其渊；若是为了捉鸟，而覆巢破卵，则凤凰不翔其邑。何以然？君子讳伤其类，不愿受到同样的伤害啊！鸟兽对于不义之人，尚且知道避而远之，何况是人？"

说完，孔丘掉头便走，回去歇息。感伤之余，作《盘操》琴曲以悼念窦犨鸣犊与舜华。

感伤了几天，孔丘不得不面对现实，考虑接下来的去向。经与众弟子商量，决定先往曹国，然后再到宋国，毕竟那是自己的祖国。

可是，师徒辗转到了曹国，曹国之君却不予接见，而且对他们非常不礼貌。孔丘感到非常失望，觉得这个国家不是久留之地。于是，决定立即转往宋国。但是，子路提出了反对意见，道：

"上次到宋国已被桓魋所暗算，现在再往宋国，岂非自投罗网？"

孔丘不以为然地说：

"此一时也，彼一时也。那时，为师是因为没有见到宋君。如果见到了宋君，有宋君的庇护，谅他桓魋也不敢加害于我们师徒。此次，为师首先就去拜见宋君。若宋君礼遇，授我以官职，则桓魋无奈我何。若不如意，我们立即离开。桓魋见我们并无留在宋国之意，必不起加害我辈之心。"

众弟子虽然不以为然，但目前亦别无其他出路，只得随孔丘再次前往宋国。可是，没等孔丘师徒进入宋国之都，桓魋就已侦知他们动向，立即暗中派出众多杀手尾随孔丘师徒。一天傍晚，子路到野外出恭，发觉住店周围出现了约有几十个行动可疑之人。这引起了他的警觉，立即回到客店向孔丘报告，并建议孔丘掉头离开宋国，不要再进宋国之都了。

孔丘召集众弟子商量了一番，最后决定往郑国去，明天一早就出发。可是，睡到半夜，突然听到门外有一阵阵的脚步声，杂乱而急促。子路起来，从门缝里往外一看，不禁大吃一惊，原来这帮不明身份的人已经包围了客店。于是，子路立即叫醒大家，跟孔丘商量了几句，大家便立即准备突围，约定若路上走散，就在郑国之都的东门会合。

安排妥当后，子路持剑断后，让大家从后窗逃跑。还好，在夜色的掩护下，大家都从客店突围了出来。但是，经过一夜狂奔，子路发现许多人都走散了，包括孔丘。

子路无奈，只得集合了子贡、冉求、颜回等几位师兄弟，按照事先约定的计划，前往郑国之都。因为他想，既然公良儒、冉耕等人都没见，大概是与老师在一起。有了公良儒、冉耕等人保护老师，老师就不会有性命之忧。

经过近半个月的奔波，子路与子贡、冉求等人终于到了郑国之都。一到郑都，子路与子贡等人就按照在宋国突围那夜的约定，到郑都东门去找老师孔丘及其他师兄弟。等了三天，陆续等到了冉耕与公良儒等师兄弟，却没见老师孔丘。大家一合计，开始着急了。

正当子路等人焦急万分时，第五天有人告诉子贡说：

"东门外有一个老头，身高九尺六寸，眼眶平正而长，额头高而突起。其头似尧，其颈似皋陶，其肩似子产。但是，自腰以下则比禹短了三寸。看他疲惫失落、东张西望的样子，就像是一只丧家之犬。"

子贡立即告诉子路等众位师兄弟，大家立即分头前往东门去找老师。果不其然，在东门口，大家找到了孔丘，却见他穿的不是以前穿的衣裳，而是老农穿的衣裳。众弟子一看，知道老师这是微服逃到郑国的。于是，很多人都心里一酸，眼泪不禁夺眶而出。

大家接到孔丘，并将他安顿到郑都一家客舍后，子路侍候他洗了个澡，换了衣裳。然后，出来与众弟子相见。师徒十余人又开始有说有笑起来。说着说着，子贡突然忍不住将当日东门所遇到的事，以及那位告诉他消息的人所说的话告诉了孔丘。

众弟子都认为子贡平时说话都很得体，今日说话太过唐突了，让老师太没面子了，老师肯定会生气的。正当大家都很着急时，孔丘却呵呵一笑道：

"那人说得很对啊！他对我形貌的描述未必尽是，但他说我像一只丧家之犬，一点没错啊！一点没错啊！"

虽然孔丘有雅量自我解嘲自己的困境，郑国之君却无雅量接纳他在郑国为官，这再次让孔丘感到失望与沮丧。

走投无路之下，他只得再带着弟子们黯然离开郑国，往陈国而去。

第九章 六十耳顺

1. 听其言，观其行

周敬王二十七年，鲁哀公二年（前493）夏，从卫国传来消息，卫灵公崩逝，蒯聩之子立为国君，是为卫出公。

卫灵公的过世，让孔丘颇是感伤。想当初，他从鲁国出走，选择到卫国政治避难，而不去他国，并且一住就是五年，是因为他认为卫灵公除了家事没有处理好，在处理国政、任用人才方面，都堪称明君。只是晚年糊涂了，不仅不肯重用他，而且近小人而远贤臣，致使卫国政局出现了混乱，太子蒯聩甚至逃到晋国，并参与了晋国内部赵氏与范氏、中行氏之间的权力斗争。

而今卫灵公已经不在了，如果当初离开郑国时选择再回到卫国，那么如今郁闷了，恐怕连找个人说说话也难了。还好，离开郑国时他力排众议，选择了来到陈国。虽然陈国之君也没有重用他，但在陈国却比卫国安静。特别令他高兴的是，这段时间他所收的弟子，比在鲁国时还多。因为经常有弟子来问学，络绎不绝，门庭若市，使他在陈国赋闲的这段日子过得很是充实，不至于百无聊赖，这对他也算是一种莫大的精神慰藉。

八月二十七，天气大热，街上的树叶都被烈日晒蔫了。除了赶工过生活的，没有什么人在外面活动。而这一天，正是孔丘五十九岁的生日。尽管暑气逼人，但从一大早起，追随孔丘到陈国的弟子们都络绎不绝地前来给老师祝寿，这给他孤寂而不得志的心灵带来了不少慰藉。

然而，直到午时已过，未时已到，宰予才姗姗来迟。看着午后才来的宰予，孔丘不禁想起了他初投门下的那幕场景。

那是十年前，在鲁国曲阜，也是一个盛夏时节的午后。一场暴雨刚过，原来燥热难挡的暑气顿时消除尽净。孔丘召集弟子，在雨水还未完全干的杏坛开始讲学。在习习凉风吹拂下，树上的水珠不时滴下，打在孔丘的衣服上。难得这么好的天气，难得先生这么好的心情，在杏坛下听讲的弟子们都聚精会神，倾听着老师每一句教导，记着老师所讲的每一个历史掌故。可是，讲学开始后不久，坐在坛下前排新来的宰予却呼呼大睡起来，而且还打起很响的呼噜，惹得周围同学全都倾目而视。孔丘正在杏坛上讲得酣畅，突然听到有人在自己眼皮底下打呼噜，顿时怒不可遏，以未曾有过的严厉口吻呵斥道：

"子我，要睡觉就回去睡吧！"

"啊？"

宰予被孔丘突如其来、声如洪钟般的怒呵及旁边师弟的推搡惊醒后，看到老师在坛上那副从未见过的愤怒神色，这才知道事情的严重性。

未等宰予反应过来而道歉，孔丘又厉声说道：

"真是朽木不可雕也，粪土之墙不可圬也！子我，对你为师还说什么好呢？先前我对他人，总是听其言而信其行，而今恐怕只能改变了，要听其言而观其行。子我，为师今天发生人生态度的改变，都是因你而起。"

孔丘之所以这样说，乃是因为原来对宰予寄予的希望太高。宰予投在他门下时，与别的弟子不同，他已经有了一定的文化水平，能识字，能刻简，加上颇有独立思考的精神，让孔丘对他另眼相看。刚投在门下第一天，便与老师辩论起来：

"父母亡故，服丧三年，时间实在是太长了。君子三年不习礼，礼必崩坏；君子三年不奏乐，乐必荒疏。旧谷既已食毕，新谷既已登场，钻木取火之木已轮换一茬，所以服丧一年也就行了。"

孔丘觉得宰予的想法不对头，遂教育他说：

"父母亡故，不足三年，为人之子便食稻米饭，穿锦缎衣，能够心安吗？"

没想到宰予回答得斩钉截铁：

"心安！"

孔丘觉得他有些离经叛道，遂更加严厉地说道：

"你若心安，你便这样做吧！为师以为，君子服丧，食美味不觉其香，听音乐没有快感，居于家不能心安，所以君子不会那样做。而今你觉得心安，那便这样做吧！"

宰予知道老师生气了，唯唯而退。

孔丘乃喟然长叹道：

"予我真不仁也！子女生下三年，才能离开父母怀抱。子女为父母服丧三年，岂有不可？居丧三年，乃天下之通礼也。难道予我没有从其父母那里领受到三年之爱吗？"

想起这些往事，看着姗姗来迟的宰予，孔丘虽然有些生气，但他始终是赏识宰予那种富有质疑精神的个性，认为他有思想，能够独立思考，不是人云亦云的平庸之辈，应该是一个可造之才。

宰予知道今天老师可能又要生自己的气了，于是放低姿态，首先向孔丘道歉说：

"今天是先生的生日，弟子来迟了，望先生勿怪！弟子自知有许多毛病，也努力去改正。先生曾说过：'过而不能改，是过也。'弟子喜欢白天睡觉的老毛病总是改不了，就真的成了弟子之过了。"

孔丘见宰予这样说，本来想批评他几句，现在倒是不好意思了。

宰予看看老师那迟疑不决、欲言又止的神态，心知老师此时的心理状态，遂接着说道：

"弟子今天来，一是来向先生祝贺寿诞，二是来向先生求教问学的。"

孔丘毕竟是个儒生，有好为人师的毛病。一听宰予是来求教问学的，原来的怒气早就没了，代之而起的是施教授业的浓厚兴趣，遂连忙问道：

"有什么疑惑，尽管说来，为师愿尽其所学，给你解惑释疑。"

"谢先生教诲之恩！以前弟子曾听荣伊说过：'黄帝君临天下三百年。'请问黄帝是人，还是神？怎么能治理天下三百年呢？"

孔丘一听，知道这个好质疑成说的弟子又来事了。但是，想到他提问题是一种好学深思的表现，应该鼓励，遂语气轻缓，耐心解释说：

"禹、汤、文、武、周公之事，目前尚说不清道不明，更何况是前人口耳相传中的上古黄帝之事呢？"

"关于上古的传说，前人或模糊其辞，或众说纷纭而莫衷一是，没有确切的说法，此非君子之道。所以，弟子今天一定要弄清楚。"

孔丘本来是想将此问题搪塞过去，没想到这个爱钻牛角尖的弟子偏要自己说清楚，这可让他犯难了。但是，顿了顿，他决定还是勉为其难地给他一个解释。于是，从容说道：

"好吧，那为师就将我所知道的说给你听听吧。黄帝是少昊氏之子，号轩辕。生而神异，少而能言。幼年时代，即睿智、机敏、诚实、敦厚。成年后，则更是聪颖过人，能运五行之气，创制了五种度量器具。还遍历天下，安抚民众。又牧牛乘马，驯服猛兽。与炎帝战于阪泉之野，三战而克之。从此，天下太平，万民皆能穿上绣花的礼服，逍遥度日。"

"黄帝何以能至此？"宰予疑惑地问道。

"无为而治。"

"何谓'无为而治'？"宰予又追问道。

"所谓'无为而治'，就是遵循自然规律，按自然规律办事，不违背天意，胡作妄为。"

宰予点点头，孔丘继续说道：

"黄帝治民，顺天地之纲纪，知阴阳之更替，明生死之道理。根据季节变化播种百谷，栽花培草，仁德及于鸟兽虫鱼。又观察日月星辰之变化，费心竭力，尽水火之利，造福万民，养育百姓。黄帝在世时，人民得其利、受其惠一百年；黄帝去世后，人民思念他、敬仰他一百年；之后，人民运用他的智慧、感念他的教化一百年。所以说，黄帝君临天下三百年。"

"原来黄帝君临天下三百年是这么回事，弟子明白了。那么，请问颛顼帝又是怎样的一个人呢？"

孔丘见宰予一个问题未了，又来一个问题，虽感到有些招架不住，但还是耐心地予以回答：

"远古五帝，只有传说；近古三王，则可意度。你想一天遍闻远古之说，不是太心急了吗？"

宰予立即回答道：

"先生曾经说过：'小子有疑即问，勿需隔夜。'所以，弟子才敢斗胆请教。"

孔丘见宰予引自己的话来说事，只得无奈地继续往下说了：

"颛顼，乃黄帝之孙，昌意之子，名曰高阳。他沉静而有谋略，旷达而有远见。他生财有道，善于因地制宜种植庄稼，造福于民众。他仰观天象，依循时序变化，根据神灵的意志，制定治国安民的政策。运五行之气以化育万民，虔诚斋戒而祭祀神灵，巡狩四海以安定民心。他治理的疆域版图，北至幽陵，南达交趾，西抵流沙，东到蟠木。因此，天下动静之物，大小之事，日月所照之地，莫不臣属于他。"

不等孔丘歇口气，宰予又迫不及待地问道：

"那么帝喾又是怎样的一个帝王呢？"

孔丘顿了顿，又继续回答道：

"帝喾，乃玄嚣之孙，蟜极之子，名曰高辛。生而神异，自言其名。博施厚利于万民，不谋私利于自身。他聪颖而富远见，明察秋毫，见微知著。仁义而有威望，慈惠而重诚信，并顺从天地自然的规律。他急民所急，苦民所苦，修身而天下服。取地之财而注意节用，教化万民而使他们受益。观察日月星辰之变化，通晓明暗晦朔之道理；明察鬼神之旨，敬而事之。他注重道德修养，待人和颜悦色，举止合乎礼仪，为父母举丧则尽其哀。春夏秋冬，育护天下万物。因此，日月所照之处，风雨所至之地，莫不为之感化。"

"帝喾如此深得民心，那么帝尧又是如何呢？"宰予又问道。

孔丘看了看宰予认真而虔诚的样子，遂又从容说道：

"帝尧，乃高辛氏之子，名曰陶唐。其仁如天，其智如神。接近他的人，都会感受到犹如太阳般的温暖。但仔细看看他，则又如天上行云，自然而平常。他富而不骄，贵而能降。他命伯夷掌管礼仪，令夔、龙职掌音乐。请出贤人舜出来为官，令其巡视作物四季生长情况，要求他凡事务须率先垂范，为民榜样。流放四大恶人于远方，共工逐之于幽州，驩兜驱之于崇山，三苗窜之于三危，鲧殛之于羽山。由此，天下咸服。他谨言慎行，从未说过错话；循规蹈矩，未曾有违道德纲常。因此，四海之内，舟车所及之地，民众无不欢悦。"

见老师如此推崇帝尧，宰予又问道：

"那帝舜怎么样？"

孔丘虽然说得口干舌燥，但对于宰予如此执着地求知，还是颇为感动的。顿了顿，遂又说道：

"帝舜，乃乔牛之孙，瞽瞍之子，名曰有虞。帝舜以孝顺父母、友爱兄弟而远近闻名。他生于贫贱，出身清寒，以陶器为工具，捕鱼供养双亲。他宽厚而温良，机敏而知时，敬畏上天，爱护万民。体恤远方之人，亲近邻里乡亲。他受命而治天下，依靠二位贤妻。他聪明旷达，足智多谋，终为天下之王。尧为天下之主时，舜率二十二臣归附，虔诚而事之。天下太平，风调雨顺，他便巡狩四海，五年一次。舜为天下之王虽仅在位三十年，却职掌天下之事五十年。后至四方之岳接受朝会，死于苍梧之野，并葬在那里。"

宰予立即接口说道：

"帝舜虽是明君，可惜不得好死。"

孔丘一听，立即生气地说道：

"小子无礼！帝舜忠于职守，鞠躬尽瘁，死而后已，乃是千古之明君也。"

"先生莫要动气，弟子失言了！请先生再给弟子讲讲禹帝吧。"宰予一边道歉，一边转移话题道。

孔丘见宰予问到大禹，遂又压住了怒气，恢复了平静。歇了一会儿，慢慢地说道：

"禹乃高阳之孙，鲧之子，名曰夏后。他为人机敏，无事不成。道德高尚，言而有信，仁慈可亲。他说出的话便是法度，做出的事便是规范。他为人勤勉，容止庄重，一言一行都遵纲守纪。他的功德，使众臣都有了归属感；他的恩惠，使万民感戴，视之如父母。他凡事皆遵循一定的准则与礼法，所作所为不违四时之宜。因此，他所统辖的地域能广达四海。他任人唯贤，任命皋繇、伯益为官，襄助治理国家，率六师以平定叛乱。四方之民，莫不臣服。"

孔丘说到这里，早已月华初生，虫声四起，暮色已经笼罩了四野。

宰予看见天色已晚，就想起身告辞。只听孔丘又说道：

"子我，禹之功天高地大，大者如天，小者如我所言。但无论大小，民众都感到非常满意。子我啊，为师以为，你还不是了解帝王之德的人。"

宰予一听，立即明白，老师对他始终是有偏见的。于是，便顺着孔丘的话回答道：

"弟子明白。弟子确实还不配以戒慎恐惧的心情来接受先生的教导。"

虽然嘴上这样说，但宰予告别孔丘之后，心里还是对老师的话耿耿于怀，觉得老师瞧不起他。第二天，他忍不住把心里话告诉了师兄子贡。而子贡不小心，也无意中泄露了宰予的怨言。于是，孔丘脱口而出，感慨地说道：

"我欲以言取人，子我之事让我不得不改变想法！"

宰予听到孔丘跟子贡说了这样的重话，感到非常害怕，很长时间都不敢再向孔丘求教问学。

2. 刑不上于大夫

"今日是先生六十大寿，弟子无以献效，这点礼物聊表寸心。"

颜由一进门，见到孔丘就先施一礼，然后献上大家一起凑钱买的礼物，恭恭敬敬地说道。

子路紧随其后，也一边施礼，一边说道：

"恭贺先生六十寿诞！祝先生健康长寿！"

"祝先生福如沧海，寿比泰山。"子贡说得更是动听。

曾点不甘示弱，连忙紧随其后，说道：

"先生之德，与日月同光；先生之恩，山高水长。弟子敬祝先生福祚绵绵，身体安康！"

接着，冉求、言偃、闵损等人都一一上来给孔丘行礼祝寿，每人都各有说辞。

这是周敬王二十八年，鲁哀公三年（前492）八月二十七，是孔丘流落到陈国后所过的第一个生日，也是他的六十大寿。

六十岁，是人生的重要阶段，更是人生的一种境界。因此，这天一大早，孔丘在陈国的弟子就陆续前来给老师拜寿祝福。而在齐、鲁、卫、宋等国的弟子，则早就数着日子在赶路了。

日中时分，陆续赶到的弟子计有五十多人。孔丘看到这么多的弟子围在身旁嘘寒问暖，心里感到无比的欣慰。虽然政治理想至今无法实现，生活颠沛流离，但至少他还有一批信徒追随他。有了这批信徒传承他的学说与思想，即使在他活着的时候看不到"天下大同"的景象，但是在他身后，周公礼法仍有恢复的希望。

想到此，孔丘一直抑郁的心情好了很多。众弟子见老师今天心情不错，聊着聊着，便有大胆的弟子跟孔丘开起了玩笑。孔丘也不介意，乐呵呵地与众弟子说东道西，师生其乐融融。

后来，子路提出了一个要求，说：

"先生，今天是您的六十寿诞，想必先生有很多人生的感慨吧。是否可以跟弟子们分享一下，让弟子们今后的人生道路更有明确的方向。"

孔丘捋了捋花白的胡须，顿了顿，说道：

"为师十五志于学，三十而立，四十而不惑，五十而知天命。

如今六十矣。"

"那么，六十是什么境界呢？"冉求问道。

"六十耳顺。"

子路立即抢着问道：

"为什么这么说？"

"人活到六十岁，算是什么人生经历都有了，世态炎凉，世道人心，都差不多看够了。因此，对于别人的话是真是假，是好是坏，凭着自己的人生阅历都能分辨出来了。别人对自己的评价，说好说坏，都能泰然处之。这便是'耳顺'的境界。而今，为师差可及之。"

"那么，'五十而知天命'，又是什么样的一种境界呢？"言偃也插上来问道。

孔丘呵呵一笑，说道：

"五十已是半百，人的精力已衰，建功立业已非当时，一切当听天由命，顺其自然了。纵是一个壮怀激烈、豪情万丈之人，在这个年龄也多趋于冷静，归于平淡，能够达观地看待人事，一切随性了。"

"那'四十而不惑'，是不是就意味着人到四十，就没有什么不知道的事，没有不明白的道理呢？弟子而今早已年过四十，但好像还有很多事情、很多道理都不明白。按照先生的话，弟子是不是一个不成熟的人呢？"闵损也接口问道。

孔丘听了，又是呵呵一笑。然后，慈祥地看着闵损，又望了望围在身旁的所有弟子，语重心长地说道：

"那倒不是这样。为师所说'四十而不惑'，只是相对于人生各个不同阶段而言，是就一个人的经历与人生发展的境界而言。不是绝对的。如果绝对地说，即使是为师，至今也算不得达到了'不惑'的境界。"

孔丘刚说到此，子路立即接口说道：

"弟子明白了，先生是说人到四十，是他人生中相对比较成熟的阶段，是吧？"

"正是此意，阿由果然比以前领悟力强了。如果为师说阿由已到'不惑'的境界，也未尝不可也。"

孔丘话未说完，子路早已咧开大嘴笑了。老师今天当着这么多师兄弟表扬他，让他好有面子，感到从未有过的自豪。

"先生，那'三十而立'又是怎样的一个人生境界呢？"冉耕问道。

"'三十而立'，是指人到三十，思想基本定型，对于人生的态度也已经确定，人生的发展方向也已经明确，不会糊里糊涂地过日子了。"孔丘解释道。

"这个境界只有先生才能达到，一般人恐怕很难达到。像弟子这样，到三十岁时，虽天天受先生耳提面命，但仍在糊里糊涂过日子，没有明确人生的发展方向。可见，先生的境界，弟子们只能是可望而不可即。"卜商说道。

正当众弟子还要问孔丘"十五志于学"的情况时，南宫敬叔从鲁国赶到。

孔丘与众弟子一见，连忙问道：

"子容从鲁国来，有什么消息吗？"

南宫敬叔是孔丘的得意弟子，也是孔丘的侄婿。当初就是孔丘作主，将其兄之女嫁与南宫敬叔的。这些年，孔丘一直在国外颠沛流离，家中之事幸有南宫敬叔照料。所以，一见南宫敬叔，孔丘自然就倍感亲切，也急于从他口中了解目前鲁国国内的相关情况。

南宫敬叔先给孔丘施过大礼，祝过六十大寿，然后才从容说道："鲁国冢宰季桓子前几天刚刚过世。他病重期间，后悔过去长期未重任先生，致使鲁国的振兴计划受到影响。所以，临终前，他嘱咐其子季康子，务必要召回先生相鲁。但是，据说是公之鱼坚决反对，百般阻拦，季康子最终改变了主意，现在已经遣使来召冉求回国了。"

众弟子一听，虽为老师感到可惜，但听说师兄弟冉求将被季康子重任，回国就职，还是感到非常欣慰的。于是，大家纷纷向冉求表示祝贺。冉求对大家的鼓励一一表示了感谢，然后诚恳地请教孔丘说：

"先生如何看这件事？"

孔丘不假思索地回答说：

"子有，这是件好事，你应该回去就职。为师而今年已六十，虽有克己复礼、恢复周公礼法的志向，也有时不我待之感，想回到鲁国报效父母之邦，可惜没有机会。所以，你代为师回国实现理想，为师之愿亦足矣！"

"弟子谨受教，遵命就是。"冉求说道。

"既如此，那就回去准备准备吧。"

"今奉命于先生，要回国就职，但心里总有不安，实在是诚惶诚恐。"冉求诚恳地说道。

"有戒慎恐惧之心，就能做好事情。"孔丘鼓励道。

"弟子有一个问题，一直想求教先生。今弟子就要告别先生了，临行前，希望先生能够就此问题为弟子解惑释疑。"

"子有，什么问题？尽管说来。"孔丘直视冉求，慈祥地说道。

"远古圣贤帝王制定法律制度，定下一个戒律：'刑不上于大夫，礼不下于庶人'。依此规定，那就意味着大夫犯罪不能对他施以刑罚，老百姓行事可以不依循于礼，是这样吗？"

孔丘立即回答道：

"不是这样。大凡治君子，不用刑罚，而是以礼驭其心，以礼规范其思想，是因为他们属于有廉耻之节的一类人。因此，古代大夫，若因不廉而被罢黜放逐，一般不说是'不廉而黜'，而是说'簠簋不饬'，意思是说他祭祀时祭器没整理好。"

"是不是说他嘴馋偷吃？"子路问道。

"正是此意，是不廉的一种委婉说法。若因男女无别或淫乱之罪而被斥，一般不说'淫乱'或'男女无别'，而是说'帷幕不修'；若犯欺上不忠之罪，一般不直言'罔上不忠'，而是说'臣节未著'；若因软弱无能、不胜任其职而被罢免，不说'罢软不胜任'，而说'下官不职'；有触犯国家法纪之罪，一般也不直言'干国之纪'，而是说'行事不请'。这五种情况，大夫早就自定其罪了，只是不忍心直言其罪名，这是为其避讳。但避讳的本意并不是开脱，而是使他们感到羞愧。因此，大夫之罪若在上述五种情况之内的，大夫就会自动摘去官帽，整理冠缨，以盘盛水，剑横于盘水之上，以请求自尽。或是直接向君王请罪。君王依法治罪，但不派有关司法官员对犯罪大夫予以拘捕。若是犯有大罪，闻君王有令，立即面北而拜。两拜之后，跪下自杀。君王并不派人拘捕，更不命人直接处死，只是说：'你身为大夫，咎由自取，我对你算是以礼相待了。'正因为如此，用刑用不到大夫身上，大夫也不能逃避其罪行，这便是教化的结果。"

"原来如此！不是先生今日这番解释，弟子就要误解先王制法的本意了，以为'刑不上于大夫'是说大夫犯罪享有刑事豁免权呢。"

见冉求已然明白，孔丘遂又接着解释"礼不下于庶人"道：

"所谓'礼不下于庶人'，并不是轻视庶民百姓，说他们不配讲礼，而是说对于庶民百姓在礼仪上的要求可以放宽。因为庶民百姓生活艰难，整天忙于生计，没有充足的时间详尽地学习有关礼仪之事，所以就不能要求他们懂得完备的礼仪。"

冉求听到这里，连忙跪直身子，并以膝行代步，离开座位，说道：

"先生说得太好了，弟子从未听过如此精辟的解释。请让弟子退下后将这些话记录下来，以传后世吧。"

在场的众弟子也齐声唱喏道：

"弟子谨受教！"

3. 无礼则手足无所措

周敬王二十九年，鲁哀公四年（前491），孔丘来陈国已经有一年多了。每日赋闲在家，甚是无聊，亦很抑郁。幸好有一批追随的弟子在身旁，时时来求教问学，算是给他寂寞的流亡生活添了不少生气。

三月的一天，孔丘正闲在家中，望着窗外云来云去，听着屋外鸟鸣人喧，越发感到寂寞无助。

日中时分，突然子张、子贡、子游三人结伴而来，手里还拿了一些食物，是给老师当午餐的。

孔丘一见有弟子来见，心情一下子就好了起来。师生略为寒暄，施礼落座后，就将带来的食物分而食之。

子贡又去烧了一陶壶热水，拿来四个瓦盏，将水倒满后，先给老师递上一盏，然后子张、子游与自己各一盏。师生四人一边喝着水，一边就开始闲聊起来。聊着聊着，不知怎么聊到了礼。孔丘顿时兴奋起来，说道：

"小子们，坐好！为师今天好好给你们讲讲无所不在的礼。"

子贡一听，立即越席而对道：

"敢问先生，礼究竟有什么样重要的作用？为什么先生说它无所不在？"

对于子贡一连串的问题，孔丘从容不迫地回答道：

"诚敬而不合乎礼，谓之野；恭顺而不合乎礼，谓之谄；**勇敢**而不合乎礼，谓之乱。"

"为什么?"子游问道。

"虽诚敬在心，但行动上率性而为，不合乎礼，给人的感觉就是粗野，没修养。恭顺过了头，不合乎礼，给人的感觉就是谄媚，让人觉得反感。勇于行动，但不是依礼而动，便是鲁莽，结果必然添乱。"

子贡接口说道：

"先生言之有理！不过，敢问先生，具体如何做，才算是合乎礼呢?"

"礼啊，它的作用就是使一切表现得恰到好处。"孔丘回答道。

"弟子谨受教!"

说着，子贡退到席后。

子游越席向前，问道：

"敢问先生，所谓礼，就是把好的方面表现出来，把不好的方面排除掉，是吗?"

孔丘不假思索地回答道：

"正是。"

子贡又越席向前，问道：

"可是，具体说来，又该怎么做呢?"

"郊社之礼，乃祭天地之礼，要让鬼神感受到仁爱之心；禘尝之礼，是夏季于宗庙举行的祭祀祖先之礼，要让祖先感受到仁爱之意；馈奠之礼，乃祭祀死者之礼，要使死丧者感受到来自祭者的仁爱；乡射之礼，是密切同乡情谊之礼，要让同乡感受到乡邻间彼此的仁爱；食飨之礼，乃酒食待客之礼，要让受招待的宾客感受到主人的仁爱。明白了郊社之礼和禘尝之礼，治国安邦就像指画于手掌那样简单。"

说到此，孔丘顿了顿，看了看三个弟子。见其专注向学的神情，遂又继续说道：

"日常生活有了礼，长幼之间才能有所区别；家庭内部有了礼，一家三代人之间才能和睦相处；朝廷之上有了礼，官职大小、爵位高低才能井然有序；田猎之时有了礼，行动起来才能彼此配合默契；军旅之中有了礼，将士才能奋勇杀敌，建立战功。"

说到此，子贡连忙给老师续了一盏水。孔丘呷了一口，又继续

说道：

"宫室营建要遵循一定的法度，祭祀器具要符合一定的形状要求，使用器物要视不同的季节，音乐演奏要符合一定的节拍，一驾马车要有合适的车轼，这些都是礼的要求。鬼神各有不同的供献，丧葬要有适度的悲哀，论辩要有唱答应和之人。这也是礼的要求。"

子游听到此，忍不住插话道：

"怎么有这么多礼？礼简直是无所不在。"

孔丘笑着答道：

"说得对！礼确实是无所不在。百官有了礼，政事才能顺畅运作。如果自觉以礼约束自己，并以礼处理日常生活中的一切事情，那么所有人的言行举止就都能适宜得当了。"

子游听到此，一边点头称是，一边退下。

子张又上前问道：

"先生，您说了那么多礼，那么究竟什么是礼呢？"

孔丘呵呵一笑，道：

"所谓礼，简单点说，就是处理事情的方法。君子遇事，则必有自己解决处理的方法。治国安邦，若是没有礼，那么就会像盲人走路没有帮扶，而茫然不知所向；又像是半夜里在暗室中寻物，而没有烛照。所以，没有礼，我们的手脚都不知该往哪儿放，眼睛不知往哪儿看，耳朵不知听什么，进退、揖让都失了尺度与规范。如此，在日常生活中，就会长幼无别；家庭生活中，三代不能和睦同堂；朝廷之上，就会官爵失其序；田猎之时，就会失去指挥而混乱；军旅之中，将士就会没了杀敌立功之志。如果没有礼，那么，宫室营建就会失了尺度，祭祀之器就会没了规范，器物之用就会没有季节的区分。如果没了礼，音乐便没了节拍，车辆就像缺了轼，鬼神失了四时供享，丧礼没了悲哀，辩说失了帮腔，百官没了职守，政事无法开展。如果不自觉以礼约束自己，并以礼处理日常生活中所发生的一切事情，那么众人的一切言行都会失宜。如此，岂能协调万民，安定天下？"

"先生言之是也，弟子谨受教！"子张、子贡、子游异口同声地说道。

孔丘顿了顿，喝了口水，扫视了一下三位弟子，见其神情专注，遂又接着说道：

"仔细听着，小子们！为师告诉你们，礼有九项，大飨之礼则有四。这些若是都掌握了，纵使他是一个庄稼汉，只要依礼而行，也能成为圣人。两国之君相见，先要相互作揖谦让。之后，才能入门。入门之后，钟鼓齐鸣，二人再行揖让之礼，然后再登大堂。这时，钟鼓之声停止，但庭下奏起管乐之曲《象》。接着，夏钥之乐响起，执事者陈列鼎器供品，按照礼乐规范安排仪式，百官执事一一到位。如此，君子便可从中看到仁爱的精神。两国之君应酬周旋，一切中规中矩，合乎礼仪，就是车上的铃声也会合着《采荠》乐曲的节奏。当客人告辞将出时，奏《雍》曲以送行；撤下供品时，则奏起《羽》曲。因此，君子行事，无一事不合乎礼。入门鸣金，乃表欢迎之情；登堂唱《诗》，意在赞美其功德；庭下奏《象》，是为表现祖先功业。所以，古代两个君子相见，表达敬意不需言语，以礼乐即可表现。所谓礼，就是条理；所谓乐，即是调节。无礼不动，无节不作。不懂赋《诗》言志，礼仪上就会有偏差；不能以音乐配合，行礼就会显得单调乏味；没有高尚的道德修养，有礼也显得虚伪。"

听到此，子贡情不自禁地从席上爬起，站起身来，问道：

"照此说，夔应该算是精通了礼的人吧？"

孔丘立即回答道：

"阿赐，夔是舜帝时代的乐官，难道他不是古人吗？不仅是古人，而且还是上古之人呢。精于礼而不精于乐，叫淳朴；精于乐而不精于礼，是偏颇。夔可能是只精通音乐而不精通于礼，所以后世之人只知他精通音乐的名声。上古时代，一切制度皆见存于礼。制度靠礼来呈现，但实行起来恐怕还得靠人吧。"

子张、子贡、子游三人听到此，顿如醍醐灌顶，茅塞顿开，齐声说道：

"弟子明白了！弟子谨受教！"

4. 生事尽力，死事尽思

"先生今年已是六十一岁了，但至今仍不得重用，流落在陈这样的一个小国，真是天屈其才啊！"子贡叹息着说道。

子路不以为然，说道：

"先生是个道德高尚的君子，但是这个世界不需要道德高尚的君子，只需要奸巧弄权的小人。先生执着于其克己复礼的理想，固守其不与世合作的人生态度，不能变通，不愿与时俱进，所以才处处碰壁！"

子贡默然。于是，二人不再说话，只顾低头走路。

不一会，他们就结伴来到了老师孔丘所居之所。

这天是周敬王二十九年，鲁哀公四年（前491）九月初九，是一年一度的重阳节。

孔丘见子路与子贡一大早就结伴而来，心知其意，不免为之油然而生感动之情。

子贡与子路先向孔丘敬上了一份礼物，然后再跟老师叙礼寒暄。礼毕，师生便落座闲聊起来。由敬老的话题说起，不一会就自然转到了孝道的话题上。

子路问道：

"人生于世，最重要的是什么？"

孔丘毫不犹豫地回答道：

"孝与悌，大概就是为人的根本吧。"

"为什么这么说？"子路问道。

"阿由，你读过《诗》吗？"孔丘以问代答道。

"读过。"

"既然读过《诗》，想必记得《蓼莪》篇吧。"

"弟子当然记得。不仅记得，弟子还会背诵呢。"子路自豪地说。

孔丘饶有兴致地说道：

"那就背给为师听听。"

子路接口就背诵道：

"蓼蓼者莪，匪莪伊蒿。哀哀父母，生我劬劳。/蓼蓼者莪，匪莪伊蔚。哀哀父母，生我劳瘁。/瓶之罄矣，维罍之耻。鲜民之生，不如死之久矣。无父何怙？无母何恃？出则衔恤，入则靡至。/父兮生我，母兮鞠我。拊我畜我，长我育我，顾我复我，出入腹我。欲报之德，昊天罔极！/南山烈烈，飘风发发。民莫不谷，我独何害！/南山律律，飘风弗弗。民莫不谷，我独不卒！"

"好，一字不差！阿由，读了这首诗，你有什么感受呢？"孔丘和颜悦色地问道。

"天大地大，不如父母恩大；河深海深，不如父母恩深。父母之爱，乃天下最无私。"

"说得好！既然如此，孝为人生之本，如何还有疑问？"孔丘反问道。

子路回答道：

"孝为人生之本，弟子没有疑问。只是关于孝的问题，有很多说法，弟子常感困惑。"

孔丘听子路这样说，乃从容答道：

"孝有三：大孝尊亲，其次不辱，其下能养。"

"先生的意思是说，孝并不能一概而论，而是分为不同境界，不同层次的，是吧？"

"正是。一个子女以自己的辛勤劳动赡养父母，使他们吃饱穿暖，这是最低层次的孝，即'其下能养'的境界；子女行为端正，道德无疵，不使父母声名受累，这比仅仅养活父母又上了一个层次，即'其次不辱'的境界；子女能够立德立言立功，使父母扬名于后世，则比养活父母和保住父母声名又要更上一个层次，即'大孝尊亲'的最高境界。"

听老师与子路一来一往说了半天，子贡突然也插进来说道：

"曾记得先生说：'小孝用力，中孝用劳，大孝不匮。'说的也是孝的三种境界吧。"

"阿赐记得清楚。为师确实说过此话，但与刚才所说并不矛盾。所谓'小孝用力'，就是尊长爱幼，忘记自己的劳苦，算是尽力的层次；所谓'中孝用劳'，就是尊重仁者，安顿义者，算是立功的层次；所谓'大孝不匮'，就是广施恩惠，备其物用，让爱推广到更多人，是立德的层次。"

子路听到此，立即说道：

"按照先生所说的孝的三个标准，弟子至今还只停留在小孝的层次。"

"阿由，这话怎么讲？"孔丘宽厚地望着子路，和蔼地问道。

"一个人背着沉重的包袱，跋涉于千山万水之间，累了就会不择地而休息；一个人家庭贫寒，父母年迈，进入仕途时就不会计较俸禄的多少。弟子早年侍奉双亲时，经常以藜藿之类的粗劣食物充饥。但为了父母能吃得好点，经常要到百里之外背米回来。父母过世后，弟子南游大楚，从车百乘，积粟万钟，迭席而坐，列鼎而食。此时，弟子纵使再想藜藿充饥而为父母背米，已是不可能了。枯鱼在索，必生蠹虫；岁月不居，无人不死。二亲之寿，忽如过隙。"

看到子路无比感伤的神情，孔丘连忙宽慰他道：

"阿由侍奉双亲，可谓生事尽力，死事尽思矣！"

"虽如此，弟子事亲仍停留于小孝的境界啊！"子路不无遗憾地说道。

孔丘一听，呵呵一笑，道：

"阿由何必拘泥于为师'为孝有三'之说？生事尽力，死思尽思，亦非人人都能臻至的境界啊！"

子路见孔丘这样说，遂又说道：

"有一个人，他每日起早摸黑，辛勤耕耘，努力种植，手掌与脚板都磨出老茧，只为养活父母双亲。但是，很多人都不认可他是孝子，这又是为什么呢？"

孔丘笑了笑，从容说道：

"想必这个人在侍奉双亲时，或是态度不够恭敬，或是言语不够谦逊，或是脸色不大好看吧。古人有言：人与人的心灵是相通的，你诚心待人，别人也不会欺骗你的。现在这个人拼命劳作，尽力养活父母，若无上述三种过失，如何大家不认可他是孝子呢？"

子路听了，不得不佩服老师分析得鞭辟入里、精辟无比，遂连连点头。

孔丘见此，又继续说道：

"阿由，你记住了，为师告诉你一个道理：纵然是国士，勇力冠天下，亦不能自举其身。非力量不及，其势不可也。一个人如果不注重内在道德的培养，便是自己之过。注重了自身道德修养，但名声仍然不彰，那就是朋友之过了。只要自己注重修身养性，加强道德培养，名声自会不胫而走，传扬四方。因此，君子居家要行为端正，质朴淳厚；出外则要广交贤能之人为友。如此，岂会没有孝子之名？"

子路听了，连连点头。但顿了顿，却又问道：

"什么是孝，如何做到孝，为什么说孝是做人之本，这些道理弟子现在都明白了。只是不明白的是，先生为什么说悌也是为人之本呢？"

孔丘听了不禁莞尔一笑，道：

"悌，就是敬爱顺从兄长。长兄为父，长嫂为母。事兄如父，事嫂如母，如事父母道理一样。能敬爱顺从兄长，岂能不孝敬父母？"

"先生之言是也！"子路与子贡都连连称是。

孔丘又继续说道：

"为人孝而悌，喜欢犯上的可能性就很小。不好犯上，而好作乱的，则几乎不可能。因此，君子修身要抓住根本，只有抓住了根本，才能成为仁德之人。所谓'君子务本，本立而道生'，此之谓也。"

"先生之意，是说孝与悌是为人之本，也是立仁之本，是吧？"子贡问道。

"正是。阿赐果然很有悟性。"

子贡见老师表扬了自己，遂大起胆子，情不自禁地将一直存在心里的一个疑问脱口问出：

"子从父命，就真的算孝吗？臣从君命，就真算忠吗？对于这一点，不知先生有没有怀疑过？"

"你太浅陋了，阿赐！怎么能这样理解呢？以前的贤主明君，一般都有犯颜直谏的诤臣。万乘之主，有诤臣七人，使君主不易犯错；千乘之主，有诤臣五人，使社稷不致有倾覆之危；百乘之主，亦备三位诤臣，使俸禄爵位无废替之忧。"

子贡听了，连连点头。

孔丘又继续说道：

"父有诤子，不致有无礼之过；士有诤友，则不致有不义之举。可见，子从父命，岂能一概而论，认为就是孝行呢？臣从君命，岂能不加辨别，就认为是忠贞呢？能够真正明白应该服从的才服从，这才是孝，这才是忠。"

"弟子明白了。"子贡与子路齐声说道。

5. 礼不足而哀有余

周敬王三十年，鲁哀公五年（前490）三月，一个接连三天阴雨连绵的午后，颜由、子贡、子路、子游四人结伴来看孔丘。

　　孔丘在陈国赋闲已经近三年了，每天除了接待各国慕名追随而来的新老弟子的问学外，没有别的事。所以，有弟子来问学求教或是闲聊，他都感到非常高兴。

　　师生见面后，按照常规叙礼毕，便席地而坐，随意聊了起来。突然，颜由因为来时路见有人哭坟而联想到鬼神，遂问孔丘道：

　　"先生，侍奉君王的道理以前您讲了很多，那么今天是否可以给我们讲讲如何侍奉鬼神才能让鬼神高兴呢？"

　　孔丘答道：

　　"活人尚且不能侍奉好，哪里还顾得过来要侍奉鬼神呢？"

　　四位弟子一听，都觉得很意外，没想到老师原来那么理想主义，经过这些年的挫折，竟然变得如此现实了。

　　子路向来耿直，率性而为，遂顺着孔丘的话，问了一个非常现实的问题：

　　"先生，今天我们可以不说鬼神之事。但是有一个问题，弟子一直弄不明白。人为什么会死，这到底是怎么回事呢？"

　　"未知生，焉知死？"

　　众弟子本以为孔丘一定会讲出一番大道理来，没想到孔丘却只说了六个字就打发了。

　　子贡对讨论生死问题非常感兴趣，见老师今天刻意避而不谈，于是故意绕着弯子说道：

　　"人为什么会死，真的很难说。有的人因战争而死，有的人因溺水而死，还有很多人因病而死，或是因为各种意外的原因而死。但是，也有许多人既无意外，也无疾病，最后也会死。可见，先生说得对：'未知生，焉知死。'"

　　孔丘见子贡如此诠释他的说法，不禁呵呵一笑。

　　子贡见老师态度变得温和，遂连忙问了一个问题道：

　　"人固有一死，谁也逃不过。但不知死人是否有知觉，也就是人死有没有灵魂？敬请先生指教！"

　　孔丘顿了顿，说道：

　　"我若说死者有知觉，则恐天下的孝子贤孙为了安慰死者而破费厚葬，从而影响到他们的生活；我若是说死者没知觉，又怕那些不肖子孙会亲死不葬，弃之不顾。阿赐，你想知道死者有知还是无知，这个问题不是当务之急，以后你会明白的。"

　　子贡听孔丘这样一说，不好再问了，遂诺诺退下。

没想到，子贡话犹未了，子路率尔上前，说道：

"先生今天既避谈鬼神之事，又不愿谈生死之事，不知何故？"

子路此话一出，大家都觉得有些唐突。他们明白，老师岁数大了，怕言生死问题，乃是人之常情。不说鬼神之事，也与此有关。所以，大家都以为孔丘听了子路的话会生气。

可是，孔丘并没生气，而是呵呵一笑，道：

"为师生平从不言怪力乱神。为师的人生态度是，朝闻道，夕死可矣。岂以生死为意？"

子路立即接口说道：

"先生从不以生死为意，弟子们虽不能达到先生的境界，但也能坦然并达观地看待。只是对于我们的父母，他们的生死，我们该如何对待呢？"

"生，事之以礼；死，葬之以礼，祭之以礼。"

子路见老师回答得如此直接而不假思索，遂立即提出要求道：

"关于葬礼与祭礼，以前先生从未跟弟子们说过，我们对这一方面的礼仪知识都不甚了了。不知先生今天能否跟弟子们好好讲讲，也好让我们补上这一方面的知识欠缺。"

"阿由好学深思，为师有什么不愿意的呢？有什么问题尽管问，只要为师知道，定当知无不言，言无不尽。"孔丘爽快地说道。

"卞邑有一个人，死了母亲，哭得像个孩子似的。这符合礼吗？"

孔丘断然回答道：

"哭得像个孩子似的，可见其出乎真心。不过，哭得尽管够悲哀，但恐怕难以为继，没人能够学得了。因为礼是为了传扬，可以让人去学去做。所以，丧葬之礼的哭泣与跺脚都是要有一定节度的，变服除丧也要有一定的期限。"

子游接着问道：

"昔鲁国大夫孟献子禫祭除服之后，却仍然挂起乐器而不演奏，可以与妻妾同房而不为之。像孟献子的这番作为，是否已经超过了礼仪的规定了呢？"

"孟献子这是高人一等的表现啊！"孔丘情不自禁地赞道。

子路听了立即反驳道：

"先生刚才不是说丧祭之礼要有节度，才符合礼吗？怎么对于孟献子则又是另一个标准呢？"

孔丘呵呵一笑，道：

"阿由，你只知其一，不知其二。君子律己，多多益善。孟献子乃鲁国巨卿，居丧严格要求自己，这不是以身作则，为民垂范的表现吗？"

"先生的意思是说，守礼，于君子可以从严，于小人可以从宽，是吧？"子游问道。

"正有此意。"

子路见此，连忙说道：

"这样说来，弟子倒想起了一件往事。"

"什么往事？"孔丘饶有兴致地问道。

"昔日在鲁国时，有一个人早上刚脱下丧服，晚上就唱起了歌，弟子笑话他，先生却说：'阿由，你怎么对他人的要求那么多？他守丧三年，已经很久了，不容易啊！'今天弟子才明白，原来是先生对小人守礼要求从宽。"

子路话音刚落，子贡立即接口说道：

"子路说得对。当时先生说完这番话，子路出了门，我悄悄问了先生一句话：'那人等多久再唱歌才算合礼呢？'先生回答说：'要是再等一个月，就更好了。'先生当时跟子路说那番话时，确实是有从宽要求小人的意思。"

"阿赐记得清楚，也了解为师的意思。"孔丘捋须欣慰地看了看子贡，说道。

颜由见此，立即接口说道：

"弟子也记得一件往事，那是先生带着我们弟子们往齐国的路上，看见一个家境赤贫的汉子，守着死去的父亲哭得非常悲伤。子路情不自禁地感叹说：'真是让人伤感啊，没钱真让人无奈！父母生前无法供养，死后则无法办理丧葬。'记得先生对我们弟子说：'父母在世，尽管天天喝豆汁、饮清水，只要使他们感到精神愉快了，那也是孝啊！父母死后，即使无钱置办棺椁，只要衣能蔽体，尽自己的财力，殓毕就予以安葬，这也是礼啊！有没有钱，又有什么关系呢？'现在想来，这也是先生体谅小人难处的表现吧。"

颜由言犹未了，子游立即接口问道：

"说到棺椁，请问先生，不知古代丧葬之礼在棺椁、寿衣等丧具方面有什么要求？"

"这要根据家庭经济条件而定。也就是说，丧葬的丰俭要与其财力相称。”

子游立即问道：

“根据家庭经济条件而决定丧葬的丰俭，这符合礼的要求吗?”

“礼，体现的是一种态度。家境殷实的，不要越礼厚葬；家境贫寒的，不要顾及体面而硬性攀比。收殓时，只要衣裳能够蔽体，殓毕即葬，纵使以绳吊着棺木下葬，只要是尽心尽力地办丧事，谁会责备说是失礼了呢? 丧葬之事，与其哀不足而礼有余，还不如礼不足而哀有余。”

“先生的意思是说，与其讲究礼仪形式，对死者没有悲伤悼念真情，还不如不讲礼仪形式而极尽悲哀感念之情。”子贡诠释道。

孔丘笑着点点头，说道：

“阿赐说得对，正是此意。”

子贡得到老师鼓励，遂又提出了一个问题：

“听说殷人与周人在葬礼方面是存在差别的。比方说，殷人是在死者下葬后，于墓地当场慰问孝子。而周人则是在葬礼结束、孝子回到家里号哭时才慰问孝子。请问先生，这二者之间究竟有什么实质性区别吗?”

“葬毕死者，孝子回家号哭，亲友上门慰问他，是因为此时为孝子哀痛至极的时候。”

“为什么呢?”子路不明白，连忙插上来问道。

孔丘看了看子路，顿了顿，说道：

“葬完亲人，回家一看，亲人的一切都没有了，必然触景生情，这岂不是最为痛苦的时候? 所以，亲友这时候来慰问他，是最恰当的。死，乃人生最后一件大事，也是很神圣的一件事。殷人在葬毕死者，于墓地间慰问孝子，就算了事，这种礼仪太过诚实淳朴了。所以，在慰问孝子的时间节点上，我赞成周人的做法。但是，在袝祭时间上，我则倾向于殷人的做法。殷人举行袝祭，是在同年练祭之后的第二天举行，地点放在祖庙。周人袝祭的地点虽也在祖庙，但袝祭的时间是放在卒哭后的第二天就举行。袝祭，祭祀神灵的开始，是非常严肃的仪式。相比而言，周人在袝祭方面操之过急，做得仓促。所以，在这一点上，我赞成殷人的做法。”

“先生说得透彻，弟子明白了。不过，弟子这里还有一个问题，需要先生指教。”子贡说道。

“但说无妨。什么问题?”孔丘问道。

子贡连忙说道：

"为父母举丧，最要紧的是什么？"

"记住九个字：'敬为上，哀次之，瘠最下'。"

"弟子不敏，先生请道其详。"子贡诚恳地望着孔丘说道。

"所谓'敬为上'，是指内心要虔诚；所谓'哀次之'，是说哀伤之情表现出来，要比内心虔诚次一等；所谓'瘠最下'，是说一个人因为失去双亲而外表消瘦憔悴，是又次一等。"

"弟子明白了，对父母养育之情的感念与失去父母的哀伤之情，不是装出来给人看的，而是一种内在真诚的感动。"

孔丘又说道：

"除此，还要记住八个字：'颜色称情，戚容称服'。"

"此何谓？请先生明以教我。"子贡诚恳地央求道。

孔丘顿了顿，看了看子贡，再看了看颜由、子路、子游，然后从容说道：

"所谓'颜色称情'，就是脸上的表情要与内心的悲哀之情一致；所谓'戚容称服'，是说悲哀的表情要与丧服的差等相吻合。这样，才算真正地合乎礼。"

"弟子谨受教！"四位弟子异口同声地说道。

第十章　游　楚

1. 厄陈蔡

光阴似箭，日月如梭。到周敬王三十一年，鲁哀公六年（前489）春，孔丘在陈国已经度过了整整三年的时光。

在这三年里，孔丘的生活虽然平淡平静，涟漪不起，却过得闲适恬然。在与从各诸侯国前来问学的弟子们交流切磋之中，他感到是幸福的。看着他们的学问日益进步，自己"克己复礼"的思想主张为更多弟子所理解，他感到莫大的安慰。

这年三月的一天，孔丘接待过几批弟子问学后，日中时分正想休息一下，子路来了。

子路见孔丘每天跟众弟子切磋学问，乐而忘忧，似乎早就把自己的理想抛到了九霄云外，于是，信口问道：

"君子也有什么忧愁吗？"

孔丘不假思索地回答道：

"没有。"

"没有？何人会没有忧愁？"子路不以为然地反问道。

"君子修行，在优良品德未养成时，会为自己有追求上进的想法而快乐；优良品德养成后，又会为自己修养成功而快乐。因此，君子一生都是快乐的，没有一日是忧愁的。但是，小人则不然。在他未得到所追求的东西时，因担心得不到而整日忧愁；当他得到所追求的东西时，又担心得而复失而整日忧愁。因此，小人只有终身之忧，而无一日之乐。"

孔丘话音未落，子路立即反问道：

"先生如今是乐而忘忧吧？"

"得天下英才而教之，为师何忧之有？不乐何为？"

子路听了，不禁莞尔一笑。心想，老师怎么这样不诚实，他这些年一直不得志，到处求售却到处碰壁，明明每天都过得很不开心，却硬要装得很快乐的样子，还要说些言不由衷的违心话。

想到此，子路就想反驳一下老师的违心之言。但是，还未开口，颜回兴高采烈地进来了。

颜回一向深沉稳重，很少有喜形于色的表情。孔丘见颜回一反常态，遂连忙问道：

"阿渊，怎么这么高兴啊？"

"先生，您猜猜看今天会有什么高兴的事？"颜回笑眯眯地反问道。

孔丘摇摇头，表示猜不到。

颜回见此，不再跟老师卖关子，连忙说道：

"南宫师兄来看望您了，就在门口呢。"

孔丘一听，立即站起身来，并情不自禁地往外就走。但是，还未出门，南宫敬叔已经进来了。

师生相见，悲喜交加。互道别后思念之情后，二人又彼此认真地打量了对方。南宫觉得老师老多了，但精神好像还不错。孔丘看南宫，胡子虽然长得更长了，头上好像也添了几根白发，但明显比以前更沉稳了，颇有些政治家的气质。

略略说了些闲话后，孔丘立即向南宫打听这些年来鲁国政坛的情况。南宫一一向孔丘作了汇报，而且特意提到了上次随自己回国任职的冉求在鲁国政坛的表现。孔丘听了，感到很高兴，觉得自己培养人才还是有成果的。

在陈国盘桓了二日后，南宫又告别孔丘回国了。孔丘又恢复了每日与弟子讲论的平静生活。

一天，孔丘正跟颜回讲君子修身的问题，谈得正投机，突然子贡急急地进来了。

"先生，不好了。"

"何事惊慌？到底出了什么事？"孔丘见子贡神色不对，连忙追问道。

"吴国又派兵伐陈了。"

"上次吴国已经无故出兵伐陈，此次又无故伐陈，意欲何为？"子路问道。

孔丘不假思索地说道：

"吴师伐陈，其意不在陈，而在楚。伍子胥逃楚投吴，其意即在借吴王夫差之力而报杀父兄之仇。你们不用慌张，陈乃楚国盟邦，吴师伐陈，意在挑战楚国，楚国必然出师相救。"

果不其然，没几天就传来消息，楚国军队已经跟吴国军队打上了。不过，虽然前线上有大国楚国相挺，但陈国民众一听说大国吴国军队来伐，立即人心浮动，国内一片混乱。

孔丘看看形势不对，立即召集众弟子前来商议对策。

众弟子聚齐后，孔丘首先开言道：

"危邦不入，乱邦不居，此乃君子为人处世之道。今陈外有吴师攻伐之忧，内有政治混乱之患，所以，为师以为，我们不如暂时离开陈国。"

"陈国虽小，却是先生目前寄身最安定的国家。如今要离开陈国，又能到哪里去呢？"子路问道。

"为师准备到楚国一趟。"

"先生是想到楚国投奔楚王吗？楚都离此可不近啊！"公良儒说道。

孔丘回答道：

"现在，吴楚交战，我们不去楚都见楚王。"

"那先生要到楚国什么地方去？"冉耕问道。

"负函。"

"去负函干什么？如果是避难，那何必一定要到负函呢？"子路问道。

"因为那里有一位贤大夫，名叫沈诸梁，人称叶公。前些年，我们刚到陈国时，他曾托人给我捎信，希望能够与他见一面。负函离此不远，现在正好趁此去一趟。一来可践朋友之约，二来可以短期避难。如果陈国形势稳定，我们立即回来也方便。"

一听老师要去拜访叶公，众弟子都表示同意。因为大家对叶公早有所闻，知道他是楚国的贤大夫。叶公是楚国王室子弟，曾祖父乃春秋五霸之一的楚庄王。其父沈尹戌，乃楚之名将，在吴楚之战中屡立战功。后楚昭王感念沈尹戌之功，封二十四岁的沈诸梁为楚国方城之外的北方重镇叶邑之尹。沈诸梁至叶，采取养兵息民、发展农业、兴修水利的政策，很快将叶邑治理得井然有序，呈现出一派繁荣景象。为此，不仅叶邑民众拥戴他，楚国朝野及四境之诸侯亦对之敬重有加，称之为叶公。

商议已定，第二天一大早，孔丘便在众弟子的陪同下，悄然离开了陈国之都，往楚国负函而去。但是，路出陈、蔡二国交界之地时，因为师徒人数较多，一路浩浩荡荡，引起了陈、蔡两国大夫的注意，他们相聚而谋道：

"孔丘，乃一代之圣贤。他经常指摘批评各诸侯国的政治弊端，每每都切中要害。他杏坛聚徒，弟子遍天下，贤能者如子路、子贡、冉耕、公良儒等，或文或武，都是治国安邦的良才。如果他到了楚国，并为楚王所重用，楚国则如虎添翼，那时我们陈、蔡二国就危在旦夕了。"

当孔丘师徒走到陈、蔡二国交界的两座山之间的一个山谷时，还没等他们在山脚下那个路边茅店安顿下来，就被陈、蔡二国的数百名士兵团团围住。

由于山谷两头被陈、蔡二国士兵阻断，孔丘师徒既不能出，也不能进，更无法与外界联络。由于师徒共二十余人，小店的食物根本无法供应。到了第三天，大家就断炊了，连藜羹这样粗劣的食物也没得吃了。众弟子都是年轻力壮之人，一顿不吃都饿得慌，更何况一两天没进食呢？于是，大家就在山间找些蕨菜，洗一洗，用清水煮一煮，就算食物了。因为才是三月暮春时节，山中树木尚未挂果，无果可采，而蕨菜之类又很有限。所以，到第四天时，大家就彻底断炊了。

断炊的第二天，随从的弟子都感到困苦不堪。但是，孔丘仍然坚持要给弟子们讲学，并弦歌不绝。子路见大家困顿如此，而老师仍然像没事人似的，甚至还到山谷欣赏兰草，并操琴而为《倚兰操》。于是，忍不住冲进孔丘所住的茅屋，问道：

"先生，这种情况下，您还弦歌不绝，合乎礼吗？"

孔丘继续弹琴唱歌，并没理会子路。等到一曲终了，才对子路说道：

"阿由，你过来。我告诉你：君子爱好音乐，是为了使自己不放纵不骄傲；小人爱好音乐，是为了消除心中的恐惧。你们追随我这么多年，有谁不了解我呢？"

子路觉得老师说得有理，并为其临危不惧的气度所感染，于是高兴地操起兵器舞了起来，直到三次乐曲终了才告辞而出。

到了断粮的第六天，许多弟子都病倒了。但是，孔丘仍然要给弟子讲学，并弦歌不辍。见大家都无精打采，孔丘召子路而问道：

"《诗》曰：'匪兕匪虎，率彼旷野。'意思是说，不是犀牛，不是猛虎，却都跑到旷野中。我们今天不正是如此吗？难道是我的思想与政治主张错了？不然，怎么到了今天这个地步呢？"

子路本以为孔丘要教导他什么，不意却是找他来发牢骚，在怨天尤人。于是，多天以来的憋屈再也忍不住了，面带生气的表情，对孔丘说道：

"既为君子，那么世上就没有什么能让他感到困扰的。想必先生或是因为还不够仁德，所以别人才不相信您，不重用您；或是因为先生还不够聪明，所以各诸侯国才不愿推行您的政治主张。记得以前先生曾教导弟子说：'为善者，天必报之以福；为不善者，天必报之以祸。'今先生积德怀义，长期以来一直在推行您的政治主张，怎么也会走到今日如此困顿之境呢？"

孔丘听了，并不生气，而是语气平和地说道：

"其实，你并没真正了解我。那我现在就告诉你吧。你以为仁德的人就一定会得到信任吗？如果是这样，那么伯夷、叔齐就不会饿死于首阳山中了；你以为聪明的人就一定会得到重用吗？如果是这样，那么比干就不会被剖腹掏心了；你以为忠诚之人就一定会得到报答吗？如果是这样，那么关龙逢就不会被杀了；你以为忠君之谏就一定会被采纳吗？如果是这样，历史上就不会有那么多忠臣因为谏君而被杀了。"

"那么，先生以为这是为什么呢？"子路还是气鼓鼓的，不以为然地问道。

孔丘看了看子路，接着说道：

"一个人能否被人赏识而获得人生的种种机遇，那全要看他的运气；而一个人是否贤能，则是要看他是否真的有才能。学识渊博、深谋远虑的君子，终其一生，不被赏识，不被人重用，实在是太多了，何止是我一人？但是，芝兰生于深林，不因为无人欣赏而不香；君子修道立德，不因为遭遇困顿、穷愁潦倒而改变志向。为善与否，在于个人；生死富贵，则在于天。因此，重耳称霸之心生于曹卫，勾践称霸之心生于会稽。位卑而无忧者，一定是因为他思之不深，没有远虑；立身处世，而贪图安逸者，一定是因为他没有远大的理想与志向。这样的人，哪里用得着考虑自己的生死呢？"

子路唯唯而退后，孔丘又将子贡叫了进来，把对子路说过的话，再对他说了一遍。子贡听后，说道：

"先生的学说，博大精深。先生的主张，宏阔高远，故天下没有人能够接受。先生为什么不面对现实，标准稍微放低一点呢？"

孔丘喟然长叹道：

"阿赐呀，出色的农夫也许懂得如何播种，但未必就懂得如何收获；优秀的工匠也许能够做出精巧的器具，但未必懂得如何修理。君子能够提升自己的道德修养，创立自己的学说，抓住其关键，理清头绪，但是别人未必就能理解并接受。而今，你不思主动提升自己的道德修养，创立仁德的思想主张，却一心想着如何使别人接受。阿赐呀，看来你的志向不够远大！你的思虑不够深远！"

子贡唯唯退下后，孔丘又将颜回叫了进去，把刚才对子路与子贡说过的话再对他说了一遍。颜回听完，略作思考，回答道：

"先生的政治主张，志存高远，博大精深，但天下没有人能够接受。即便如此，先生您仍然执着地予以推行。先生主张不见用于世，乃当政者之丑，先生何必为此而忧心呢？先生的主张没被人接受与践行，这是曲高和寡，正可见先生的君子本色呀！"

孔丘听了颜回这番话，欣然感叹道：

"不愧为颜家之子，真有修养！假若你有很多钱，那我就来做你的管家吧。"

颜回莞尔一笑，道：

"先生真会说笑！"

到了第八天，孔丘师徒终于可以说笑了。

由于陈、蔡二国大夫动用士卒太多，山谷中时有士卒喧嚣之声传出，闹出的动静很大，结果让楚国驻守陈、蔡边界的军队侦知了情况，立即前往山谷驱散了陈、蔡二国士卒，使孔丘师徒被围困了七天七夜后获得了自由。

危难过后，孔丘师徒又重新向叶邑出发了。子贡抓住缰绳，对大家说道：

"诸位兄弟，此次我们追随先生遭此厄难，恐怕一生难忘了！"

孔丘登车凭轼，捋须远望，欣然说道：

"善是什么？恶是什么？陈、蔡之间遭此厄难，乃丘之幸也！诸位追随我而遭此难，亦为大幸也！我听说，一国之君不受厄难，则不能成就王业；胸怀壮志、重义轻生之士，不遭厄难，则不足以彰显其高风亮节。怎知我辈发愤励志，不始于陈、蔡之厄呢？"

看到老师如此达观，又是如此自信，众弟子深受感染。于是，大家又精神抖擞地上路了。

2. 往者不可谏

周敬王三十一年，鲁哀公六年（前489）四月初二，走出幽兰之谷的孔丘师徒进入了楚国北部境内。

在一个市井凋敝的小镇上，孔丘师徒一行正一边走一边向街道两旁观看着。突然，一个衣衫褴褛的中年汉子，剪掉了头发，敞开衣襟，跟着孔丘乘坐的马车窜前跃后地跑来跑去。孔丘觉得这个人好怪，怕马车撞到了他。于是，让执辔的公良儒将马车停了下来。

孔丘从车上探出头来，刚想问他是何人时，却见那人绕着他的马车不停地转圈，一边转圈，还一边拍手唱歌道：

"凤兮凤兮！何德之衰？往者不可谏，来者犹可追。已而，已而！今之从政者殆而！"

孔丘听了半天，才从他那浓重的楚语中听出其所唱的内容。公良儒始终没听明白，于是，就回过头去，问孔丘道：

"先生，您听懂了这个怪人的话吗？"

孔丘点头说道：

"为师听懂了，但是这个人不是怪人，而应该是隐士。"

"那他唱的是什么意思呢？"公良儒追问道。

孔丘微微一笑，但从表情看，公良儒知道老师笑得颇是无奈。

"先生，这人到底唱的是什么意思啊？"公良儒再次追问道。

"他说，凤啊凤啊，你的德行怎么衰退了？过去的事就不必再说了，将来的事还来得及。算了吧，算了吧！如今的那些从政者，都是很危险的啊！"孔丘只得将那怪人所唱歌的内容给公良儒解释了一遍。

"他是将先生比作凤啊！"公良儒兴奋地说。

"将我比凤，那是谬赞。他的中心思想是要我不要再从政了。"

"为什么呢？"公良儒又问道。

"为师也不知道。待我下去问问他。"说着，孔丘便从车上跳了下来。

可是，没等孔丘走近，那人立即快步跑开，避而远之。孔丘没能跟他说上只言片语，只好悻悻地再爬上马车，望着他的背影远去。

马车又走了一会，孔丘师徒来到了小镇一头的一家客店前。子路建议说：

"先生，我们就在此停下休息一会吧，吃点饭，休息一夜，明天再赶路，也不耽误多少时间。听人说，负函还远着呢。"

孔丘点点头，大家便都从马车上跳下来。

安顿好以后，大家便让店主给准备饭菜。在等饭菜的时候，公良儒出于一探究竟的好奇心，问店主道：

"老板，我们今天在街上碰到一个怪人，不知您认识他不？"

"客官，你说说看，他是怎样的怪？"

公良儒从容说道：

"他的头发剪得很短，而且乱糟糟，就像一个乱鸡窝。穿了件破衣，又脏又臭，还把衣襟敞开来。见到我们马车过来，迎面直撞过来。我们停下马车后，他又绕着我们马车手舞足蹈，嘴里唱着不知什么歌。"

公良儒话音刚落，店主就呵呵一笑道：

"这人我知道，姓陆，名通，字接舆。他本来也是一个读书人，在楚国也是一个很有名的士。听说，他因看不惯官场黑暗，又对楚国社会不满，于是就把头发剪掉，假装发疯，从此不再做官，隐居山里，躬耕自食。因为行为古怪，所以人们给他取了一个外号，叫'楚狂'。"

孔丘听了，暗暗地点了点头，并轻轻地嘘了一口气。公良儒冷眼旁观，心里明白，老师肯定是知道这个楚狂，因此听了他的身世，想起他刚才所唱的歌而有所感慨。

又走了几天，孔丘师徒已经进入了叶邑境内。一路不曾多说话的颜回突然兴奋起来，说道：

"先生，马上就能见到叶公了。"

孔丘点点头，目光却望着远方。

随着颜回的兴奋，子路、子贡、冉耕等人也都兴奋起来，一边坐在车内观看着两旁的楚国平畴沃野，一边三三两两地聚谈着到达叶邑后的安排。

"吁！"

一直赶着马车，走在前头的公良儒突然收住缰绳，行进中的马车戛然而止。

由于马车之前一直跑得很快，突然收缰刹车，让坐在车中凝神思考的孔丘差点从车中被颠了出去。

"阿儒,怎么啦?"孔丘吃惊地问道。

"先生,前面没路了,是条河。"公良儒回答道。

"那让子路去问问人吧,看哪里有渡口。"

"是,先生。"

公良儒停稳了马车,就跳下去找后面马车上的子路。

子路闻命,立即前往问路。但是,找了半天,在河边都没看见一个人。于是,就转向离河边较远的地方,看看前面有没有村庄。可是,走了半天,没发现什么村庄。于是,子路失望而沮丧地往回走。快走到他们停车的地方时,一转身却突然发现,就在他们停车不远处的田里有两个人。子路连忙走过去,发现是两个中年汉子,他们正在犁田,但却没有牛。是一人在前面拉犁,一人在后面扶犁。过一会,两人调换。看样子,这二人配合颇是默契。

子路看了一会,然后轻手轻脚地走过去。等他们停下来稍歇时,才恭恭敬敬地说道:

"二位,打扰了。"

那两个汉子突然看到一个陌生人悄无声息地站到身后,都吃了一惊。

子路又开口说道:

"敢问二位怎么称呼?"

其中的一个汉子打量了子路一下,回答道:

"我叫长沮,他叫桀溺。您是外乡人吧,请问有什么事要我们帮忙吗?"

"我们要往楚国叶邑去拜访叶公。走到这里,发现没有路了,前面是条河。不知附近什么地方有渡口,请二位指教!"说着,子路给他们深施一礼。

那个叫长沮的汉子问道:

"请问坐在第一辆马车内的那个高大的汉子是谁?"

"是孔丘。"子路回答道。

"是鲁国孔丘吗?"长沮又问道。

"正是。"

"既然他周游列国,应该熟悉道路,渡口就不必问我们了。"

子路无奈,只得转向桀溺。

桀溺没有回答子路渡口在哪,而是反问子路道:

"请问您是哪位?"

"我是仲由，字子路。"

"那么，你就是鲁国孔丘的弟子喽？"桀溺问道。

"正是。"

桀溺接着说道：

"今天下诸侯纷争，世事混乱，犹如这滔滔洪水，谁能力挽狂澜，跟你们一道去改变这种局面呢？你与其追随孔丘这种逃避恶人的君子，还不如追随我们这样逃避整个社会的隐士。"

说完，桀溺又继续以土覆种，劳作如故。

子路无奈，只得跑回来，将二人所说的话一五一十地说给孔丘听。孔丘怅然若失，喟然长叹道：

"人不可以与鸟兽同群。世道虽乱，但我们不与世人在一起，又能与谁在一起？逃避现实，不是解决问题的办法。正因为现在是乱世，所以我们要奋起拯救，使昏浊的乱世重新变成澄清的治世。如果天下太平，我就不与你们一起周游列国，颠沛流离，来努力从事改革了。"

一席话，说得众弟子感慨万千，深为老师拯万民于水火的阔大胸怀而感动。

望着滔滔奔流的河水，孔丘师徒感慨、感动一番之后，只得面对现实，自己寻找渡河之津。

孔丘师徒一路逢山绕路，遇水乘舟。五月初的一天，师徒贪图赶路，结果走到一片广阔的山野中，太阳快下山了，还没见一个村庄。孔丘让大家把马车停下，让子路徒步从小路往山脚下看看有没有可以借宿的村庄。

走着走着，天色越来越晚，找了半天也没发现有一个村庄。子路急了，连忙往回赶。若是天黑前赶不回去，老师与诸位师兄弟一定会着急的。若是大家走散了，既会耽误往负函的行程，又要让老师与师兄弟们担心。可是，越是着急，却偏偏在暮色中走岔了路。结果，越走越远。最后，无奈只得持剑倚着一棵大树半睡半醒地靠了一夜。

第二天，子路连方向也不辨了，不敢再走了。于是，找到一条大的道路，站在路口，等待有人来时再问。等了半天，晌午时分，远远看见一个老者，满头银发，胸前飘着银须，用拐杖挑着除草用的工具，正迎面走了过来。

子路一见，惊喜万分，连忙迎了上去，恭敬而亲切地问道：

"老伯，您从哪里来？路上有没有见过三辆马车？"

老者不假思索地说道：

"昨天傍晚时，好像是看到过有几辆马车在前面的路上徘徊。"

"那么，您见到第一辆马车上坐着的一个身材高大的老人了吗？"子路急切地问道。

老者点了点头。

子路高兴地说道：

"那么，您是见到过我的先生喽？"

老者打量了一下子路，面露疑惑不解的神情，问道：

"你的先生是谁啊？老朽如何知道？"

"我的先生就是鲁国的孔丘，人称孔圣人。"

老者一听，面露不屑的表情，说道：

"哦，就是那个四体不勤、五谷不分的孔丘啊！老朽哪里知道他就是你的先生？"

说完，老者将拐杖插在地里，开始除草。子路想从他那里知道老师现在到底在哪，只好恭敬地拱手站在一旁，看着他除草。

约过了一个时辰，老者拔起插在地里的拐杖，准备回家。见子路还恭敬有加地拱手站在一旁，颇为感动。遂招呼子路跟他一起回家过夜，并杀鸡做饭盛情招待，又让两个儿子出来相见。

第二天，老者将子路送出大门口，指着门前的道路，比划了几下，告诉了孔丘马车所在的方向。子路连忙出发，一路紧赶，总算找到了焦急等待他一天两夜的老师与诸位师兄弟。

子路见了孔丘，将迷路情况及老者招待之事详细地作了报告。孔丘听完，不假思索地说道：

"这是一个隐士。"

于是，孔丘连忙让子路再回去见见那个老者。可是，子路返回后，却发现大门紧闭，老者及其两个儿子的身影都不见了。子路只得悻悻地回来，将情况报告了孔丘。

孔丘听了，喟然长叹一声。然后，继续向负函方向而去。

3. 叶公问政

虽然一路遇到很多怪人，都劝他不要再从政了，但孔丘还是抱着极大的希望来到了负函，希望见到叶公后，能够得到他的推荐而从政，从而实现其"克己复礼"、再造周公盛世的政治梦想。

周敬王三十一年，鲁哀公六年（前489）六月十三，孔丘率众弟子终于到达了楚国叶邑的负函。

负函地处楚国方城之外的北疆，与北方多个诸侯国交界接壤。所以，这里南来北往的客流特别大，来自各诸侯国的消息也特别多、特别快。

六月十四，一大早，孔丘就起来了，正想安排一位弟子前去打探叶公的住所，并与之约定拜访的时间。就在此时，子贡急急来见，说道：

"先生，弟子刚刚听到一个从齐国来的客人说到一个消息。"

"什么消息？快说！"孔丘急不可耐地催促道。

"去年八月，齐景公病逝。临死前，命国惠子、高昭子立少子吕荼为太子，并逐群公子，迁之于东莱。"

"为什么立幼不立长呢？"孔丘不解地问道。

"吕荼，即晏孺子，是齐景公嬖姬之子。"

"那后来呢？"孔丘问道。

"齐景公死后，晏孺子吕荼继立。未久，田乞发动宫廷政变，迁晏孺子于骀，后弑之，逐其母芮子，与诸大夫另立年长之吕阳生为新君。"

孔丘听了，忧心地说道：

"看来齐国要发生大乱了。"

"先生说对了，从齐国来的人说，就在上个月，先是晏孺子被弑，后是陈氏、鲍氏联合，驱逐了国氏与高氏，国内大乱。"

"还听到什么消息？"孔丘急切地问道。

"从晋国来的客人也说了一些有关晋国的事。"

"晋国发生了什么事？"孔丘急忙问道。

"年初，晋定公为报复中山国曾支持范氏、中行氏作乱，倾晋之全境之兵，大举进攻中山，必欲灭中山而后快。据说，现在正打得难解难分呢。"

正当孔丘还想问子贡听到什么消息时，突然子路领着一个年轻人进来了。一进门，子路就兴冲冲地对孔丘说道：

"先生，我给您带来一个人，您猜他是谁？"

孔丘将进来的这个瘦削而略显疲惫的青年上下打量了半天，然后摇摇头，说道：

"猜不出。"

子路哈哈一乐。又对子贡说道：

"师弟，你来猜猜看，你看长得像谁？"

子贡仔细看了半天，突然拍手叫道：

"像师兄子皙。"

说着，转向那青年问道：

"你是不是曾点的儿子？"

那青年腼腆地点点头。

孔丘一听是曾点的儿子，顿时醒悟过来，连声说道：

"不说想不起来，一说还真是越看越像阿皙呢！"

子路站在一旁，微笑不语。

孔丘又问道：

"孩子，你叫什么名字？今年多大了？怎么跑到楚国来了？你一个人大老远跑来这里干什么呀？"

对于孔丘一连串的问题，年轻人从容不迫地一一回答道：

"俺叫曾参，字子舆，今年十七岁了。家父说您学问渊博，是天下最好的先生，所以让俺来跟您学习。听说您在陈国，俺便赶到陈国。到了陈国，又听人说您到楚国来了，是来负函见叶公。这样，俺便一路走一路问人，半个月前就到这里了。可是，一问人，说没见您来此。今天在您门前，遇到师叔了，这才知道您昨天刚到。这才让师叔带俺过来拜见您，想拜您为师。不知您肯不肯收俺为弟子？"

曾参话音未落，孔丘高兴得连声说道：

"好，好，好！肯收，肯收。"

顿了顿，孔丘又问道：

"前几年，曲阜市井有一个'曾参杀人'的故事，说的就是你吧。听说，你还是一个大孝子，好像还说过一句很有名的话：'慎终追远，民德归厚矣'，是吧？"

曾参腼腆地点了点头。接着，当着子路、子贡两个师叔的面给孔丘行了拜师之礼。

行完礼后，孔丘吩咐子贡道：

"阿赐，你带子舆去找颜回，他们年龄相差不大，可以做个伴，互相多学习。"

子贡答应一声，便领着曾参出去了。

孔丘又对子路说道：

"阿由，你持我的名帖去叶公府上拜见叶公，跟他约个方便的时间，我前往拜访他。"

子路答应一声，也出去了。

正午时分，子路回来了。孔丘详细询问了他拜见叶公的情况，子路一一作了回答，并将叶公约请的时间也一并告知。

报告完毕，又说了些闲话，子路便告别孔丘出去了。但出门没几步，却又折返回来。

孔丘一见，连忙问道：

"阿由，还有什么事吗？"

"先生，还有一句话刚才忘记跟您说了。"

"什么话？"

"叶公跟弟子谈话中，曾问弟子先生是怎样的一个人。"

"你是怎么回答的？"孔丘连忙追问道。

"弟子一时答不上，就没有说。"

"阿由呀，你怎么不这样说呢？孔丘其人，发愤忘食，乐以忘忧，不知老之将至矣。"

子路连忙说道：

"弟子不敏，愧对先生教诲！"

从孔丘屋内走出，子路更明白了老师此次要来见叶公的用意了。他是想通过叶公的推荐，在有生之年再有一番作为，所以他对自己的评价是"不知老之将至矣"。

周敬王三十一年，鲁哀公六年（前489）。六月十五，又是一个炎热的日子。一大早，客栈前院后院便蝉声阵阵，它们大概是热得受不了，只得通过呻吟鸣叫来抒发其情怀。

虽然天气大热，但是因为今天要与叶公相见，所以孔丘还是穿得格外正规。因为他是一个拘礼之人，对于礼节向来是一丝一毫也不肯马虎的。

收拾停当，孔丘便在子路与子贡的陪同下，由公良儒执辔，驾车前往叶府拜访叶公。

与叶公见了面，互道仰慕，答礼如仪之后，孔丘便与叶公依宾主之礼各自坐定。

"夫子乃圣人，杏坛授徒，弟子遍天下。今不远千里而至南蛮荒僻之地，让诸梁由神往而亲炙，实乃大幸也！"

孔丘见叶公（沈诸梁）如此推崇自己，虽明知他是客套，但仍然很高兴。于是，以礼答礼，回敬道：

"明公过誉了！孔丘只是一介书生，立德、立功、立言皆无建树，至今仍颠沛流离，一事无成，实在是惭愧！明公治叶，轻徭薄赋，刑罚不用，万民拥戴，四方诸侯规之摹之。楚之有明公，不仅是叶邑万民之福，亦是楚国之福也！"

"夫子溢美之词，实在让诸梁汗颜。诸梁治叶，只是遇事公开，遇人公正，听断无私，正道直行。故叶邑民众皆率直无私，民风归于淳朴矣。"

孔丘听叶公说到叶邑民风，不禁想到刚刚听到的一件事。于是，随口问道：

"丘来负函，听人说叶邑有一个少年，其父窃人之羊，售而获利。失主查知，其父不肯承认，其子遂出而指证。这件事，在叶邑据说还被传为美谈。不知这是不是明公所谓的'率直无私'、'民风淳厚'？"

"夫子认为不是吗？"叶公听孔丘的口气，似乎不以为然，于是反问道。

孔丘心知其意，遂回答道：

"丘之乡党也有率直者，然其率直与此不同。其父窃羊，其子隐之。"

"父窃子隐，何谓率直？"叶公立即反问道。

"父子乃至亲，子为父隐恶，虽不求直，但直亦在其中矣。"

叶公立即追问道：

"此言何谓？"

"父恶子隐，顺乎天理，合乎人情。古人曰：'子不言父过'，其义一也。"

叶公听了孔丘这番解释，虽觉得有狡辩之嫌，但碍于宾主初见的情面，没有再争论下去，而是别开话题道：

"夫子昔为鲁国大司寇，兼摄国政，三月有成，期年而政通人和，四方则之。鲁为天下教化首善之区，楚为南蛮荒远之国，其间的差距不可以道里计矣。诸梁僻处叶邑，更是井底之蛙，不知为政之道究竟以何等境界为最高？"

"丘以为，为政之道，因人而异，因地而异，很难说有一个放之四海而皆准的标准。不过，就楚国情况而言，若能'近者悦，远者来'，则至化境矣。"

叶公一听，立即问道：

"何以言之？"

孔丘莞尔一笑，道：

"楚乃泱泱大国，幅员辽阔，但都市褊狭，民有叛心，不安其居。所以，对于楚国而言，为政之道的最高境界便是让近处的人感到高兴，让远处的人愿意来依附。《诗》曰：'乱离瘼矣，奚其适归？'这是哀伤国家大乱，民众离散而无所归依啊！"

叶公听到此，连忙起身绕席，施礼答谢道：

"夫子之言，真乃金声玉振，诸梁谨受教！"

4. 楚王欲封七百里

由于叶公的推荐，楚昭王对孔丘非常敬重，立即遣使者奉币往叶邑来聘孔丘。

周敬王三十一年，鲁哀公六年（前489）八月初，孔丘师徒随楚昭王使者到达楚国之都。

孔丘一到楚都，楚昭王立即隆礼接待。

宾主行礼如仪，互致问候，分庭抗礼坐定后，楚昭王就开口说道：

"先生乃当今圣人也，寡人久闻大名，望先生如久旱之望甘霖。今幸得先生不远万里而来，寡人得以亲炙受教，此何等之幸也！"

孔丘见楚昭王如此推崇自己，连忙起身绕席，谦恭答礼道：

"丘乃一介寒儒，何敢当得起大王如此溢美谬赞！"

楚昭王又说道：

"强吴崛起于东，几灭我楚国。寡人不敏，临政之日浅，不知如何才能做好一国之君？如何才能使国家强大，不受他国欺凌？请先生明以教寡人！"

孔丘一听楚昭王说到强吴几灭楚国之事，立即明白，这是指十八年前（即周敬王十四年，楚昭王十年）吴楚柏举之战，吴人三战入郢，毁楚都，伍子胥掘楚平王之墓，鞭尸三百而去的往事。这是楚国之痛，更是昭王之痛。所以，孔丘决定绕开历史的伤痛，只就楚昭王所问的问题谈谈自己的治国理念，不触及具体事件。

想到此，孔丘望了楚昭王一眼，从容说道：

"丘以为，要做一个明君，务须做到八个字？"

"哪八个字？请先生明以教寡人。"楚昭王急切地说道。

"为政以德，以身作则。"

"此言何谓？"楚昭王又问道。

"为政以德，犹如北斗之星，高挂苍穹，安处其位而不动，而众多星辰则都围绕其旁。"

楚昭王接口说道：

"先生的意思是说，做国君的首要任务是加强自己的道德修养，以道德的力量感化臣下，教化万民，而不是以武力、以刑罚来服天下万民，是吗？"

"正是此意。"

楚昭王又问道：

"那么，'以身作则'又怎么说呢？"

"要做一个明君，就要像春夏秋冬一样运行正常。春雨夏阳，秋风冬雪，四季分明，风调雨顺，没有季节上的反常，万物生长才能顺利，五谷丰登才有可能。"

"这个比喻好！"楚昭王情不自禁地脱口赞道。

孔丘望了望楚昭王神采飞扬、神情专注的样子，接着说道：

"周文王以王季为父，太任为母，太姒为妃，以武王、周公为子，以太颠、闳夭为臣，可见其出身便与众不同，是根正苗壮。"

"大夫的意思是说，做一个明君既要有后天的修养，也要有先天的基础。是吗？"

孔丘点点头，说道：

"近朱者赤，近墨者黑。一个人有什么样的成长环境，就会有不同的人格境界。君王更是如此。"

楚昭王听了，不觉低下头去。他大概是想到，孔丘这话可能是影射其父楚平王为君无道，强娶子妇，滥杀贤臣的事吧。

孔丘见楚昭王突然低头沉默，猛然醒悟，遂连忙说道：

"一个明君的成长之路，除了要有一个好的成长环境，更重要的是自己后天的修养。周武王之所以成为后代称颂的一代明主，就是他重视加强自身的道德修养。他是先将自己的道德修养提升了，然后再去要求别人，治理国家，最后再治理天下。他秉持道义，讨伐无道之国，诛罚有罪之人。他一旦行动，天下便得以安宁，功业即成。这就像四季按一定规律转换，万物才能茁壮成长一样。为王为君之人，治国安邦按照一定的方法，天下便会清平，万民便会驯服。周公辅佐成王，之所以天下归心，就是因为周公为政处处以身作则，严于律己，以自己的言行教化天下万民，所以天下百姓都会顺从他。可见，周公治天下，是以人格感染人，以诚心征服人。"

"先生说得真好！寡人谨受教！"

过了一会，楚昭王又问道：

"寡人听说先生有句名言：'政在选臣。'那么，怎么知道何人是忠良，何人是奸佞呢？"

孔丘不假思索地回答道：

"视其所以，观其所由，察其所安。"

"大夫请为寡人详说之。"楚昭王请求道。

"所谓'视其所以'，就是考察他的所作所为，包括一些细节，从中可以看出其为人如何。"

"那'观其所由'呢？"楚昭王紧追不舍道。

"所谓'观其所由'，就是考察他处事的动机，看他是否有正直之心。如果有正直之心，必然处事公正，那便是忠良。反之，则为奸佞也。"

楚昭王连连点头，接着问道：

"那'察其所安'，又是何意？"

"所谓'察其所安'，就是考察他做得心安理得的事是否真的合法合礼。如果不合法，也不合礼，而他做了却心安理得，则必为大奸大佞。"

"善哉！"楚昭王不禁拍案叫好。

孔丘续又说道：

"抓住这三点，认真考察一个人，就能对其内心洞若观火。他的内心不能掩盖，他的品德如何，大王自然可以了解。这样选臣，岂能错得了？"

"先生，刚才您说治国安邦，国君要以身作则。那么，教化百姓，又要达到什么境界，才算成功呢？"楚昭王又问道。

孔丘伸出一个指头，毫不含糊地说道：

"信。"

"大夫是说，教化百姓，让他们知道诚信，便是最高境界了，是吗?"

"正是。人而无信,不知其可也。"

楚昭王点点头,表示赞同。

孔丘接着说道:

"治国好比拉车。一辆牛车,车轴横木两头没装活键,牛车就无法拉动;一辆马车,辕前横木两端没装木梢,则无法运行。诚信,便好比是牛车的活键与马车的木梢。民不知诚信为何物,则治国安邦无从谈起。"

"这个比方好!"楚昭王又拍案赞道。

顿了顿,楚昭王又说道:

"鲁乃礼仪之邦,楚在王化之外。大夫历来主张以礼治国,不知像楚这样的国家,如何贯彻落实这种治国理念?"

孔丘回答道:

"治国如做人。人不学礼,则无以立世;国不讲礼,则国将不国。"

"何以言之?"楚昭王问道。

"对于一个人来说,为人不知礼,而只知一味对人恭敬,就会疲惫不堪;做事不知礼,而只知一味谨小慎微,就会缩手缩脚;处世不知礼,而只有敢作敢为的胆量,就会走上犯上作乱的道路;说话不知礼,而只知有话直说,心直口快,就会尖刻伤人。因此说,人不学礼,则无以立世。"

"精辟!"楚昭王赞道。

孔丘接着说道:

"对于一个国家来说,不讲礼法,则上下失序,君不君,臣不臣,父不父,子不子,国家必陷于混乱。所以说,国不讲礼,则国将不国。"

"大夫说的是。"

孔丘望了望楚昭王,突然语气一转道:

"不过,讲礼法,也不能完全拘泥于形式,无论个人修身,还是国君治国,只要内心纯正守礼,一切外表的虚饰都可以抛弃。"

楚昭王知道孔丘是一个拘礼之人,听他这样说,不禁心存疑惑,于是追问道:

"此话怎么讲?"

孔丘又看了看楚昭王,从容说道:

"不讲形式的礼节，也可以是恭敬的；不穿丧服，也可以表达内心深切的悲伤；无声的音乐，也许是让人最感快乐的。不言而信，不动而威，不施而仁，这才是讲礼法的最高境界。何以言之？钟之音，怒而击之则武，忧而击之则悲。人的情感心志改变了，钟的声音自然随之改变。心有感触，通于金石，何况是人？"

"先生的意思是说，讲礼最重要的不是形式，而是内容，是一种发乎内心的真诚。是吗？"

"大王所言极是！天纵聪明如大王，楚国何愁不治？"

宾主相谈甚欢，越谈越投机。最后，楚昭王突然对孔丘说道："寡人欲以书社地七百里以封先生，不知先生以为如何？"

孔丘一听，简直不敢相信。定了定神，心想，这也许是楚昭王的一时冲动，于是，连忙辞谢道：

"丘至楚寸功未立，岂敢受如此过望之封？"

接着，宾主又互相推让了一番，说了一些闲话后，才尽欢而散。

5. 人不知而不愠

得知楚昭王要封孔丘书社地七百里的消息，孔丘众弟子都欢欣鼓舞。既然第一次见面，楚王就要封老师七百里地，接着肯定要委老师以大用。这一下，不仅老师在泱泱大国楚可以大展一番宏图，就是他们这些追随而来的弟子们，看来也会大有用武之地了。

然而，就在孔丘及众弟子跃跃欲试，等待楚昭王落实封地并委以重任时，却传来了消息。吴国从去年就开始征伐陈国，陈国是楚国的盟友，所以楚国去年就派兵增援陈国。但是，战事时断时续，不仅不能迅速结束，现在反而更加吃紧了。楚昭王心中着急，决定亲征，以鼓舞士气，迅速击退老冤家吴国，然后专心楚国的经济发展。

楚昭王亲征虽极大地鼓舞了楚国将士的士气，使战争胶着的局面有所转变，但是，因为战场上不比在国都宫中生活舒适，很快楚昭王就在前线病倒，并最终死在了城父。

周敬王三十一年，鲁哀公六年（前489）十月初五，楚昭王病逝前线的噩耗传到楚都时，孔丘正在楚昭王招待他的崇贤馆跟弟子讲学论道。

"先生，不好了。"

日中时分，早上奉孔丘之命出去办事的子贡突然急急慌慌地跑回来，一边跑一边叫道。

孔丘立即中断与诸弟子的讲论，问道：

"阿赐，出了什么事？"

"楚昭王病逝于前线城父了。"

"啊？"孔丘听了，不禁大吃一惊。

"那现在由谁继位为楚王？"子路急切地问道。

"据说，昭王亲征救陈前，曾占了一卦，于王不利。群臣谏劝昭王不要亲征，但昭王不允，执意亲征与吴决一死战，并指定令尹子西为国君继承人。"子贡说道。

冉耕又问道：

"昭王没有儿子吗？"

"昭王有子，名曰熊章，其母为越国女子。"

子路抢着问道：

"熊章为昭王之子，子西为昭王庶长兄。按照周公礼法，理应由熊章继位，楚昭王为什么要决定王位传兄不传子呢？"

子贡说道：

"根据楚国人的说法，这主要基于两个方面的原因。一是昭王相信子西的能力，子西长期为楚国令尹，辅佐昭王忠心耿耿，且有长期执政的丰富经验，况且当前是与强敌吴国交战的关键时刻，非子西这种能臣不能控制局面。二是感念子西的恩情。"

子贡话还没说完，公良儒便插话问道：

"昭王是君，子西为臣，子西会对昭王有什么恩情？"

子贡微微一笑道：

"这个，师兄就有所不知了。早在二十七年前楚平王病逝时，令尹子常就要立子西为楚王。但子西坚辞不就，反而拥立了楚平王幼子珍为王，这就是后来的楚昭王。昭王即位伊始，吴国趁机伐楚。吴公子掩余与烛庸率吴师主力与楚师主力相持于潜。但吴师退路被楚师所切断，进退维谷。恰在此时，吴国王室发生内讧，吴公子光使专诸刺杀了吴王僚，自立为王，是为吴王阖闾。公子掩余与烛庸恐不见容于阖闾，遂分别亡奔徐、钟吾二小国。楚昭王四年，吴王阖闾要求引渡掩余与烛庸。二人无奈，乃向大国楚求助，寻求庇护。昭王令迎掩余、烛庸二公子于养，并为之筑城。吴王阖闾迁怒徐、钟吾二国，遂起兵灭之。接着，吴王阖闾接受伍子胥建议，三分吴师，轮番对楚国进行骚扰。不久，出奇兵，以迅雷不及掩耳之势，俘二公子而杀之。楚昭王五年，吴王阖闾又接受伍子胥建议，采取'彼出则归，彼归则出'的游击战略，不断袭扰楚境，使楚师疲于应付。楚昭王十年，吴楚柏举之战，吴师三战入郢，昭王弃都避难。楚王宫室与令尹、司马等府第，则被吴王阖闾及其将帅占据，楚国几乎已到了亡国的地步。楚国大夫申包胥为拯救楚国，历尽无数风险，跋山涉水，三月而至秦都，向秦君请求援助。"

"结果呢？"冉耕对这一段历史不熟悉，遂急切地问道。

子贡看了看孔丘，见老师不住地点头，遂又说了下去：

"虽然申包胥百般游说，但秦君始终不肯出兵。申包胥无奈，七日七夜滴水不进，粒米不食，饮泣不止。最后，终于感动了秦君，答应出兵。与此同时，昭王庶长兄子西则留在郢都附近，一边重树楚王大旗，仿制昭王车仗服饰，以示楚国尚存，安定楚国人心；一边收拢溃散的楚国军政人员，训练散兵游勇，组织楚国军民抵抗吴师，使残暴的吴兵在郢都举步维艰，以致吴王阖闾也感到了楚国人民拼死相争的巨大压力，甚至为了安全而一夜换了五个地方。在'各致其死，却吴兵，复楚地'的口号感召下，楚国军民经过浴血奋战，加上秦国出兵相助，终于赶走了吴国军队。昭王复国后，任子西为令尹，掌领楚国军政大权，这才有了今日强大而繁荣的泱泱大楚。"

子贡说到这里，大家终于明白了楚昭王为什么那么感激子西。

当众弟子热烈的问答结束后，孔丘突然问子贡道：

"阿赐，昭王指定子西为楚王继承人，那么子西现在是否已经继位为楚国之君了？"

"据楚国人说，昭王当初指定子西为储君时，子西坚辞，转而推荐子期。但是，子期也坚辞不受。昭王乃让公子启继位，公子启也坚辞。昭王连说五次，公子启连辞五次。最后，没有办法，公子启才答应下来，楚昭公这才开赴前线亲征。"

子贡话音未落，孔丘急切地问道：

"如此说来，那么现在楚国的国君应该是公子启了吧。"

子贡回答道：

"弟子也问过这个问题，但楚国人都说不知道。"

孔丘一听，觉得楚国的政局可能有些复杂了。于是，开始忧心当初楚昭王许诺的书社地七百里的话，是否能够兑现。虽然自己假意推辞过，但楚昭王知道这只是谦逊的表示。如果现在还是楚昭王当政，相信他一定会再提旧事，将书社地七百里封赏给他。即使不封赏，也会委自己以重任。封地不封地，对自己并不要紧，只不过是一种礼遇的表示。而能否得到一个实职，发挥自己的政治才干，实现自己的政治抱负，这才是他最重视的。

过了约一个月，子贡又打听到消息，急忙向孔丘报告道：

"先生，弟子刚获得消息，楚国国君的事有着落了。"

"快说。"

"楚昭王之子熊章在城父即位为王了。吴楚之战也结束了，新楚王马上就要回都正式执政了。"

孔丘一听，不觉一惊，反问道：

"阿赐啊，你以前不是说公子启答应了楚昭王继位为君吗？怎么现在新楚王成了昭王之子熊章了呢？"

"据说，公子启多次拒绝楚昭王后，最后终于答应继位，那是假意受命，并非出于真心，是为了安慰昭王。等到昭王死在城父时，公子启与子西、子期商议，决定将昭王之子熊章从郢都迎到城父，以继承王位。商议已定，他们立即封锁消息，阻绝道路，派心腹之将秘密回到郢都，将熊章迎到了城父，在昭王灵柩前举行了继位仪式。据说，子西仍然为令尹，掌领楚国的军政大权。"

果不其然，没过几天，公子启与子西、子期护送新楚王熊章（即楚惠王）回到郢都，楚国历史从此又翻开了新的一页。

然而，就在楚惠王即位翻开楚国历史新一页时，楚昭王许诺孔丘的书社地七百里，以及当初遣使聘请孔丘准备予以重用的计划也一并被翻过去了。

楚惠王执政一个月后，孔丘众弟子终于得到消息，原来是令尹子西不同意再践诺当初楚昭王对孔丘的封赏以及重用孔丘的计划。楚惠王乃子西所立，自然不敢提出异议。

周敬王三十一年，鲁哀公六年（前489）十一月十五，当孔丘在子贡的陪同下出去拜访新楚王时，众弟子聚在一起对楚惠王的无能与子西的独断议论纷纷，群情激愤。

子路愤愤不平地说道：

"当初先生真不该离开陈国。费了这么大劲，跋山涉水，吃尽苦头来到楚国，如今却是这种情况，真是竹篮打水一场空。"

公良儒本是一个稳重的人，平时不大喜欢说什么过激的话，更不会公开地发牢骚。此情此景，大概也是憋不住了，接着子路的话说道：

"是啊，要是当初俺们被陈、蔡之兵困死于幽谷之中，那也是冤死啊！"

颜回虽是孔丘最喜欢的弟子，非常有君子修养，听师兄们议论了楚国君臣半天，遂也情不自禁地说道：

"先生常说：'人无信不立。'当初先生不辞辛苦，从陈往楚，只是慕叶公高义。而从负函往郢都，千里迢迢，先生不负昭王之约，只是感于他的一片真诚之意。既然昭王赏识我们先生，亲口封我们先生书社地七百里，又准备予以重用，不能因为昭王如今不在了，新君就不兑现诺言啊！引车卖浆之徒，尚不失信，何况泱泱大国之王？"

"依我看，不兑现封地和重用先生，主要不是新楚王的问题，他不过是一个傀儡而已，是公子启与子西、子期硬要抬出来的楚国之君。楚国真正的实权还是掌握在令尹子西手上，不肯兑现先王诺言的，其实就是子西。"曾参冷静地说道。

冉耕听了曾参的分析后，则恨恨地说道：

"依我看，子西就是一个伪君子。别看他表面道貌岸然，屡屡推让王位，让楚国人都说他高风亮节，其实他是要实权的独裁者。有这样的独裁者，他岂能容得下我们先生这样治国安邦的旷世之才？"

正当众弟子这样为他抱不平时，孔丘与子贡回来了。他们其实回来已有一会了，因为听到屋内人声鼎沸，议论纷纷，好像说得还很愤激，所以他特意驻足门外听了一会。听着听着，觉得大家越说越没君子风度了，这才迈步进了门，说道：

"人不知而不愠，这才是君子应有的风度。为师不要说不是治国安邦的旷世之才，就真是这样的人，我们也不能因为别人不用而有抱怨。君子修身，严于律己，不苛求他人。既然新楚王不用我，令尹子西不愿履行昭王前诺，为师也不贪那书社地七百里。如今，陈楚联盟与吴国的战争刚刚结束，楚国与陈国都要经过一段时间医治战争的创伤，所以这二国都非久留之所。所以为师想，咱们还是回到卫国去吧。卫灵公虽已故去，但为师在卫国还有不少朋友如蘧伯玉等。在那里，为师的心才能彻底安静下来，灵魂也为之澄澈。

今天我与子贡去晋见新楚王，就是说明咱们要回卫国的打算。"

　　众弟子听老师这样一说，虽仍然心存不平之意，但也只能三缄其口了。

第十一章 在 卫

1. 必也正名乎

周敬王三十一年，鲁哀公六年（前 489）十一月中旬，楚都的天气又湿又冷，孔丘和他的众弟子们大多是北方人，很不习惯这种天气。

望着清冷而高远的楚国天空，看着广袤无际的楚国大地，孔丘及其弟子们的心里空荡荡的，冷飕飕的。这一趟千里之行，空手而归，如何不让他们内心感到无比的失落与凄凉。

行行重行行，晓行夜宿，起早摸黑，师徒十余人走了近一个半月，十二月二十八又到达当初被陈、蔡之兵围困的那个山谷地带。

望着山脚下那座当时住过的茅屋，想着当时被围困的日日夜夜，孔丘再一次回忆起当年春天那绝粮七日饥肠辘辘的日子。而当他回过身来，看到因一路又冷又累而病倒躺在自己车内的得意弟子颜回那清癯的面庞，他的思绪一下子便被拉回将近一年前"埃墨堕饭"的情景中。

那是孔丘师徒绝粮已到第七天的时候，许多弟子因为饥饿而一个个病倒了。开始几天，众弟子每天都到山间树下采些野菜，拿到涧边水中洗一洗，找些枯枝朽木当柴火，清水煮一煮，权且充饥。后来，野菜采完了，大家又到处寻找别的替代品。有时，运气好，会挖到一些藜藿。这时，就可以用它来做些藜羹，改善一下饮食。但是，由于山谷狭小，陈、蔡之兵围困的圈子又收得很紧，到第五天第六天，连可以食用的树叶也没得吃了。这样，众弟子便一个个病倒。孔丘开始不知弟子们每天都把东西省下给他吃，后来知道了，就不愿意吃了。到了绝粮的第七天，子贡看到老师也快撑不住，便在半夜趁着夜色的掩护与陈、蔡之兵睡着之机，只身冒险摸出包围圈，用身上所携带的一点物品，跟包围圈之外的乡野老农换了一石米回来。

子路与颜回欢天喜地从子贡手上接过那一石米，然后二人就到一间土屋中煮饭了。饭熟后，颜回揭开锅盖正想盛饭，不意从屋顶掉下一撮黑灰，不偏不倚地落在锅中，将饭污染了。颜回想将沾有黑灰的那撮饭从锅面剔掉，于是，就用木铲轻轻地将那撮饭劈起。正想丢到旁边时，却突然手在空中停下了。犹豫了好一阵子，最终将那撮带有黑灰的饭吃了下去。

子贡此时正在井边打水，偶然一瞥，发现颜回正在低头吞饭，以为他是背着人在偷吃。于是，心中大为不快。自己冒着生命危险弄了点米回来，想给老师与病倒的师兄弟们缓解一下饥饿，颜回却坐享其成，煮好后竟然背人先偷吃起来，连老师都不孝敬一下。

越想越生气，子贡便进屋问孔丘道：

"仁人廉士，在穷困之时是否会改变节操呢？"

孔丘不假思索地回答道：

"穷困之时改变了节操，哪里还算得上是仁人廉士呢？"

子贡接着又问道：

"在先生众多弟子中，以颜回最让先生引以为豪。依先生看，像颜回这样的人在穷困之中会不会改变节操？"

"绝对不会。"孔丘斩钉截铁地回答道。

"是吗？先生就能这样自信？"子贡不以为然地说道。

孔丘觉得今天子贡的问题问得莫名其妙，于是就追问其原因。子贡见此，也就不再隐瞒，遂将自己所见一五一十地告诉了孔丘。

不意，孔丘听完，莞尔一笑道：

"颜回是个仁德之人，我早就这样深信不疑了。即使就像你刚才所说的那样，我还是不怀疑他的仁德。纵然他真的偷吃了，我相信那也一定是有原因的。你别急，先等我一会，我找颜回来问问看。"

说着，孔丘让子贡先回避，然后出去把颜回叫进屋里，和蔼可亲地问道：

"子渊啊，为师昨晚做了一个梦。"

"先生，您是否可以跟弟子讲一讲？"颜回望着孔丘，真诚地说道。

"为师昨晚梦见了自己的祖先，这难道是祖先在开导我，保佑我吗？你快去煮饭，我要向祖先献饭表达敬意。"

颜回听孔丘这样说，连忙回答道：

"先生，饭弟子倒是已经煮好了，只是今天的饭不能拿来祭祖了。"

孔丘连忙追问道：

"为什么啊？"

"刚才弟子把饭煮熟后，揭开锅盖要盛饭时，正好房梁上掉下一撮黑色灰尘，把表面一层饭污染了。弟子想把这表层的饭铲起来丢掉，但又觉得太可惜了。师兄冒着生命危险好不容易弄来这点米，弟子觉得丢了这污染的饭也对不起师兄。所以，弟子犹豫再三，就将那被污染的饭吃了下去。既然饭已经被弟子吃过了，岂能让您拿来祭祖呢？那是大不敬啊！"

孔丘听完颜回的叙述，不禁为其真诚所感动，情不自禁地说道：

"阿赐，你做得对。如果是为师，我也会将那撮带灰的饭吃掉。"

颜回告辞出去后，孔丘召集子贡及众弟子，跟他们说明了原委，并当众说道：

"为师对颜回的仁德深信不疑，不仅仅是在今天。"

从此，弟子们都打内心敬佩颜回，自认仁德不及他。

正当孔丘沉浸在往日受困的痛苦记忆之中而不能自拔时，执辔驾车的公良儒突然扬鞭一指，回过身来对车内的孔丘说道：

"先生，您看，今年春天我们受困的那间茅屋还在那里呢。"

孔丘这才从回忆中回到现实，望着山脚下那间让人无限感慨的茅屋，看着车中奄奄一息的弟子颜回，不禁感慨万千，喟然长叹道：

"楚人接舆说得对，'往者不可谏，来者犹可追'。"

公良儒一听这话，知道老师此时此刻正触景生情，后悔起这一趟艰难的楚国之行。于是不再说话，扬起一鞭，催动马车快速穿过了山谷。

周敬王三十二年，鲁哀公七年（前488）一月底，阔别卫国五年后，孔丘又携众弟子回到了卫国之都帝丘。

此时的卫国已是卫出公执政，政坛格局有了很大改变。其中，最让孔丘意想不到也是最感欣喜的是，他的许多弟子都已在卫国任职。为此，楚国之行内心深受重创的孔丘深受鼓舞，再次燃起从政的热情。子路最了解老师的心理，一天闲聊时，他突然问孔丘说：

"如果卫君虚席以待，要您主持卫国国政的话，您打算先从什么做起。"

孔丘不假思索地回答道：

"一定是先从正名工作做起吧。"

子路呵呵一笑，道：

"先生是有感于卫灵公崩逝，卫国不是由世子蒯聩继任，而是由卫灵公之孙辄继任为君这一不正常的现象吧。"

"卫君由灵公之孙辄继任，也未尝不可。从名分上讲，也能讲得通。"

"为什么？"

"世子蒯聩，乃南后之子。南后行为不检，蒯聩羞而欲弑之。蒯聩之所为，虽情有可原，但于母子人伦有悖，于君臣之义有违。再加灵公崩逝时，蒯聩亡奔于晋，因此，卫君不以蒯聩继任，合乎情，亦合乎理。"

子路又提出疑问道：

"卫灵公薨，南后欲立幼子郢，郢辞而不就，遂由辄继任，这确实无可厚非。但是，辄乃蒯聩之子，受命于南后而为卫君后，却拒绝其父蒯聩回国。这不是明显有悖人伦纲常吗？"

"说得对。正因为如此，卫国的事才被各诸侯国议论纷纷。因此，为师以为，要使卫国政治走上正轨，就非得从正名着手不可。也就是要向世上讲清卫出公继任为君的合理性，使诸侯各国打消对卫国的疑虑。"

子路不以为然地说道：

"卫国的政局已然如此，我们面对现实就好，何必再去追究什么合理不合理？管它什么名分不名分？先生要想正名分，未免太过迂腐了吧？"

"阿由啊，你太浅薄了！君子对于他不了解的事，采取存疑和保留的态度就好，岂可不知而妄言呢？阿由，为师告诉你，凡事都要讲个名分。"

"为什么？"子路仍然不服气。

孔丘直视子路，以不容置疑的口吻说道：

"名分不正，则难以言之成理；言不成理，则事必难成。事不能成，则礼乐何兴？礼乐不兴，焉敢奢求刑罚公允？刑罚不公，百姓就会无所适从。可见，君子对于名分不能不讲究。凡做一事，都要讲出道理。只有言之成理，才能一切行得通。因此，君子对于他所说的话一定是严肃认真的，绝不会信口开河，马虎随意的。"

子路听到此，不禁惭愧地低下头，说道：

"弟子谨受教！"

2. 吴鲁之战

周敬王三十二年，鲁哀公七年（前488）。七月初三，天气大热，室内高温难耐，孔丘乃与弟子到河边一棵大树下乘凉讲论。

日中时分，南宫敬叔从鲁国飞马而来。

"子容，何事酷暑而来？"孔丘见南宫浑身湿透，马毛滴水，急切地问道。

"弟子此来，是奉冢宰季康子之命，来请师弟子贡。"

"请子贡何事？"孔丘又问道。

"上个月初，吴王恃强挟持鲁君会于鲁国之鄫，公然向鲁君提出许多无理要求？"

孔丘连忙问道：

"吴王对鲁君提出了哪些无理要求？"

"其他要求还能容忍，最不能容忍的是，吴向鲁强征百牢，要鲁君向吴国敬献牛、羊、猪各一百头以为祭品。"

孔丘一听，不禁脱口而出道：

"岂有此理！鲁君答应了吗？"

"师弟子服景伯为鲁君会盟之相礼，据理力争道：'先王时代无此礼制。'吴人说：'宋已向吴敬献了百牢，鲁不可落后于宋。况且鲁国曾向晋大夫范鞅敬献过十一牢，今向吴王献百牢，不是理所当然的吗？'"

孔丘立即问道：

"子服怎么回答的？"孔丘对子服一直寄予很大的希望，认为在外交才干上只有他可与子贡相匹敌。

"子服回答说：'晋大夫范鞅贪而弃礼，恃强晋而欺我弱鲁，敝邑不得已，乃献其十一牢。吴王若以礼而命诸侯，敝邑可依周礼规定之数奉之；若弃礼而强索，则必为天下诸侯所非议。周礼规定，奉天子之牢不过十二，此乃天之大数也。今吴王弃周礼而强索百牢，不是敝职可以答应的。'"

"子服说得好，有理有据，不卑不亢。"孔丘说道。

"但是，吴人不听，必欲得百牢而后止。否则，兵戎相见。子服权衡利弊后，对鲁君说：'吴弃天背本，必将亡国。但目前吴强我弱，为今之计，还是屈从为上。'遂予以百牢。"

"唉，弱国无外交啊！"孔丘不禁悲叹道。

"这还没完呢。吴得鲁百牢而归，吴太宰伯嚭得寸进尺，又令人召鲁冢宰往吴晋见。冢宰认为这是奇耻大辱，但又无计可以应对，故让弟子前来求师弟子贡回去。"

孔丘听到此，终于明白了原委，道：

"季康子没能耐应对吴国的无礼要求，怕鲁国受辱，也怕自己受辱，这才想到子贡，要他出面应对吧。"

"先生说得对，季康子正是此意。"

"鲁乃父母之邦，既有危难，匍匐救之，理所当然。"

孔丘说着，便召来子贡，跟他交代了几句，就让他跟南宫一起快马加鞭回鲁国去了。

结果，如孔丘所预料的那样，子贡回到鲁国，以鲁国之使的名义往见吴太宰伯嚭，述周礼凿凿有据，据理力争，有礼有节，终使伯嚭羞愧而罢。

却说季康子倚子贡之力而摆平吴太宰伯嚭后，飨大夫而相与为谋，欲伐邾以泄吴国欺压之愤。因为邾乃小国，一直依赖于吴国。子服景伯认为此举不明智，劝谏道：

"小国事大国，讲的是信；大国保小国，讲的是仁。小国背弃大国，是无信；大国伐小国，是不仁。筑城，是用于保民；保城，是为了修德。失信失德，还能保住什么？"

孟懿子听了，拿不定主意。于是就问大家：

"诸位以为如何？哪一种意见可行，我就采纳哪一种意见。"

可是，大家都不肯表达意见。最后，有一位大夫站出来说道：

"大禹涂山会诸侯，持玉帛与会者有万国。今天尚存者，不过几十国而已。究其原因，就是因为大国不养小国，小国不事大国。明知伐邾有风险，大家为何不说呢？"

结果，飨宴不欢而散。季康子也没听进大家的意见，最后仍然实施了其伐邾计划。

周敬王三十三年，鲁哀公八年（前487）春二月，鲁师伐邾。邾本是鲁国的附庸国，但一直与吴国也保持关系。此时见鲁国起兵要灭亡自己，连忙向吴国求救。吴王接报，连忙征询与季氏家臣公山不狃一起叛鲁亡奔吴国的叔孙辄的意见。叔孙辄回答道：

"鲁乃有名无实之国，举兵伐之，定会大获全胜。"

叔孙辄出来后，将自己与吴王的问答告诉公山不狃。公山不狃不以为然，回答道：

"此举于礼不合。君子离开父母之邦，不投敌对之国。我等在鲁时未尽到臣下之责，现在又为吴国效力而攻打父母之邦。如果这样做，还不如现在就死去。吴王委以这样的任务，我们理应规避。一个人离开父母之邦，可能有不得已的理由，但是无论如何不能因为心有怨恨而起祸害乡土之心。而今，您因小怨而要颠覆祖国，于心何安？如果吴王要你领兵先行，你务须推辞。届时，吴王若让我去，我自有分寸。"

一席话，说得叔孙辄惭愧不已。

果不其然，吴王跟叔孙辄谈话后，马上又召见公山不狃，询问攻打鲁国的意见。公山不狃从容回答道：

"鲁虽素无盟友，然一旦有难，则必有生死与共之援者。鲁国有难，其他诸侯国出兵相助，没有可能；但是，晋、齐、楚三大国必不会袖手旁观。"

"为什么？"吴王不解地问道。

"鲁，乃齐、晋之唇。唇齿相依，唇亡齿寒，这个道理大王是知道的。因此，一旦鲁国有难，指望齐、晋、楚按兵不动，坐视不管，那是不可能的。"

公山不狃虽然道理讲得很透，说的也很巧妙，但是吴王最终没有听从，而是派他领兵先行。公山不狃无奈，只得领兵向鲁国进发。但是，进军时他选择了一条险路，道经武城。因得到一个曾遭武城人拘捕的鄫国人的引导，而攻下了武城。武城是一个重要战略要冲，对鲁国来说至关重要。武城陷落，对鲁国震动极大。孟懿子对子服景伯说：

"吴国大军如山压境而来，这如何是好？"

子服从容说道：

"既然吴人已经打过来了，又是我们自招的，现在怕也没有用了。眼前唯一的办法，就是直面现实，奋起抗战。"

吴军攻势很猛，很快就攻下了鲁国重镇东阳。接着继续进军，驻扎在五梧。第二天，又前进驻扎到蚕室。鲁将公宾庚、公甲叔子在夷地与吴国之师展开了殊死战斗。公甲叔子与析朱鉏同车作战，一同战死。吴军将二人尸体献给吴王，吴王感叹地说道：

"同车能俱死，看来鲁国会用人，鲁国不可小觑。"

第二天，吴王便将军队驻扎到了泗水边的庚宗。

鲁国大夫微虎见有机可乘，遂决定夜袭吴王驻扎之所。为了保证夜袭的成功，微虎先从他所带的私家之兵中挑选出七百精壮。然后，又在帐幕之外的庭院中让七百精壮每人向上跳跃三次，从中挑出三百人，由此组成了一支夜袭突击队。其中，孔丘弟子有若也被选中。

夜袭突击队一切准备就绪，并已走到稷门时，突然有人报告了冢宰季康子，说：

"区区三百人不足以成事，不仅不能构成对吴军致命一击，反而无谓断送了鲁国最精锐的将士，还是取消行动为好。"

季康子觉得有理，遂下令停止行动。但由于微虎的坚持和有若等三百死士的决心感动了季康子，季康子同意了此次行动。最终，夜袭取得了成功。吴军由于地形不熟悉，又是半夜受袭，许多人慌不择路，掉入泗水中溺毙。吴王虽然侥幸保住性命，却吓得一夜转移了三次住处。

吴王见情势不对，遂无奈地向鲁国求和，要求签订城下之盟。季康子胆小怕事，想早点结束战事，就准备答应了。但子服景伯觉得不可，劝谏道：

"昔楚人围宋，宋人易子而食，析骨为炊，尚无城下之盟。今我军大获全胜，吴国远道而来，时日甚多，已是师弱兵疲，何不乘胜追击，一鼓作气，彻底消亡来犯吴军？今与吴签城下之盟，岂非放虎归山，贻患无穷？"

季康子不听，子服景伯无奈，只得奉命背着盟书来到莱门。与吴国签下盟约后，子服景伯提出，为了落实盟约，双方以后不再兵戎相见，自己愿意到吴国为人质，但是吴国必须以王子姑曹为人质留在鲁国。吴王不同意，结果双方停止人质交换，订约而去。

周敬王三十三年，鲁哀公八年（前487）四月，当南宫敬叔飞马奔卫，将吴鲁之战的结果报告给孔丘时，孔丘大为高兴。特别是当他知道自己的弟子子服景伯与有若是此次战役的功臣时，更是由衷的高兴，有什么能比培养出优秀而有用的弟子更令他高兴的呢？

3. 绝弦之哀

吴鲁之战，以鲁国大获全胜而告终，极大地鼓舞了孔丘的信心，从此，他更坚信培养弟子比什么都重要。

周敬王三十三年，鲁哀公八年（前487）八月十八，孔丘如往常一样与来自各诸侯国的众弟子坐而论道。正在讲论的兴头上，突然南宫敬叔又从鲁国急急而来。

"子容，又有什么急事吗?"孔丘一见南宫敬叔，便急切地问道。

"先生，齐国上月发兵伐鲁，取我讙、阐等三邑而去。"

"齐国现在当政的是公子阳生吧。"

南宫回答道：

"正是。前年田乞弑晏孺子，而诈立公子阳生，今年公子阳生才正式继任齐国之君。"

"公子阳生新立不久，怎么今年就举兵伐鲁呢?"孔丘不解地问道。

南宫无奈地摇摇头，叹了一口气，说道：

"当初，阳生为公子，亡奔于鲁。季康子为了结好于他，曾将其妹许配给他。阳生归国为君后，就准备正式迎娶季康子之妹。"

孔丘更加不解了，问道：

"这不是两国交好的一个契机吗?"

"唉，先生有所不知。齐君派人来迎娶季康子之妹时，其妹才向季康子坦陈事实真相，原来她早就跟季鲂侯私通多年了。"

"季鲂侯不是季康子之叔吗? 这不是乱伦吗?"孔丘吃惊地问道。

"正是这个原因，季康子不敢再把妹妹嫁给齐君。但是，齐君不知事情真相，以为季康子有意毁约，遂发大兵伐鲁，夺我三邑而去。"

"那现在呢?"孔丘又追问道。

"弟子今天来，就是来向先生报告结果的。本月初，通过外交斡旋，齐君将季女隆重迎回。季姬颇受齐君宠爱，遂建议齐君将所夺鲁之三邑奉还给鲁国了。"

南宫话音未落，孔丘竟然脱口而出道：

"齐国之君怎么总是如此无耻呢？对这样无耻的女人还隆礼迎娶，宠爱有加。"

"先生为什么这样说？"

"子容，你知道齐国第十四代君主的事吗？"

"先生说的齐国第十四代君主，是不是两百多年前齐桓公之兄、齐僖公之子齐襄公？"

"正是。齐襄公年少时，就与其妹妹文姜乱伦通奸。后来，文姜嫁给鲁桓公为夫人。齐襄公即位的第三年，也就是文姜嫁鲁的第十五年，齐襄公求娶周庄王之妹周王姬。鲁为周天子同姓，齐襄公就邀请了鲁桓公出席婚礼并代为主持。文姜闻知鲁桓公将至齐国，就要求与鲁桓公一同回齐国。鲁桓公竟然不顾众臣反对而允其随行。回到齐国后，文姜与齐襄公旧情复燃，留在齐宫与齐襄公彻夜宣淫，不回鲁桓公所居驿馆。鲁桓公怒而斥之，文姜向齐襄公告状。齐襄公则以宴请鲁桓公为名，派力士彭生在送鲁桓公回驿馆时杀了鲁桓公。"

"世上竟有这样的国君，既无耻，又无礼！难道鲁国就这样饶过齐国了？"南宫愤愤地说道。

"齐强鲁弱，鲁国还能拿齐国如何？最后，齐襄公杀了彭生，就算向鲁国作了交代。"

"这不是鲁国的奇耻大辱吗？"南宫叹了一口气道。

孔丘也叹了一口气，接着说道：

"还有奇耻大辱在后面呢？"

"还有？"南宫吃惊地问道。

孔丘点点头，说道：

"鲁桓公死后，文姜与齐襄公的来往更是肆无忌惮了。庄公二年，二人会于禚；庄公四年，会于祝丘；庄公五年，文姜往齐师会之。庄公七年，则一年两会，春会于防，冬会于谷。而庄公竟然坐视并默认其母与齐襄公这种不伦的行为，这岂非鲁国更大的耻辱？"

说完，师徒二人相对无语，唯有击案叹气。

孔丘生平最讲究的就是礼义廉耻，四维八德，想到齐鲁二国之君不断上演的乱伦丑事，不禁痛心锥骨。周敬王三十五年，鲁哀公十年（前485），孔丘还为齐鲁二国之事忧心之时，公冶长又来报告了一个让他顿时为之昏厥的噩耗。

"先生，师母过世了。"虽然早已做了孔丘的女婿，但公冶长还是改不了称孔丘夫妇为先生与师母的习惯。

孔丘一听，不敢相信，连问三遍道：

"子长，你说什么？"

"先生，师母过世了。"公冶长也重复了三遍。

这一次，孔丘终于没有再追问了，目光呆滞地望着公冶长，久久都没有说一句话。当年与亓官氏结为夫妇的往事，仿佛还在眼前。

周景王十二年，鲁昭公九年（前533）九月十八，黄昏时分，一辆装饰得颇是豪华的马车缓缓向孔府驶来。

马车之前并列打着两面旗子，分别写有"鲁"、"宋"字样。旗手之后各有四名穿戴整齐但明显服色不一样的两列年轻男傧。马车后面，也各有相同数量的两列年轻男傧。很明显，这车前车后两列不同服色的男傧，是按国别排列的。看得出来，这样的迎亲队伍在规格上不是普通平民所具有的，而是由国家出面、具有一定邦交联姻色彩。

事实确实如此。这辆向孔丘府前驶来的马车，里面坐的不是普通女子，而是宋平公挑选的宋国宗室女子亓官氏。她到鲁国来，是要与鲁国孔丘成亲，是由鲁国仲孙大夫建议鲁昭公确定的。由于这桩婚姻带有一种政治色彩，是宋平公有意要通过宋鲁联姻而达到敦睦邦谊的一种外交努力，因此，迎亲与送亲队伍都是由两个国家共同派员执行，不由男女双方个人操办。

当马车平稳地停在了孔府门前时，孟皮定睛一看，立即转身，一瘸一瘸地跑向屋里。一边跑着，一边还兴奋地高声喊着：

"仲尼，仲尼，新娘子到了。"

穿戴整齐的孔丘，闻声立即从屋里出来，奔向门口。

看到停在门前的马车和马车前后两列整齐排列的年轻男子，孔丘已然知道，车里坐的肯定就是自己即将结缡的妻子亓官氏，而车子前后的两列男子，肯定就是两国迎送的男傧了。

孔丘虽然最重视礼，也对各种礼的仪式有所了解，婚礼也参加并观摩过几次，但是事情临到自己头上，则就一时手足无措了。在车前呆站了好久，最后还是经司仪的提醒，他才上车去搀扶着头盖纱巾头饰的亓官氏下车，并迎她进屋。

当他们走进大堂时，在司仪的指挥下，乐队吹起了欢快的《诗·大雅·大明》乐曲：

明明在下，赫赫在上。天难忱斯，不易维王。天位殷適，使不挟四方。

挚仲氏任，自彼殷商，来嫁于周，曰嫔于京。乃及王季，维德之行。大任有身，生此文王。

维此文王，小心翼翼。昭事上帝，聿怀多福。厥德不回，以受方国。

天监在下，有命既集。文王初载，天作之合。在洽之阳，在渭之涘。文王嘉止，大邦有子。

大邦有子，俔天之妹。文定厥祥，亲迎于渭。造舟为梁，不显其光。

有命自天，命此文王。于周于京，缵女维莘。长子维行，笃生武王。保右命尔，燮伐大商。

殷商之旅，其会如林。矢于牧野，维予侯兴。上帝临女，无贰尔心。

牧野洋洋，檀车煌煌，驷騵彭彭。维师尚父，时维鹰扬。凉彼武王，肆伐大商，会朝清明。

乐曲过后，在司仪的主持下，花了近两个时辰，才算完成全部仪式程序。接着，便是喜宴。由于由国家操办，宴席仪式也带有官方色彩，吃顿饭也费时甚多。直到戊时，孔丘与亓官氏才在接受了大家的祝福之后，双双进入了洞房。

虽然仪式上二人都嫌累嫌吵，很不自在，也不习惯，但是，一旦所有迎送宾客与亲朋都离开后，家中只剩下他们二人时，孔丘与亓官氏这才发现更加不自在，更加不习惯了。因为他们都从未单独与陌生异性相处过。而今，洞房之中除了艾蒿和芦苇扎成的照明火把发出"丝丝"的微响外，什么声音也没有。二人略微靠近点，连彼此呼吸的声音都能听见。寂静，寂静，寂静得快要令人窒息了，孔丘这才努力鼓起勇气向亓官氏走了过去，犹豫了一下，终于揭开了亓官氏的遮面纱巾的头饰，低头一看，不禁让他看呆了。

眼前的亓官氏，与他平时在曲阜看到的鲁国姑娘明显不同，她皮肤白皙而细腻。特别是她的脸，由于被猛然揭开纱巾头饰而羞红，更是灿若三月桃花，粉白相间。再看她偶然偷偷抬起的明眸，恰似一泓清泉，是那样的清澈而又灵动。孔丘看得都发呆了，而亓官氏的头则低得更低了。

就这样，一个呆呆痴痴地看，一个羞涩地低着头。大约有半个时辰，亓官氏实在是头都低得酸痛了，于是，抬起头来说道：

"夫君，您怎么一句话都没有？"

孔丘突然听到夫人开口说话，虽然带有宋国口音，但却如黄莺娇啼那般动听，这让孔丘更加怜爱了。情不自禁间，他双手捧起亓官氏的脸，认真仔细地看。看得亓官氏实在不好意思了，又说道：

"夫君，您没看过女人啦？"

孔丘一愣，他没想到夫人会问出这种话来，不禁认真地思考了一下，说道：

"夫人，不瞒你说，孔丘还真没有这样认真看过一个女人。"

亓官氏听了，不禁格格一笑，道：

"听说夫君有句名言，叫'非礼勿听，非礼勿视，非礼勿动'什么的，所以不敢看女人吧。"

孔丘一听，不禁莞尔一笑。没想到夫人还如此调皮有趣，于是更是看不够，爱不够了。

说着说着，二人的情绪都放松多了，态度也自然多了，男女大防的那道堤坝渐渐被男女之爱的自然之情溢过。孔丘问过亓官氏一路而来的辛苦情状，表达了慰藉之情；亓官氏则问了孔丘家中的一些情况，对婆婆过早地去世而不能亲见一面而感悲伤。

二人越谈话题越开阔，越谈越投机，最后就像是一对阔别多年的老朋友。就这样，直谈到子时已过，这才警觉到夜已深，照明的光线也越来越弱了。最后，在屋内最后一丝光线消失时，二人才合帷并枕，一阵兴奋激动后沉沉睡去。

由于那情景太温馨，太让孔丘难忘了，沉溺于往事回忆之中的孔丘突然笑了起来。

公冶长不知老师为什么会笑起来，以为他悲伤过度，精神失常了，于是连忙问道：

"先生，您怎么啦？"

孔丘听公冶长突然这样一问，这才彻底从甜蜜的回忆中清醒过来，回到了现实。看着公冶长哀容满面的悲伤情状，他强抑着悲痛之情，尽量平静地说道：

"师母的后事都办妥了吗？"

"先生请放心，一切都办妥了。"

"那么,师母临终前有没有说什么呢?"孔丘又问道。

"师母临终前非常平静,只说您这么多年在外颠沛流离,不知身体怎么样,是否有饭吃,有水喝,衣服破了不知有没有人补?"

孔丘再也听不下去了,一股老泪如洪水溃堤似的夺眶而出。

4. 齐鲁之战

正当孔丘沉浸于丧妻的悲痛之中而不能自拔时,几个月后,又有让孔丘忧心的事来了。

周敬王三十六年,鲁哀公十一年(前484)春,齐为郧地的缘故,遣国书、高无丕率师伐鲁。当齐师前锋抵达清地时,季康子觉得情况不妙,慌忙问计于其府宰冉求道:

"齐师抵清,一定是要进攻鲁国的,怎么办?"

冉求镇定自若、胸有成竹地回答道:

"冢宰何必惊慌?兵来将挡,水来土掩,自有应对之策。"

"有何应对之策?"季康子急忙问道。

"鲁有三桓,一家守住国都,另二家跟随国君前往边境迎敌。"

"这不可行。"

"那就在鲁国境内抵御,如何?"冉求又提出了一个折中的办法。

季康子将冉求的策略告诉了孟孙氏与叔孙氏,二人都不赞同。冉求又提出另一个办法,道:

"这样也不行,那么只有一个办法了。"

"什么办法?"

冉求从容回答道:

"国君作战时就不出城了。您作为一国之宰,率师背城而战。不肯效力作战者,就不算是鲁人。鲁国卿大夫所有的兵车,加起来比齐国之师多得多。就是冢宰一室之兵车,数量也多过此次来犯齐师。冢宰,您还怕什么?孟孙氏、叔孙氏二家不肯效力作战,也情有可原。鲁国之政,由季孙氏执掌;鲁国国家命运,自然要由您承担起责任。齐师伐鲁,季孙氏不能战,是您的耻辱。如此,则不配与诸侯等而视之矣。"

季康子觉得冉求说得有道理,于是就邀他一同上朝去见鲁哀公，让他在党氏之沟等着。这时，孟懿子长子孟孺子看见冉求，问他如何应对齐国来犯。冉求故意激将他说：

"君子计深虑远，小人目光短浅，君子与小人没有共同语言。"

冉求话虽说得婉转巧妙，但孟孺子也不是傻瓜，当然听出冉求是在影射孟孙氏没种，大敌当前为了保存自己实力，不顾国家利益，不肯出兵。于是，装着听不懂的样子，继续问冉求如何应敌的问题。冉求于是就回答道：

"在下是量才而与之说话，量力而与之共出力。"

"你的意思是说，我孟孺子不是男人喽?"

孟孺子说完，一气之下，立即回去整顿军备，带着孟孙氏家兵，就准备与季孙氏一起上前线作战。

冉求见此，心中大喜，激将法终于奏效了。于是，遣孟孺子率领的孟孙氏军队为右军，让颜羽为他驾驭战车，以邴泄为车右。而他自己则率领季孙氏军队为左师，让管周父为他驾驭战车，以樊迟为车右。季康子提醒冉求说：

"樊迟年纪太小，掌车右恐怕有失。"

冉求回答道：

"樊迟虽小，但唯命是从。"

此次出征，季孙氏共出动甲士七千人。冉求从中挑选了三百名作为亲卫，他们都是能够效死的武城人。又命令老弱年幼者守卫宫中，驻扎于雩门之外。冉求的左军开拔后的第五天，孟孺子的右军才赶上来。

冉求心里明白，孟孙氏军队虽然出动，但并没有坚心而战的决心。其实，不仅右军的军心令冉求忧心，就是他自己所率的左军，军心也不是很稳定。左军中有一人，名曰公叔务人。他出发时，就对守城之兵说道：

"鲁国赋税多，徭役重，居上者不能深谋远虑，居下者不能效死战场，何以治国安邦？我已经将心里话说出来了，岂敢不效死努力！"

当齐鲁军队相遇于曲阜城之郊时，齐师已从稷曲对鲁师发起了攻击，而鲁师却不敢越沟迎战。面对这种不利的局面，冉求非常担忧。樊迟见此，乃建议冉求说：

"不是我师不能越沟迎敌，而是将士们不相信您。请您申明号令三次，然后自己带头冲过去，大家一定奋勇向前。"

于是，冉求身先士卒，率先越沟冲入敌阵。最后，经过鲁国左右二军全体将士的浴血奋战，加上冉求让士兵改剑为矛作战的决策，终于将齐师击败。

齐鲁之战，弱鲁之所以能战胜强齐，固然与冉求指挥得当分不开，但更与子贡折冲樽俎，调动吴、越、晋等国的力量对齐国进行牵制有极大的关系。

当齐国的军队刚刚出发时，子路就获得了消息。

"先生，齐国又要攻打鲁国了。"

"这次又有什么借口？"孔丘追问子路道。

"齐为郓地的缘故，遣国书、高无丕率师伐鲁，前锋已抵清地。齐国大夫田常见有机可乘，便蓄谋叛乱。但是，忌惮鲍牧、晏圉二人的势力，于是准备将发动叛乱的军队转移到鲁，对鲁国发起进攻。"

"阿由，你觉得田常此举用意何在？"

子路脱口而出道：

"无非是想借攻打鲁国建立战功，然后以外逼内，实现自己的野心罢了。"

孔丘点点头，说道：

"你去把在卫国的师兄弟都召集来，为师要与大家商量应对之策。"

"弟子遵命。"

不一会儿，子路就将追随孔丘到卫国的几位师兄弟都召集来了。孔丘开门见山地说道：

"鲁，乃父母之邦。今齐无故犯鲁，不可不救。我不忍心父母之邦生灵涂炭，所以准备委曲求全，游说田常。不知你们谁肯出使齐国，替为师走一趟，向田常转达一下我的意见。"

子路率尔而出，说道：

"弟子愿往。"

孔丘摇摇头。

子张见此，向前一步，说道：

"弟子愿往。"

孔丘又摇了摇头，没有答应。

公孙龙一向以能说会道而为师兄弟们所敬服，他见子路、子张请战都没同意，便自信地上前一步，说道：

"先生，弟子愿往，您以为如何？"

没想到，孔丘仍然摇了摇头。

于是，子路、子张、公孙龙三人便退了出来。不久，见前天刚从鲁国来向孔丘报告齐鲁战事的子贡施施然而至，三人便将情况说了一遍，并劝说子贡道：

"先生一向赏识你的口才，认为你有天生的外交才能。这次你又刚刚显示了外交才能，何不抓住机会，代替先生出使，继续展示你的长才呢？"

子贡想了一会儿，便进去见孔丘，请求代他出使齐国。孔丘欣然同意。

子贡到了齐国，见到田常后，就开门见山地说道：

"听说大夫要领兵攻打鲁国，在下以为，此非明智之举，亦很难成功。要想凭伐鲁建功，以提高您在齐国的地位，恐怕是很难做到的。不如攻打吴国，反倒容易些。"

田常见子贡说话不转弯，一语中的，说到了他心里的痛处，于是就很不高兴。

但是，子贡却不管，他就是要先挫挫田常的锐气，然后再好游说他。于是，他看了一眼田常，又接着说道：

"忧患在朝廷者，必攻强国；忧患在百姓者，则必攻弱国。不才听说大夫受封三次都没成，那是因为您朝中有反对派。今大夫领兵欲攻弱鲁，战胜了鲁国，则会让齐侯更加骄傲；攻破鲁国，则会让朝中大臣地位更显尊贵。无论如何，反正都是没有您的好处。这样，您与齐侯的关系会越来越疏远，而与朝中权贵的关系将越来越紧张。所以说，攻打鲁国，对于您来说确非明智之举，只会使您在朝中的地位有危机。"

田常一听，觉得子贡的话还真说到了要害处，于是情不自禁地说道：

"说得好。不过，我的兵已经派到鲁国前线了，现在不可能再抽调回来去打吴国啊！"

子贡莞尔一笑，道：

"这好办。您的军队到了鲁国前线，按兵不动即可。在下请求前往吴国，让吴王发兵救鲁伐齐，您届时率兵迎击吴师即可。"

"诺。"田常欣然同意。

子贡于是飞马前往吴国，游说吴王道：

"在下听说有一句话，称王天下者，不使诸侯属国被人灭亡；称霸诸侯者，不会让另一个强者出现而威胁到自己。这就好比千钧砝码，一头加上些微重量，就会改变平衡局面一样。而今，齐以万乘之强而欺凌千乘之弱鲁，与吴争强。在下以为，这将构成大王之国莫大之患。大王今若发兵以救鲁，一则可以扬名，安抚泗上诸侯；二则可以诛暴齐而抑晋，利莫大焉。名虽存鲁，实困强齐，此乃智者不疑之所为。"

吴王听了，连连点头，说道：

"好！不过，寡人曾使越王受困被辱，越王今苦身养士，似有报复吴国之心。你等我收拾了越国，再出兵伐齐，不知意下如何？"

"大王，越国不比鲁国强，吴国的实力也比不了齐国。现在齐鲁交战，大王不趁机伐齐而伐越，等到齐国灭了鲁国，齐国的实力就更强了。届时，对于吴国的威胁也就更大。再说，大王一向以'存亡继绝'相标榜，今弃强齐而伐小越，非勇也。勇者不避难，仁者不爽约，智者不失时，义者不绝世。大王今若存越，则示天下以仁；救鲁伐齐，则威加晋国，诸侯必相率而朝吴，大王霸业成矣。如果大王还不放心越国，恐遭其报仇突袭，那么臣请求去见越君，令其发兵随大王出征。这样，越国国内就空虚了，大王无后顾之忧，而越国只是得了一个跟随诸侯一起伐齐的虚名。"

吴王听了非常高兴，于是立即委任子贡为吴国特使，前往越国晋见越王勾践。

越王勾践听说子贡奉吴王之命而来，郊迎二十里，而且亲自给子贡驾车，说：

"越乃蛮夷之国，王化所不及，今先生不惜降尊纡贵，辱临小邦，勾践哪里担待得起啊！"

子贡没有客套，而是直接上题道：

"臣此来，意在存越。齐师犯鲁，臣说吴王伐齐而救鲁。吴王有伐齐之志，但有畏越后顾之忧，说：'等我伐越而后伐齐。'如果这样，那么越国必亡。在下以为，无报复之志而令人起怀疑之心，这是笨拙的表现；有报复之心而让人侦知，这是危险的预兆；事情还没做而让人先知道，这就更危险了。以上所述三种情况，都是成大事的最大祸患。"

勾践连忙顿首拜谢道：

"寡人曾不自量力，兴兵而伐吴，结果受困于会稽山上。这种耻辱，至今让寡人痛入骨髓。寡人整天口干舌燥向属下讲述历史教训，只求最终要与吴王拼个你死我活。今先生告知利害关系，寡人真是感激不尽！"

子贡见越王坦陈心意，遂接着说道：

"吴王为人暴戾阴鸷，群臣不堪，国家疲惫凋敝，百姓怨声载道，大臣都有蓄谋叛离之心。伍子胥忠言直谏而屈死，太宰嚭专权独断，迎合吴王之意，这是报复吴国最好的时机。大王此时若能发兵以佐吴王伐齐，以此投合他的心意，再以重宝以悦其心，卑辞以尊其礼，则吴王必然答应起兵伐齐。这一谋略，便是圣人所说的'屈节而求其达'。吴王一旦发兵伐齐，战而不胜，则是大王和越国之福；战而胜之，吴王必乘胜而兵临于晋。届时，臣请求北往晋国，请求晋侯出兵共击之。如此，吴师必败，吴国必弱矣。吴师精锐尽丧于齐，吴国重兵皆困于晋，大王趁机而起，伐吴而敝之，必获大胜也。"

勾践听了，点头称好，诺诺连声。

与勾践约定后，子贡立即返回吴国复命。五日后，越王勾践派大夫文种至吴，顿首而拜吴王道：

"敝邑之君悉起境内所有之兵，得三千人，愿率之而听任大王驱使。"

吴王将文种来见的事告诉了子贡，并问子贡道：

"越王愿率兵跟随我一起伐齐，可以吗？"

"大王，使不得！"

吴王感到诧异，连忙反问道：

"为什么？"

"一国之君调动另一国所有之兵，还要其君亲自出征，这不合道义啊！"

吴王听了，觉得子贡说得也在理。于是，决定让越国之兵跟随自己出征，越王勾践可以不随从。

于是，吴王悉起吴国全境之兵以及越国三千兵卒，趁齐师不备，发动突袭，一举而败之。

子贡获悉吴师已败齐师，立即北见晋定公，让他乘机攻打吴国，不让吴国一国坐大。晋定公接受了子贡的建议，发兵与吴师在黄池展开了一场二强相搏的恶战。

越王勾践获得消息，乘机出动十年生聚的生力军，趁吴国国内空虚之机，一举占领了吴国国都。吴王获悉，立即从晋国撤兵回救，但吴师已经精疲力竭，越师以逸待劳，最后以吴王身死国灭而告终。

当吴国灭亡的消息传到卫国之都时，孔丘心情颇是复杂，对弟子说道：

"乱齐而存鲁，乃我之愿。至于折冲樽俎之间，使晋国强大而吴国灭亡、越国称霸，则是子贡游说的功劳。不过，应该记取的教训是，美言伤信，还是应该慎言啊！"

5. 和风细雨

齐鲁之战，由于孔丘弟子冉求杰出的组织与指挥能力和樊迟等人的奋勇，以及子贡折冲樽俎的外交努力，终于使鲁国化解了一场覆巢厄运。

为此，鲁哀公事后专门召见冉求，在表彰了一番他指挥有力、运筹得当之后，突然好奇地问道：

"此次齐鲁之战，孔门弟子出力甚多，起了关键性的作用。只不过，寡人有个疑问，夫子并不懂兵阵之事，你们的军事才能是从何而来？莫非是与生俱来？"

冉求自从上次老师将他从卫国送回鲁国以后，心里一直在想着如何让老师回国，重返鲁国政坛。只是一直没有机会见到鲁哀公，跟季康子说的机会也不成熟。这次，倒是一个很好的机会了，得在鲁哀公面前好好夸夸自己的老师，让他知道老师的才能，以便及早让老师返回鲁国，一展政治才干，不然老师真的是要老死卫国而不得其用了。

想到此，冉求立即回答道：

"臣等排兵布阵、运筹帷幄的本领，都是学之于夫子的。只是一般人并不知道夫子在兵法方面的造诣，因为夫子向来主张以仁治天下，所以不公开言兵。这样，大家都有一种错觉，觉得夫子在军事方面是外行，其实不然。"

鲁哀公恍然大悟似的说道：

"原来如此！怪不得这些年屡有孔门弟子战场立功。"

冉求见此，觉得机会来了，于是就想顺水推舟，请求鲁哀公将老师从卫国请回。可是，不巧的是，还没来得及开口，侍者来报，晋侯使者求见。

冉求一看，今天没法再说此事了，只得告辞而出。

告别鲁哀公出来后，冉求想请回老师的愿望更加强烈了。虽然今天没有在鲁哀公面前找到机会推荐老师，但已了解到鲁哀公对老师的军事才能开始相信了。这就好。如果有一个合适的人自然巧妙地推荐老师，那么鲁哀公就可能顺水推舟答应老师回国了。

想了几天，都觉得没有什么得力的人。因为原来亲近老师，也算是老师弟子，又在朝廷上行走的孟懿子已经过世，他的儿子孟孺子虽然子承父职，但在政坛上则还嫩得很。南宫敬叔虽然对老师特别亲，又诚心希望帮助老师重返政坛，但他的力量不够。最后，想来想去，还只得借助季康子。虽然老师当初辞去大司寇及代理家宰之职而出走鲁国，是与季康子之父季桓子有关。但事过境迁，季康子虽然不了解老师，但至少不会对老师有恶感。况且他执政以来，一直都是自己及其他孔门弟子在帮他，包括这次齐鲁战争。

想到此，冉求终于打定主意，要找一个合适的时机正式跟季康子谈这个问题了。因为老师年纪已经很大了，再不重返政坛，就没有机会了。

曲阜的仲夏，一向都是干燥多风。但是，鲁哀公十一年（前484）五月初，天气却来得与往年不同。一入仲夏，淅淅沥沥的小雨就下个不停，缠缠绵绵，让爽直干脆的鲁人大觉不爽。

五月初九，久违的蓝天终于重现，天空又浮动起朵朵白云。当许多人还在梦乡时，太阳已经早早地在地平线的远处露出了和善的笑脸。和煦的阳光照着刚吃透水的小草，照着风中瑟瑟摇曳的树枝，照着曲阜城的宫墙，照着大街小巷的屋舍民房，也照得鲁国执政季康子的府第一片灿烂。

有早起习惯的季康子，走出厅堂，步入院中，看到满院的阳光，感受着雨后清新的空气吹在脸上，顿时心情开朗起来。

"冢宰，早啊！"

"子有，今天天气这么好，陪老夫出去走走如何？"见到一向早起早到的冉求进来，季康子不禁脱口而出道。

"难得有这么好的天气，冢宰大人兴致这么高，冉求当然愿意奉陪。"

"好，备马！"说着，季康子一挥手，径直向门外走去。

"备马？冢宰，您这是要出远门啊？"

"当然。你看，阳光明媚，空气清新，不冷不热，难得这么舒适的仲夏，出城到郊外走走，看看田畴沃野，仰观飞鸟横空，俯察碧草青青，远眺牛羊撒欢，近赏游鱼戏水，是一件多么快乐的事呀！"

"冢宰日理万机，每日为国操劳，也该稍事休息，放松放松了。"

"操劳也没什么，就是长年累月蜗居在这小小的曲阜城，每天做着同样的事，看着同样的人，乏味！"

"冢宰说得对，文武之道，一张一弛嘛！"

二人正说着，车夫已经备好了马车在府前等着了。

上得车来，车夫一声吆喝，一个响鞭，马车就冲出了几丈之外。

"子有哇，你是第二次到我府里做家臣吧，已经一年有余了吧？"

"是，冢宰，是一年零三个月。"

"记得这么清楚啊？"

"当然记得清楚。冢宰对冉求信任有加，点点滴滴，冉求都是铭感在心的。没有冢宰大人的信任，何来冉求在季府一人之下、众人之上的宰臣地位。"

季康子听了，虽没说什么，笑意却写在了脸上。

马蹄叩击青石板路发出的"得"、"得"之声，马车颠簸发出的"哐啷"、"哐啷"之声，虽然单调而枯燥，但在季康子与冉求二人听来，却显得那样清脆悦耳，仿佛是一曲和谐动听的合奏。因为此时此刻，他们的心情都相当不错。

沉寂了好大一会儿，看着街上熙熙攘攘的人流，以及不时见到市民揖让寒暄的场景，冉求又禁不住打破了沉寂，说道：

"冢宰，您看，曲阜城的市井是多么繁华，社会秩序有条不紊，老百姓恭谨有礼，一派盛世景象，这都是您执政有方啊！"

季康子明知这是恭维话，但似乎并不反感，侧身看了看坐在侍从位置的冉求，淡淡地一笑，优雅而矜持。

冉求察知季康子此时的心情，遂不失时机的说道：

"今日侍从冢宰大人出城郊游，不禁想起十五年前陪侍老师出城郊游的往事。"

"啊，夫子离鲁已经十五年了？"

"没有十五年，是十四年。"

"那么，他现在哪里？一切都好吗？"

"前几日有师兄从卫国来，说老师正在卫国，卫君正欲委大任于老师呢。"

"哦？老夫完全不知，真是孤陋寡闻呀！"

"冢宰大人，冉求有句话，不知当讲不当讲？"

"但说无妨。老夫就喜欢实话实说的人，不喜欢儒生那种欲言又止的作派。"

"好，冢宰大人，那么小人就斗胆了。"

"请说。"

"国有圣人而不能用，欲求国家繁荣昌盛，是否有点像倒着走路，却想超越他人的情形？"

季康子不傻，听出了冉求话中的弦外之音，但脸上丝毫没有不高兴的神色，反而侧身回看着冉求。

冉求从季康子的眼光中读出了他的心思，遂又接着说道：

"今夫子在卫，若卫君真的委以重用，以夫子的才能，卫国必然很快强盛起来。卫国乃鲁国近邻，国虽小，强盛起来则势必成为我们的大患。鲁有人才，而资邻国，难以言智也。"

话一出口，冉求就有点后悔了，觉得这话说得太直白，冢宰大人肯定不爱听，因为孔子当初之所以被迫离鲁，那是与季氏有关的。

就在冉求后悔的一刹那，突然听到季康子爽直地问道：

"依你之见，应当如何？"

冉求一听，不禁大吃一惊，同时也是喜出望外。连忙转身仰望着季康子，见他眼露真诚之意，遂坚定地说道：

"冢宰大人可建议国君，发重币迎回夫子，为鲁所用。"

季康子点点头。

转眼间，马车已经出了曲阜城。一条宽阔的驿道出现在眼前，车夫甩了一记响鞭，马儿跑得更欢了，车子也颠得更厉害了，车内主仆二人却笑得更爽朗了。

第十二章 哀公问政

1. 何为则民服

周敬王三十六年，鲁哀公十一年（前484）五月二十，天气格外好，和风轻拂，鸟鸣于枝，狗吠于巷。

一大早，曲阜的主街道上便热闹起来。辰时刚过，熙熙攘攘的人流突然被一辆疾驰的马车分开左右两股。人们还未回过神来，马车早已风驰电掣而过。

"禀国君，孔丘大夫已经回鲁国了。"

"啊，这么快？"

鲁哀公一听侍者禀报孔丘已从卫国返回了鲁国，不禁心里一惊。从季康子向他建议从卫国迎回孔丘到现在，也才十多天时间啊。看来，这个季康子比他父亲强，起码办事效率比他高，容人雅量亦大过其父。

过了一会儿，鲁哀公又问侍者道：

"孔丘大夫现在住哪？"

"禀国君，季冢宰已将他接到招贤馆了。"

鲁哀公听了一惊，心想，这个季康子真比其父有容人雅量，竟然这样礼贤下士。顿了顿，鲁哀公对侍者说道：

"你到招贤馆把季冢宰叫来，寡人问问他有关孔丘大夫的情况，然后再召见孔大夫。"

"禀国君，季冢宰正在招贤馆向孔丘大夫求教呢。"

"你怎么知道的？"鲁哀公问道。

"小人就是刚从招贤馆回来的。"

"那季冢宰问孔丘大夫什么呢？"

"小人在旁边听了一会儿，还有南宫敬叔大夫也在场。"

"说了些什么？"鲁哀公又追问道。

"季冢宰问孔大夫如何为政？"

"孔大夫如何回答？"

"孔大夫只说了四个字。"

"哪四个字？"鲁哀公穷追不舍。

"孔大夫说：'政者，正也。'季冢宰不明白，就问何意。孔大夫答曰：'为政，就是把人做端正。'"

鲁哀公点点头，又问道：

"孔大夫还说了什么？"

"孔大夫又说了八个字。"

"哪八个字？"鲁哀公又问道。

"'子率以正，孰敢不正？'"

"是不是说，为政者自己以身作则，率先垂范，别人就不敢胡作非为了？"

"国君说得对，孔大夫也是这样说的。"

"除此，孔大夫没有说别的什么吗？"鲁哀公又追问道。

"禀国君，小人因为急着回来禀告，没有再听下去了。"

"那你再去招贤馆，看季冢宰求教完了没有？如果完了，就请孔丘大夫来晋见寡人。"

"遵命！"侍者答应一声，就迅疾离去。

大约过了半个时辰，侍者又回来了，禀告说：

"国君，孔大夫现已在宫外，是否现在就传他来晋见？"

"请稍等片刻，容寡人略作准备。"

"是。"说着，侍者退出了宫中。

约略过了烙十张大饼的工夫，鲁哀公盛装出宫，恭谨有加地站在大堂东阶，迎候孔丘。他虽早就听说孔丘其名，大家都称他为圣人，却从未见过这位被称为"圣人"的男子。所以，这次接见，他颇是充满期待。

就在鲁哀公站在东阶一愣神的时候，刚才那位传报的侍者又一路小跑地进来了。离他约十丈远，另一个侍者陪着一个高大魁梧的男子正迎面走了过来。鲁哀公知道，那个大汉大概就是大家口耳相传的圣人孔丘了。想到此，他情不自禁地站直了身子，打内心表现出对贤士的敬仰之情。

眼见孔丘越走越近，鲁哀公更是恭谨有加，情不自禁间扯了扯衣袖与前襟。然而，就当他注目相迎，二人近在咫尺时，孔丘却突然绕他而去，小步快趋地跑到了西阶。这让引领的侍者莫名其妙，更让鲁哀公不解。

然而，就在鲁哀公感到不解而一愣神的瞬间，孔丘已然站到了他的面前，正行礼如仪呢。鲁哀公一见，这才醒悟，原来孔丘是个守礼拘礼之人，东阶是国君之位，所以才舍近就远，循西阶而上，以与自己相见。

快进集贤殿时，鲁哀公命令宫内侍者道：

"打开中门，请孔大夫入殿。"

随着鲁哀公的一声令下，两个高大的宫内侍者打开了中门。

接着，鲁哀公自己带头从中门迈入。连进三重门，进殿落座后，鲁哀公却发现孔丘并没有随自己进殿，而是还站在殿门外。良久，才见他慢慢地从集贤殿的第一重正门进来。进第二重门时，他的步伐更小了，那种小心谨慎的样子，好像此处没有他的容身之地。进门时不从门的中央迈入，也不敢踩踏门槛，而是提起长裾，高高抬起左腿，小心翼翼地从门的西侧一边跨步而入。到第三重门时，看着洞开的中门，他没有像季康子那样昂首而入，而是绕到中门之西的侧门，侧身轻轻挤了进去。鲁哀公看他那进门的样子，好像是在做贼似的，差点没笑出声来，心想：这孔丘怎么这样拘礼？但是，鲁哀公最终既没笑，也没说出揶揄的话来，而是非常礼貌地首先寒暄了一句：

"孔大夫一路舟车劳顿，今既回国，寡人日后便可随时求教了，真是欣慰之至！"

孔丘一听鲁哀公慰问自己，连忙回答。但是，声音低得像蚊子叫。鲁哀公只见他嘴巴在动，却没听清他在说什么。经过鲁哀公座位前，只见他的脸色变得更加庄重起来，脚步更小了，但速度很快。鲁哀公知道，这叫"小步快趋"，是一种对君主表示敬重的礼节。

"孔大夫不必拘礼，请坐！"

听到鲁哀公赐座，孔丘更显惶恐不安。连忙提起裙裳下摆，小步急趋地走上台阶，到达席前，憋住一口气，好像不呼吸似的慢慢跪坐下去。

看孔丘已在席上坐定，鲁哀公对宫内侍者说道：

"赐食。"

随着鲁哀公一声令下，一位宫内侍从立即端上一个食盘，放到了孔丘坐席前的食案上。孔丘情不自禁地低头看了一眼，原来是一碗黍米，一只鲜桃。

"孔大夫，请！"

孔丘见鲁哀公有令，先起身答谢了一番，然后就低头端起食盘中的那碗黍米吃了起来。

鲁哀公身边的侍者见了都捂着嘴大笑，鲁哀公也忍不住说道：

"孔大夫，黍米是给您擦拭桃子用的，不是让你吃的。"

孔丘立即跪直身子，回答道：

"这个臣是知道的。只是黍米是五谷之中最为贵重的，国君在郊外举行大典祭祀祖先时，都是以黍米为上等祭品供物的。而我们所吃的水果，一般有六种，其中最低档的就是桃子了。因此，祭祀时桃子根本摆不上供桌。"

鲁哀公听了连连点头。鲁哀公左右侍者听了则肃然起敬。

孔丘见此，遂又接着说道：

"臣听说，君子以贱物拭珍品，没听说以珍品而拭贱物。黍为五谷之长，桃乃果中之下。今臣若以黍拭桃，则是以贵拭贱。这样，于礼不合，有伤于礼，有碍于义，故臣不敢。"

鲁哀公听到此，脱口而出赞道：

"说得好，大夫真圣人也！"

"国君过誉矣，臣实不敢当！"

"大夫博古通今，又周游列国，见多识广。寡人愚钝，治国之日浅，望大夫不吝赐教寡人一二！"

孔丘立即接口说道：

"臣岂敢在国君面前言教？但愿竭其忠心，以效愚诚！"

鲁哀公见孔丘这样说，立即问道：

"为政治国，不知关键何在？"

"为政之要，治国之本，贵在选臣。"

"何以言之？"鲁哀公追问道。

"选臣得当，不贪不怠，官知清廉，民知勤奋，国家何愁不治，政治何愁不清？"

鲁哀公一听，连连点头。顿了顿，又问道：

"一国之君，何为则民服？"

"臣以为，作为一国之君，做到五个字，便可使臣民信服，天下太平了。"

"哪五个字？"鲁哀公急不可耐地追问道。

"举直错诸枉。"

"请大夫说得具体些。"鲁哀公诚恳地说道。

"国君治国，要使臣民服从，唯有以德服人。为政以德，譬如天上北斗之星，安然处其位，而众星拱之。国君任用正人君子，将其置之奸邪小人之上，就能以正压邪。臣民就会知道国君用人的导向，大家一心向善，天下何愁不治？国君何忧之有？反之，'举枉错诸直'，以错误的纠正正确的，以邪压正，则民心必不服，国家必不治也。"

"大夫言之是也！"

2. 怀忠信以待举

周敬王三十六年，鲁哀公十一年（前484）五月二十八，雨后天晴，空气清新。辰时刚到，孔丘就依约来晋见鲁哀公了。

因为已是第二次晋见了，君臣二人依礼揖让进退一番之后，便进入了鲁哀公议事大殿。

宾主循礼各就各位，鲁哀公打量了一下孔丘的着装，见他这么热的天却长袍大袖，峨冠博带，觉得新奇，遂不禁脱口而出，问道：

"今日大夫之衣冠，莫非就是传说中的儒者之服？"

"臣不知什么是儒者之服，只知穿衣戴帽要入乡随俗。曾记得，小时候臣在鲁国生活，所穿之服是腋下肥大宽松的那种袍子。年长，迁居于宋，所穿衣装又有所不同，连冠冕也有差异，好像戴的是殷朝流行的章甫帽。"

"既然儒者之服未有一定之说，那大夫就给寡人说说儒者之行，如何？"鲁哀公转移话题道。

"儒者之行，说来话长，恐怕一时半会难于穷其究竟。"

"哦，是吗？"鲁哀公更加好奇了。

"如果三言两语，肯定讲不清楚。如果要讲清楚，恐怕您的侍者全部换班了，也未必能够讲完。"

"有这么复杂吗？"鲁哀公以为孔丘在故弄玄虚。

"臣在国君面前岂敢戏言？"

"既然如此，来人，摆席看酒，请先生尽言之。"

孔丘见鲁哀公真有诚意，大有挑灯夜战的意味，遂放开怀抱，

说道：

"儒者好比是席上珍馐，以待知味者享用。他们昼夜苦学，满腹经纶，是为了有朝一日有人向其请教；他们怀忠抱诚，崇道弘义，是为了将来能得到举荐，发挥长才；他们全心全意，勉力做事，是为了得到国君的聘用，为国效力。这便是儒者修身立世的标准。"

"大夫请喝口酒，不急，慢慢说。"鲁哀公一边说着，一边自己先端起酒爵呡了一口。

孔丘没有端起酒爵饮酒，而是直视鲁哀公，继续说道：

"儒者穿衣戴帽，讲究端庄古雅，不媚俗，不趋新，更不标新立异。他们行为谨慎，举止从容。委以大事，辞让不就，似有倨傲之嫌；委以小事，亦辞让不就，似有虚伪之情。然而，一旦决定受命从事，对大事则如履薄冰，权衡再三，谨慎而为之，好像心有畏惧；对小事，亦态度严谨，战战兢兢，不因事小而草率视之，好像心怀愧疚。他们进取难，退让易，柔弱谦恭，给人以无能之感，这便是儒者的外表。"

鲁哀公听到此，放下手中酒爵，跪直了身子。

"儒者起居，即便是平日，亦严肃谨慎，不肯苟且。或坐或立，皆有一定之仪，表现恭敬之意。他们言必诚信，行必忠正。道途之上，不会为了省点脚力而与他人争抢快捷方式。冬天不与人争避风向暖之所，夏日不跟人抢有树木阴凉之地。他们珍爱生命，善保有用之躯，以待他日而有所作为。这便是儒者'豫而有立'的行事风范。"

鲁哀公听到此，态度更加严肃了。

孔丘看了看鲁哀公的表情，知道他有诚意，遂又继续说了下去：

"儒者不以金玉为宝，而视忠信为宝。他们不谋求占有多少土地，而视仁义为立身处世的肥田沃土。他们不求积累万贯家产，而以追求学问为最大财富。儒者难得，却易于供养；易于供养，却难以罗致。时机不宜，难以相见，可见儒者并非易得。非正义之事，不予合作，可见儒者并非招之即来就可以效力的。如果他愿意合作，一定是先效力，而后取俸禄，可见儒者是易于供养的。这便是儒者对待人情世故的态度。"

说到此，孔丘感到有点口渴，情不自禁间端起坐席前的酒爵饮了一口。望了一眼鲁哀公，见他不住地点头，遂又继续说道：

"儒者不贪图他人钱财，不沉溺于嗜好而玩物丧志。对于外来威胁，不以对方势众势大而畏惧；纵使戈矛以临之，亦不苟且退缩。见利不亏其义，见死不改操守。过去之事不后悔，未来之事不疑虑。错误的话不说第二次，流言诽谤不为所动。注重威仪，但不工于心计。这便是儒者的处世方式。"

鲁哀公没吱声，但看得出听得非常认真。

"儒者可以亲近，但不能胁迫；可以交往，但不可威逼；可以杀头，但不受辱。他们居不求安，食不求甘，安贫乐道。他们有过失，可以婉转指摘之，不可直言相斥，不留情面。这便是儒者的刚毅表现。"

"哦，原来儒者是这样的个性，寡人完全不知。"鲁哀公恍然大悟似的说道。

孔丘没有接话，继续顺着自己的思路说了下去：

"儒者以忠信为盔甲，以礼义为盾牌。守仁义以行事，怀美德以处世。虽有暴政，亦不改其志。这便是儒者抱持原则、卓尔不群的品格。"

鲁哀公听到此，又忍不住插话道：

"够君子，佩服！"

孔丘报以莞尔一笑，继续说道：

"儒者有一亩之宅，容膝之室，足矣。编竹以为门，织草以为席，破瓮以为窗，不以为陋。他们可以两天只吃一餐，但出门必须换件像样的衣裳。建言献策，长官纳之，不会沾沾自喜，自以为能力超人；长官不纳，不认为自己没有见识，而要曲意献媚。儒者作为读书人，就是这种脾气。"

"是汉子，寡人喜欢！"

"儒者与时俱进，按照当代人的生活方式生活，但不放弃对古圣贤行事风格的追慕。因为当代人的行为，就是后世的楷模。若不逢圣主，上无人引荐，下无人推举，谗佞小人结党比周而诣之，纵使生命有虞，他们亦不改其志。虽三餐不济，饥肠辘辘，仍不忘百姓之苦。这便是儒者心忧天下的胸怀。"

听到此，鲁哀公不禁感叹道："鲁国若有这样的儒者，则寡人何忧之有！"

孔丘对于鲁哀公的话不以为然，心想，俺就是这样的儒者，只是你还不了解俺而已。但是，初次见面，还不宜驳他，得继续说儒者的好处，让他彻底改变对儒者的误解，那样自己才有可能被重用，重拾执政的机会，实现自己"克己复礼"，恢复周公礼法的理想。想到此，孔丘端起席前酒爵呷了一口。然后，又从容说开了：

"儒者博学而不厌，笃行而不倦。失意独处时，不放纵自己而自甘堕落；得意腾达时，不离经叛道而为所欲为。他们讲礼，以和谐为贵，以宽容为贵。他们仰慕前贤之高义，亦能包容众庶之平凡，就像陶瓦一样方圆随宜。这便是儒者海纳百川的容人之量。"

鲁哀公听了不住点头，赞赏之情写在脸上。

孔丘深受鼓舞，继续说道：

"儒者为国举贤，内举不避亲，外举不避仇，唯才是从，唯德是从。他们走上从政之路，积极进取，建功立业，不是为求累积资本而谋高官厚禄。他们举贤荐能，乃是为国为民，不是为图回报。因此，国君能赖儒者举贤而治国，百姓能赖儒者荐能而受惠。如果有利于国家，何图自己的富贵。这便是儒者举贤荐能的真意所在。"

"儒者真高尚之士也！"鲁哀公又不禁脱口赞道。

"其实，儒者的高尚情操还多着呢！"

"那先生赶紧给寡人多说说。"鲁哀公催促道。

"儒者修身养性，思想独立。国君咨询国策，他们一定谦诚以对。只是他们生性淡泊、守正严谨的品德，往往不为国君与百姓所了解而已。国君有过失，他们会婉转地劝谏，但不会采取激烈的做法。得志时，不居高临下而傲人；有功时，不沾沾自喜而显摆。天下安定时，群贤毕至，不轻视自己的作用；社会混乱时，小人当道，不消极颓废而不振。不与观点相同的人结党，不跟见解相左的人为敌。这就是儒者立身行事特立独行的表现。"

"儒者既然有如此高尚的人格，那为什么不为世用呢？"鲁哀公问道。

"儒者之中，各色人等皆有，不能一概而论。他们当中，有些人上不愿为天子之臣，下不肯为诸侯之吏。他们处世谨慎恬静，崇尚宽容；待人接物，不卑不亢；汲取新知，如饥似渴。他们淡泊名利，即使是分疆裂土，亦视之如锱铢，不肯改变自己的志向而为他人之臣吏。这便是儒者的处世态度。"

"如夫子所言，儒者是很难与之交往了，要想引之为友，恐怕更是不易吧？"鲁哀公听到此，终于对儒者之行提出了疑问。

"儒者当然也是可以与之交朋友的，只是他们交友是有原则的。"

"什么原则？"鲁哀公急切地问道。

"儒者交友，讲究志同道合，道不同不相为谋。彼此各有建树时，都感到快乐；大家都不得意时，也不厌弃对方。与朋友久处，指其失而不讳；与朋友久别，闻流言而不信。志同道合，则保持友谊；志向相左，则分道扬镳。这就是儒者交友的原则。"

"如此说来，只要了解儒者交友的原则，跟他们交朋友也并不是什么难事。"鲁哀公满有信心地说。

"国君说得对。儒者表面给人一种不可接近的感觉，实际上都是些宅心仁厚之人，因为他们最推崇'仁'。"

"那么儒者的'仁'又体现在何处呢？"

"温良、慎敬、宽裕、逊接、礼节、言谈、歌乐、分散，即是儒者'仁'的体现。"

"何以言之？"鲁哀公追根究底地问道。

"温良，就是为人温和善良，这是仁的根本；慎敬，就是处事谨慎，有敬畏之心，这是仁的基础；宽裕，就是待人宽厚，不刻薄，这是仁的开始；逊接，就是与人交往亲切谦逊，有亲和力，这是仁的魅力；礼节，就是为人处事循规蹈矩，以礼进退，这是仁的表现；言谈，就是与人交谈诚恳和善，这是仁的外在体现；歌乐，就是歌舞音乐和谐动听，有感人的力量，这是仁的教化力量；分散，就是将博爱之心推广开来，这是仁的践行。儒者虽有这八种美德，但并不轻言自己已经达到仁的境界，这便是儒者恭敬谦让的品格。"

"有此八德而不夸，真乃谦谦君子也！"鲁哀公情不自禁地感叹道。

见鲁哀公真有推崇儒者之意，孔丘心里颇是欣慰，端起酒爵呷了一口，开始作最后的总结陈述了：

"儒者不因贫贱而丧失理想，不因富贵而得意傲人。他们不会因为来自君王、官长、有司的干扰或压力而改变志向，所以称为'儒'。今号为'儒'者，乃徒有其名，而无其实，故为人所轻。'儒'之名，反倒成了一种讽刺人的称谓。"

说完，孔丘不禁长叹一声，狠狠地喝了一口酒。

鲁哀公见孔丘如此感慨，连忙接口说道：

"寡人今日得大夫耳提面命，恰似醍醐灌顶，茅塞顿开，终于明白什么是'儒'了。从今以后，寡人再也不敢以'儒'为戏了。"

说完，鲁哀公起身绕席，为孔丘斟了一盏酒，从此对之恭敬有加。

3. 民之所以生者，礼为大

周敬王三十六年，鲁哀公十一年（前484）六月初一，时届大暑。但因刚下过一场大雨，曲阜城的暑气为之一扫而光。空气清新，天蓝地碧，沿街两旁的树木枝繁叶茂，浓绿欲滴。

一大早，孔丘穿着一套麻布夏服，坐上马车，穿过窄窄的小巷，惊起一群群在地上觅食的鸟儿。望着扑腾腾飞向天空的鸟儿，他的思绪随着目光也飞向了远方。走到曲阜东西走向的主街道上，孔丘一边让驭手放慢了车速，一边撩开车窗布帘，探出头来，看着街上熙熙攘攘的人群从容地穿行。

走了大约烙二十张大饼的工夫，马车停在了鲁国国君的宫墙之下。今天，孔丘与鲁哀公有约，要讨论些国事。

"国君，孔大夫已经到了，就在宫门外候见呢。"宫内侍卫远远望见孔丘的马车停到宫墙之下，就连忙跑进宫内向鲁哀公报告了。

"快请孔大夫入见。"

可是，等了很久，才见孔丘穿门入户，诚惶诚恐地直到近前。

本来，鲁哀公今天是要请孔丘来商讨治国大计的，见他今天穿了一套新衣服，走路那样小心翼翼，进殿时那种诚惶诚恐的拘礼之态，突然忘记了正题，情不自禁地脱口而出道：

"早就听人说，大夫非常推崇礼。据说，大夫曾经为了了解夏朝的礼制，特意前往杞国考察。为了了解殷朝的礼制，又专程前往宋国考察。但是，不知结果如何？"

孔丘见鲁哀公突然对"礼"的问题感兴趣，觉得这可是个好机会，他一生的理想就是要"克己复礼"，恢复周公制定的礼乐制度。他认为，当今天下，之所以乱臣贼子横行、人心不古，就是因为大家都不守"礼"。想到此，他立即接住鲁哀公的话茬，回答道：

"禀国君，臣确曾因为考察夏、殷二朝礼制而专门去过杞国与宋国，虽然因为年代久远而没有得到验证，但却得到了夏朝的历书《夏时》和殷朝的易书《乾坤》。"

"可是，《夏时》与《乾坤》并不是关于礼乐制度的书啊！"鲁哀公感到不解。

"国君说得对，《夏时》、《乾坤》确实都不是关于礼乐制度的专书。但是，透过《夏时》和《乾坤》二书，可以从中了解有关阴阳的功用与礼的区分等级。更重要的是，我由此发现了一个重要线索：礼最初是肇始于饮食的。"

"礼最初是肇始于饮食？此话怎讲？大夫可否为寡人详说之？"

鲁哀公有这样的求知欲望，孔丘当然感到高兴，于是便兴味盎然地打开了话匣子：

"在远古时代，我们的祖先学会了取火，开始用火将黍米烤熟了吃。又将一整头的猪用刀劈开，割片烤熟来吃。还在地上挖出一个坑作为容器，将酒盛放其中，以手为杯，舀酒而饮。为了助兴娱乐，他们还扎草为槌，击打以土制成的鼓。这样，他们就可以祭鬼神，以示敬意了。每当一个人死了，活着的人就会登房顶而高呼："某某，回来吧！"接着，以生肉作为"饭含"之礼。为免死者日后挨饿，人们还在埋葬死者的同时，给他包一些熟食。这样，死者虽埋于地下，灵魂却在天上。这就是远古时代登高招魂、就地埋葬的古礼。另外，死者下葬时还有一个规矩，就是头须朝北，脚须朝南。因为北方属阴，南方属阳，为了尊重活人，死者必须头朝北下葬。这就是从远古时代传下来的古礼。"

说到此，孔丘抬头看了看鲁哀公，见他正凝神倾听，一副恍然大悟的样子，更加心情振奋，遂又继续说了下去：

"古时的君王，在住的方面，条件极为简陋，不像今天的君王都住在高大巍峨的宫殿之中，冬暖夏凉。他们冬天垒土为窟以避寒，夏天扎草为巢以庇身。在食的方面，由于当时尚未开始用火，他们只能食草木之果，或是生吃禽兽之肉，饮动物之血。在穿的方面，那时还没有丝麻等纺织品，男女老少都以鸟毛兽皮蔽体遮羞。后世圣人出，钻木取火，人们开始以火烤煮食物。还发明了用模具浇铸金属，调和泥土烧制砖瓦陶器等技艺，于是便有了宫室之营造，酒醋之酿造。后来又在生产活动中学会了栽桑养蚕，种麻织布。这样，人们开始穿上了丝绸与麻布，生活水平得到了大大改善。在养生送死、祭祀鬼神的过程中，祭礼也日益趋于完善，与早先有了大不同。"

"如何不同，请大夫详说之。"

281

"祭祀时，先将清酒置于内室，甜酒与浊酒放在门里，赤酒放在堂上，澄酒置于堂下。然后，抬上牛羊猪三牲，摆上鼎俎等祭器，排列琴、瑟、管、磬、钟、鼓等乐器，以此迎接上神与祖先降临享用。通过祭祀活动，使君臣上下的尊卑关系得以彰显，父慈子孝的人伦规范得以明确，兄弟友爱的手足情谊得以加强，从而使上下同心，尊卑同德，夫妇各得其位，这就叫'承天之佑'。"

说到此，孔丘顿了顿，见鲁哀公不住地点头，眼里透着真挚，遂又接着说了下去：

"除了祭品、祭器有讲究外，祭祀时的礼仪也进一步强化。祭祀时，必须有主祭，先吟诵祝辞，然后敬清酒，献牲血，荐牲毛，置生肉于祭器之中，呈鱼肉熟食于案盘之上。顶礼膜拜时，践蒲席而过，以布覆酒樽，着丝绸新装，献甜酒浊酒，呈烤熟之肉。为悦祖先之灵，主人与主妇交互进献祭品。祭毕退下，将半生不熟的祭品合于一鼎之中烹煮。然后，再按牛羊猪分类盛入祭器之中。最后，主人再诵祝辞，向鬼神表达孝顺之心；又代鬼神诵嘏辞，转达鬼神对主人的慈爱之意。这叫'大祥'，是礼的最大功用所在。"

"哦，寡人明白了。那么，大夫特别推重的'大礼'又是怎么回事呢？"

孔丘见鲁哀公如此好学不倦，虽然心里高兴，但却谦虚地回答道：

"臣乃孤陋寡闻之人，尚不足以知'大礼'也。"

"大夫不必谦虚，还是给寡人说说吧。"

看着鲁哀公那副虔诚的样子，孔丘不好再谦虚推托，遂接着说道：

"臣听说，礼在人类社会生活与人类发展中，是最为重要的。"

"何以言之？"鲁哀公觉得孔丘这话说得太过夸张了，遂情不自禁地反问道。

"国君想想看，如果没有礼，何以节制人们的行为。不能节制人们的行为，如何能够虔诚敬天地、事鬼神？没有礼，何以区分君臣、上下、长幼之尊卑？没有礼，何以分别男女、父子、兄弟、婚姻等彼此之间的亲疏关系？正因为如此，有道德、有远见的君主都是极其推重礼的。"

"那么君主推重礼，对治国有什么好处呢？"鲁哀公又发问道。

"明白礼的重要性，国君就会懂得如何用礼教化百姓，使他们不至于在男女婚配、亲疏交往中有失礼行为。"

"言之有理。"鲁哀公点点头，表示认可。

"等到礼的教化效果达到一定程度时，再通过器物和服装上的纹饰区分人的上下尊卑。只有百姓都接受了礼的教化而知礼守礼，才可能有丧葬祭祀的规范，以及宗庙礼拜的仪轨。只有熟悉了祭祀的仪轨，才能安排好祭祀用的祭品，布置好祭神祭祖的食物，每年按时举行隆重的祭礼，以表达对祖先和神灵的崇敬之情。"

"大礼就这些吗？"鲁哀公又问道。

"非也。祭祀过程中，还要安排参祭亲属的座次，区分长幼的次序，分别血缘的远近。祭祀之后，宗族聚会饮宴，也有座次排序的问题，必须安排合乎礼仪规范。这样，才能在聚宴中加深亲情、融洽关系，体现血缘纽带意义。往昔的君主，非常重视这些，但日常生活上却非常朴素。他们住着低矮简陋的房子，穿着质朴无华的衣裳，车不加饰，器不镂花，食不二味，心无奢望，与百姓同甘共苦，有福同享，有难同当。古代的贤君圣主就是这样讲礼的。"

听孔丘如此推重古人，鲁哀公又情不自禁地问道：

"那么，现在的君主为什么不这样做呢？"

孔丘一听，慨然叹道：

"而今的君主，则好利不厌，放纵不羁，荒唐怠政，傲慢无礼。他们只知搜刮民脂民膏，以满足他们无尽的贪欲，而不怕激起民愤。他们一意孤行，刚愎自用，违逆民意，以伐有道之国。他们为了满足自己的欲望，无所不用其极，屠戮无辜，滥杀民众，完全不依法治国，不立法安民。远古的君主清心寡欲，爱民如子；现今的君主贪得无厌，视民如寇。因此，现在的君王不能修明礼教。"

"寡人终于明白了，原来礼并不是虚的摆设，而是教化百姓，治国安邦的利器啊！"鲁哀公如梦方醒似的感叹道。

"国君意识到这一点，实乃鲁国万民之福也！"

4. 事任于官，无取捷捷

周敬王三十六年，鲁哀公十一年（前484）六月十九，一大早，天气就热得令人透不过气来。太阳升起才一会儿，刚刚上面还滚动着晶莹露珠的树叶，转眼间就燥得打起卷儿。树间的蝉儿，叫声时断时续，大概是热得叫不动了。

早朝过后，鲁哀公一身大汗，大臣还没走出大殿之门，他就急急往后殿跑去，一边跑一边催促内侍道：

"快去备水，寡人要沐浴更衣，热死寡人了。"

洗过澡，脱去笨重而不透气的朝服，换上轻便透气的麻布轻装，鲁哀公感到一身轻松，原来躁动不安的情绪也渐渐平复下来。

午膳过后，鲁哀公无所事事，觉得非常空虚无聊。远远望着宫墙正门外来来往往，川流不息，为生活奔波的人们，他突然怜悯起他们的辛劳，觉得自己应该有所作为，让老百姓过上好一点的日子。

这样想着，他突然醒悟到，因为自己生病的缘故，已经三个月没见孔丘了。当初让季康子从卫国迎回孔丘，目的就是希望发挥孔丘的才干，帮助自己治国安邦。如今这样冷落孔丘，不是待贤用才之道啊！

想到此，鲁哀公立即叫过内侍，传令下去，让人备车去接孔丘大夫来见。

大约过了烙三十张大饼的工夫，宫中侍者就驾车接来了孔丘。

孔丘以为鲁哀公有什么重大国事相召，一入宫门就小步快趋，满脸的汗水"叭嗒"、"叭嗒"往下掉，宽大的裙袍早已被汗水湿透了。

如仪入殿，走到鲁哀公座前时，孔丘猛一抬头，发现鲁哀公竟然穿着薄薄的轻纱，不禁愕然。鲁哀公请他入座，他半天没有反应。最后，鲁哀公猛然醒悟，大概是因为孔丘看到自己的着装不合君臣之礼吧。于是，连忙起身道歉说：

"孔大夫，寡人失礼了！"

鲁哀公一边说着，一边就向后殿走去，而孔丘则仍立在原地不动。

不一会，鲁哀公穿戴整齐，坐在了君主的位子上，说：

"孔大夫，现在可以入座了吧。"

孔丘见此，连忙施礼如仪，然后慢慢地跪坐到席上。

鲁哀公虽知孔丘是个拘礼之人，但见孔丘汗流浃背、衣服全湿透的样子，还是忍不住地问了一句："大夫，穿成这样不热吗?"

孔丘明白鲁哀公这话的意思，但并不想纠正国君什么，只是顺着他的话作表层语义的回答道：

"心静自然凉。"

"言之有理！"

"其实，治国亦是这个道理。"

听孔丘说到治国，鲁哀公立即接口道：

"寡人因为近期多病，数月未请教大夫了。今日特召大夫来见，就是要请教治国之道。"

"臣乃孤陋寡闻之人，岂敢奢谈治国之道？"

"大夫不必谦虚。寡人虽然愚鲁，但愿勉力而为之。"

"国君有思治之心，实乃鲁国万民之福也。"

"鲁国现状，大夫再清楚不过了。依大夫之见，要想改变目前的现状，使鲁国富强起来，老百姓的生活水平有所提高，当务之急是什么？"

"依臣之见，只有四个字。"

"哪四个字，请大夫明示。"

"为国抡才。"

"寡人早就有心为国抡才，选贤与能，与寡人共治鲁国。可是，放眼望去，寡人不知才从何来？"鲁哀公似乎非常无奈地说道。

"生于当代，却追慕古圣贤的道德风范；按现代人的生活习俗生活，却依旧峨冠博带，服饰一如古人。这样与众不同的人，难道是随便都能找到的人才吗？"

"依大夫之见，是不是那些头戴殷朝章甫帽，脚穿古代绚饰履，腰系大带子，手板插在腰间的人，都是贤才呢？"鲁哀公不禁质疑道。

"那倒不是。臣刚才所说的话，并非是这个意思。那些穿着礼服、戴着礼帽，乘着轩车出行的人，是为了去行祭祀之礼，而志不在祭礼缫宾的荤菜；那些身穿麻布丧服，脚蹬菲草之鞋，手拿哭丧棒，喝着稀粥的人，是为了来行丧礼的，而志不在丧礼招待的酒肉。生于今日社会，却追慕古圣贤的道德，遵循古代的仪礼；依当代人的生活习俗而生活，却穿着古代的儒服，我说的就是这样的人。我们看他们，不能只看其外表，而要看到他的内心世界。"

"大夫说得好啊！关于人才，是不是就是这些呢？"鲁哀公又问道。

"当然不是。其实，人才是有不同层次的，可以分为五类。"

"人才还分五类？是哪五类，大夫可否为寡人详说之？"鲁哀公急切地问道。

"庸人、士人、君子、贤人、圣人。国君若能区分这五类人才而有选择地使用，那治国平天下的方法都有了。"

"那么，什么样的人算是庸人呢？"鲁哀公认真地问道。

孔丘不假思索地回答道：

"所谓庸人，就是那些做人不懂谨慎、善始善终的人，说话信口开河而毫无道理的人，处世不知择贤而托其身的人，做事不努力而使自己生活难以安定的人。这些人往往见小不见大，小事明白，大事糊涂。他们整天忙忙碌碌，却不知所事何为。为人没主见，做事随大流，不知自己追求的到底是什么。这就是庸人的表现。"

鲁哀公点点头，表示明白了。接着又问道：

"那么，什么样的人是士人呢？"

"所谓士人，就是那些为人有主见，做事有原则的人。他们做事有明确的计划，即使不能达到行道义、安天下的境界，也一定有自己一套值得人效法的行事法则。他们不一定能集百善之美于一身，但必有值得人们借鉴的处世方法。他们未必学识渊博，无所不知，但一定会审慎地思考所掌握的知识究竟哪些是正确的。他们说话不求多，但求说得符合事理。他们未必行过万里路，但一定知道所走过的路是否正确。他们善于通过自己的思考而弄清事理，并用恰当的语言表达出来，最终落实到行动上。这就像生命与身体合而为一，不可分离一样。他们不视富贵为有益，不以贫贱为有损。这就是士人的风骨。"

"那么，什么样的人才算君子呢？"鲁哀公又迫不及待地问道。

孔丘顿了顿，望了一眼鲁哀公，然后接着说道：

"所谓君子，就是那些言必忠信，而心无怨愤之人。他们行仁行义，美德在身，但脸上却看不出丝毫自夸炫耀的表情。他们考虑问题周到细致，但表达看法时绝不会把话说死。他们对自己的理想有执着的追求，对实现理想有充分的信心。他们认准目标，就会勇往直前，自强不息。看看他们那平和从容的样子，好像就是平凡人，人人都可超越，实际上则是可望而不可即的。这就是君子的境界。"

孔丘话犹未了，鲁哀公就急不可耐地追问道：

"那么，什么样的人是贤人呢？"

"所谓贤人，就是那些道德不逾规范、行为合乎法则的人。他们言论可以成为天下人行动的指南，而又不会成为天下人批评的箭垛；他们的思想可以化育天下百姓，而又不会有碍于人自然本性的发展。他们生财有道，富可敌国，天下人也不认为他财雄势大；他们散财济贫，施惠苍生，天下人也就不再有温饱之忧。这就是贤人的形象。"

鲁哀公一听孔丘所说的贤人是如此的完美，对于圣人更是有着莫大的期许了，遂再次急切地追问道：

"那么，圣人又是怎么样的一种人呢？"

"所谓圣人，就是那些德比天地，符合大道的人。他们处世善于变通，为人圆融和谐。他们了解万事万物发生、发展的过程，能够根据万事万物的特点，依其发展规律予以协调推动。他们善于布达思想，阐发大道，使万民情志畅达。在天下百姓心中，他们如头顶上的日月，化育万民犹若神灵。可是，普通民众不知其德，近在眼前，亦不识其人。这就是圣人的造化。"

"说得真好啊！若无大夫之贤，寡人今日何以得闻此高论？尽管如此，但寡人由于自幼长于深宫之内，养于妇人之手，不知何谓哀伤，何谓忧愁，何谓辛劳，何谓畏惧，何谓危险，恐怕不足以对万民行'五仪'之教。大夫，您看怎么办？"

孔丘一听，觉得鲁哀公说的也是实情，态度颇是诚恳，但是对于这样没有体验过人间疾苦的公子哥儿，他也不知如何教他了。于是，只得无奈地说道：

"从您的话中，知道您已明白了其中的一些道理。对此，臣就没有什么好说的了。"

鲁哀公一听，连忙说道：

"寡人资质愚钝，如果没有大夫的开导，寡人恐怕还是难以明白如何用人治国。所以，还望大夫为寡人再指点指点。"

孔丘见鲁哀公并无虚情假意，顿了顿，遂又接着说道：

"国君到宗庙祭祖，行祭祀之礼，侑劝祖神享用三牲。依礼从东阶登堂，抬头仰视屋椽，低头察看案席，见俎豆鼎萧俱在，牺牲玉帛俱在，但却看不到先祖来享用。睹物思人，触景生情，国君就知道什么是哀伤的情感了。黎明即起，着衣正冠，天刚亮就上朝视事，与群臣谋划国家大计，考虑国家可能面临的各种危机，唯恐思虑不周，就要导致国家的动乱甚至灭亡。国君设身处地想一想，也就知道忧为何物了。每天日出就要上朝听政，要一直忙到深更半夜。诸侯使节，往来宾客，都要一一接见，按照礼仪行礼揖让，每个动作都要中规中矩，以表现出一国之君的威仪。国君用心体会一下，也就知道什么叫辛劳了。沉思于现实，思念着先祖，思绪飞到了遥远的古代。走出都门，极目远望，思接千古，睹前代城池之废墟，知国家兴亡之有定。国君想想自己的责任，也就知道什么是畏惧了。国君，就好比是一艘船；老百姓，就好像是一江水。水可以载舟，亦可以覆舟。国君想想此中情景，也就知道什么叫危险了。国君如果能够明白这五个方面，又稍稍留意一下上述的五种人才，那么治国理政，还会有什么失误呢？"

孔丘说完，抬头看了看鲁哀公，见他若有所思地点了点头，知道这一下他应该明白了。

没想到，鲁哀公突然又提出了另一个问题：

"寡人明白了人才有五种，治国有'五仪'。但具体到用人的方法，需要掌握哪些原则呢？寡人不敏，还望大夫明以教之。"

孔丘似乎早有预见，知道鲁哀公要问这个问题，立即脱口而出道：

"事任于官，无取捷捷，无取钳钳，无取啍啍。"

"什么意思？大夫可否详说之？"

"所谓'事任于官，无取捷捷'，就是任命官员，主管相关事务，不要挑选那些没有清廉节操、贪得无厌之徒。"

"那么'无取钳钳'呢？"鲁哀公连忙接口问道。

"就是任用官员，不要挑选那些口是心非、待人不诚之人。"

"那'无取啍啍'，又是什么意思？"

"就是不要信用那些口无遮拦、说话不谨慎的人。这些人为官，可能因为性格的原因，往往会信口开河，言多必失，那样会引起社会的混乱，坏了国君的大事。"

"大夫说得有理！"鲁哀公脱口赞道。

孔丘则连忙道：

"任人好比用箭、御马。弯弓射箭，必须先要调好弓弦，这才能使射出去的箭射得远，射得强劲有力。驾车远行，必须先要套好马，然后才可能让马跑得快、车子行得稳。用人之道亦复如此。选用官员，先要看他是否具有诚实、谨慎的品格，然后再考虑他是否聪颖有能力。如果选用了一个有才干而无道德的人，那么他会运用手中之权胡作非为，祸害无穷。这样的人就好比凶狠的豺狼，避之犹恐不及，所以千万不可亲近。"

鲁哀公听到此，连忙接口说道：

"寡人明白了，用人之道，德在先，才在后，先德而后才。"

"当然，能够德才兼备，则更好。"孔丘补充道。

"如果做到了先生上述所说的，是否就能治理好国家，称得上是贤君了呢？"

"可以这样说吧。"

"如果是这样，依先生之见，当今天下诸侯之中，何人能算得上是贤君？"

孔丘没想到鲁哀公会立即提出这个问题将自己一军，顿了顿，略带勉强的口吻，说道：

"目前我还没发现有这样的一个人。如果硬要从诸侯之中找出这么一位，孔丘以为卫灵公还算够格。"

"卫灵公？"鲁哀公一听，不禁吃惊地问道。

"是啊，是卫灵公。国君认为卫灵公算不上是贤君吗？"

鲁哀公不以为然地答道：

"寡人听说，卫灵公闺门之内，姐妹姑嫂之别亦未区分好。'齐家'尚谈不上，遑论'治国'了。先生将他视为当今贤君，寡人实在困惑不解。"

"臣说卫灵公为当今贤君，乃就其在朝廷上的表现而言，而非指他闺门之内的事。我们看一个国君是否贤君，主要看他在朝堂之上的表现，在任人处事方面的作为。"

鲁哀公见孔丘这样说，遂连忙接口问道：

"那么，卫灵公在任人处事方面到底有些什么表现呢？"

"孔丘在卫多年，曾听卫灵公弟弟亲口所言：灵公有一弟子，名曰渠牟，其才智足可以治千乘之国，其品德足可以表率万民，维护国家稳定。灵公爱之，亲之任之。卫国有一士，名曰林国，敬贤爱贤，唯贤是举。被他荐举的贤人，即便被罢黜，他也会将自己的俸禄分一半与他。灵公认为林国贤能，对之信任有加，大凡林国有荐，灵公必用。因此，在灵公治下的卫国，没有一个赋闲游荡而不为国所用的士人。卫国还有一个士人，名曰庆足，人格高尚。国家有难之时，他不请自到，帮助出谋划策，排忧解难；国家太平时，他则挂冠封印，让位于贤能。卫灵公亲之爱之，对他尊重有加。卫国还有一位大夫，名叫史鳅，因为政治主张没能实行，就离开了卫国。卫灵公为此郊居三日，琴瑟不张，必待史鳅回来才敢回城。由上述诸事例来观察，说卫灵公是贤君，有何不可？"

至此，鲁哀公终于心服口服地点了点头，表示认同。顿了顿，又问道：

"那么，贤君治国当以何事为先？"

孔丘不假思索地回答道：

"为政之急者，莫大于使民富且寿也。"

"那么，具体怎么做，才能使民富且寿呢？"鲁哀公又迫不及待地追问道。

"不夺农时，轻徭薄赋，则可富民；加强教化，远离罪疾，则可以让人民健康长寿。"

"大夫言之有理。只是寡人有些担心，若轻徭薄赋，国库入不敷出，恐怕鲁国会变得更加贫困了。"

孔丘听鲁哀公这样说，遂抬起头来，诚恳而坦诚地凝视着鲁哀公，说道：

"《诗》曰：'恺悌君子，民之父母。'既然国君爱民如子，百姓亦视国君为父母，那么天下哪有子女富裕了，而父母独受其贫呢？"

"大夫说得没错。可是，有一个现实问题。而今周公礼法不存，天下诸侯尔虞我诈，常常以大欺小，兵戎相见。鲁乃小国，国无财力，如何能在这弱肉强食的社会生存下去呢？大夫有没有办法，让我鲁国小而能守，大而能攻，始终立于不败之地呢？"

孔丘一听，不禁莞尔一笑，道：

"假如国君朝廷有礼，君臣相亲，上下同心，天下百姓皆欲为国君之臣，谁还敢贸然戈矛以临之？如果有违此道，百姓弃国君而去，视国君为仇敌，那么天下谁还愿意替国君守疆卫土？"

"说得好！寡人谨受教！"

于是，鲁哀公立即下令，废除山泽之禁，允许老百姓上山自由打猎、下河自由捕鱼。并减轻关卡与交易场所的税收，让百姓感受到国君爱民之心、惠民之意。

5. 凡为天下国家有九经

自从废除山泽之禁的政令颁布之后，鲁国百姓一片叫好，觉得这是鲁哀公的一大功德与善政。鲁哀公听到来自民间的称颂之声，自然心里非常得意。

周敬王三十六年，鲁哀公十一年（前484）九月十八，秋高气爽，丹桂飘香。日中时分，鲁哀公处理完政务，信步走到了后花园。看着满园高低不一的各种植物，闻着微风中飘来的阵阵桂香，他感到心情特别愉悦。在园中流连了一会儿后，他又回到了大殿，看了一会儿内侍搬来的一堆竹简，揣摸三皇、五帝以及周公等先贤治国的经验，忆往昔，想未来，不禁大为感叹。

正在此时，突然一个侍卫从外面急步进来，报告说：

"国君，孔大夫在宫外等候晋见。"

"孔大夫等候晋见？"

旁边的一位内侍连忙接口说道：

"是啊，国君忘记了吗？今天与孔大夫相见，不是您上次亲自约下的日子吗？"

鲁哀公一拍脑袋，突然醒悟道：

"是，是，是，是寡人约下的。快请孔大夫入见。"

不一会儿，孔丘就在内侍的引导下进入了大殿，轻车熟路，行礼如仪，然后坐下。

孔丘甫一坐下，鲁哀公就开口问道：

"大夫，寡人刚刚读史，忽有所感，正在困惑不解呢。"

"国君有何困惑？不知能否说来让臣听听？"

"国家的兴亡祸福，究竟决定于天命，还是决定于人力呢？"

孔丘一听是这个问题，不答反问道：

"依国君看来，到底是决定于天命，还是取决于人呢？"

"寡人觉得还是决定于天命，非人力所能左右。"

孔丘立即斩钉截铁地说道：

"非也！自古以来，国家的命运都是取决于人，而不是由天命决定的。"

"大夫这样说，有什么事实根据吗？"

孔丘脱口而出道：

"当然是有事实根据的。不知国君听说过没有，殷纣王时代，发生了一件怪事，国都城墙边有一只小鸟生出了一只大鸟。占卦者告知纣王说：'凡以小生大，则国家必霸，威名必扬。'纣王听了欢喜雀跃，从此不修国政，残虐臣民无所不用其极，忠臣义士无人能谏止匡救。最后，天怒人怨，周人趁机攻入，殷朝从此灭亡。依仗天降吉兆，逆天而行，肆意妄为，使上天的福佑转化为亡国祸殃，这就是一个鲜活的例证。"

孔丘说到此，故意顿了顿，抬头看了看鲁哀公，见他表情凝重，遂继续说道：

"纣王之祖太戊时代，因社会风气败坏，国家纲纪紊乱，招致天降凶象，朝堂之中长出了一棵妖树。而且不到七日，这棵妖树就长到粗得要两手合抱。当时占卦者说：'桑谷本是野生之木，不合长于朝堂内室，莫非这是亡国的征兆？'太戊听说此话，感到非常恐惧。从此反躬自省，加强道德修养，努力效法先王治国安邦的经验，用心摸索如何教化百姓的措施。三年之后，国家大治，近悦远来，先后有十六个国家因追慕殷朝的德治，派使者不远千里前往朝觐学习。见凶象而反省，修其身以弥祸，终能转祸为福，这也是一个鲜明的例证。"

说到此，孔丘再次顿了顿，见鲁哀公在凝神倾听，神色严肃，遂收尾作结道：

"天降灾难，地现怪兆，都是上天用以警示为人君者。寤梦有所寄托，异兆有所应验，皆是告诫为人臣者。灾妖不胜善政，寤梦不胜善行。能明白这个道理，就能达到治国的最高境界。历史的经验证明，只有明主贤君，才能臻至这一境界。"

鲁哀公听到此，不禁惭愧地低下了头。过了一会，才抬起头来，诚恳地望着孔丘说道：

"寡人真是浅薄啊！幸亏大夫这样教诲我！"

孔丘听鲁哀公这样说，遂连忙鼓励道：

"国君有知不足之心，这也是鲁国万民之福啊！"

君臣对视，沉寂了一会儿，鲁哀公又问道：

"依大夫之见，一国之君如何做，才能远天灾而避人祸呢？"

"其实，周文王、周武王治国的成功经验，都写在了简策上，只是大家都没有好好体会，好好执行而已。这些明君圣主所制定的治国方略，在他们在世时实行得很好，卓有成效。可是，当他们死去之后，这些好的政策就没人实行了。"

"大夫言之有理。自古及今，人存政举、人亡政息的事比比皆是。"

孔丘点点头，继续说道：

"天之道，在化育众生；地之道，在滋生万物；人之道，在敏于政事。为政，就像种芦苇。芦苇的生长需要雨露的滋润，为政则需要万民的拥护。因此，为政之道，在于得人；得人之道，在于修身；修身目的，在于施仁行义。仁，说的是为人之道，以敬爱亲人为要；义，说的是处事之道，以尊崇贤能为要。但是，人际关系有亲疏之别，因此爱亲人与爱天下人，就有一个感情的深浅问题。人的贤能有等次之分，因此对贤人的敬重程度就有所不同。这种差别与等次，就是礼产生的根据。礼，是政治的基础。因此，君子不可以不重视修身。君子思修身，则不可不孝亲；君子思孝亲，则不可不知人；君子思知人，则不可不知天。"

"那么，这些与为政治国有什么关系呢？"鲁哀公听孔丘越说越偏离主题，遂提醒道。

孔丘望了一眼鲁哀公，莞尔一笑，没有正面回答，顺着自己的思路继续说道：

"放之四海而皆准、揆之古今皆通行的道理是'五伦'，敦睦'五伦'的途径是'三德'。五伦，即君臣之道、父子之道、夫妇之道、兄弟之道、朋友之道。三德，即智、仁、勇。五伦，乃人间之至道；三德，乃天下之至德。对于这些道理，有的人是天生就知道，有的人是通过学习后才知道，有的人则是遇到挫折后被动学习而最终才明白。但是，等到他们明白了，结果都是一样的。有的人在实践中自觉地加以运用，有的人在行动中顺利地予以运用，有的人落实到行动上有困难却也勉力而为之。但是，等到成功了，结果都是一样的。"

鲁哀公听到此，不禁脱口而出道：

"大夫的意思是说，一个人的悟性有差别，能力也有大小，但是，只要有一颗向善之心，和不断努力进取的意愿，那就可以了。说得真好！寡人以前确实不懂这个道理，也确实做不到这一点。"

孔丘听鲁哀公这样说，感到非常欣慰，觉得对他进行启发教育还是有效果的，辅佐他成为明君也还是有希望的。于是，进一步鼓励启发道：

"好学则近于智，力行则近于仁，知耻则近乎勇。有'智'、'仁'、'勇'三德，也就知道怎样修身了；知道如何修身，也就懂得如何治人了；知道如何治人，当然也就知道如何治国平天下了。"

"大夫的意思是说，政治也就到此为止了？"鲁哀公问道。

孔丘摇摇头，顿了顿，斩钉截铁地回答道：

"非也。凡为天下、国家，有九经。"

"大夫是说，治国安邦共有九种途径？"

"正是。"

"请问是哪九种？"鲁哀公迫不及待地追问道。

"修身、尊贤、亲亲、敬大臣、体群臣、子庶民、来百工、柔远人、怀诸侯。"

"请大夫为寡人详说之。"

"'修身'，就是加强自身的修养，培养起高尚的道德。这样，就能成为天下人的表率。"

鲁哀公立即接口说道：

"也就是以德服人，以德治国吧。"

孔丘点点头，继续说道：

"'尊贤'，就是尊重贤能之士，向他们问道求学。这样，治国安邦中遇到什么疑难问题就能迎刃而解了。"

"那么'亲亲'呢？"

"'亲亲'，就是孝敬自己的父母，做一个孝子贤孙。这样，兄弟姐妹之间就会团结友爱，不会闹矛盾，不会有怨恨之事发生。"

鲁哀公点点头，这一点他非常明白。

"'敬大臣'，就是尊重朝廷重臣，遇事多征求他们的意见。这样，集思广益，治国执政就不会有太多困惑了。"

"那么'体群臣'呢？"鲁哀公不明白"敬大臣"与"体群臣"有什么分别，遂追问道。

"'体群臣'，就是体谅臣下、士子的处境，了解他们的难处。这样，他们就会深受感动，会回报国君更多。"

"那'子庶民'呢？"

"'子庶民'，就是像对待自己的子女一样对待所有老百姓，爱护他们，关心他们。这样，老百姓就会深受激励，努力上进，一心向善。那么，天下何愁不太平？"

鲁哀公重重地点了点头，孔丘又继续解说道：

"'来百工'，就是制定恰当的工商管理政策，使远近的手工业者都愿意来我国做生意。这样，经济繁荣起来，国家的税收不就增加了吗？"

"没想到大夫还有经济头脑，有理财的意识。"鲁哀公情不自禁地评论道。

"'柔远人'，就是对远方蛮、夷之人怀有仁慈之心，善待他们。这样，他们就会从四面八方前来投奔归顺。"

"那么'怀诸侯'呢?"鲁哀公又问道。

"'怀诸侯'，就是对其他诸侯国实行怀柔安抚政策。这样，天下诸侯都会敬重他。"

"那么，具体实行起来，有哪些方法呢?"鲁哀公一听，非常感兴趣，遂进一步追问道。

"虔诚斋戒，内外整洁，盛服端庄，行动必合乎礼，这就是修身的方法;谗言不入于耳，女色不近于身，轻利重德，这就是尊贤的方法;对贤能者封以爵位，厚予俸禄，与他们的好恶保持一致，这就是孝亲的方法。"

孔丘刚说到这里，鲁哀公就提出疑问道:

"尊贤厚禄，何以就是孝亲呢?"

孔丘一听，莞尔一笑道:

"尊贤厚禄，使祖先遗留的江山社稷永久存续，岂非孝亲之义?"

鲁哀公点点头，表示认同。

孔丘遂又继续说了下去:

"对大臣多加信任，给他们以充分发挥才干的机会，让他们对国家有所贡献，这就是敬大臣的方法。对忠诚守信之人予以重禄厚赏，这就是激励士子的方法。不妨农时，轻徭薄赋，这就是爱护百姓的方法。定期考察百工的工作，按劳配以官粮，这就是招徕百工的方法。迎来送往，奖赏做得好的人，而同情能力不及的人，这就是安抚远人的方法。让亡国之君的后裔得到封地，使荒废的城邦得以复兴;治乱政，挽危局;与诸侯各国往来，按时依规，给对方多，自己要的少，这就是怀柔诸侯的方法。"

听到此，鲁哀公不禁赞道:

"大夫说得真是精辟啊!"

孔丘回以感激的目光，又继续说道:

"治国安邦的途径虽然有九种，但实现起来，掌握一个总原则就可以了。"

"什么总原则?"鲁哀公又急切地问道。

"凡事豫则立，不豫则废。"

"大夫的意思是说，一国之君做任何事都要预先有所准备。有了充分的准备，事情就能做成。反之，就一定做不成。是不是这个意思？"

孔丘一听，非常高兴，连声赞道：

"国君真是聪颖过人，鲁国大治指日可期也！"

"大夫言过其实矣！请继续说吧。"

孔丘顿了顿，又继续前言，说道：

"只要掌握了这个总原则，就会无往而不利。因为要说的话事先考虑好，到表达时就不会有失误；要做的事事先布置好，到做的时候就不会出差错；要实施的行动事先规划好，届时就不会失败而后悔；要实现的人生目标事先确定好，那么按部就班，一步一个脚印，就能实现。一个人处于下位时，没有办法让上司赏识重用，那么他就没有机会参与政治，发挥出管理国家的长才。有办法让上司赏识，却得不到朋友的信任，那也不算是得到了上司的重用。有取信于朋友之道，却不听从父母的教诲，当然最终也不会得到朋友的信任。有取信于父母之道，但并无依顺父母的诚心，也算不得是孝顺父母。有办法修炼自己，使内心充满诚意，但不明白如何行善，那也难于表现诚心。诚，乃天下之至道。使人诚，则是人伦之道。诚，乃发乎内心，不必努力就能做到，不必考虑就能得到，一举一动皆合乎'道'，只有圣人才能从容而自然地做到。使人诚，则需要选择一种好的办法，使之坚持不懈，固守不失。"

"大夫教诲寡人真是全面啊！那么，请问如何开始行动呢？"

孔丘不假思索地说出了十字要诀：

"立爱自亲始，立敬自长始。"

"大夫为什么那么强调'爱'、'敬'二字呢？"鲁哀公又提出了疑问。

"'立爱自亲始'，就是表现仁爱之心要从孝敬父母开始。这样，可以教化天下万民慈善和睦。'立敬自长始'，就是表现恭敬之意要从敬重长者开始。这样，可以教化天下百姓谦恭顺从。民知慈睦，就会乐意孝养父母双亲；民知恭顺，就会乐意听从君王之命。人民既孝敬父母，又顺从君王命令，那么天下何愁不治？君王何所不能？"

鲁哀公听到这里，不禁大为感慨：

"大夫之论真是精辟无比！诚为治国安邦之良方！只是寡人虽然明白，就怕做不到。"

第十三章　传道解惑

1．季康子问学

周敬王三十六年，鲁哀公十一年（前484）十月初三，孔丘往季氏府拜访鲁国执政季康子。因为从卫国回鲁后，季康子已经两次登门拜访过他，所以他也得回访。

没想到，时至巳时，季康子还在内室睡觉。孔丘跟季府家臣说："你进去问问冢宰，他得了什么病？"

见季氏家臣进去禀告季康子，陪同孔丘一起来访的子贡，连忙悄声问道：

"先生，季康子没病，而您要探他的病，这合乎礼吗？"

孔丘不假思索地回答道：

"按照礼，君子若无丧事，则不睡在外室；若非斋戒，或是生病，大白天不会睡在内室。如果夜间睡在室外，即使有人来吊丧也是合乎礼的。今季康子白昼睡于内室，为师探问他的病，难道不合礼？"

孔丘话音刚落，季康子已经从内室出来了。

宾主相见，互相寒暄问候了一番，便分宾主坐定。

因为没有别的事，说了些闲话后，孔丘便要起身告辞。这时，季府一个家臣进来报告说：

"昨天国君遣人来请求的事，冢宰如何答复？"

孔丘一听，随口问道：

"请求什么事？"

"哦，是这么回事。国君欲举行田猎，看中季府一块田，想借用一下。肥正想就这个问题请教夫子呢。您看，是借还是不借？"

孔丘立即正色回答道：

"丘听说，君取之于臣，叫取；君给予臣，叫赐；臣取之于君，叫借；臣给予君，叫献。"

季康子一听，不觉神色一变，恍然醒悟道：

"肥实在是未明白这方面的道理，惭愧！"

说完，季康子立即对侍立在旁的家臣说道：

"从今往后，国君若是遣人来要什么，一律不得再说借字了。"

见季康子如此从谏如流，孔丘不禁由此及彼，联想到一件往事。

那时，孔丘任鲁国大司寇，季桓子为执政，季康子只是其父的助手，正在学习从政。有一次，因一个涉及鲁国与邻近小国关系的问题，孔丘要往季府拜访季康子，跟他协商。可是季康子年轻气盛，不仅不敬之以礼，还显得有些不耐烦。之后，孔丘继续派人往季府通报，季康子仍是拒绝。虽如此，但孔丘最终仍决定要前往季府拜访。弟子宰予实在看不下去，心有不平地跟孔丘说道：

"弟子曾经听先生说过：'纵使王公贵族，若不以礼相聘，我就不会去找他们。'而今先生任大司寇时日不多，怎么就折节委屈自己多次了呢？弟子以为，为名节计，为人格计，先生都是以不去为好。"

孔丘莞尔一笑道：

"子我，你有所不知。鲁国以大欺小，以兵加害邻近小国的日子不短了。可是，鲁国相关官员不闻不问，这会闹出大乱子来的。今国君任我为大司寇，有哪一件事比这件事更值得我关注的呢？"

孔丘的这番话被传出去之后，鲁国很多人都说：

"孔丘这样贤德的人治国安邦，我们有什么理由不主动停止做那些违法乱纪的事呢？"

自此以后，鲁国少了很多争吵之事，人与人之间多了一份礼让。

宰予看到老师谦恭礼让的品德深深影响到全体鲁国民众，不禁非常钦佩老师的人格，甚至当面赞扬老师。可是，孔丘却意味深长地说道：

"离山十里，蟪蛄之声犹在于耳。为政之人，理应像隔山倾听蟪蛄之声一样，仔细听取他人的意见，然后择善从之，并付诸实施。"

孔丘对比季康子今昔对于听取意见的不同态度，一时陷入回忆之中。

季康子见孔丘突然目光呆滞，而且不说话了，不知他在想什么。于是，便没话找话说道：

"夫子博古通今，学识渊博，弟子遍天下。惜肥年轻时未能醒悟，错失了向夫子求学的机会。今虽为鲁国执政，然才疏学浅，以致有很多问题都还弄不明白。不知夫子肯不肯为肥指点迷津，让肥也长点学问。"

孔丘毕竟是书生，又有教书匠"好为人师"的职业病，一听季康子说有问题讨教，顿时来了精神，立即回答道：

"冢宰不必过谦，有什么问题尽管提出来，大家可以讨论。"

"肥曾听闻五帝之名，而不知其实，请问何谓五帝？"

孔丘从容答道：

"丘曾听楚人老聃说过：'天有五行，水、火、金、木、土。五行分时化育，以成万物。其神谓之五帝。'古代帝王改朝换代，都要改国号、改年号，就是取法五行的称谓。按五行改朝换代，更替帝王，周而复始，循环不已，这便是仿效五行的变化。古之贤君圣主，死后也会以五行与之相配。如太皞配木，炎帝配火，黄帝配土，少皞配金，颛顼配水，就是如此。"

孔丘话音未落，季康子又问道：

"太皞氏从木开始，有什么道理吗？"

"因为五行运行，是从木开始的。木配东方，万事万物皆从此出。因此，为帝王者亦仿之，首先就以木为德称王于天下。然后，则以所属之行，依次转换承接。"

季康子又问道：

"我听说，句芒为木正，祝融为火正，蓐收为金正，玄冥为水正，后土为土正，这些掌管五行之神彼此有别，不相混淆，而都被称为帝，原因何在？"

"以上这五正，都是五行的官属名称。五行辅佐他们成为帝王，于是便被称为五帝。太皞等人也与之相配，也称作帝，后来就一直这样称呼了。以前，少皞生有四子，分别叫做重、该、修、熙，他们的能力可以胜任金、木、水。于是，少皞氏乃使重为句芒，就是主木之官，号曰木神；让该为蓐收，就是主金之官，号曰金神；让修和熙为玄冥，就是主水之官，号曰雨神，或称水神。又让颛顼之子黎为祝融，就是主火之官，以火传布教化，号曰火神；让共工之子句龙为后土，就是主土之官，号曰土地神。这五个人各以其才能和所掌管的事情为职业，生为上公，死为贵神，别号五祀，不可与帝位等同。"

孔丘话音刚落，季康子又追问道：

"如此说来，帝王改号，于五行之德来说，是因为各有其不同的管辖范围吧。那么，他们之所以要这样承继变化，主要原因又是什么呢？"

孔丘顿了顿，又接着说道：

"这主要与他们所崇尚的德行有关，因为他们称王时都有其所依据的特定德行。夏人以金德治天下，所以崇尚黑色。大事、丧事皆用黑色，行军打仗乘黑马，所养供祭祀和食用的牲畜也是黑色。殷人以水德治天下，所以崇尚白色。大事、丧事用白色，行军打仗乘白马，所养供祭祀和食用的牲畜也是白色。周人以木德治天下，所以崇尚红色。大事、丧事用红色，行军打仗乘红马，所养供祭祀和食用的牲畜也都是红色。这便是夏、殷、周三代不同之所在。"

"那么，尧、舜二帝所崇尚的颜色又是什么呢？"季康子又追问道。

孔丘回答道：

"尧帝以火为德而称王，崇尚黄色；舜帝以土为德而称王，崇尚青色。"

季康子又问道：

"陶唐、有虞、夏后、殷、周独不与五帝相配，这是什么原因？是因为他们德不及上古，还是有什么限制呢？"

"古代平治水土，播种百谷的人很多，但只有共工之子句龙配飨土地之神，帝喾之子弃则成为稷神。易代供奉，只限于二人，不敢增多，其原因是要表明不可与帝等列。所以，自太皞以下，直到颛顼，都顺应五行而称王。称王者数目虽不限于五，但都与五帝相配。这是因为他们不论有多少人，其德行都不可能超过五这个数目的缘故。"

孔丘说完，季康子连忙起身绕席，恭恭敬敬地向孔丘施了一礼，说道：

"肥谨受教！听您一席话，胜读十年书！"

2. 闵子骞问政

自从向孔丘问学后，季康子对于孔丘的态度有了一个根本的转变，开始打内心深处佩服他的博学与卓识。

孔丘来访后的第三天，季康子找来冉求，跟他说：

"我想实行田赋改革，将赋税改按田亩征税。想了很久，但始终拿不定主意。俗话说：'一动不如一静'，我怕改革田赋制度会带来很多新问题，所以，那天夫子来访，我也不敢拿这个问题请教他。你是他的得意弟子，你去帮我探探夫子的口气，看他有什么意见？"

冉求做了好多年的季氏宰臣，与季康子有主仆之谊。加上目前在朝廷为官，也都与季康子的提拔信任有关。因此，季康子既然已经请托，他就无法推辞了，于是便答应而去。

见到孔丘，冉求将季康子的意思连说了三次，孔丘都只有一句话：

"这个问题我不懂。"

冉求了解自己的老师，于是坦诚地说道：

"先生，您是鲁国的元老，季康子要实行田赋制度改革，就等着听您的意见，而您却说不懂，不肯发表自己的看法，这是为什么？"

可是，不论冉求怎么说，孔丘就是始终不予回应。冉求无奈，只得硬着头皮回去向季康子汇报。

等到冉求再从季康子那里回来时，孔丘却叫过他，悄悄跟他说：

"子有，你过来。你没有听说吗？先王确定土地制度，是依据劳力多少与田地多寡来分配的，而且还结合田地的远近予以调整平衡。根据市镇所收赋税，来估算居民财产的多少。征发徭役，是以夫为单位来派劳力的，并且根据夫的标准酌量老幼的减免数目；而对于那些鳏寡孤疾和老者，则一律予以免除。国家有战事时，就征收一定的赋税；没有则不收。有战事的年份，以井田为单位，每一井田承担一稷禾、一秉牲口草料、一缶米的赋税额度。这对国民来说负担不算太重，先王也觉得只能是这个税率了。"

"惭愧，这些弟子都不知道。如果早点知道，也可劝谏季康子别起改革赋税的念头。"冉求说道。

孔丘看冉求态度诚恳，于是接着说道：

"君子之所为，必依据于礼。施舍当从厚，举事要适中，敛赋要从薄。季康子若能及于此，我也觉得心满意足了。若不依礼，贪欲不加节制，即使是按田亩来征收赋税，也仍会觉得不满足。季康子若真想依法行事，周公的典章制度就摆在那里，完全可以拿来参考啊！若是有心违背先王法度，随意行事，那何必又要来请教我的意见呢？"

一席话说得铿锵有力，全在理上，冉求连声说道：

"弟子谨受教！"

冉求诺诺而退，一脸沮丧地走出孔府时，闵损却兴高采烈地进了孔府。

看到闵损喜形于色的样子，孔丘连忙问道：

"子骞，有什么喜事呢？高兴得这个样子啊！"

闵损也不隐瞒，连忙回答说：

"国君授予弟子费邑之宰职务，不日就要履新了。"

"哦？这可是好事啊！学而优则仕，你早就该出仕了。这次既然有了一个行政历练的机会，可要尽心尽力，务必要像师兄子路、子贡、冉求一样，作出成绩来，千万不要让为师脸上无光喽！"

闵损回答道：

"弟子一定遵照先生的教导，竭尽全力，治理好费邑。只是弟子从未有过从政经验，所以临行前还想请先生指教一番。"

"其实，没有从政经验也无妨，只要记住两个字，足矣。"

闵损连忙问道：

"先生，哪两个字？"

孔丘不假思索地回答道：

"'德'与'法'。为政以德，为政以法，则无往而不利也。"

"为什么？"

孔丘看了看闵损，接着说道：

"德与法，乃御民之工具也。这就好比驾驶马车，需要用马勒与缰绳一样。一国之君，就好比是马车的驭手。而各级官员，则就好像是约束马的马勒和缰绳。至于刑罚，则就如同马鞭。君主执政治国，事实上就像是驭手掌握着马勒、缰绳与马鞭一样。"

"先生说得真形象！那么，请问先生，古人究竟是怎样执政的呢？"闵损深切感动地望着孔丘，认真地问道。

孔丘回答道：

"古代天子治国，以内史为左右手，以德、法为御勒，以百官为缰绳，以刑罚为马鞭，以万民为马，因此治国数百年而无过失。善于御马者，重视矫正马勒，备齐缰鞭，均衡使用马力，使左右两骖同心协力。这样，驭手口无声而马随缰用力，驭手鞭不举而马奔驰千里。善于治民者，重视道德与法制的统一，百官言行的端正，人民劳力的平均，百姓之心的安定。这样，政令不必重复而民皆顺从，刑罚不用而天下大治，天地都认为他有道德，万民皆归顺于他。如此，他的德化必然是美好的，他的民众必然会称颂他。"

闵损连连点头称是，孔丘继续说道：

"而今，人们说到三皇五帝，都认为他们所创造的盛世境界是独一无二的，他们的尊严与威仪仿佛还历历在目。为什么会这样呢？别无他因。是因为他们的法制健全，他们的德化深厚。因此，老百姓思念他们的德政时，必然会称颂他们，早晚祝福他们，让上天都知道他们的德化恩泽。上天欣悦，因而福佑他们的朝代，使他们的年成五谷丰登。而那些不擅驭民者，则正好相反。他们弃德废法，专擅刑罚。这就好比驭马，弃缰绳与马勒而专用杖策鞭打。这样，岂能驾驭得了马。不用缰绳与马勒，而专用杖策，马必受伤，车必毁坏。不修德政，没有法制，而只用刑罚，结果必然导致人民流离，国家灭亡。"

"德、法对于治国就那么重要吗？难道舍此就别无他法？"闵损反问道。

孔丘看了一眼闵损，顿了顿，以不容置疑的口气回答道：

"治国而无德、法，民众就无道德修养；民无道德修养，则必迷惑失道，不知所从。如此，上天必认为是乱了天道。如果乱了天道，刑罚必然失据，上下相谀，无人再讲忠诚信义，这就是失道的必然结果。今人言恶者，必比之于夏桀、商纣，这是为什么呢？没有别的解释，是因为他们法制不公，民众心怀不服；他们道德不厚，民众恨其残虐。因此，当时的民众莫不为之悲叹，并朝夕诅咒他们，以致上天都知道了。上天震怒，不肯饶恕他们的罪恶，于是便降祸于他们，使灾害并生，让他们的朝代灭绝。因此说，德与法，乃御民之本也。"

"御民要讲德与法，这个道理弟子明白了。那么，先王御民到底有哪些有效之术呢？"闵损又问道。

"古之明君圣主，御民治天下都有一套行之有效之术。他们以六官总理国务，以司会周知四方。"

"六官是指哪六官，司会又有什么职责？"闵损问道。

"六官，是指冢宰、司徒、宗伯、司马、司寇、司空。他们分工明确，职责分明。冢宰用以成就'道'，司徒用以成就'德'，宗伯用以成就'仁'，司马用以成就'圣'，司寇用以成就'义'，司空用以成就'礼'。司会，乃冢宰之副，掌管君王六典八法之戒，加强对四方诸侯及化外之人的统治。君王控制了六官，就像驭车手里抓住了缰绳。司会掌握了六典八法，使仁义均齐，就像手中握有四马之车两旁马的内侧缰绳。"

"先生的意思是说，御民治天下，就像御马。驾驭四马之车，要控制好六根缰绳；治理天下之民，要厘清六官的职责，端正他们的行为。是吧？"闵损又问道。

孔丘点点头，继续说道：

"善御马者，坐正身体，握好缰绳，均衡左右马力，使四马步调一致、同心协力，回旋曲折，皆能从心所欲。这样，长途奔赴目标，也可以应付一切危难。这就是明王圣主御天地、治人事的法则啊！"

闵损听了，连连点头。

孔丘顿了顿，又接着说道：

"昔天子治天下，以内史为左右手，将六官用作缰。然后，配合三公控制六官，均五教，齐五法。如此，控引正确，便能无往而不利。为政以道，则国治；为政以德，则国安；为政以仁，则国泰；为政以圣，则国平；为政以礼，则国和；为政以义，则国兴。这便是执政之术。"

"先王御民治天下，难道都是这样十全十美吗？"闵损又问道。

"人非圣贤，孰能无过？即使是明君圣主，也会有过失，此乃人之常情，不可苛求。过而能改，善莫大焉；过而不能改，则为过。官属不分，职责不明，法政不统一，诸事失纲纪，这叫乱。如果出现这种情况，那就要追究冢宰之责。耕地荒废，财物匮乏，万民饥寒，教化不行，风俗淫僻，人民流离，这叫危。如果出现这种情况，就要问责于司徒。父子不亲，长幼失序，君臣异志，上下乖离，这叫不和。如果出现这种情况，就要整饬宗伯。贤能而失官爵，有功而失赏禄，士卒恨怨，兵弱不堪用，这叫不平。如果出现这种情况，那就是司马之过，需要追究。刑罚不公，乱象丛生，奸邪不尽，这叫不义。如果出现这种情况，那就要追究司寇渎职之罪。度量标准混乱，诸事皆无章法，大都小邑都不整修，财物失散，这叫贫。如果出现这种情况，就得问司空之罪。治国如驾车，同样的车马，有的人驾驭起来可以日行千里，有的人则只能一天走几百里。这是由驭手驾车进退缓急有所不同所造成的。官员执政，以同样的法律法规为据，有的可以实现治平的效果，有的则导致混乱。究其原因，乃是他们在法律法规的执行上有进退缓急的差别。"

闵损听到这里，忽又想到一个问题，于是问道：

"天子高高在上，深居宫廷，如何了解下面的官员做得好不好呢？"

孔丘听了，呵呵一笑道：

"天子考核官员，自有一套办法。古代的帝王，都常在冬末考察官员的德政，及时调整法律制度，观察国家的治乱。德盛者，则所治必平；德薄者，则所治必乱。因此，天子考察官员德政，足不出户，坐于庙堂之上，便可了如指掌。德盛，法律制度就会得以健全；德不盛，则整饬法律与政治制度。立法与行政都要依德而行，这样才能天下大治，国运绵长。为帝王者，在春季的第一个月对官员的德、才、功予以考评。能将德、法统一起来而用以施政者，则为有德；能施行德、法者，则为有行；能实践德、法并有所成效者，则为有功；能以德、法治平天下者，则为有智。因此，天子考评官吏，考察其德、法施行的成效，治理好国家，就算大功告成。"

"先生的意思是说，冬末调整法律制度，初春考评官吏，乃先王治平天下的关键，是吧？"闵损问道。

孔丘高兴地点点头，说道：

"正是。费邑虽小，施政原则却是一样的。"

"弟子谨受教！"

3. 子张问入官

由于齐鲁之战中孔丘弟子冉求、子贡、樊迟等人有突出的表现，加上孔丘又从卫国回到了鲁国，孔门弟子先后走上仕途的不在少数。这既使孔丘有一种心理安慰，又对其他孔门弟子产生了鼓舞激励作用。原来追随孔丘只为学问，不为做官的弟子，也开始跃跃欲试了。

周敬王三十六年，鲁哀公十一年（前484）十月二十八，曲阜的天气已经开始冷起来了。这天北风吹得正紧，尘沙刮得让人睁不开眼。孔丘从卫国返回鲁国，虽然颇受鲁哀公与季康子的尊重，但也仅止于尊重，而并没有委他以大任，只是时不时地召见请教问题。因此，充其量，他也只是一个国策顾问的角色。因为没被委以任何职务，他的政治抱负也就无法实现，所以他每天更多的时间都贡献给了来自各诸侯国的弟子。虽然弟子问学络绎不绝，让他不得清闲，但也解除了他晚年不少的孤寂，因为夫人过世后，家中更显冷清了。

因为这天天气不好，所以前来问学的弟子也就少了。到午后，则一个弟子也没了。孔丘正感到孤寂无聊时，却见颛孙师冒着冷风与尘沙来了。

"子张，这么大的风沙，你怎么还来了？有什么紧要事吗？"孔丘一见颛孙师进门就问道。

"先生，也没什么事，就是来看看您。"颛孙师显得很随意的样子，好像真的没什么事似的。

子张是孔丘前几年在陈国时所收的弟子，当时也只有十几岁，比孔丘小四十八岁，今年刚到二十一岁。别看他年纪不大，却少年老成，待人接物从容闲雅，又是一表人才，性格也不错，宽厚而有君子之风。所以，孔丘颇是赏识他。

师生闲话了一会儿，子张突然将话题巧妙地切入到入仕做官方面。这时，孔丘才知道他今天是有备而来，看来他是要为入仕做准备了。于是，就跟他聊起了冉求，聊起了子路、子贡、樊迟等人。

聊完了冉求、子路等人的从政业绩后，子张向孔丘提出了一个问题：

"先生，您觉得做官什么最难？"

"安身取誉最难。"孔丘不假思索地回答道。

"先生的意思是说，宦海沉浮，安身立命，维护稳定的地位不易，获得良好的声誉更难，是吧？"子张问道。

孔丘点点头，说道：

"正是此意。"

"那怎么办呢？"

孔丘看了看子张认真的样子，知道他是有意要进入仕途了。于是，也就认真地回答道：

"如果要想从政，在官场上站稳脚跟，并有所作为，为师送你几句话。"

"先生请赐教！"

"己有善勿专，教不能勿怠，已过勿发，失言勿掎，不善勿遂，行事勿留。"

"弟子不敏，请先生说得更明白点。"子张恳求道。

孔丘看了看子张，乃从容说道：

"所谓'己有善勿专'，就是自己有什么优长，不要独专，也要让别人学习而拥有；所谓'教不能勿怠'，就是教诲别人行善，要持之以恒，不要有懈怠情绪；所谓'已过勿发'，就是已经犯过的错误，不能让其重复犯多次；所谓'失言勿掎'，就是话说错了，要勇于承认，不要强词夺理，曲意辩护；所谓'不善勿遂'，就是不对的事不要再继续做下去了；所谓'行事勿留'，就是做事要讲究效率，不要拖拉，更不能拖泥带水。君子从政，如果能做到这六点，那么他一定能在官场站稳脚跟，政治地位得到保障，名誉也会不求自来，而且今后的从政之路也会走得更顺遂。"

"那么，从政过程中，是否有什么要避免的呢?"子张又问道。

"这也有六个方面需要注意。"

子张急切地问道：

"先生，是哪六个方面?"

"怨嗟，拒谏，慢易，怠惰，奢侈，专独。"

"这话怎么讲?"

孔丘顿了顿，接着说道：

"怨嗟，就是心中常怀恨怨不平之意，看什么问题，做什么事情都带有抵触情绪，不能客观冷静，这是产生刑案的原因；拒谏，就是不能虚心听取他人的意见，这是考虑问题会出现偏颇的原因；慢易，就是言行轻慢而不庄重，这是缺乏必要的礼节教育的原因；怠惰，就是为人懒惰，处事懈怠，这是机会迟迟不来的原因；奢侈，就是不注重节俭，挥霍浪费，这是造成国家财力不足的原因；专独，就是作风专横，独断独行，这是事情难以办成的原因。君子从政，如果能够避免这六个方面，那么他的官位就能巩固，名誉也就不求自得，从政之路会走得非常顺利。"

子张听了，不住地点头，似乎心有所悟。

孔丘见此，继续说道：

"因此，君子一旦受大位、领大任，居庙堂之高，统治广大疆域，就要精明睿智，头脑清醒，处事公正，从大局着眼，办事大刀阔斧。将忠与信结合起来，考察所做之事是否符合伦理规范。分清美恶，惩恶扬善。对治国安邦有益的，则予以推广；否则，则予以消除。为国尽忠，为民尽力，不求回报。这样，他就会深得民心，获得民众的拥戴。实施政令时，没有逆民之意；说服民众时，无犯民之言；处理民事时，没有欺民之辞；为使民众安居乐业，不在农忙时节打扰他们；为体现爱民之意，也不会置法律于不顾，对他们太过宽容。如果做到这些，那么君子从政便会地位稳固，声誉鹊起，百姓也会衷心拥护。"

"具体说来，又该怎么做呢？"子张又问道。

"君子为政临民，重视考察身边之事，这样就不至于因为看不清真相而出错。重视从身边之事做起，事情就容易做成。为政抓住关键，不用烦众便能有成，而且会获得民众的称誉。君子治国，其实从身边的许多事情上都能得到启示。泉水源源不断，从不干涸，那是因为它有许多源头活水，不是只有一个水源。君子治国安邦，重视积聚民众于自己周围，招贤纳士而为己用。人才多了，就像泉水源头活水不断。这样，就可以量才而用，委以不同的职责，人尽其才，各尽所能。如此，政治必然清明，天下自然太平。君子有优良的品德，那是长期培养修养的结果。这种品德蕴藏在心灵深处，形诸色，发乎声。如果能够做到这些，那么他的地位也就稳固了，声望也能获得，百姓也都会自愿接受其管理。"

子张听了，连连点头称是。

孔丘顿了顿，又继续说道：

"居高位而不善治理，则政局必乱。政局乱，则纷争必起；纷争起，则乱局更乱。因此，明君治国必宽厚以容其民，慈爱以安抚其心。这样，民众能够安居乐业，自然乐意听从其管理。躬行实践，是治国安邦的关键；慈爱之言，是纾解民众郁情的良药。善政易于推行，而且民无怨言；善言容易打动人心，让民众不生二心。以身作则，率先垂范，老百姓就会仿效而行；心胸坦荡，光明磊落，老百姓就会坦诚相见，言行不会躲躲藏藏。为政者肆意挥霍，不注意节俭，国家财力便会耗尽，生财之道便会断绝；为政者没有公心，只知贪图私利，国家便会受损，善政就难以推广。如果善政不能得到推广，弊政丛生，则必天下大乱。天下乱，则善言必不闻于耳。"

孔丘说到此，已是口干舌燥。子张见此，连忙趋前，给他斟了一盏水。

孔丘呷了一口，看了看子张虔诚的样子，又继续说道：

"为政者治国安邦，对于他人的建议能够虚心听取，详察后予以采纳，那么天天都会有人来向他进谏。君子治国，之所以能有好的措施，那是因为他听得进别人好的谏议；君子治国，之所以能有好的作为，那是因为他凡事都能躬亲实践。国君乃万民之表率，官员是百姓言行的标杆，君王宠臣则是百官群臣的榜样。表率若是不正，民众便失去参照学习的对象；标杆若不正，民众则乱了方寸，不知所措；君王宠臣若只知谄媚，则百官群臣都会学坏。因此，君王治国安邦务须要有戒慎恐惧之心，时刻牢记诸多伦理道德规范。"

孔丘说得太多，子张一时都抓不住重点了，于是不解地问道：

"那么，君子为政到底应该怎么做才好呢？"

"道德情操的培养最为要紧。"孔丘不假思索地回答道。

"那么，怎样培养呢？"子张又问道。

"君子培养高尚的道德情操，务须持之以恒，不断积累。这样，才能明辨是非，把握事物发展的方向与规律，然后选择正确的方法，把国家治理好。如此，他的地位就获得巩固，名望不求自来，而且受用一生。"

"除了培养高尚的道德情操外，还应该注意什么呢？"子张又问道。

"君子为政，要善于识人用人。这就好比一个妇人织布，她首先要做的工作是亲自挑选丝麻；又好比一个优秀的工匠，他在开工之前一定要精心选料。明君圣主治国安邦，亦复如此。他们为了将国家治理好，获得好的名声，一定会亲自挑选能够辅佐自己治国的得力能臣。因为识人选人时用心些，治国安邦过程中就能省心些。一旦君临天下，就好像爬树，越往上爬，就越怕掉下树去。六马驾车，四散逃逸，一定是在通衢大道。民众犯上叛乱，一定是因为君王失道。君王虽有高高在上的威严，但失去民众的支持便危如累卵；民众虽地位卑下，但却决定了君王的命运，爱之则存，恶之则亡。为君王者，必须明白这一道理。"

"先生曾说过，君与民，犹如舟与水。水能载舟，亦能覆舟。说的就是这个道理吧。"

孔丘见子张能深刻领悟其思想，并与以前自己的言论结合起来，触类旁通，不禁感到非常欣慰。于是，连连点头，进一步申述道：

　　"为君王者，居庙堂之高，南面而牧民，当贵而不骄，富而不倨，既要总揽全局，也要见微知著；既要用心经营当前，又要谋虑将来。虽深居内廷，却并不闭塞视听；情虽见于近，而思则达乎远；考察的虽为一物，明白的却有很多道理。长久关注某一问题，而不被别的事情干扰，这是因为他善于集中注意力，用情专一。因此，君子治国，不可以不了解民众的心性，而理解其感情。既知道其心性，又洞悉其感情，这样才能贴近民众，得到他们的真心拥护，唯命是从。国家安定，则民亲其君；政策公平，则民不怨君。"

　　孔丘说到此，看了看子张，见其神情专注，于是啜了口水，又继续发挥道：

　　"因此，君子治国，既不会高高在上，熟视民众的疾苦而不闻不问，也不会误导民众去做那些虚无狂妄之事。有些事情，民众不愿为之，君王不应责备他们；有些事情，民众不能为之，君王也不应强迫他们。为显扬功业，青史留名，君王扩军备战，开疆拓土，完全不考虑民众的意愿，民众可能表面恭敬，但心里会老大不乐意。为奠定王霸之业，君王连年大兴土木，不顾民众劳苦，民众就会逃避而不听其命。若责民所不为，强民所不能，则民众必起怨恨之情，从而惹出乱子来。"

　　"先生的意思是说，君子治国要以民为本，不能只从自己的主观要求去做，是吧？"子张问道。

　　"其实，不仅要以民为本，还要有宽厚之心。你知道古代的帝王为什么冠冕之前悬有玉旒，两旁悬有玉纩吗？"孔丘问道。

　　"那是为了不让臣下看见自己的真面目，让人觉得神圣而神秘吧。"

　　孔丘听了，莞尔一笑道：

　　"太浅薄了！有这样一句话：'水至清则无鱼，人至察则无徒。'你听说过吗？"

　　"听过。意思是说，考察别人太过仔细，就无人愿意追随了。也就是说，为人处世有时装聋作哑，也是有必要的。"

　　孔丘一听，觉得子张果然人情练达，对世道人情颇是通透。于是，意有嘉许地说道：

　　"正是此意，你很有悟性。其实，装聋作哑也是一种对人的宽容、宽厚。古之圣王明主，之所以玉旒遮目，玉纩充耳，那是故意给臣下一种耳不聪、眼不明的感觉，以此让臣下减少心理压力，充分发挥其才能。这就是君王对臣下的宽厚。古之贤君明主，对民众亦如此。民众做错了事，并不依法严惩，而是教育他们，让他们自己认识到错误，自己改正。民众犯了小罪，一定会设法找出民众的优点，借此赦免他们；民众犯了大罪，一定认真追查原因，了解真相，以仁爱之心教化他们，从而让他们改恶从善；民众犯了死罪，尽量宽恕他们，让他们活下来，让他们在得到训诫后获得新生，重新做人。这不是好事吗？"

"原来宽容、宽厚竟有如此大的力量。看来，宽以待人也是君子治国的成功法宝吧？"子张感叹道。

孔丘点点头，继续说道：

"君臣同心，君民不离，上下相亲，君王的治国措施就能得以落实而无阻碍。因此，君子治国，首先要培养自己的道德。道德，是从政的第一步。以德治国，则政通人和，民众莫不从其教化。为政者无德，则无以教化民众。民众不受教化，则不可驱而使之。因此，君子为政，要想取信于民，让民众配合落实其政策，就要先虚心听取民众的意见；要想迅速地推行其政见，就要躬行实践，以身作则，作出榜样；要想民众尽快顺从其统治，就要按事物发展的规律办事。否则，虽然口头顺从，但落实到行动上一定会很勉强，效果不彰。为政不为民，则民必不亲之信之。不能取信于民，民众不回应君王之命，则何以治国安邦？以上所说，便是治国安邦的纲领，也是入仕做官的诀窍。"

"谢先生耳提面命，弟子谨受教！"

子张唯唯而退后，立即回去将孔丘的话全部记录了下来。

4. 子夏问诗

周敬王三十六年，鲁哀公十一年（前 484）十二月二十三，天寒地冻，滴水成冰。咆哮的北风吹过曲阜城的大街小巷，让所有在外面行走的人都不得不臣服地弯下腰，低着头，两手捂住耳朵。

"先生在家吗？"

日中时分，当子夏推开孔府破旧的院门，低头踏进小院时，正好遇到往外走的孔鲤，便随口问道。其实，不必问，孔丘也会在家里。因为他现在无官无职，每天除了接待弟子的问学，就是埋头简册，继续整理他以前未曾整理完成的《诗》。

果然，当子夏悄悄地走进孔丘的书房时，他正埋头阅读着简册，周围的简册堆得像一座座小山似的。

子夏不忍心打扰正在聚精会神阅读的孔丘，就一直站在门口看着他。过了好一会儿，见孔丘伸了一下胳膊，站了起来，这才轻轻地叫了一声：

"先生。"

孔丘听到声音，回头一看是子夏，甚是惊喜。

子夏，即卜商，卫人，是孔丘在卫国政治避难时所收的弟子，当时才十几岁，今年刚刚二十三岁。虽然年纪不大，但天纵聪明。卫人有读史志者曰："晋师伐秦，三豕渡河。"子夏纠正说："非'三豕'，当为'己亥'。"后读史志者询之于晋史，果然是"己亥渡河"。因此，卫人都以为子夏非常人。

正因为子夏聪明过人，又是晚年所收最年轻的弟子，所以孔丘就特别喜欢他。今天看他在如此寒冷的时候还来看他，更是非常感动，遂连忙慈祥地问道：

"子夏，这么冷的天来有什么事吗？"

"没什么事，就是来看看先生。"顿了顿，子夏又说道："先生是不是又在整理《诗》了？"

孔丘点点头，说道：

"正是，要整理好并非一日之功。"

"说到《诗》，弟子倒要请教先生一些问题。"

"什么问题？但问无妨，为师自然知无不言，言无不尽。"孔丘这样说的时候，那种好为人师、诲人不倦的神色情不自禁地写在了脸上。

"《郑风》有云：'执辔如组，两骖如舞'，先生以为有什么微言大义吗？"

"能够写出这两句诗的人，大概是深谙为政之道吧。"

"为什么这么说？"子夏问道。

"在此纺织丝带，却在彼形成花纹。此言编织丝带虽在此地，织好后却流传到了远方。以此织带之法治理天下，何愁有人不接受教化？揭旌于竿，以招贤者的忠告，莫过于此也。"

子夏听了，觉得老师的解释虽有些牵强，但也不能说毫无道理。于是，又转而问到另一个问题：

"弟子曾读《诗·正月》第六章，别有一种说不出的感受。不知先生读此诗是什么感觉？"

孔丘欣然回答道：

"为师读此诗，每每总有一种戒慎恐惧和提心吊胆的感受。"

"先生为什么会有这种感觉呢？"

"我是为那些不得志的君子担心忧虑，觉得他们的处境太危险了。他们如果顺从君主，与世俗共沉浮，那么就得舍弃对'道'的坚持；如果违背君主的意志，不与世俗同流合污，那么自身将遭遇很大的危险。要知道，他们生活的那个时代并不崇尚仁善，而他们却偏偏要追求仁善，所以就有人认为他们非妖即妄。"

子夏看老师这样说的时候，仿佛他自己就是那些不得志的君子，眉头深锁，一副忧愁的样子，于是不禁深受感染，也表现出了悲伤之情。

孔丘见此，更加动情地说道：

"那时的贤人君子真是不幸啊！他们既不能遭逢天时，又不能遇于贤主，终养天年也求而不得。夏桀杀龙逢，商纣诛比干，皆是其类。《诗》曰：'谓天盖高，不敢不局；谓地盖厚，不敢不蹐。'苍天深邃高远，却不敢直起腰来走路；大地广阔无垠，却不敢迈开大步向前。这种既不敢得罪天，也不敢得罪地，上下皆有畏惧，无所自容的境况，又是何等悲惨呢？"

子夏听到这里，不禁感慨唏嘘。

师生二人都沉浸于《诗》中人物的命运中，相对无言。

过了好久，子夏为了打破沉寂，也为了让老师从悲伤中走出来，于是又向孔丘提出了一个较为轻松的问题：

"《诗》曰：'巧笑倩兮，美目盼兮，素以为绚兮'，这几句诗是什么意思呢？"

孔丘不假思索地回答道：

"这几句话虽是写庄姜之美，但实际要表达的则是这样一个道理：先有白色的底子，然后在上面绘画才好看。"

"引而申之，是不是可以这样说：礼仪是在有了仁德之心之后才产生的呢？"

孔丘一听，先前脸上的忧伤之容顷刻间就像雨后的天空，一下子就明朗起来，欣然说道：

"能够发挥我思想的，恐怕只有卜商啊！好，现在我可以跟你谈《诗》了。"

子夏见孔丘如此欣赏自己刚才的那句话，并寄予他这么大的希望，于是又问了一个问题：

"《诗》云：'恺悌君子，民之父母。'弟子不明白，'恺悌君子'到底是个什么样子？怎样的官才可以称为'民之父母'？"

"民之父母，须通晓礼乐之源，达乎'五至'，躬行'三无'，并推行于天下。不论何处出现灾难，他都能预知，这样就可称为民之父母了。"

"先生，请问何为'五至'？"子夏问道。

孔丘不假思索地回答道：

"志之所至，《诗》亦至焉；《诗》之所至，礼亦至焉；礼之所至，乐亦至焉；乐之所至，哀亦至焉。此之谓'五至'。"

"先生的意思是不是说，只要自己心中有什么想法，就能从《诗》中找到合适的句子来表达；《诗》有什么要表达的内容，就有相应的礼随之产生；礼所到之处，便有音乐的产生；音乐所到之处，哀乐之情也就随之产生，是吗？"

"说得好，正是此意。"

"那么'三无'呢？"子夏又问道。

"无声之乐，无体之礼，无服之丧，此之谓'三无'。"

"《诗》中何句，最近于'三无'？"子夏问道。

孔丘看了看子夏，说道：

"'夙夜基命宥密'，便是无声之乐；'威仪逮逮'，便是无体之礼；'凡民有丧，匍匐救之'，即是无服之丧。"

"先生说得太好了，思想太完美了，境界太伟大了！可是，先生所要说的，就是这些吗？"子夏又问道。

孔丘应声回答道：

"当然不是。子夏，我要告诉你，'三无'真正的含义还得从五个方面来说。"

"这话怎么讲？"

孔丘从容说道：

"无声之乐，乃为心声，不违背心志；无体之礼，虽不讲形式，但却从容闲雅；无服之丧，虽哭不出声，却能将内心极度的悲哀之情推及到他人，让人深受感动。无声之乐，有愿必能实现，心想必能事成；无体之礼，和同上下，有利人际融洽；无服之丧，推广万国，无往而不利。这样，用'三无私'的精神治国安邦，何愁天下不宁？"

"请问先生，何谓'三无私'？"子夏不解地问道。

"天无私覆，地无私载，日月无私照，此之谓'三无私'。这种境界，在《诗》中就有记载：'帝命不违，至于汤齐。汤降不迟，圣敬日跻。昭假迟迟，上帝是祗，帝命式于九围。'说的是商汤之德。"

子夏听到这里，立即站了起来，背墙而立，说道：

"先生如此精辟之论，如此谆谆教导，弟子岂敢不记下。"

说完，子夏告辞而去，回家将此记录了下来。

5. 子贡问贤

周敬王三十七年，鲁哀公十二年（前483）春二月，子贡奉命出使卫国。返回鲁国前，卫国将军文子（即弥牟）前往送别子贡。

二人长亭话别时，文子问子贡道：

"我听说，孔夫子教育弟子的方法是，先以《诗》、《书》启蒙，次以孝、悌思想予以引导，再说之以仁义，观之以礼乐，最后灌输以文学与德行，使之成为道德高尚之士。他的弟子中，望其门墙者有三千，但登堂入室，学问达到精深境界的，则只有七十余人。不知在这七十余人中，谁是最贤者？"

子贡回答说：

"非赐所知。"

文子不甘心，又说道：

"阁下亦是七十贤之一，你们朝夕相处，怎么说不知道呢？"

子贡回答道：

"要了解一个贤人，其实并不容易，因为贤人都不是轻举妄动之人。君子有言：'智莫难于知人。'所以，在下难以回答将军。"

"了解贤人并非易事，这个道理在下也是知道的。只是因为阁下身在孔门，又是夫子得意门生，所以冒昧相问。"

子贡见文子这样说，也就不好意思再推托了。于是说道：

"正如将军所知，夫子有弟子三千，有的与在下同时就学，有的则不是同时就学。所以无法把大家的情况都告诉您。"

"好，那就尽阁下所知，给我讲讲他们的德行吧。"

子贡看了看文子，见其态度诚恳而急切，遂从容说道：

"能够起早摸黑，吟《诗》诵《书》，推崇礼义，不犯重复之错，说话谨慎，从不马虎，这是颜回的德行。夫子引《诗》：'媚兹一人，应侯慎德，永言孝思，孝思惟则'，评价颜回，若遇有德之君，世受显命，不失令名。若为君王重用，则为王者之相。"

"颜回乃夫子得意门生，得夫子如此赞誉，自不意外。"文子说道。

"处贫困之境，安之若素；矜持庄重，如同做客一般；任用人才，爱之惜之，如同借用一般。不迁怒于人，不记恨他人，不记旧仇，这是冉雍的德行。夫子论其才能说：'君子有土地可居，有民众可役，有刑罚可用，然后才敢迁怒于人。但是，冉雍不是这样的人。'并引《诗》句诫之曰：'靡不有初，鲜克有终。'"

"冉雍出生于不肖之父家庭，而道德修炼能及于此，实在难能可贵。"文子情不自禁地评论道。

"不畏强暴，不侮鳏寡。说话率直，态度自然，相貌堂堂，才能足以领军，这是子路的德行。夫子以文辞赞之，引《诗》誉之，曰：'受大共小共，而为下国骏庞，荷天子之龙。不戁不悚，敷奏其勇。'何其孔武强勇！为人虽不乏文采，但掩饰不住其质朴。"

"子路勇冠三军，世所闻名。为人率性而为，更是其可爱之处。"文子脱口而出。

子贡见文子非常赏识子路，心想，他们都是武人，有一种惺惺相惜的感情吧。

文子见子贡突然停了下来，连忙催促道：

"请再说下去。"

子贡顿了顿，又接着说道：

"尊老爱幼，不忘寄客，好学深思，博综群艺，体察万物，勤奋努力，这是冉求的德行。夫子因此而对他说：'好学则智，恤孤则仁，恭则近礼，勤则有成。尧、舜忠诚而谦恭，所以能称王于天下。'并勉励他说：'假以时日，可为国卿也。'"

"冉求文武全才，齐鲁之战，鲁国以弱胜强，冉求居功其伟。有治国安邦之才，成为国卿当指日可待。"文子说道。

"举止庄重而严肃，志向远大而好礼；居两君之间，接引宾客，赞相礼仪，笃诚闲雅而有节，这是公西赤的德行。夫子有言：

'《礼》经三百，勉而学之，则可知也。威仪三千，躬身行之，则难也。'公西赤问：'何以言之？'夫子说：'傧相赞礼，须依不同人的容貌而行礼，据不同之礼而说话，所以说很难。'众弟子听了，以为公西赤能行威仪三千。夫子闻之，对大家说：'若说做傧相之事，公西赤已做到。你们想学习傧相礼仪，跟他学习就可以了。满而不盈，实而如虚，过之如不及，这些是先前的君王都难做到的。'"

"夫子言外之意，是说公西赤能做到先王都做不到的事，是吗？"文子问道。

子贡点点头，继续说道：

"好学不倦，博古通今，外表谦恭，品德敦厚；与人言，没有虚语；面对富人，自豪自信，坦荡自然。这是曾参的德行。夫子有言：'孝，乃道德的开始；悌，乃道德的发展；信，是道德的加深；忠，是道德的准则。曾参有此四德，故称之。'"

"曾参孝名闻天下，夫子赞之，自在意料之中。"文子说道。

"有大功而不自夸，有尊位而不以为善；待人不轻慢，做人不放荡；不在鳏寡孤独、贫困无助之人面前骄傲，这是子张的德行。夫子有言：'不自夸其功，常人尚可及之；不愚弊百姓，则是仁爱。《诗》曰：恺悌君子，民之父母。'夫子以为子张是有大仁德的人。"

"子张就是颛孙师吧。据说他是个美男子，待人接物非常圆融，是一个很懂人情世故的人。夫子一生讲仁，对子张如此推崇，足可见子张乃为贤人也。"文子应之道。

"求学必深，送迎必敬；上交下接，礼仪界限分明，这是子夏的德行。夫子引《诗》称之：'式夷式已，无小人殆。'意谓像子夏这样善于待人接物，做人是没有什么危险了。"

"子夏就是被卫国人奉之为圣人的那个卜商吧。"

子贡点点头，没有再说下去。

文子连忙问道：

"没有什么好说的了吗？"

"当然有。"子贡说。

"那就继续说吧。"

子贡顿了顿，看了文子一眼，又接着说道：

"受人优礼不欣喜，受人轻慢不生气；若能有利于民，则严于律己，清正廉洁；为君王所用，乃为庇佑百姓。这是子羽的德行。夫子有言：'独贵独富，君子耻之。此之境界，子羽及之。'"

"子羽就是澹台灭明吧。听说他有君子之姿，夫子曾以容貌望其才。是吧？"文子问道。

子贡点点头，然后继续说道：

"凡事预为筹划，临事从容应之，做事从不出错，这是子游的德行。夫子有言：'欲有才能，则须学；欲有知识，则须问；想把事情做好，则须谨慎；想要成功，必须谋定而后动。以此为标准，子游做到了。'"

"子游就是言偃吧，据说很有文学才能。"文子说道。

子贡点点头，顿了顿，又接着说道：

"独居思仁，人前人后宣仁讲义，以《诗》言之：'一日三覆，白圭之玷。'这是南宫韬的德行。夫子相信他能践行仁爱，认为他是一个卓尔不群的人。"

"南宫敬叔出身鲁国'三桓'之一的孟孙氏，天生资质不同。夫子以侄女妻之，自然是看重他的人品。"文子评论道。

"自见夫子，出入孔门，未曾越礼；来来往往，从他面前经过的人，未曾脚踩过他们的影子；春风时节不杀生，草木初长不攀折；为双亲守孝时，未曾启齿笑过。这是子羔的德行。夫子有言：'高柴居丧守孝，诚心常人难及。不杀春风启蛰之物，是顺人伦之道；不折初长草木之枝，是有推己及物的仁爱之心。成汤谦恭且推己及人，因此道德日益提升。'"

子贡话音刚落，文子便问道：

"这个高柴，是那个长得其貌不扬，为人笃孝的齐国子羔吧？"

"正是。以上所述诸人，都是在下亲眼所见。因为将军相问，在下只能据实回答。其实，在下是没资格评论他们的。"

"在下听说：'国有道，则贤人出；君子用，则百姓附。'阁下刚才的一番评述，可谓丰富而美好。您所提及的这些孔门贤哲，都堪称国之栋梁、王者之佐。他们现在都还没有得到重用，那是因为现在世上还没有贤明的君主吧。"文子说。

与文子道别后，子贡回到了鲁国。

一见孔丘，子贡就将在卫国时与文子将军谈话的事向他作了汇报：

"弟子将离卫，卫将军文子问孔门弟子之行状，弟子辞谢再三。不得已，就我所知，将情况告诉了他。不知说得对不对？请让弟子说给您听听吧。"

"好啊！说说看。"

于是，子贡便将与文子所说的话一五一十地全部告诉了孔丘。

孔丘听完，莞尔一笑道：

"呵呵，阿赐，你会将人排座次了啊！"

"弟子岂敢？弟子只是据实将所看到的都说出来罢了。"子贡连忙辩解道。

孔丘见子贡诚惶诚恐的样子，笑着说道：

"那为师给你说些没有亲眼所见、亲耳所闻的事，好吗？"

"弟子愿听先生赐教！"

于是，孔丘从容说道：

"不苛求他人，不嫉妒别人，不计旧日之仇，这大概就是伯夷与叔齐的德行。"

"伯夷、叔齐都是殷商先贤，国君尚且辞让不做，更何况其他。"子贡说道。

"思天而敬人，崇义而守信，孝顺父母，友爱兄弟，从善如流；教育无道之人，永不言弃。这大概就是赵文子的德行。"

"先生，赵文子是谁？"子贡问道。

"赵文子就是赵国的赵武，赵朔之子。他可是当代贤人啊！"

"弟子真是孤陋寡闻，惭愧！"

孔丘又说道：

"事君不敢爱其命，亦不敢忘其身；善于为自己打算，但也不忘记朋友。国君用之，则努力效命；不用，则退居修身。这大概就是随武子的德行。"

"先生，随武子又是谁？难道也是当代人？弟子怎么没听说过这个人？"子贡问道。

孔丘呵呵一笑，道：

"随武子当然是当代人，他就是晋国大夫范会。"

"哦。惭愧！"子贡说道，低下了头。

"与他人交往，善于听取意见，从不被骗；内心世界丰富，足以永世不衰。国家有道，其言足以治世；国家无道，沉默足以保身。这大概就是铜鞮伯华的德行。"

"先生，铜鞮伯华就是晋国的羊舌赤吧。"子贡问道。

孔丘点点头，接着又说道：

"外表宽容而内心正直，严于律己，随时矫正自己的言行；要求自己正直，却不苛求别人也如此；求仁孜孜不倦，行善终身不懈。这大概就是蘧伯玉的德行。"

"先生，您这是在说您一向推崇备至的卫国蘧瑗蘧大夫吗？"子贡又问道。

孔丘点点头，继续说道：

"孝恭慈仁，修德重义，节财以消怨，轻财不乏财，这是柳下惠的德行。"

子贡点点头，知道孔丘这是在表彰鲁国贤者、那个被誉为坐怀而不乱的柳展获。

"'君可能有失察之明，但臣不可不忠于君。因此，君可择臣而用，臣亦可择君而事。有道则听命，无道则不从。'这是晏平仲之言，也是他的德行。"

孔丘话音未落，子贡立即接口道：

"先生，您这是在表彰齐相晏子吧。可是，先生是否记得，三十多年前，您曾追随鲁昭公奔齐，齐景公多次欲用先生，晏子都予以阻挠。晏子这是不是妒贤嫉能呢？如果是，那他就算不得是贤者了。"

"丘与平仲，乃'道不同而不相为谋'，与平仲之人品无关。"

子贡一听，不禁对孔丘肃然起敬，佩服老师真是一个光明磊落、心胸阔大的君子。于是，连声说道：

"弟子明白了。"

于是，孔丘又接着说道：

"笃守忠信，而躬行实践；终日说话，而不失一言；国家无道，处贱而不忧，安贫而自乐。这大概就是老莱子的德行。"

"老莱子是楚国的贤者，据说先生曾向他问过学，所以您才特别推崇他吧。"

孔丘没有回答，继续说道：

"改变行动以待良机，居于人下而不攀附；游历四方，而不忘双亲，不尽其乐；无才能则学，故无终身之忧。这大概就是介子推的德行吧。"

"介子推是晋文公的功臣，居功不傲，受了许多委屈也不抱怨，最后被烧死于绵山，自然是个贤者。"子贡说。

孔丘看了看子贡，沉默良久，没有再说什么。

子贡见老师不再说话，以为自己刚才说错了什么，遂连忙问道：

　　"是弟子失言，还是先生所知就这些，没什么好说的了呢?"

　　"怎么能这样说呢? 为师也只不过是就耳目之所及举例说了说而已。以前，晋平公曾问祁奚道:'羊舌大夫是晋国良大夫，他的德行如何?'祁奚推说不知道。晋平公又说:'寡人听说你小时候是在他家长大，你大概是想为他隐瞒什么吧，他的情况你不可能不知道啊!'祁奚回答说:'羊舌大夫少年时代谦恭和顺，有什么错会立即改正，决不拖到第二天。他做大夫之时，尽善心而谦恭正直;他做舆尉时，讲信用而不隐他人之功。从外表上看，他温良好礼，善于广泛听取他人意见，但在原则问题上常常会坚持自己的观点，并发表自己的见解。'晋平公说:'刚才问你，你怎么说不知道呢?'祁奚回答道:'他的职位经常变动，我现在不知道他在做什么，所以不敢说对他有了解，更不敢妄加评论。'由此，我们可以知道羊舌大夫的德行。"

　　子贡听完，立即跪下道:

　　"弟子请求退下后把先生的话都记下来。"

第十四章 从心所欲

1. 韦编三绝

周敬王三十七年，鲁哀公十二年（前483）三月底，鲁国实行了税制改革，将赋税改按田亩征收，称为田赋。对于这一改革，季康子曾转请冉有侧面征求过孔丘的意见，孔丘明确反对。尽管孔丘知道自己的反对不会起什么作用，田赋制度付诸实施是迟早的事，他心里早有准备，可是当季康子真的予以实施时，孔丘还是感到非常震惊。

经过多日的思考与思想矛盾，四月初五，一大早，孔丘就让人备车，今天他要去拜访季康子，希望能说服他收回成命，不要实行田赋制度，以免加重人民的负担。

"先生，先生！"

辰时刚过，孔丘的马车就抵达了季府门前。可是，停车未稳，孔丘还没来得及下车，就听身后一迭的叫喊声传来。孔丘惊讶地从车上探出头来向车后张望，只见一人正骑马飞奔而来。未等他反应过来，来人已到近前。这一下，孔丘终于看清了，原来是新近所收的弟子公孙宠。他是卫国人，今年才刚刚十六岁。

"子石，你有什么事，跑得这么急？"孔丘惊讶的语气中不失关切之情。

"先生，不好了！"

"什么事不好了？"孔丘也顿时紧张起来。

"师兄伯鱼走了。"

"伯鱼不是生病卧床吗，他能走到哪里去？"孔丘不解地问道。

"先生，不是这个意思。师兄过世了。"公孙宠声音哽咽地说道。

孔丘一听，顿时呆住了。半晌，才瞪大眼睛追问道：

"子石，你说什么？"

"师兄过世了。"公孙宠低声又说了一遍。他实在不忍心把这样的噩耗再说一遍，怕年迈的老师经受不住这样的巨大打击。

正当公孙宠一愣神的瞬间，孔丘已重重地倒在了车上。

公孙宠见此，连忙爬上车，扶起孔丘，对正坐在驭手位置发呆的师兄叔仲会（字子期，鲁国人）说道：

"师兄，快赶车回去。"

回到孔府，孔丘虽在众弟子与家人的拍打与叫喊声中醒来，但却痴痴呆呆，不哭也不笑，不说也不叫，就那么整天坐在那里发呆。众弟子都急坏了，但又无计可施，他们知道老师这是精神上受到极大刺激了。

得知老师丧子的消息，在鲁国和在其他国家的弟子们都纷纷赶来。这其中也包括子路、冉求、子贡、颜回、子夏、商瞿等得意弟子。大家一边照料孔丘，一边帮助料理孔鲤的丧事。

到了第四天，一直不言不语，只是呆呆痴痴的孔丘，突然一大早就起来坐到了书案前，就像以前一样，摊开书简在聚精会神地阅读着。

众弟子一见，感到非常不解，遂议论纷纷。

"先生是不是因为伤心过度而发疯了？"

"有可能。先生年届七旬，接连丧妻失子，岂能不悲痛万分？谁能承受这样的精神打击？"

"是啊，先生与师母一生相濡以沫，可是前年师母过世时，先生亡奔于卫，师母离开人世时，夫妇俩竟然不能作最后告别，这岂是常人所能承受的心理之痛？"

"而今，先生又失去心爱的儿子，白发人送黑发人，情何以堪？"

听大家这样议论，颜回不以为然地莞尔一笑。

"师兄，您为什么笑？难道俺们说的不对吗？天下哪有人丧妻失子而不悲痛欲绝呢？"冉求不解地问道。

未及颜回答话，子夏接口说道：

"先生不是不悲痛，而是为人达观，真正达到了'生死由命，富贵在天'的境界。"

"先生到底是发疯了，还是真的达观，待俺进去与先生谈一谈，不就知道了吗？"子路率尔说道。

"师兄不要冒失为好。此次伯鱼师兄过世，对先生的打击非同小可。依我看，还是让子渊以问学的方式探探虚实，看先生的精神是否正常。"

"有道理。"

大家异口同声地赞同子贡的提议，子路也同意。

于是，颜渊在大家期许的目光下慢慢走进了孔丘的书房。

"先生，弟子给您请安来了。"颜渊一边行礼如仪，一边温情地说道。

孔丘听到是颜渊的声音，立即从书简上移开目光。看了看颜渊，然后示意他坐下。

颜渊见老师态度平静温和，一如往常，遂大起胆子，开口说道："弟子好久没有机会向先生问学了，学问久不长进。先生博古通今，学问天下无人能出其右，还如此勤奋，一大早就起来读书，真是让弟子惭愧得无地自容。"

孔丘知道颜渊这是说的奉承话，尽管他平生最恨阿谀献媚之徒，但颜渊是他的最得意弟子，所以他就不忍心驳颜渊的面子，于是便莞尔一笑。

颜渊见孔丘一笑，便更大起胆子，问道：

"不知先生正在读什么书，如此专注？"

"《易》。"孔丘不假思索地回答道。

"先生老而好《易》，人所皆知。先生自卫返国后，尤其专注于《易》的研究，至今已是韦编三绝。《易》乃天书，弟子愚钝，虽素有研习之志，但不得其门而入，不知先生今天能否开解弟子一二？"

"哦？子渊也有研《易》之志？"孔丘似乎眼睛一亮，大有找到知音似的。

颜渊见老师兴奋的样子，立即抓住机会说道：

"先生肯教弟子吗？"

"不敢言教，愿与子渊讨论。"孔丘以爽快而不失谦虚的口吻说道。

"先生，《易》究竟是谁创始的？"

"《易》道深，人更三圣，世历三古，非一时一人所创。"

"此话怎么讲？"颜渊立即问道。

"《易》有象有辞。象，就是卦画。据说，卦画是起于伏羲，八卦则由文王所演，周公则对六十四卦进行了系统化整理。辞，即卦辞，也就是《易》中解说卦象的文字。"

"先生，构成八卦或六十四卦的两个基本卦形符号，到底是什么意思？好像说法很多，令弟子莫衷一是。"

孔丘见颜渊问得认真，态度恳切，遂立即进入到平时诲人不倦的状态，说道：

"《易》象的两大卦形符号，名曰阳爻与阴爻。阳爻，以一直横表示；阴爻，也是一直横，不过中间断了，实际成了两个短横。对此，历来对阳爻与阴爻的符号寓意都有争议。有的认为它们分别象征着男阴与女阴，也有人认为是表示数字的奇偶，还有人认为是源自龟甲占卜的兆纹形象。不管是哪种情况，阳爻与阴爻作为《易》卦的两大基本符号，其与先贤对于阴阳的观念都是分不开的。也可以说，阴阳观念是先圣古贤对自然现象长期观察，并在此基础上进行了高度抽象概括的结果，是对世界万事万物矛盾对立现象的深刻洞察。"

"由阳爻与阴爻构成的八卦，每一卦都代表什么呢？"颜渊又问道。

"阳爻与阴爻，分别代表着天地、男女、昼夜、明暗、上下等观念，八卦就是在此基础上形成的。八卦各有不同的名称，分别是乾、坤、震、巽、坎、离、艮、兑，分别代表了天、地、雷、风、水、火、山、泽等八种自然界常见的事物或现象。同时，它又分别代表西北、西南、东、东南、北、南、东北、西等八个方位，还分别表示秋冬之间、夏秋之间、春、春夏之间、冬、夏、冬春之间、秋等八种季节变化。除此，它们还分别表示健、顺、动、入、陷、附、止、悦等八种状态。"

"那八卦又是怎么演变为六十四卦的呢？"颜渊又问道。

"八卦的每一卦都是由三爻构成，如最初的乾卦，就是由三个阳爻构成，坤卦则是由三个阴爻构成。也就是说，八卦的每一个卦象原来都是一个三画卦。将两个三画卦两两重迭，相互匹配，便推衍出六十四卦。居上的三画卦称之为上卦，或称外卦；居下的三画卦叫下卦，或称内卦。"

"六十四卦的每一卦都有六爻，那么这上下六爻怎么称呼呢？"颜渊又问道。

孔丘看了看颜渊，觉得他并非对《易》完全不了解，从他所问出的话，就知道他是有所了解的。于是，孔丘顿时更有了茫茫人海遇知音的感觉，兴趣更高了。接着说道：

　　"《易》卦六爻，自下往上，依序各有其名称。最底层的一爻，称之为'初'。由下往上的五爻，则分别称之为'二'、'三'、'四'、'五'、'上'。其中阳爻称'九'，阴爻称'六'。"

　　"那么，由三画卦及其组合而成的六画卦，其爻象之间构成了什么样的关系呢？"

　　孔丘一听颜渊提出这一问题，更觉他对《易》不是外行了。于是，兴奋地回答道：

　　"《易》之爻象，彼此之间的关系虽然非常复杂，但都有其内在的联系。比方说，刚柔相应、刚柔相敌与相胜，当位与不当位，刚柔得中与得尊以及乘、承、比、应等。《易》所要揭示的吉凶悔吝，就是由此而呈现。"

　　看到老师说得神采飞扬，颜渊顿时大起胆子，脱口说道：

　　"好像先生曾跟人说过：'吾百占而七十当。'可见，先生对《易》精研之深。不知先生肯不肯在占筮方面也传授弟子一二？"

　　孔丘一听颜渊说要学占卜，先是一愣，犹豫了一下，还是爽快地答应了：

　　"那你去后园弄几根蓍草来吧。"

　　颜渊一听，不禁喜出望外。没想到自己唐突的要求，竟然没被老师驳回。于是，一蹦三跳地奔向了孔府后园。

　　子路等人见此，立即追到后园，向颜渊七嘴八舌地问了起来。得知老师要教颜渊占筮，大家都来了兴致，一个个欢呼雀跃起来。子路见此，愤愤不平地说道：

　　"你们高兴个什么劲儿？又不教你们。先生对子渊真是太厚爱了。"

　　"师兄不要这样说，先生教子渊占筮，咱们也可以进去一起学啊！子木，你更要进去，你对《易》研究的水平，也许能跟先生切磋交流一番呢。"子贡一边招呼大家，同时特别怂恿商瞿，因为商瞿对《易》有研究，孔丘也有意要传《易》学于他。

　　"有道理。"大家同声附和。

　　于是，颜渊采好蓍草后，大家都跟着他一起进了孔丘的书房。然后，一字排开，齐刷刷地向孔丘行礼如仪。孔丘见此，心里早就明白其意，遂莞尔一笑，示意大家都在面前的席上坐下。

　　"先生，蓍草采来了，请先生示教！"颜渊一边恭恭敬敬地将所采蓍草递上，一边充满期待地说道。

孔丘并没有伸手，而是对颜渊说道：

"子渊，你将这把蓍草切成整齐一律的五十根。"

颜渊遵命，一会儿就拿着切好的蓍草进来了，恭恭敬敬地呈给了孔丘。

孔丘接草在手，先扫视了一下面前的诸弟子，然后从容说道：

"古人占筮，一开始都是因地制宜，采蓍草而为。其占筮的方法大体是这样：将采来的五十根蓍草，先从中抽出一根，置于一旁不用。"

"为什么?"子路嘴快，立即问道。

"这一根表示太极。剩下的四十九根，则随意分成两组，各握在左右两手之中，象征天地。接着，再从一只手中抽出一根，放在两手中间，代表人。这样，便有了天、地、人三才。"

"接着呢?"子路性子急，又催促道。

"再将任意一手中的蓍草按四根为一组的原则进行分组。这表示春夏秋冬四季。分组后，会剩下一根、两根或是三根、四根蓍草。将其夹于指间，以象征闰月。另一只手中的蓍草，也依此方法处理，剩下的蓍草夹在另一只手指之间，也表示闰月。"

"然后呢?"子路又问道。

"经过两次分组，两手所夹的蓍草加上先前拿出代表人的那根，应该是九根或五根。刨开这九根或五根，先前用于占筮的四十九根蓍草就只剩下四十四根或四十根了。这个过程，在占筮上称之为第一变。第一变之后，将所剩四十四根或四十根蓍草，依据上述方法再予以分组推演一次，结果会有三种情况：或剩四十根，或剩三十六根或三十二根。此时，夹在左右两手指间的蓍草与先前提取的代表人的那根，应该是八根或四根。这是第二变。"

"这么复杂啊?"子路有些不耐烦了。

孔丘抬眼看了看子路，继续说道：

"还有第三变呢，与第二变推演的方法一样。推演的结果是：所剩蓍草或是三十六根，或是三十二根、二十八根、二十四根。而左右两手所夹的蓍草与先前提起的代表人的那根，合计起来应该是八根或四根，与第二变相同。这便是第三变了。经过这三变，就可得到一爻。经过十八变，最后才能得到一卦。"

"先生，这多麻烦啊！有没有简便点的方法?"子路率直，情不自禁间又冲口而出了。

"占筮乃神圣之事，务须虔诚。今天为师是给大家演示占筮过程，若要真的占筮，那是要沐浴斋戒的。若嫌麻烦，如何能够学《易》，如何占筮而求吉避凶？"

孔丘的一席话，说得子路惭愧地退到一旁。但是，子贡却趋前说道：

"先生，您自卫返鲁后，一直沉潜于研《易》，津津乐道于占筮。恕弟子冒昧不恭地说一句，先生是否已经忘记了自己终身追求的理想，放弃了'克己复礼'的理念？"

子贡话未说完，大家已是惊愕得目瞪口呆，怎么一向非常会说话的子贡，今天竟然说出如此令人错愕的话来。其实，子贡说这番话是另有用意的。他明白老师一生不得志，晚年又接连丧妻失子，沉迷于占筮是麻醉自己以缓解心灵痛苦的表现。今天老师如此津津乐道地跟弟子们大讲占筮，所以他想借机激一激老师，让他从丧子之痛中清醒过来，同时看看他的神志是否清醒。可是，师兄弟们都不知道子贡的这番良苦用心，大家都以奇怪的目光看着他。

就在大家面面相觑，不知所措的时候，只见孔丘平静地莞尔一笑，道：

"阿赐，你是认为为师玩物丧志吧？"

"弟子不敢。"子贡连忙辩解道。

"为师好《易》，大家都认为我是迷恋于占筮。其实不然。为师好《易》，实是不安其用而乐其辞。"

"这话怎么讲？请先生赐教！"子贡连忙接口说道。

"对于《易》，大家都有一个错觉，以为它的作用就是占筮，用以趋吉避凶。其实，《易》的真正价值不在此，而在其深刻的思想。如果大家细细体味一下卦辞，就会明白其中的道理。"

"《易》之卦辞，弟子虽然很多都弄不懂，但隐约觉得确实有深奥的道理蕴含其中。不知先生能否给弟子们略举一二，以开我等之茅塞。"颜渊不失时机地接住了孔丘的话，似乎为老师打圆场，又似乎在为子贡转圜。

孔丘一听，觉得还是颜渊悟性最好，明白自己的心意。于是，微微一笑，从容说道：

"乾卦有云：'亢龙有悔。'这句话看起来简单，只是告知人们一个占卜的结果，实则蕴含了一个治国安邦的大道理。它说的是，一个人处于太尊贵的地位，往往最容易失去地位。因为高高在上，不与百姓亲近，就不会得到百姓的拥戴。因为脱离群众，社会底层有人才不能被发现，就不会有人才来辅佐，因此做起事来就会处处失败，时时都会有后悔。"

孔丘话音未落，商瞿立即接口说道：

"先生，谦卦有云：'劳谦君子，有终，吉。'是不是讲君子处高位谦恭而有功的道理？"

孔丘点点头，觉得商瞿懂行，不愧是众弟子中对《易》最有研究的。顿了顿，说道：

"勤劳做事而不声张，功劳很大而不自满，这是为人忠厚至极的表现。它体现了一个人有功德而又甘居人下的谦逊态度，是一种为人的崇高境界。为人处世，道德要讲究盛大，礼节要讲究谦恭。谦恭，是一种放低姿态而赢得他人信用，从而保持自己地位的最好方法。《书》曰：'满招损，谦受益'，说的正是这个道理。"

听了孔丘这番结合修身养性而对《易》卦的解说，众弟子这才明白老师研《易》并非是沉迷于占筮，而是在参悟《易》卦的奥蕴，深究先王古贤演卦的深意。

"听先生这么一说，弟子明白了，《易》的作用并不完全是在占筮，先王创《易》原来是别有寄托的。"子夏说道。

孔丘点点头，看了看子夏，又扫视了子路、颜渊等在座的众弟子，然后从容说道：

"先王作《易》，意在开启人类智慧，揭示事物之间的内在联系，概括天下事物的根本规律和一切道理。有了《易》，就能沟通天下人的心志，确定天下人的事业，解决天下人的疑问。《易》以六爻成卦，意在用变化来告知人们吉凶祸福。《易》之神奇，在于可以预知未来；《易》之智慧，在于贮藏往昔的经验信息。可见，圣人创《易》，是要人们明白自然规律，察知世上万物变化之理；用卦象显示吉凶，是为了指导人们的日常行动。"

"哦，原来如此。"子路恍然大悟似的说道。

孔丘看了一眼子路，又继续说道：

"圣人在卜卦占筮前，都要净身斋戒，是表示虔诚，也是以此明了卜卦的神奇德性。关门曰坤，开门曰乾，一开一关就叫变。往来变化而无穷尽，便叫通。变化之后，显现于外就叫象；有了具体的形状，就叫器；制定并灵活运用的法则，就叫法。百姓皆知利用而出入往来，但又不知其所以然，这便叫神。《易》之本源乃太极，太极一分为二而出两仪，两仪又分化而为四象，四象则再衍化出八卦。有了八卦，便可判断吉凶；断定了吉凶，就可趋吉避凶，从而可以成就一番伟业。可以取法的物象莫大于天地，变化通达莫大于四季，高悬天穹、光明昭著者莫过于日月；为人处世，追求的崇高目标莫过于富有四海、贵为君王；能备物致用，制定典章制度以便利于天下万民者，莫过于圣人；探赜索隐，钩深致远，以定天下吉凶，使天下人勤勉奋进者，莫过于蓍龟。天生神物有蓍龟，圣人便取法而用以占卜；天地变化无穷，圣人便效法而确定易变之原理；天象有变化，圣人便取法而显示吉凶；河水出图，洛水出书，圣人便效法而创八卦、九畴。《易》有四象，乃为显示吉凶征兆；《易》系爻辞，乃为告知人们卦象之义；定出吉凶，乃为指导人们决断行动。"

"先生的意思是说，《易》乃先圣取法于自然的产物，是上天垂象的结果，是吗?"一直坐在一旁沉默不语的冉求突然问道。

孔丘点点头。

"《易》曰：'自天佑之，吉无不利。'请问先生，这是什么意思?"颜渊又问道。

孔丘看了颜渊一会，拈须而笑道：

"佑者，助也。天之所助者，必是顺从天道之人；人之所助者，必为讲究诚信之人。这个卦辞说的是，一个人恪守诺言信用，既有顺从天道之心，又有崇贤尚能之意，上天必然会保佑他，他想做任何事都会无往而不利。"

听到这里，大家终于明白，老师神志没有因为丧子之痛而错乱，老师研《易》原来是有拯救世道人心的用意。于是，大家连忙从坐席上爬起，跪直了身子，一齐向孔丘行礼，几乎是异口同声地说道：

"弟子谨受教!"

2. 吾道穷矣

自从孔鲤过世后，孔丘的身体一天不如一天。他知道自己年届七旬，剩余的时间也不会太多了。于是，在与众弟子谈《易》过后不久，便决定不再研《易》，必须抓紧时间将史书《春秋》编定杀青。

周敬王三十七年，鲁哀公十二年（前483）六月，鲁昭公夫人卒，孔丘闻讯前往吊唁。由鲁昭公夫人，孔丘自然而然地联想到鲁昭公作为一国之君坎坷的一生与最后客死他国的悲惨结局，由此在思想上产生了极大的触动。孔丘觉得，整理鲁史《春秋》不应该只具有一种历史文化意义，在乱臣贼子横行的今日，尤其要通过史书褒贬来遏制和约束诸侯的行为，不让他们继续为非作歹，肆意妄为。于是，他决定在整理《春秋》的过程中融入自己的感情与思想理念，对《春秋》的文字进行重新修订，该记的史实如实书写，该删削的曲笔就删削，以此别嫌疑，明是非，定犹豫，褒善贬恶，崇贤斥不肖，上明三王之道，下辨人事之纪，从而达到存亡国，继绝业，补敝起废，恢宏王道的修史目的。

众弟子知道孔丘专心修订《春秋》，都不敢多去打扰，甚至连问学的念头有时也会因犹豫而打消。但是，子夏则不同。他是孔丘晚年所收的得意弟子，对于修史特别感兴趣，所以常常会就修史问题向孔丘请教，甚至一起讨论。

鲁哀公十二年（前483）九月初二，曲阜城已经秋意渐浓，天气有些凉了，子夏挂念孔丘的身体情况，又往孔府探望孔丘。进了孔丘书房，看见老师正聚精会神地在竹简上刻写着，子夏就蹑手蹑脚地站到一边，静静地看着。过了一会儿，子夏终于忍不住，悄悄地绕到孔丘身后，从老师已经刻好的竹简中轻轻地抽出一简，想看看老师所刻的内容。虽然极力不想惊动老师，抽简时非常小心，但还是弄出了动静。

"是子夏吧？"孔丘头都没抬，问道。

"是弟子，先生。"子夏连忙在孔丘身后跪下行礼。

"想看为师的书简吗？那就看吧，看看有什么措辞不合适。"孔丘一边头也没抬地继续刻字，一边这样说道。

子夏得到孔丘的应允，便捧起书简，端坐在老师旁边，认真地展读起来。读着读着，便不时冒出许多困惑和不解。他想弄清这些疑惑，可是又不忍心打扰正在全神贯注刻字的老师。不过，犹豫了半日，子夏还是开口了，怯生生地问道：

"先生，弟子有一些问题不明白，想请先生赐教！"

"什么问题？但说无妨。"孔丘停下手中的刻刀，抬起头来看着子夏，和蔼地说道。

　　"先生记鲁隐公四年三月卫人州吁杀其君，有曰：'卫州吁弑其君完'，用'弑'字；而记同年九月州吁被卫人所杀时则曰：'卫人杀州吁于濮'，用'杀'字。同样是以下犯上，而一个用'弑'，一个用'杀'，这是为什么呢？"

　　孔丘一听，呵呵一笑道：

　　"为师修《春秋》，意不在修史，而在别嫌疑，明是非，定犹豫，褒善贬恶，崇贤斥不肖，恢宏王道。因此，为师就不能不在措辞用语上推敲斟酌，以此让天下乱臣贼子有所惧。为师记'卫州吁弑其君完'用'弑'，意在告诉天下与后世，州吁杀君为不义之举，是应该谴责的；记'卫人杀州吁于濮"用'杀'，是告知天下人，州吁是篡位者，不是合法的国君，他被杀是死有余辜。"

　　子夏恍然大悟道：

　　"原来先生措辞是一字见褒贬啊！如此笔法，真是妙不可言！如果那些乱臣贼子们还在乎历史评价的话，一定会因此而有所畏惧的。"

　　"这正是为师之所以反复斟酌用字的原因所在。"

　　"先生，弟子还有一个问题。您记州吁弑君，只记其弑君之事，而不及其弑君的地点；而记卫人杀州吁，则明记地点曰：'于濮'，这又有什么微言大义呢？"

　　孔丘一听，知道子夏是看懂了自己出语措辞的深意，不禁拈须而笑，以非常赞赏的眼神看了看子夏，然后从容说道：

　　"濮是卫国临近陈国的一个城镇，特意点出州吁被杀的地点，暗示卫人没有能力讨伐州吁，而需邻国陈的帮助。"

　　"记杀州吁之事，只说'卫人'而不具体点出人名，这又有什么微言大义呢？"子夏又追问道。

　　"说'卫人'而不言及具体人名，乃是为了告知世人，州吁乃卫国之公敌，人人得而诛之。杀州吁乃是民意人心，而非泄个人之私愤。"

　　"哦，原来是这样。先生字字皆有玄机，非弟子所能全部参透。"子夏说完，又继续展读起书简的其他部分。

　　读了一会儿，子夏突然又有问题了：

　　"先生，您在记文公十八年事时，有云：'春，王正月，庚申，晋弑其君州蒲。'又云：'冬，莒弑其君庶其。'为什么记晋国、莒国大臣诛杀其君，只言其国名而不及人名呢？事实上，这两国之君都是为其大臣所诛杀呀！”

"弑晋君、莒君者确系二国之臣，之所以只记其国名，而不及其大臣之名，是暗示世人，二国之臣处死其国君乃是顺应民意，为了国家的前途，并非为篡位而以下犯上。因此，应该受到谴责的是被处死的两个昏君，而非为国请命的大臣。"

"原来是这样，先生的措辞真是用心良苦啊！"子夏恍然大悟道。

孔丘说完后继续刻简，子夏则在一旁继续展读已经刻好的简册。展读了约半个时辰，子夏又发现问题了，遂忍不住又抬头问道：

"先生，您记宣公年间事，有曰：'二年，秋九月乙丑，赵盾弑其君夷皋。'这好像不是事实吧？"

孔丘一向都很欣赏子夏凡事勇于质疑的精神，因此听了子夏的疑问，连忙放下刻刀，慈祥地望着子夏，温和地说道：

"晋国之君夷皋确实不是赵盾所杀，而是他的侄子赵穿所杀。之所以要写赵盾而不直书赵穿，乃是因为赵盾乃晋国执政，事发后没有使赵穿受到审判，因此要推罪于赵盾。"

"先生，弟子明白了，您这样写是意在警示执政者不可徇私枉法吧？"

孔丘点点头。于是，子夏又问了一些有疑惑的问题，孔丘也都一一作答。

送别子夏后，孔丘又沉潜到《春秋》的修订工作中。

经过两年多的潜心整理，到周敬王三十九年，鲁哀公十四年（前481）春，《春秋》的修订工作已经进入到鲁哀公时代。为此，孔丘不仅有一种大功即将告成的喜悦，更有一种压力即将卸去的轻松。

三月初五，孔丘与往常一样，一大早就起来了，用过简单的早餐后，便坐到了书案前，准备对鲁哀公时代的史料再进行一番爬梳整理，接下来就要开始艰巨的修订工作。

日中时分，在堆积如山的书简中埋头工作了一个上午后，孔丘正想起身去进午餐。就在这时，南宫敬叔急急进来了。

"子容，何事急急慌慌如此？"孔丘见南宫脚步急促，遂问道。

"先生，有件事要来请教您。"

"什么事？"

"昨日，国君率群臣出城往西郊外的大野狩猎，先生听说了吧?"南宫问道。

孔丘点点头，表示知道。事实上，鲁哀公出城狩猎所闹出的动静，不仅孔丘知道，就是曲阜城里城外的普通百姓，也是人人皆知的。像鲁国历任国君一样，鲁哀公虽即位之后就被"三桓"所挟持，朝政皆由季氏独断专行，名为鲁国之君，实是一个傀儡，但毕竟还有一国之君的名分。所以，他出城狩猎的架势还是摆得很足的。

孔丘对于鲁哀公，原本是抱着极大希望的。鲁哀公即位伊始，他就满怀期望地从卫国返回鲁国，希望辅佐鲁哀公一展抱负。开始时，鲁哀公也确实想有所作为，经常召他进宫问政。但是，后来鲁哀公就越来越颓废了，近些年则只知吃喝玩乐而已。其中，狩猎可谓是他的最爱。因为只有狩猎时，他才能车队仪仗鲜明，文武群臣随行，可以彰显他是一国之君的威风，满足一下虚荣心。

南宫敬叔见孔丘只点头没说话，知道老师早已对鲁哀公感到绝望，对他的事已经没有兴趣了。但是，今天所要报告的事如果不问老师，恐怕其中的困惑谁也解不开。想到此，南宫继续接着说道：

"国君昨日西狩，虽劳师动众，但却毫无所获。倒是叔孙氏一位名叫子鉏商的车士在大野猎获了一只神奇之兽。"

孔丘一听南宫说到神奇之兽，立即来了兴趣，连忙问道：

"什么神奇之兽?"

"之所以说是神奇之兽，是因为大家从来没见过这种长相奇异之兽。"

"到底是怎样的奇异?"孔丘又迫不及待地问道。

"这只神奇之兽，它头似马，却不是马；角似鹿，却不是鹿，而且只有一只角；身子像驴，但又不是驴；蹄似牛，却又不是牛。实是一个非鹿非驴非牛非马的'四不像'。"

孔丘听到此，立即神情严肃起来，未等南宫敬叔继续说下去，急切地问道：

"此兽现在何处?"

"车士子鉏商猎获此兽时，已经折断了它的前左腿。载送叔孙氏时，叔孙大夫因此兽形状怪异，以为不祥之物，已经令人弃之于郭外。但很多人知道后，都好奇地涌向城外围观。"

"快，快，快备车陪为师往城外一探究竟。"孔丘不等南宫敬叔把话说完，已经迫不及待地催南宫带他去看这只神奇之兽。

南宫是备车马而来，不用准备就搀扶着孔丘上了等在孔府门外的马车，然后径直出城，前往观看被弃之兽。

约有一个时辰，孔丘与南宫敬叔乘坐的马车驰抵城外叔孙氏弃兽之所。远远望去，就见许多人围在一座小山之下。孔丘让驭手停下马车，下车与南宫敬叔径直向围观人群走去。费了不少劲，师生二人才勉强挤入了围观人群的内层。在南宫敬叔的帮助下，孔丘终于挤到了人群的最前面，看到了那只神奇之兽。

不看则已，一看孔丘就目瞪口呆了。果然如南宫敬叔先前所描述的那样，眼前躺在地上奄奄一息的神异之兽确实是似鹿非鹿，似马非马，似牛而非牛，似驴而非驴，特别是它的毛色及其身上的漩轮，更非鹿、马、牛、驴所有。再看它的狼额与牛尾，更让孔丘确信眼前之兽就是传说中的仁兽麒麟。

看了一会，孔丘一句话都没说，就转身挤出了围观的人群，让南宫敬叔径直送他回府。

回到府中，孔丘径直坐到书案前，呆呆坐了一会儿后，突然将案上堆积如山、整理完备，准备修订定稿的《春秋》简册悉数推倒一旁，然后长叹一声道：

"吾道穷矣！"

南宫敬叔不明就里，连忙追问道：

"先生，为什么这么说？是因为看到'四不像'吗？"

可是，不论南宫怎么问他，孔丘都一句话不说，只是痴痴呆呆地坐在案前。

南宫敬叔见此，犹豫了半日，最后还是决定退出，好让老师沉静一会儿。

走出孔丘书房，南宫敬叔坐上马车准备离去时，又从车上下来，找来孔府一个仆人，交代他注意照看孔丘。然后，才重新上车，去找别的师兄弟了。

事有凑巧，当南宫敬叔正坐在车里思考着要找哪一位师兄弟才能有助于劝解老师时，子贡的马车就迎面来了。

"南宫师兄，您从何而来？"

正坐在车内深思的南宫敬叔突然听到身边驰过的马车上有人叫他，连忙探出身子往外张望。未等他反应过来，子贡已经驻马停车，走到了他的车下。

"啊，这么巧？正想到你，你就出现了。"

"师兄，您找我有什么急事吗？"子贡连忙追问道。

南宫敬叔驻马下车后，就在路旁车下，将与老师一起出城观看"四不像"的事情一五一十地详细道出。

子贡一听，连忙说道：

"快，快，快，我们一起去看先生。"

说着，二人便各自上了车。子贡马车在前，南宫敬叔掉转马头，跟随其后。

不大一会儿，两驾马车便停在了孔府门前。停车未稳，子贡与南宫敬叔就各自从马车上跳下来，急步奔入孔府，并径直进了老师的书房。

"麒麟啊麒麟，你为什么出来呢？为什么？"

子贡与南宫敬叔刚到孔丘书房门口，就听老师反复说着这样一句话。一边说，还一边反转袖子擦拭眼泪。

二人犹豫了一会儿，子贡连忙迈步抢前一步，未及向老师行礼，就开口问道：

"先生，您说什么呢？为什么如此伤感？"

"先生，您是说我们今天看到的'四不像'就是传说中的神兽麒麟吗？"南宫敬叔也接口问道。

孔丘没有回答，忧伤之情仍然写在脸上。

子贡接着问道：

"麒麟出现，乃是祥瑞，预示将有明主出现，天下将为之清平。先生不为之高兴，怎么反而为之忧伤呢？"

孔丘一听，一改先前只顾伤心而一语不发的态度，情绪颇是激动地说道：

"阿赐啊，你有所不知，麒麟出现，必是因为天下有明主。今世无明主，而麒麟无故出见，这正常吗？"

"先生，麒麟出现，真的就那么稀罕吗？"南宫敬叔不以为然地问道。

"麒麟乃神兽，含仁怀义，非平凡之物。鸣叫起来，其声犹如音乐；走起路来，行进中规，旋折中矩；生活起居极有规律，游必择上，居则有处；天性仁慈，不踏活虫，不折青草；性喜安静，不喜群居，不喜旅行；生性机警，远避陷阱，不入罗网。麒麟皮毛色彩璨然，光艳照人，其出必示明主在位。尧帝时，曾有麒麟见于郊外；周朝将兴，麒麟见于野。自尧帝而至周初，麒麟两现于世，皆示祥瑞于世人，以见明王在位。"

"既然历史上麒麟两现，都是祥瑞，今麒麟三现，先生为何独忧而不喜，还反复自语：'吾道穷矣'？"子贡质疑道。

"阿赐，你只知其一，而不知其二。麒麟现于世，虽是祥瑞，但今世无明主，且麒麟出现而死于奴隶之手，这是祥瑞吗？"孔丘激动地说道。

"先生的意思是说，麒麟出现，不遇明主而遇害，就像先生生不逢时而道穷，所以您触景生情，引类自伤，是吗？"南宫敬叔若有所悟地说道。

孔丘听了没有吱声，子贡则暗自点头，终于明白了孔丘悲伤的原因。

3.　伤颜回

麒麟出现而遇害的事件，使孔丘精神上所受的打击是前所未有的。虽然以前周游列国所遭遇的挫折并不少，陈、蔡之厄甚至让他有生命之虞，但都没有打垮他的精神。这次却不同，他的精神堤防似乎全面坍塌。自卫返鲁之后，他曾满怀激情，寄希望于鲁哀公与季康子，意欲振兴鲁国。可是，不久他就灰心了，因为鲁哀公与季康子都让他失望了。从此，他潜心研《易》，以此麻醉自己的精神。前年儿子孔鲤的去世，虽然再次给他精神予以沉重一击，但他还是坚强地挺过来了，并在巨大的精神痛苦中实现了思想观念的转变，从对研《易》的痴迷中走出来，重新燃起改造现实世界的热情。为此，他日夜埋头于简册中，对《春秋》予以修订，笔则笔，削则削，别嫌疑，定是非，希望以此震慑乱臣贼子，使"周公礼法"得以恢复。而今，麒麟出现而遇害，预示从此再也不可能有明王出世了，他的理想再无实现的希望。这是他那天对众弟子反复念叨"吾道穷矣"的原因，更是他从此心灰意懒，绝笔罢修《春秋》的缘故。虽然子夏多次劝慰，希望他毕其全功而为后世计，但都毫无效果。

面对精神日益消沉、身体也在日益消瘦的孔丘，众弟子都看在眼里，急在心里，但却无计可施。

没过多久，精神抑郁的孔丘终于病倒了，卧床不起。在鲁国的弟子听说老师病倒了，都纷纷前往探视。有的甚至整月住在孔府，日夜照顾老师。而远在卫国为卫大夫孔悝邑宰的子路，听说孔丘病倒，心急如焚。他想亲自往曲阜探病，可是身为邑宰，担负着一方父母官的重大职责，无法丢下百姓而不管。不过，经过几天的矛盾犹豫，子路最终还是决定向孔悝告假，前往曲阜一趟，探望一下老师。得到孔悝许可后，子路星夜快马加鞭赶往曲阜。

见到孔丘，看到老师因病瘦得都脱了形，子路非常难过。每天除了奉汤侍药外，子路还向天地神祇祈祷，希望保佑老师快点病愈。尽管是背着老师，但最终还是被孔丘知道了。

"阿由，听说你每天为我向天地神祇祈祷，是吗？"

子路听孔丘这样问，只得承认说：

"是。《诔》文上不是记载向天神地祇祈祷的话吗？只要先生能够早点病愈，有什么不可呢？"

孔丘虽然从不言怪力乱神，也不相信求神拜鬼能够治病，但他知道子路这样做是出于一片善心，所以也就不再说什么了。

过了几天，子路的假期结束了，必须回到卫国履职。可是，临走时他又不放心老师。想来想去，子路想出了一个办法，让自己带来的门人留在孔府权充孔丘的家臣，以便照顾老师的生活起居。如果老师有个不测，也好帮助料理后事。因为此时孔丘已经不是大夫，府中没有家臣。

可是，没过多久，当子路第二次从卫国返回鲁国探病时，孔丘的病也好了点。见到子路再次远道而来，这次孔丘不是高兴，而是生气了。

"阿由啊，你做的好事！你欺骗我很久了！我没有家臣，你却让人冒充我的家臣。为师现在不是大夫了，没有家臣了。但是，没有家臣就没有家臣，何必让我冒充有家臣呢？我这样能欺骗谁？欺骗上天吗？阿由啊，我跟你说，为师与其死在所谓家臣手中，还不如死在学生手中呢！退一步说，纵使我最终不能按大夫之礼安葬，难道还会死在路上吗？"

子路听了孔丘的这番话，虽然感到委屈，却能理解老师的心情，他现在的心理非常脆弱，越是失意潦倒，越是要面子，讲礼仪。

其实，孔丘病中讲礼仪并不是在学生面前说说而已，而是时时刻刻不忘。就在子路第二次回鲁国探病之前，鲁哀公听说孔丘病重的消息后，也曾亲自前往孔府探病。当时，孔丘正是病情非常沉重之际，虚弱得连坐起来的力气都没有。但是，当听说鲁哀公来府探病时，孔丘硬是让人把自己的头抱起来向着东方，以示对国君的欢迎。不仅如此，他还让人将以前上朝时所穿的朝服找出来，盖在身上，并拖着大带子。

经过众弟子的悉心照料，到鲁哀公十四年（前481）七月初，孔丘的病渐渐好了。天气好的时候，在弟子的照顾下，他还能到附近走走，甚至还起念与弟子一起再到泗水观澜。

可是，好景不长，致命的打击接踵而至。

七月二十三，南宫敬叔来看孔丘，说话间不经意提到了冉伯牛。孔丘一听，立即问道：

"伯牛很久没有来了，半年前就听人说他身体不适，现在怎么样了？"

"好像情况不是……不是太好。"

孔丘听南宫说话支支吾吾，不像平时那样干脆，于是便追问道：

"子容，伯牛身体情况到底怎么样，得的是什么病？"

南宫见孔丘问到要害上，态度更加窘迫了。

孔丘见此，觉得有蹊跷，于是穷追不舍。最后，南宫无奈，只得告诉了孔丘实情。

孔丘不听则已，一听不禁跌足长叹，悲不自禁。半晌，才自言自语地喃喃说道：

"老天啊，这太不公平了！伯牛这么壮实的人，这么诚实质朴的人，怎么得这种病呢？"

南宫见孔丘这么悲伤，后悔今天不该说漏了嘴。但是，说出的话如泼出去的水，说出来了就收不回。于是，只好安慰孔丘道：

"先生，您生病身体刚刚恢复，不要太伤心了。"

"子容啊，伯牛得了这种病，你怎么瞒着为师，也不说一声呢？"

"先生，弟子怕您年纪大，说了您会伤心受不了，所以就不敢告诉您。再说，伯牛也不让弟子告诉您啊！"

孔丘听南宫这样说，情绪更加激动了：

"伯牛都得了这种病，怎么就不能告诉我？我们师徒一场，难道去看他一次也不行吗？"

南宫觉得委屈，低声地说道：

"先生，这种病是会传染的。我们师兄弟去看伯牛，伯牛也避而不见，更何况是您呢？"

"我都这把年纪了，你们都去看过了，难道我还怕死？就是死了，又怎么样？能陪我心爱的弟子一起死，我也死能瞑目。"

南宫见孔丘越说越激动，一时感到手足无措，呆在那里半天也说不出一句话。

良久，孔丘的情绪稍微平复了一些，语带哽咽地说道：

"子容，你就带为师去看一眼伯牛吧。"

看着老师如此悲伤的神情，感受着老师对弟子真挚的情感，南宫只得点头同意。

挽扶着孔丘上车，约略不到烙两张饼的时间，马车停在了一个脏乱不堪的巷口。车夫跳下来，进前向南宫报告说：

"大夫，巷子太窄，马车进不去了，只能到此。"

南宫只得挽扶着孔丘从马车上下来，慢慢地步行走进了巷子。

走不到百步，来到一间低矮的破茅舍门前。只见大门是由藤条捆绑着几根胳膊粗的枯木而成，窗户是用一顶破斗笠充当。门楣低矮，孔丘高大的身躯要想进门，那得把腰弯得很低。

"先生，这就是伯牛的家了。"南宫指着眼前的茅舍，对孔丘说道。

"敲门吧。"孔丘对南宫说道。

南宫遵命上前敲门，一边敲一边向里面喊着：

"伯牛兄，开开门，先生来看你了。"

可是，喊了几十声，敲了几十下，屋里丝毫没有动静。

孔丘一看，急了，情急中顾不得为师的尊严与礼仪，举起手杖就咚咚咚地连敲数十下，一边敲还一边喊叫："伯牛，伯牛，快开开门，为师来看你了。"

可是，任凭孔丘敲断了手杖，喊破了嗓子，里面仍悄无声息。

这时，孔丘与南宫都紧张了。南宫几次想破门而入，都被孔丘制止了。

最后，南宫没办法，转到窗口对里面喊叫，可是仍无声息。最后，他顾不得礼仪了，径直将那顶遮风挡雨的破斗笠从外往里给捅下来了。然后，睁大眼睛朝里看。可是，屋里太黑，什么也看不见。无奈之下，南宫弯腰从地上拾起一粒小石子，从破窗户里往里一扔，看看到底有没有响动。可是，一连扔了三粒石子，都不见动静。这时，南宫终于明白了。于是，转到门口，顾不得大夫的尊严，提起袍襟，用脚猛踹了几下。没等孔丘反应过来，门已轰然倒下。伴随着门窗破处射进的两束光线，南宫一头扑进了破屋中，低头察看了几个月来一直躺在破门板上的伯牛，发现他的眼睛已经不动。用手在他鼻子下一试，已经没有了气息。就在南宫就要悲痛地哭出声来时，孔丘也已经抢步进了屋子。看到僵直地躺在木板上的伯牛，看着他脸上烂得只剩下两只空洞的眼睛与突起的鼻梁与面颊骨，孔丘顿时一头栽倒在小黑屋中。虽然他曾听说过麻风病的症状，但从未想到得这种病的人死时的状况是这样的可怕。

等到孔丘醒过来的时候，已在自家席上躺了一个时辰。看着围在身边的南宫等弟子，孔丘第一句话叮嘱的便是伯牛的丧事。

"先生，您放心，弟子已经通知冉求。伯牛生前不愿冉求接济他，死后冉求替他办理后事，谅他不会有意见。其他师兄弟现在也都在那边帮忙料理，先生您就安心地休养吧。"南宫一边给孔丘掖了掖被子，一边安慰老师道。

孔丘因伯牛病逝悲痛过度而病倒后，鲁国冢宰季康子听说了，前来探病，并带来了药物。孔丘虽躺在病榻上，但仍执意要弟子搀扶着依礼答谢如仪。但是，拜受其药物后，孔丘并不愿意服用。南宫问其原因，孔丘答道：

"我对这药的药性并不了解，所以不敢贸然尝之。"

南宫点头会意，老师虽然对生死问题很达观，但对于服药问题仍然表现出他一向的谨慎态度。

季康子送药探病的第二天，高柴从齐国到鲁国来看孔丘。得知师兄伯牛过世，痛哭一场后，准备前往孔府探望孔丘。未进孔府，见到南宫从里面出来，连忙问道：

"先生病情如何？"

"现在总算平稳了，但先生年纪大了，接二连三经受打击，精神非常脆弱。你进去见先生时，千万别提一些悲伤的事。"

"师兄，说到悲伤的事，我正要报告一件噩耗。"

"什么噩耗？"南宫吃惊地瞪大了眼睛。

"上个月，齐国田成子叛乱，弑齐简公而自立。师弟宰予已在战乱中死去。"

"啊？"南宫万万想不到，宰予竟然死于齐国政变之难中。齐国陈恒（田成子）叛乱的事，他和老师都是知道的，老师为此还劝谏过鲁哀公与季康子，希望鲁国合"三桓"之力帮助齐国平叛，以正君臣之义。结果，鲁哀公与季康子都不听。没想到，宰予竟然死于齐国政变之难。

呆了半晌，南宫才醒过神来，问道：

"这个消息你告诉其他师兄弟了吗？"

"还没有。我怕大家不小心说漏嘴，传到先生耳中，那样对他打击会更大。"

"子羔，你做得对。子我死难的事，待会儿你进去见先生时千万不要提起，否则先生真的受不了。"

高柴会意地点点头，整理了一下情绪，这才进去见孔丘。

虽然远在齐国的宰予死难的噩耗被暂时封锁住了，但是没过多久，近在曲阜的颜回突然去世的消息却怎么也封锁不住。

九月初三，在病榻上缠绵了几个月的孔丘刚刚身体有所复元。日中时分，他让几个月来一直侍候在身旁的弟子子夏搀扶他到外面晒晒太阳，走动走动。师生二人一边走，一边说些闲话，颇是其乐融融，孔丘的心情也好了不少。

走了约半个时辰，孔丘觉得累了，就让子夏搀扶着慢慢往回走。可是，快到门口时，却看见一辆马车远远急急奔过来。未等子夏与孔丘反应过来，车上跳下南宫，三步两步奔进孔府。子夏与孔丘一见，都大吃一惊，但不知道到底发生了什么事。

然而，正当子夏与孔丘在发呆之时，又见南宫从府中奔出，正好与子夏撞个满怀。

"师兄，怎么了？"子夏急忙问道。

南宫抬头一看是子夏，没有答理他，只是望了孔丘一眼，然后就痛哭失声。

"子容，你这是怎么了？"孔丘急忙问道。

"先生，子渊过世了。"

"子容，你说什么？子渊今年才四十一岁，正是壮年啊！"

"先生，子渊是昨天午夜过世的，今天中午才被发现。"南宫说着，又痛哭起来。

孔丘一听南宫说得确切而不可置疑，顿时如同五雷轰顶，一头栽倒在地，让一直搀扶在旁的子夏都来不及反应。

南宫一见，连忙与子夏一起将孔丘抬到府内，放在睡席上。然后，二人拍胸的拍胸，捶背的捶背，忙乱了好一阵，才让孔丘清醒过来。

清醒过来的孔丘，望着南宫与子夏，先是呆呆痴痴，不言不语，继而则号啕大哭，连声说道：

"噫！天丧我也！天丧我也！"

南宫与子夏见孔丘哭得如此悲伤，遂异口同声地劝慰道：

"先生太悲伤了，请节哀保重身体！"

孔丘一听，不仅没有止住哭声，反而哭得更加悲伤，说道：

"我太悲伤吗？我不为这样的人悲伤，还要为谁悲伤呢？"

南宫与子夏你一句，我一句，劝慰了半天，总算让孔丘失控的情绪稳定了下来。

第二天，颜路来见孔丘。他是颜回之父，也是孔丘最早的一批弟子之一。师生相见，彼此不免相对而泣，感伤了好一番。之后，颜路擦干眼泪，对孔丘说道：

"先生，弟子家贫，无以葬渊儿。今虽聊备棺木，但苦无良木为外椁。先生是否可以将您的马车卖了，给渊儿买个外椁。相信渊儿地下有知，也对您生前呵护他，死后厚待他而感激不尽。"

孔丘并非舍不得卖了自己的马车，但是觉得应该按礼行事，不能越礼。卖掉自己的马车，而给颜回置办外椁，明显于礼不合。所以，就毫不犹豫地响应颜路说：

"阿渊不管是有才无才，说来都是你的儿子。我的儿子鲤死了，也只有棺而无椁。对于阿渊过世，我虽非常悲伤，但我不能卖掉自己的马车给他置办外椁。因为我曾经做过大夫，依礼而言，是不能步行出门的。"

颜路从未听老师这样直言不讳地拒绝自己的要求，虽一时想不通，但也不便当面跟孔丘辩论什么。于是，快快不乐地回去了。

第三天，南宫等众弟子又来请求孔丘，是否可以厚葬颜回。孔丘认为依礼不合，坚决反对。可是，后来众弟子为颜回发丧时还是应颜路之请从厚安葬了颜回。

待到颜回丧事办毕，孔丘亲到颜回墓上祭奠时，他才知道真相。不过，这时孔丘已经无能为力了，只得在颜回墓前，当着众弟子的面说道：

"阿渊啊，你生前待为师如父亲，你死后为师却不能视你为亲生之子。厚葬你，违背了你的意愿，也违背了我的意愿，但这并非是为师要这样，而是你的同门师兄弟执意要如此。"

在场的众弟子听了，既非常感伤，又非常惭愧，悔不该没有听老师的劝，而今又让老师感伤了一回。于是，大家只得唯唯而退。

4. 哭子路

从颜回墓前回来，孔丘再一次病倒，因为他已经知道宰予在齐国死难的消息。

这次孔丘再次病倒，相比于以往的几次，缠绵于病榻上的时间都要长，因为他毕竟是七十一岁的老人了。

鲁哀公十四年（前481），注定是一个不平常的年份。这一年，是孔丘人生中经受精神打击最多最大的一年。他最心爱的弟子，也是最得意的弟子冉伯牛、颜回、宰予三人先后在几个月内离世。而这一年的冬天，则是孔丘身体备受煎熬的一个冬天。从七月底病倒，直到十二月底，孔丘一直处于病危状态。人们都说老人最怕过冬，况且这个冬天是历史上少见的酷寒，而孔丘身体又是处于最虚弱的时候。好在有许多来自各国的弟子轮流服侍照料，最终总算让孔丘熬过了这个苦寒的冬天，看到了来年春天的一丝曙光。

随着天气一天天暖起来，孔丘的身体也一天天慢慢复元。到鲁哀公十五年（前480）三月底，他终于告别了缠绵大半年的病榻，又能起来走动了。弟子们怕他晚境寂寞，所以有事没事都故意上门向他问学求教，并顺便陪他聊天闲话。所以，这一年，孔丘过得颇是顺畅。

可是，十二月二十八，当鲁哀公十五年（前480）就要画上句点时，一个石破天惊的消息从天而降，让孔丘再次犹如五雷轰顶，精神彻底被击垮了。

这天一大早，孔丘刚刚起来，还没来得及进早餐，高柴就急急从卫国赶来。孔丘一见，心里咯噔一下，不知又有什么事发生了。于是，来不及寒暄，劈头便问道：

"子羔，你不是在卫国任职吗？怎么跑到曲阜来了？"

孔丘不问也罢，一问，高柴顿时痛哭失声。

孔丘知道情况不妙，但仍然不敢往最坏的方向想象。等高柴哭得差不多了，乃温和地说道：

"子羔，你慢慢说。为师都能挺得住，你当然也应该挺住。"

高柴听老师这样说，稳了稳情绪后，遂将卫国前不久发生的宫廷政变的详细过程一五一十地叙述了一遍。说到子路死于乱兵乱刀之下的情节时，高柴突然失声痛哭，再也说不下去了。

孔丘连忙趋前拍打着高柴的后背，安慰道：

"子羔，你把话说完吧，为师快撑不住了。"

高柴知道子路是老师最信任的弟子，子路的死对老师精神的打击比对自己的打击要大得多。听老师这样说，他只得克制住悲伤，稳定了一下情绪，说道：

"师兄被乱兵包围时，已经杀得冠缨都掉落在地了。但是，师兄突然停止搏杀，对包围他的乱兵说道：'夫子有言：君子死，冠不免。'说着弯下腰拾起掉在地上的冠冕，从容系好冠缨。就在这时，那帮乱兵则乘机一拥而上，乱刀砍向师兄，将师兄砍成了……"

说到此，高柴哽咽着再也出不来声了。

而孔丘听到此，早已悲伤得昏厥过去了。

高柴一见，顿时慌了神，立即上前抱起老师，又拍又抚。一阵手忙脚乱之后，好久才让孔丘苏醒过来。没想到苏醒过来的孔丘，当着高柴的面就放声大哭起来，一边哭，还一边捶胸打地，全然不顾平日师道尊严的体面。

虽然子路生性率直，行事还相当鲁莽，甚至有时还会当着众弟子的面顶撞孔丘，但孔丘却打心眼里喜欢他的率直和单纯，一点世故也没有，即使年过花甲，仍是那么单纯可爱。因此，每当恍惚之间，眼前就会浮现出子路那率直的形象。特别是每每想到前年自己七十大寿时子路与颜回等弟子互别苗头、暗中较劲的场面，尤其觉得温馨无比。

那是周敬王三十八年，鲁哀公十三年（前482）八月二十七，是孔丘的七十岁生日。子路、颜回、子贡等弟子，为了让孔丘能够尽快从丧子的痛苦与阴影中走出来，重新振作精神，他们精心策划，早早联络好在鲁国与邻近各国的众弟子，为孔丘办了一个七十大寿的聚会。

那天一大早，在鲁国的弟子和在陈、卫、齐、宋等邻国的弟子都如约陆续赶到。孔丘虽然并不赞成弟子们给他祝寿，但是看到远道而来或是多日不见的弟子，他感到一种莫大的安慰。

祝寿会上，众弟子有的追忆自己师从老师求学的经历，有的回忆自己追随老师在齐、卫、陈、宋等国流亡的艰苦岁月，有的追忆当年师生游泰山、观泗水的快乐时光。其间的甜酸苦辣，虽然不免让大家想起来还要感叹唏嘘，但此时此刻追忆起来，在大家看来都是人生的一种重要经历，是一种幸福的回忆。

祝寿会的气氛越来越温馨，谈笑风生中，师生之间原有的拘束感渐渐消除，孔丘先前一直抑郁的情绪渐渐消除，众弟子心情也渐渐轻松起来，说话也随便起来。

"人生七十古来稀，世间唯有仁者寿。先生今已年过七十，不是常人所能企及的，不知先生对自己的一生有怎样的评价。"子路一高兴，脱口而出道。

大家一听，觉得子路有点冒失。没想到，孔丘却不以为意，呵呵一笑道：

"阿由这个问题提得好，大凡为人，都会喜欢看着别人，对他人的一言一行品头论足，对自己一生行事却很少有反躬自省的时候，为师也是如此。丘之一生，成败是非尚不敢论定，但人生经历与人生态度，为师还是清楚的。"

"请先生说说看。"众弟子几乎是异口同声地请求道，因为大家对此都非常感兴趣。

孔丘慈祥地扫视了一下众弟子，然后不紧不慢地说道：

"丘三岁开蒙，十有五而志于学，三十而立，四十而不惑，五十而知天命，六十而耳顺，七十而从心所欲，不逾矩。"

孔丘话音未落，子路立即接口说道：

"先生'十五而志于学，三十而立，四十而不惑，五十而知天命，六十而耳顺'，这个话好像以前在卫国时已跟弟子们说过，这些不同年龄段的人生境界，我们都了解，但是达不到。至于'七十而从心所欲'，这种境界并不难，弟子虽然只有六十，但自知也能达到。"

孔丘听了，没有吱声，只是莞尔一笑。其他人也跟着笑了。

子路见大家都笑，疑惑不解地问道：

"你们笑什么？俺说的不对吗？从心所欲，不就是想干什么就干什么吗？这有什么难？谁做不到？"

"师兄，先生的话还有半句，'不逾矩'。"子贡提醒说。

"对啊，既然是从心所欲，那还管什么规矩不规矩？"子路振振有词道。

颜回见子路说话越来越赌气了，遂不紧不慢地插话说：

"先生所说的'从心所欲，不逾矩'，是说能够按照自己的心意行事，但不会逾礼越矩，而不是说想干什么就干什么。只有具备最高修养的人，才能臻至这种境界。"

孔丘一向喜欢子路的率直，等颜回把话说完，便慈爱地对子路说道：

"阿由，你现在明白为师的意思了吗？"

子路看了看孔丘，又看了看颜回，没有吱声，只是点了点头。

见此，子夏突然上前，说道：

"先生是智者，能对自己有清醒的评价。弟子们不比先生，对自己不可能有清醒的认识，希望先生也能对我们有个评价。"

"好！"大家齐声附和子贡的话。

孔丘慈爱地看了看众弟子，笑了笑，却半天不肯开口。

眼看原来营造起来的热烈的气氛就要冷下去了，子路又率尔向前，说道：

"先生最得意的弟子莫过于颜回，我们大家都自叹弗如。那就请先生先评价一下颜回师弟吧。"

说到颜回，孔丘就打心眼里感到得意。扫视了一下众弟子，孔丘先是莞尔一笑，然后从容不迫地说道：

"为师跟子渊讲学整日，他从无质疑，像个愚钝之人。可是，等他退下，我私下省察他与别人的谈论，却能很好地发挥我的思想。可见，子渊很有悟性，并非愚钝之人。"

颜回见老师当着众师兄弟的面夸奖自己，顿时觉得很不好意思，遂连忙上前，躬身施礼，说道：

"先生溢美爱护之辞，回实在不敢当。先生的学问道德，我们抬头仰望，越看越觉其高；先生的思想见解，我们越是深入钻研，越觉深奥广博。追随先生，往前看好像在前面，转眼间又好像在后面。先生教学循循善诱，既重视博采文献以丰富我们的见识，又善于用礼仪制度来约束我们的行为。我们追随先生，想要停下来也不可能。先生就像一个卓然耸立的标杆立在前面，弟子虽已用尽了全部才力，想要迈步靠近，却仍然找不到正确的路径。"

孔丘听颜回如此称颂自己，虽然心里颇是高兴，但在众弟子面前不免有些不好意思。遂连忙抢过话头，说道：

"说到悟性，诸位不在子渊之下者很多。但是，在安贫乐道方面，与子渊相比，恐怕诸位都无出其右。"

子路见老师如此抬爱颜回，遂又忍不住了，脱口而出道：

"这话怎么讲?"

孔丘看了看子路，心知其意，乃语气温和地说道：

"一箪食，一瓢饮，处陋巷，人不堪其忧，回也不改其乐。贤哉，回也！丘不如回。"

子路见孔丘如此不避嫌疑地当众赞扬颜回，心有不服，遂问道：

"子贡也是先生的得意门生，不知先生以为子贡如何?"

孔丘明白子路的意思，先是呵呵一笑，然后看了看子路，再扫视了在场的众弟子，从容说道：

"子贡就是一个器物。"

子贡一听，先是一愣，继而脱口而出问道：

"什么器物?"

"瑚琏。"

"瑚琏?"大家不约而同地同声问道。

"正是，就是宗庙里盛放黍稷的瑚琏。你们认为不对吗?"孔丘看着大家惊讶的神色，从容地说道。

"瑚琏是宗庙里的珍贵之物，先生这是在赞扬子贡人才难得。"颜回说道。

孔丘满意地点点头，以欣赏的目光看了颜回一眼。

"如果将子渊与子贡相比，谁会更优秀呢?"子路眼光直视孔丘，认真地问道。

孔丘知道子路这是有意为难自己，遂宽厚地一笑。然后，眼光转向子贡，问道：

"阿赐，你以为你与子渊相比，谁更优秀呢?"

子贡见老师这样问，略一深思，从容回答道：

"弟子怎敢与子渊相比? 子渊闻一知十，弟子闻一知二而已。"

"是不如他，为师同意你的看法。"孔丘肯定地说道。

子路听了觉得更加不服气了，脱口而出道：

"既然子渊比子贡优秀，那么子渊为什么贫而不能谋温饱，而子贡则富可敌国呢?"

孔丘莞尔一笑，看了看子路，又看了看颜回与子贡，平静地说道：

"用之则行，舍之则藏，唯子渊与丘能及此。子渊安贫乐道，道德修养已经差不多了。子贡不听天命，而去做生意，预测市场行情很准确。"

子路见无论怎么说，孔丘都有说辞为颜回回护，遂灵机一动，说道：

"那么，先生觉得弟子如何？"

孔丘见子路如此直率，非要自己给他一个评价不可，遂坦然说道：

"道不行，乘桴浮于海，若是还有人肯追随我的，恐怕只有阿由。"

"先生是说，子路是最忠义的人吧。"冉求问道。

孔丘点点头，子路很高兴。

"除了忠义，子路难道就没有别的长处吗？"子贡问道。

"除此，阿由争强好勇超过我，这一点好像并无什么可取之处吧。"孔丘看着子路，认真地说道。

子路见孔丘不认同他的争强好勇，遂反问道：

"如果让先生指挥三军，您愿与谁共事呢？"

"空手搏虎，徒步涉河，至死都不知后悔的人，我是不会跟他共事的。只有遇事小心谨慎，善于谋划筹策，并能圆满完成任务的人，我才愿意与他共事。"孔丘一边漫不经心地说着，一边却笑眯眯地看着子路。

子贡见孔丘话说得直白，怕子路面子上下不来，遂连忙出来打圆场道：

"子路师兄除了忠勇以外，其实还很仁德。"

"阿由仁德不仁德，我不知道。"子贡话音未落，孔丘就毫不犹豫地说道。

"子路是先生的得意门生，先生怎么说不知道呢？"南宫敬叔这时也插话道。

孔丘见南宫也出来说话，犹豫了一下，说道：

"以阿由的能力，一个千乘之国，让他去负责军事，那是绰绰有余的。至于他有没有仁德，为师真的不知道。"

南宫见老师这样说，遂将站在自己身边的冉求往前推了推，紧接着问道：

"先生，您看冉求怎么样？"

"阿求嘛，一个千室之邑，或是百乘之家，如果让他去做个总管，那是绝对会胜任的。至于他有没有仁德，为师也不知道。"

一向沉默不肯多言的公良儒，这时也忍不住了，将站在自己身旁的公西赤推出来，问道：

"先生，您看公西赤如何？"

孔丘看了看公良儒，又看了看公西赤，平静地说道：

"哦，阿赤嘛，穿上礼服，立在朝堂之上，接待应对四方宾客，那是不会失礼的。至于他有没有仁德，为师不敢说。"

子贡见此有些着急，遂推出站在其身后的颛孙师和卜商，问道：

"先生，子张与子夏都是您时常提到的得意门生，您认为他们谁超过谁？"

孔丘看了看子贡，又看了看颛孙师和卜商，沉默了一会，说道：

"阿师有些过分，阿商有些不及。"

子贡立即接口说道：

"如此说来，子张更强些吧？"

"过与不及，同样都不好。"

孔丘话音未落，子路接口问道：

"先生的意思是说，不偏不倚，取其中庸乃为上，是吗？"

孔丘看了看子路，满意地点了点头。

高柴与曾参见老师对各位师兄都有评价，遂也挤到前面，站在了颛孙师与子路的旁边。高柴看了看孔丘，指了指站在一起的曾参与颛孙师、子路三人，对孔丘说道：

"先生刚才对各位师兄都有精当的评价，现在请先生不要说我们的优点，只用一个词概括一下我们四人的弱点。"

孔丘一听，觉得高柴虽有点愚钝，但看问题也不失有新视点。于是，欣然点头应允，说道：

"子羔愚笨，曾参鲁钝，子张偏激，阿由鲁莽。"

大家听了，一齐拍手，都觉得孔丘说得精辟，对弟子的弱点洞若观火。子路则憨憨一笑，不住地点头。

之后，没有被评述到的弟子都要求孔丘对自己予以评价。虽然有的被褒奖，有的被批评，但大家都很高兴。师生欢聚一堂，说说笑笑，温馨犹如一家人。

……

而今，这一切都成了永久的回忆。

抚今追昔，坐在冷冷清清的书房中，看着满是灰尘的简册与书案，想着弟子们死的死，散的散，孔丘不禁悲从中来。

5.　梦周公

"先生，国君看您来了，马车已经停在府前了。"

周敬王四十一年，鲁哀公十六年（前479）正月十五，已到已时了，孔丘还昏昏沉沉地睡着。自从得到子路暴死于乱刀之下的消息后，孔丘就一病不起。从年前病倒，到今天已经有半个多月了，差不多每天都是处于迷迷糊糊、梦呓不断的状态中。

听到子贡报告说鲁哀公来了，孔丘犹如冬眠的蛰蛇突然被春雷惊醒，立即从睡席上强撑着要爬起来。

"先生，您病重，国君是知道的，就不必拘礼了。"子贡一边说着，一边想按住孔丘，让他重新躺下。

可是，孔丘执意不从，说道：

"君臣之礼不能免。阿赐，你扶我坐起来，好让我头向着东方，以表示对国君的欢迎。还有，你把我以前所穿的朝服找出来，盖在我的身上，带子要散开。"

"是，先生。"

子贡答应一声去了。这一切，他都熟悉得很，因为上次老师生病时鲁哀公来探视，他就在身边。

子贡刚把朝服盖到孔丘身上，鲁哀公就进来了。子贡连忙抱住孔丘的头，让他半靠在自己的怀里，正好面向东方，正对着进门的鲁哀公。

君臣见礼毕，鲁哀公显得非常体贴地问了孔丘最近的生活起居情况，然后说道：

"夫子是我鲁国之宝。鲁有夫子，是寡人之福，亦是国家之福。而今夫子年事渐高，当以保重身体为第一要务。鲁国的长治久安，今后尚需夫子出谋筹策。"

子贡一听，就很生气。但是，在老师面前，他不敢越礼，只得低头沉默。

孔丘听了鲁哀公的话，也觉得他很虚伪。如果他真的愿听自己的意见，应该在自己由卫返鲁后就予以重任。如果这样，鲁国的政局就不应该是现在这个样子。但是，这些埋怨之言，拘礼的孔丘是说不出口的。所以，他只能非常谦恭地回答道：

"臣已老朽昏庸，对天下事知之甚少，对鲁之朝政岂敢置喙？"

鲁哀公虽然平庸，但并不昏庸，知道孔丘的话弦外有音，遂连忙转换话题道：

"夫子弟子三千，遍于天下。望夫子为国抡才，多多举荐贤能，以效父母之邦。"

"臣之弟子虽众，但现在或死或老，纵有可用之才，亦多不得其用而云散在外。"

"那么，在鲁国的弟子中，难道就没有好学深思之辈？"鲁哀公说道。

"说到好学深思，颜回可谓个中翘楚。其为人，不迁怒于人，不犯同样的错误，是个难得的人才，可惜短命死了。而今再也没有这样的人了！"

鲁哀公听出孔丘的弦外之音，说了一会儿闲话后就告辞了。

送走鲁哀公，子贡陪孔丘闲话。当说到一生为了"克己复礼"的目标而遭遇的坎坷与挫折时，孔丘不禁感慨唏嘘再三。

子贡了解此时此刻老师的心情，遂以问代劝道：

"先生博古通今，学识天下无人能出其右，政治才干与魄力也是有目共睹，却才大而不为世用，一生郁郁不得志。今垂垂老矣，尚清贫潦倒如此。对此，不知先生有悔否？"

孔丘看了看子贡，莞尔一笑道：

"咽粗食，喝白水，弯起胳膊当枕头，乐亦在其中矣。不义而富且贵，于我如浮云。"

子贡知道老师说的不是心里话，因为他不是消极避世的人，而是一个积极入世的人，一生抱持"克己复礼"的理念，满怀治国平天下的理想，无论遇到多少坎坷与挫折，他仍然不放弃理想，即便是现在躺下来了，仍然没有出世的意思。不然，今天跟鲁哀公相见时他就不会话中别蕴那么多怀才不遇的怨情了。子贡不想捅破老师的心思，于是说道：

"先生，您身体还很虚弱，今天说了很多话，一定很累了。要不，您先睡一会儿？弟子到门外听候。"

孔丘慈爱地看了看子贡，见他这些天日夜侍候在自己身边，人都消瘦了不少，颇是心痛。于是，点点头。

子贡退出后不久，孔丘就呼呼睡着了，睡得很沉很香，还做了一个梦。在梦中，他又回到了昔日与弟子们在一起的幸福时光。

　　那是在卫国闲赋的日子里。初春时节，一个阳光明媚的日子，孔丘正在小院中悠闲地晒着太阳，子路、曾点、公西赤陪着专程从鲁国前来的冉求来见孔丘。

　　孔丘一见冉求，倍感亲切。自从因"女乐风波"而愤然离开鲁国以后，师生二人分处鲁、卫，已有好多年没有见面了。

　　孔丘虽然人在卫，但心却在鲁。师生略叙了几句离别思念之情的话，孔丘就问起了鲁国的情况，上自政坛异动，下及百姓生活、曲阜街巷市井。谈着谈着，冉求说到了自己在季氏府中任职的苦恼，觉得在季氏府中做个管家，苟且偷安，并非是他的人生志向。孔丘听了，立即反问道：

　　"阿求，那么你的人生志向究竟是什么呢？"

　　刚刚还侃侃而谈的冉求，突然间被孔丘这样一问，反而不好意思了，一时为之语塞，不知说什么好了。

　　孔丘见冉求窘迫的样子，连忙呵呵一笑，打圆场地说道：

　　"我比你们的年纪都大，但不要因为这个原因，你们就不敢在我面前尽情地说出自己的志向。我知道，你们平时都喜欢说别人不了解你们。如果有人想了解你们，那你们应该怎么办呢？"

　　子路见老师有鼓励之意，立即憋不住了，接口就回答道：

　　"如果有一个千乘之国，夹处几个大国之间，外有强敌入侵，内有连年灾荒，让我去治理，只要三年，我就可以使其国民个个有勇气，人人懂道义。"

　　子路说完，得意地看着孔丘，但孔丘却莞尔一笑，未置一辞。

　　见孔丘不发表意见，其他各位也就不敢贸然说出心声了。

　　孔丘了解他们的心理，遂点名问冉求道：

　　"阿求，你的志向如何？"

　　冉求犹豫了一下，然后怯怯地说道：

　　"如果有一个方圆六七十里，或是五六十里的小地方，让我去治理，三年期满，我可以让老百姓都能富足。至于礼乐方面，我不敢夸口，只好等待贤人君子来完成了。"

　　说完，冉求低头退到一旁，不敢抬头看孔丘。

　　孔丘没有立即评论冉求的说法，而是转向公西示，问道：

　　"阿赤，你怎么样？"

　　公西示看到老师直视过来的眼光，立即低下头来。但是，犹豫了一下，还是作了回答：

"治国安邦之事，我不敢说有那个能力，但是愿意学习。如果是宗庙祭祀或与外国盟会，我倒是愿意穿着礼服，戴着礼帽，做个小傧相。"

孔丘听了，也没说什么。眼光转向曾点，问道：

"阿点，你怎么样？也说说看吧。"

曾点本来在一旁调瑟，突然听到老师点名要他说说自己的志向，立即"铿"的一声结束了弹瑟，霍地站了起来，非常谦恭地说道：

"先生，我的想法恐怕跟三位都不一样。"

"不一样有什么关系呢？只是说说自己的志向而已。"孔丘鼓励道。

曾点听孔丘这样说，遂回答道：

"暮春三月，春服裁成，穿上它，与五六位成人，最好还有六七个儿童，一起到沂水中洗洗澡，再到舞雩台上吹吹风，纳纳凉，然后唱着小调回家去。"

曾点话音未落，孔丘立即击节赞叹道：

"说得真好！我赞赏阿点的主张。"

子路一听，有点不乐意了。于是，又率尔说道：

"先生听了弟子的说法，为什么笑而不答，似乎笑中还暗含某种玄机。"

孔丘见子路问得直接，看了看子路，也非常直接地回答道：

"阿由啊，治国以礼，你说话一点也不懂谦逊，所以为师笑你。"

"那子有的话也够谦逊了吧，您怎么也不认同呢？"子路还是不服。

"阿求所说的方圆六七十里或五六十里，怎么见得就算不得是一个国家呢？"

子路听孔丘这样说，虽觉得有些道理，但仍然不肯服气，又反问道：

"子华只想做个小傧相，并没说治国安邦，您怎么也不认同呢？"

孔丘一听，莞尔一笑道：

"宗庙祭祀，诸侯会盟，说的不是国家之事吗？阿华如果只能做个小傧相，那么谁能做得了大傧相呢?"

大家都以为老师说到这个地步，子路一定是哑口无言了。没想到，孔丘话音未落，子路立即接口说道:

"弟子记得先生曾跟我们说过自己的志向:'老者安之，朋友信之，少者怀之。'请问先生，您以前所说的志向可是治国安邦啊!您刚才赞同子皙洗澡唱小调的志向，是不是说话前后矛盾?"

子路话未说完，已让众师兄弟惊讶得目瞪口呆。但是，子路却坦然地望着孔丘，等着他回答。

孔丘先是一愣，继而哈哈一笑，大家也跟着一起哈哈大笑起来。

……

子贡在门外突然听到房内老师的笑声，不知发生了什么事，连忙推门而入，发现孔丘还在沉沉睡着。子贡猜想，刚才老师的笑大概是梦到什么事了。于是，推了推孔丘。

"阿赐，我睡了多长时间。"孔丘被推醒来，看着身旁的子贡，问道。

"不长，一个时辰左右。"

"扶我起来坐坐吧。"说着，孔丘就把手伸给了子贡。

正当子贡把孔丘扶起靠坐着的时候，南宫韬与子夏悄然进来。

"先生，身体好些了吗?"

孔丘与子贡听到声音，连忙转头，发现原来是南宫韬与子夏。

"子贡，这些天都是你照料先生起居，太辛苦你了!你先回去休息休息，让我们替你一会儿吧。"南宫说。

"师兄，看你都瘦了，还是回去休息休息吧。这里有我们，你尽管放心。"子夏也附和道。

孔丘慈爱地看看子贡，又疼爱地看了看南宫与子夏，就像父亲看着孩子的那种心情。然后，语气温柔地对子贡说道:

"阿赐，那你就先回去休息休息吧，这些天不分昼夜，确实让你累坏了。"

子贡深情地看了老师一眼，然后跪直了身子，站起，再慢慢地告辞而出。

之后，在南宫与子贡的组织下，在鲁国的弟子都排好时间来轮流陪侍孔丘。慢慢地，孔丘的身体好像日见恢复，有时还能拄着拐杖到外面走走。

周敬王四十一年，鲁哀公十六年（前479）四月初四，一大早，孔丘背着手，拖着拐杖，独自出门，在门口逍遥漫步，一边走一边吟唱道："泰山其颓乎，梁木其坏乎，哲人其萎乎！"

吟唱毕，孔丘拖杖往回走，入门当户而坐。

子贡昨天安顿好老师回家休息，一大早没来得及进早餐就赶了过来。远远听到老师边走边吟唱，就驻足听了一会。现在看见老师坐在门槛上，目光望向远方，似乎有什么心思。于是，连忙抢步趋前，问道：

"先生，您怎么这么早就起来了？刚才您吟唱说'泰山其颓乎，梁木其坏乎，哲人其萎乎'，好像非常感伤，不知何故？"

孔丘看了看子贡，没有说话。

子贡看着老师忧伤的眼神，说道：

"如果泰山崩颓了，我们还有什么可仰望的？如果梁木烂坏了，我们还靠什么庇身？如果哲人离我们而去了，那我们还师从谁呢？先生，您是不是病得太重了，才说这种话？"

子贡一边这样说着，一边伸手把坐在门槛上的孔丘搀扶起来，慢慢地进了书房。

在书案前坐定，孔丘喟然长叹道：

"阿赐啊，你今天来得太晚了。我昨夜做了一个梦，见到了周公。还梦见我坐在两楹之间，受人祭奠。"

"先生，您不要乱想。不会的，您现在病已经好得差不多了，还有很多事要做呢？弟子们也还有很多问题要向您请教。"

孔丘摇摇头，继续说道：

"夏朝，人死了是殡殓于东阶之上，那是主人迎接宾客之地；殷商时代，人死后是殡殓于两楹之间，处于主人与客人之间。这个位置既不被主人看重，也不为客人重视。周朝时，人死了则是殡殓于西阶之上，这也是主人待宾的地方。而我是殷商后裔，死后处于两楹夹缝之中。如果后世没有贤明的君王，那么谁会注意处于夹缝中的我，并对我予以尊奉呢？阿赐啊，我将不久于人世了！"

子贡听了老师的话，非常感伤，但是他还是想多劝慰老师，让他重新振作精神。可是，嗫嚅了半天，也找不出合适的话来。

正在此时，子夏、曾参来了。

孔丘一看到子夏，连忙说道：

"阿商，为师将不久于人世了。我死之后，你的学问会日渐长进。而阿赐呢，恐怕会日渐退步。"

曾参不解，问道：

"为什么这样说呢？"

孔丘看了看子夏，又看了看子贡，对曾参说道：

"子夏比较喜欢跟贤于自己的人相处，子贡则喜欢取悦于不如自己的人。不知其子，可以看看他的父亲；不知其人，可以看看他的朋友；不知其君，可以看看他所重用之臣；不知其地，可以看看那里草木的生长情况。俗话说：'与善人相处，如入芝兰之室，久而不闻其香，乃为其所化之故也；与不善之人相处，如入鲍鱼之肆，久而不闻其臭，亦为其所化之故也。'盛丹之器，久而为赤；盛漆之器，久则变黑。因此，君子处世，务须谨慎选择相处之人。"

"弟子谨受教。"子夏、子贡双双跪下，齐声说道。

孔丘说完后，对三位弟子挥了挥手，说：

"为师累了，想休息一下。"

子贡、子夏与曾参闻命，遂长揖而退。

七天之后，缠绵于病榻之上的孔丘溘然长逝，终年七十三岁。

参考文献

一、原著类

1. 司马迁：《史记》
2. 司马光：《资治通鉴》
3. 刘安：《淮南子》
4. 刘向：《说苑》
5. 韩婴：《韩诗外传》
6. 《晏子春秋》
7. 吕不韦：《吕氏春秋》
8. 董仲舒：《春秋繁露》
9. 《老子》
10. 《论语》
11. 《孟子》
12. 《孔子家语》
13. 《诗经》
14. 《楚辞》

二、注疏考证类

1. ［日］泷川资言：《史记会注考证》，北京：文学古籍刊行社 1955 年版。
2. ［日］泷川龟太郎：《史记会注考证》，东京：东京史记会注考证校补刊行会 1956 年版。
3. 魏源：《老子本义》，上海：上海书店 1986 年版。
4. 陈鼓应：《老子今注今译及评价》，台北：台湾商务印书馆 1978 年版。
5. 马叙伦：《老子校诂》，北京：中华书局 1974 年版。

6. 朱熹：《楚辞集注》，扬州：江苏广陵古籍刻印社 1990 年版。

7. 陈子展：《楚辞直解》，南京：江苏古籍出版社 1988 年版。

8. 戴震：《孟子字义疏证》，北京：中华书局 1982 年版。

9. 焦循：《孟子正义》，石家庄：河北人民出版社 1988 年版。

10. 朱熹：《孟子集注》，上海：上海古籍出版社 1987 年版。

11. 杜预、孔颖达、黄侃：《春秋左传正义》，上海：上海古籍出版社 1990 年版。

12. 赖炎元：《韩诗外传今注今译》，台北：台湾商务印书馆 1972 年版。

13. 陈奇猷：《吕氏春秋校释》，上海：学林出版社 1984 年版。

14. 许维遹：《吕氏春秋集释》，北京：中国书店 1985 年版。

15. 阮元：《十三经注疏》（附校勘记），台北：新文丰出版公司 1978 年版。

16. 国家文物局古文献研究室：《马王堆汉墓帛书》，北京：文物出版社 1980 年版。

三、学术著作、工具书类

1. 吕思勉：《先秦史》，北京：中国友谊出版公司 2009 年版。

2. 谭其骧主编：《中国历史地图集》（第一册），北京：中国地图出版社 1982 年版。

后 记

在中国，孔子是一个太出名的人，每个人从小就要读他的至理名言。我也一样。

记得上初中时，我开始接触《论语》与《史记》，并在心底萌发了写一部历史小说，将孔子其人其事写出来的想法。但是，随着年龄渐长，学问稍有长进，觉得这个少年时代的理想有点狂妄。因为古书读得越多，世事经历越多，少年时代头脑中清晰的孔子形象却越来越模糊了。再加上现实的人生命题，考大学，考研究生，拿博士学位，升副教授，升教授，当博导，要这个要那个，要完成这个任务要完成那个任务，所以这个创作计划永远只是一个理想，就像孔子要"克己复礼"，恢复周公礼法，实现"天下大同"的理想一样，不可能实现。

虽如此，但理想一旦在心中萌发，就像钱锺书先生在小说《围城》中所说的那样，要想打消已起的念头，其实是比打胎还要难的。由于这个原因，加上 2005—2006 年在日本京都做客座教授时有一段空暇，少年时代萌发的心愿开始有了实现的机遇。于是，在写完《远水孤云：说客苏秦》、《冷月飘风：策士张仪》两部"蓄谋"已久的长篇历史小说后，再将孔子形象写出来的想法也就自然演进为一种现实的计划。

为了实施这一计划，从 2005 年开始，我就开始准备。为了了解孔子生活的时代，写出反映那个时代风貌的生活细节，我除了大量阅读先秦历史文献，研读历史地理外，还经常深入日本京都古老的街巷与建筑，追索中国古代建筑与民俗的残存影像，观摩日本人的跪坐，体验睡榻榻米的感受。因为孔子说过"礼失而求诸野"，事实上中国古代的很多风俗习惯还在日本人的现实生活中有所反映。2006 年从日本回国后，我又多次趁着到山东开学术会议的机会，多次登临泰山，访问曲阜，观察山东人的生活。2009 年 2 月到 6 月，我应邀到台湾东吴大学做客座教授，曾有意识地去了解台湾的祭孔仪式。2009 年 9 月，到山东大学开学术会议时，除了拜访孔子故里，看孔林，谒孔陵之外，我又特意参加了在曲阜举办的纪念孔子诞辰 2560 年的文化节，看"八佾舞于庭"的仪式，听古琴筝瑟合奏。慢慢地，我觉得找到了感觉，开始动笔创作长篇历史小说《镜花水月：游士孔子》。

之所以终于下决心写孔子，除了上述原因外，还有一个原因。2009 年 6 月底，我完成台湾东吴大学客座教授任期，准备回上海前，曾到台北重庆南路拜访台湾商务印书馆主编李俊男先生。我在日本做客座教授时就一直与他联络，他是我的一部学术著作《古典小说篇章结构修辞史》的责任编辑。这次相见，主要是谈几部约定的学术著作的交稿日期问题，并送交签好的合同文本。谈到最后，偏了题，说到了历史小说。越谈越投机，最后我提到我那时已经修改好的两部历史小说《远水孤云：说客苏秦》、《冷月飘风：策士张仪》，问他台湾商务印书馆有没有出版历史小说的先例，他说没有，但又说也不妨突破惯例。于是，我便将我的创作计划跟他说了，李先生竟然非常感兴趣，并当场给我定了书系的名字"说春秋，道战国"。2011 年我的两部历史小说《远水孤云：说客苏秦》、《冷月飘风：策士张仪》由云南人民出版社出版简体字版，2012 年这两部历史小说的繁体字版也由台湾商务印书馆在台湾出版发行。接着，李俊男先生来函要我接着写"说春秋，道战国"书系的第二组，并给我指定了所写历史人物，这就是孔子与荆轲，一文一武。这样，我便加紧了进度，同时开笔写《镜花水月：游士孔子》与《易水悲风：刺客荆轲》。

经过多年努力，现在总算写完了这两部酝酿已久的长篇历史小说，但是心中却颇是忐忑不安。特别是这部《镜花水月：游士孔子》，尤其让我没有底气。因为孔子太有名了，不同的人对孔子又有着不同的认识，因此要让一个完整的、清晰的孔子形象栩栩如生地呈现在人们面前，并让大家接受，那是非常困难的事。

尽管如此，但我还是觉得有一种轻松感，因为少年时代的一桩愿望总算了结了。至于书中所呈现的孔子形象是否大家都能接受，那是读者的事，大家可以仁者见仁，智者见智。在我个人来说，我让孔子走下了神坛。在我的笔下，孔子不是神，也不是圣，而只是一个为理想而不懈奋斗的书生，一个诲人不倦的教书匠，是一个与平凡人一样有着喜怒哀乐的邻家老伯，一个和蔼可亲的长者。

但愿这样的孔子形象不要让大家感到愕然。事实上，孔子就是这样。我只是将他身上被后人强加的光环拿开，使他的金身还原成真实的肉身而已。

最后，衷心感谢暨南大学出版社破例为我出版长篇历史小说，并且是以一个书系的形式，这是一个多么难得的机会啊！感谢暨南大学出版社领导与人文事业部杜小陆主任的大力支持！感谢本书责任编辑郝文小姐、张婧小姐与校对刘碧坚小姐的辛勤工作！感谢许多学界前辈和时贤多年以来对我创作历史小说的关注与支持！感谢在此之前读过我的历史小说或其他学术著作的广大读者多年来的厚爱与鼓励！感谢我的太太蒙益给予的支持，她是一家世界五百强德国公司中国区的财务老总，日忙夜忙，却还承担起儿子课业的辅导任务，这样我才能有足够的时间在学术研究与历史小说创作两条战线上左右开弓！感谢我的岳父蒙进才先生与岳母唐翠芳女士，他们从高级工程师与国有大企业领导岗位上退休下来后，十多年来一直帮助我们，替我承担了全部的家务劳动，这样我才能过着衣来伸手、饭来张口的生活，安心地坐在书斋中做学问和写作。

吴礼权

2013 年 2 月 14 日夜记于上海